Mensageira secreta

Universo dos Livros Editora Ltda.
Avenida Ordem e Progresso, 157 – 8º andar – Conj. 803
CEP 01141-030 – Barra Funda – São Paulo/SP
Telefone/Fax: (11) 3392-3336
www.universodoslivros.com.br
e-mail: editor@universodoslivros.com.br
Siga-nos no Twitter: @univdoslivros

MANDY ROBOTHAM

Mensageira secreta

São Paulo
2022

Grupo Editorial
UNIVERSO DOS LIVROS

The secret messenger
Copyright © 2019 by Mandy Robotham

© 2022 by Universo dos Livros
Todos os direitos reservados e protegidos pela Lei 9.610 de 19/02/1998.
Nenhuma parte deste livro, sem autorização prévia por escrito da editora, poderá ser reproduzida ou transmitida sejam quais forem os meios empregados: eletrônicos, mecânicos, fotográficos, gravação ou quaisquer outros.

Diretor editorial
Luis Matos

Gerente editorial
Marcia Batista

Assistentes editoriais
Letícia Nakamura
Raquel F. Abranches

Tradução
Cynthia Costa

Preparação
Nestor Turano Jr.

Revisão
Aline Graça
Jonathan Busato

Arte
Valdinei Gomes

Capa
Renato Klisman

Dados Internacionais de Catalogação na Publicação (CIP)
Angélica Ilacqua CRB-8/7057

R561m

Robotham, Mandy
 Mensageira secreta / Mandy Robotham ; tradução de Cynthia Costa. -- São Paulo : Universo dos Livros, 2022.
 400 p.

 ISBN 978-65-5609-078-8
 Título original: *The secret messenger*

 1. Ficção histórica 2. Ficção inglesa 3. Guerra Mundial, 1939-1945 - Ficção 4. Nazismo - Ficção 5. Veneza - Fascismo - Ficção
 I. Título II. Costa, Cynthia

20-4204   CDD 823

*Para a minha mãe, Stella,
uma mulher de vitalidade e infindável estilo.*

NOTA DA AUTORA

A GUERRA É FEIA. Onde quer que surja, destrói pessoas, famílias e lugares, dizima vidas e objetos preciosos. Por ser tão generalizado, o conflito também acontece em lugares bonitos, e foi esse contraste de luz e escuridão que deu origem ao romance *Mensageira secreta*. Para mim, não existe lugar mais deslumbrante ou fantástico na Terra do que Veneza; desde a minha primeira viagem para lá, em 1990, venho sendo seduzida em inúmeras outras visitas pela ideia de uma cidade flutuante. Ainda fico maravilhada simplesmente por sua existência e beleza.

Quando comecei a pesquisar sobre como a Segunda Guerra Mundial afetou Veneza, ficou claro que os historiadores ficavam menos cativados por sua história de resistência do que talvez com a da França ou a da Holanda; que Veneza, em comparação, experimentou uma guerra "branda". As pesquisas que encontrei pareciam breves e factuais, mas os detalhes da vida veneziana – de como os venezianos enfrentavam o dia a dia – eram escassos. Em uma viagem de pesquisa (sim, claro, eu precisava voltar lá mais uma vez!), andei quilômetros pelas *calles* venezianas, curiosa para saber quais áreas da cidade participaram da luta contra os nazistas e fascistas.

Foi só quando voltei para casa que encontrei algo valioso; um e-mail casual enviado ao ciberespaço gerou uma resposta de Signor Giulio Bobbo, com este seu nome maravilhoso, um historiador do IVESER, o Instituto Veneziano para a História da Resistência e Sociedade Contemporânea. Sua área de especialização? A Resistência em Veneza durante a guerra. Foi como um presente dos céus.

Graças a Giulio, à sua fundamentação em pesquisas factuais e aos detalhes inestimáveis sobre a vida real na Veneza da guerra, o livro começou a tomar forma. Por fim, pude *ver* Veneza sob o manto da guerra. Quanto mais Giulio e eu trocávamos e-mails, mais a minha busca parecia correr em paralelo à busca de dentro da história – parecia, no mínimo, apropriado que o personagem Giulio fizesse uma participação, assim como Melodie, a gata que, a propósito, é muito real e ama mesmo uma fotocopiadora quente!

Eu sabia também que queria destacar o papel das mulheres na vitória final sobre os nazistas; não apenas a bravura de agentes secretas, mas também o exército de mensageiras em toda a Itália – *Staffettas* – que ajudou os Aliados em seu triunfo. É difícil para nós, neste momento de mídias sociais e mensagens instantâneas, entender o valor de se transportar um simples pedaço de papel a pé ou de barco, mas, naquela época, isso era crucial. Para salvar vidas, na verdade. Sem as milhares de mães e avós em toda a Europa que arriscaram a própria vida transportando contrabando em carrinhos de bebê e sacolas de compras, talvez nunca tivéssemos visto a paz. Espero que Stella seja a personificação dessas mulheres – altruísta para com aqueles que as cercam.

Depois que Stella e sua cidade se tornaram o meu pano de fundo, o próximo elemento foi fácil. Onde mais um romance poderia florescer se não em um lugar que flutua em meio à ondulação constante da água e testemunha o mais deslumbrante dos entardeceres? E, claro, minha Veneza também está lá: a Academia é a minha ponte favorita, Campo Santo Stefano está entre meus lugares preferidos para ver pessoas, e há um pequeno café no canto oposto à porta da igreja, onde já me sentei muitas vezes com um bom café e meu caderno, imaginando-me como escritora. Ah, e ao lado há uma gelateria muito boa. Não há como escapar – Veneza entra em você.

Espero ter prestado homenagem àqueles que enfrentaram o conflito em Veneza; não existe guerra "branda" quando uma pessoa perde a vida, uma mãe perde um filho. Veneza também perdeu. Mas, como nos séculos anteriores de invasões e peste, ela se recuperou. Continua sendo uma joia. Cintilante. Voltarei em breve.

PRÓLOGO

PALHAÇOS

VENEZA, JUNHO DE 1934

Uma erupção súbita de ruídos nos guiou – uma explosão após a outra, erguendo-se no ar como fogos de artifício em uma noite escura. Ziguezagueamos em meio à multidão, meu avô cortando o enxame com seus ombros largos e musculosos – ainda com a força de um construtor de barcos, apesar de seus sessenta e cinco anos. Ao nos aproximarmos da grande praça, ele me puxou pela mão, abrindo caminho até a frente da aglomeração, que estava cercada pela milícia dos camisas-negras – a Milícia Voluntária pela Segurança Nacional –, de costas para a extensão da praça, com o olhar fixo em direção às pessoas.

Ali, fileiras de tropas italianas desfilavam para cima e para baixo, como formigas, sob a pompa contínua da marcha da banda militar. Aos dezessete anos, com estatura média, eu tive de esticar o pescoço com o resto da multidão para ver o objeto de nossa atenção. A imponente e arredondada circunferência de Benito Mussolini era facilmente identificável – uma figura comum nas primeiras páginas dos jornais editados por fascistas. Mesmo visto de trás, ele parecia arrogante e autoritário, caminhando ao lado de um homem um pouco menor, distinguível apenas pelo seu traje escuro, em vez de um uniforme dourado pingando medalhas. Não havia nada aparentemente notável no convidado de honra de Mussolini à distância em que estávamos. Eu sabia quem ele era, o que representava, mas, aos meus olhos jovens, a sua presença não justificava as milhares de milícias fascistas que estavam inundando Veneza naqueles últimos dias, muito menos as multidões reunidas para recebê-lo – parte das quais, suspeitávamos, fortemente armada em seu apoio patriótico.

– Popsa, por que viemos aqui?

Eu estava perplexa. Meu avô era um antifascista assumido e, embora compartilhasse seu ódio por Mussolini praticamente apenas com a família, ele havia sido um opositor feroz durante aqueles doze anos, desde a ascensão de "Il Duce" ao governo da Itália com a sua brigada de valentões militarizados. Sem fazer alarde, fosse em casa ou nos cafés com os amigos mais próximos, ele se enfurecia com a maneira com que os bons italianos estavam sendo pisoteados, sua liberdade reduzida, tanto moral quanto física.

Ele se inclinou para sussurrar no meu ouvido.

– Porque, minha querida Stella, quero que veja com os seus próprios olhos o inimigo que enfrentaremos.

– Um inimigo? Mas Hitler não diz ser amigo da Itália? Um aliado?

– Não para os italianos, meu amor – ele sussurrou novamente. – Para pessoas boas e comuns, venezianos como nós, ele não é um amigo. Olhe para ele, observe a postura furtiva dele... Conheça o seu inimigo para quando chegar a hora.

Ele franziu seu rosto rude, enrugado, antes de esboçar um sorriso falso quando a milícia se aproximou, erguendo as armas para provocar um aplauso oportuno da multidão.

Eu olhei para o objeto da falsa celebração, diminuído pela estatura pomposa de Mussolini. Não pude ver seu rosto, nem as linhas nítidas de seu famigerado penteado, que havia estampado os jornais nos últimos dias. Mas a maneira como Adolf Hitler se movia entre as tropas italianas na Piazza San Marco parecia quase reticente, cautelosa. Era disso que devíamos ter medo? Ao lado de Mussolini e seu exército de grandalhões, ele parecia diminuído em todos os sentidos. Por que o meu avô, grande, corpulento e forte como era, parecia de certo modo temeroso?

Olhando para trás, para aquele dia, todo o comportamento de Popsa foi a minha primeira experiência com a máscara que nós, venezianos – italianos, na verdade –, precisaríamos adotar nos próximos anos. Por trás da bela e cintilante fachada da preciosa cidade italiana, o verniz de Veneza se revestiria da cara de desgosto de Popsa, escondendo sua determinação em manter unida a rede de seu povo contra Hitler e o fascismo.

Mas, àquela época, no fim da minha adolescência, eu não era politizada – era uma menina aproveitando os últimos dias de colégio, desfrutando do verão nas lindas praias de Lido sob o sol baixo e arrastado dos infinitos dias de Veneza e, talvez, da perspectiva de um romance de férias. Só anos depois eu compreenderia o significado da visita de Hitler naquele dia quente de junho, mais de cinco anos antes da eclosão da guerra, ou o impacto da exibição pública que Mussolini havia promovido para um homem que se tornaria o próprio diabo para boa parte do mundo. No início da guerra, quando a Itália aliou o seu poderio militar a Hitler, lembro-me de dizer ao meu avô o que mais tarde fiquei sabendo sobre aquele dia de 1934.

– Sabe o que Mussolini falou de Hitler naquela visita? – perguntei a ele, puxando a colcha que cobria o seu peito congestionado, observando seus pulmões tomados lutando contra a pneumonia que apenas alguns dias depois o derrotaria. – Ele o chamou de "palhacinho maluco".

Popsa apenas sorriu, suprimindo uma risada que ele sabia que forçaria seus pulmões e desencadearia um longo acesso de tosse. Respirou fundo.

– Ah, mas Mussolini é mesmo um grande palhaço. E você sabe o que os palhaços fazem, Stella?

– Não, Popsa.

– Estragos, minha querida. E depois escapam ilesos.

1

LUTO

LONDRES, JUNHO DE 2017

As lágrimas vêm em enxurrada – globos gordos que parecem se formar dentro dela, cobrindo momentaneamente suas pálpebras. Por um instante, ela sente como se estivesse olhando a sala de estar de sua mãe através de um pedaço espesso e torcido de cristal de Murano, até piscar e fazê-las rolarem pelas bochechas secas. Após dez dias de luto, Luisa aprendeu a não lutar mais contra ele, permitindo que o dilúvio caísse em cascata em direção ao seu queixo, agora encharcado. Solicitamente, Jamie havia espalhado caixas de lenços de papel pela casa da mãe dela; assim como se imagina que moradores de grandes cidades estão sempre rodeados por pragas urbanas, agora ela sempre tinha um grande lenço à mão.

Após o ápice da crise emocional, Luisa encara uma questão mais frustrante. O teclado do seu laptop não lidou bem com o aguaceiro humano, e um copo ainda havia virado durante a sua cegueira temporária – várias das teclas estão nadando em lágrimas e água da torneira. É tarde demais para secar a inundação – até a insistência em bater nas teclas lhe diz que a tela está congelada e que a máquina está demonstrando a sua insatisfação. Eletrônicos e líquidos não combinam.

– Ai, caramba, não agora – lamenta-se Luisa para o ar. – Não agora! Vamos, Daisy... Ao trabalho, garota!

Ela bate no teclado de novo, soltando alguns xingamentos que lhe vêm à mente, e mais lágrimas – desta vez de frustração.

É a primeira vez em que ela havia conseguido abrir Daisy, seu amado computador, desde o dia em que a mãe... morreu. Luisa quer dizer a palavra "morreu"; precisa continuar dizendo, porque é um fato. Sua mãe não faleceu, porque isso representa, de alguma forma, uma passagem tranquila, flutuando de uma dimensão a outra sem rancor, na qual há tempo para acertar as coisas entre lençóis brancos e cobertores macios, para dizer as coisas que se quer dizer – *precisa* dizer. Mesmo com a experiência limitada com a morte, Luisa sabe que foi abrupta, cortante e brutal. Sua mãe morreu. Fim. Duas semanas após o primeiro diagnóstico, uma semana após o coma induzido por remédios para combater a dor insuportável. E agora é Luisa quem deve suportar a inevitável dor da perda. Junte a isso raiva e frustração e terá uma ideia da miríade de emoções fervilhando em sua cabeça, no coração e em outros órgãos, vinte e quatro horas por dia.

Luisa tenta fazer, então, o que sempre faz quando não consegue parar quieta, comer, falar, socializar. Ela escreve. Velha de guerra e exibindo adesivos amorosos e facilmente identificáveis de orelhinhas de cachorro, Daisy havia sido uma amiga com a qual Luisa podia contar na hora de expor suas emoções na tela. Com frequência não passam de divagações malucas, mas às vezes há algo de valioso em meio à confusão de palavras – uma frase ou linha de pensamento que ela pesca aqui e ali para uso futuro, ou que pode ir parar, um dia, em seu livro. O livro que ela escreverá quando estiver livre dos meandros fúteis com os quais se compromete hoje, forrando páginas de revistas com as últimas novidades em cosméticos e reportagens questionando se as mulheres realmente querem controlar o seu destino (é claro que querem, ela pensa enquanto escreve – realmente preciso soletrar isso em não mais do que mil palavras?). Mas é trabalho. É isso que mantém a comida na mesa enquanto Jamie se estabelece como ator profissional. Mas, um dia, o livro vai acontecer.

Daisy é parte desse sonho, uma colega de trabalho e também uma guardiã de segredos, bem no fundo de seu disco rígido.

– Aff, Daisy, cadê a sua lealdade, hein? – murmura Luisa, e então logo se sente desleal para com a sua amiga *hi-tech*. Meio afogada em lágrimas, ela pode muito bem ter reagido da mesma maneira e se recusado a continuar. Daisy precisa de carinho e tempo para secar em cima do aquecedor. Nesse entretempo, há emoções reprimidas para despejar – e, por alguma razão inexplicável, uma caneta e um papel não são suficientes. Luisa sente necessidade de bater em alguma coisa, de cravar e de martelar as teclas e ver as palavras aparecerem na tela como se tivessem aparecido magicamente de algum lugar dentro dela, separadas de seu pensamento consciente. Sendo uma filha da era do computador, e com a dor ameaçando transbordar, uma caneta simplesmente não permitirá que essas palavras explodam dela com veneno ou amor sem limites, ou a raiva que ela mal pode conter.

Um pensamento a atinge: Jamie havia estado no sótão no dia anterior para avaliar quanto ainda teriam de limpar. Enquanto Luisa estava lidando com o cancelamento de débitos automáticos e imposto municipal, ele mencionou ter visto uma caixa de máquina de escrever enfiada no beiral, que parecia bem velha, mas "em bom estado". Será que tinha algum valor? Talvez apenas valor sentimental?, ele perguntou. Naquela hora, ela definiu o assunto como não urgente, mas agora sua necessidade é maior.

O espaço do sótão é como o de um milhão de outras pessoas em todo o mundo: um curioso odor de vidas antigas e umedecidas e poeira que sobe, irritadiça, quando você perturba seus anos de sono. Uma única lâmpada está pendurada no teto de madeira, e Luisa precisa adaptar os olhos para conseguir focar nos objetos. Ela reconhece alguns presentes de Natal que teve o cuidado de escolher para a mãe – uma manta termostática para as costas doloridas e um par de chinelos de pele de carneiro – que mal parecem ter saído de suas embalagens antes de serem abandonados na pilha dos "não desejados". Outro lembrete da distância entre mãe e filha, que nunca seria superada. Ela afasta esse pensamento da cabeça – está muito profundo nela por enquanto, embora ameace constantemente penetrar em sua dor. É terapia para outro dia. Luisa remexe nas coisas por alguns minutos, sentindo sua frustração aumentar e se perguntando se essa é a melhor maneira de passar o tempo neste momento, quando as coisas ainda parecem tão cruas. Ela quer e, ao mesmo tempo, teme encontrar um álbum de família, sabendo que não será capaz de não folhear as páginas amarrotadas de supostas memórias felizes. Os três na praia – ela, mamãe e papai – distribuindo sorrisos no mais puro estilo Kodak. Em dias melhores.

Felizmente, outro objeto, não um álbum, aparece em meio à escuridão. Trata-se de uma caixa cinzenta cuja forma quadrada, com uma alça de couro marrom, só pode significar uma coisa. Tem a aparência de uma vida bem vivida, com riscos e arranhões, fazendo-a se lembrar da história que Daisy ostenta em seu invólucro. Há um som distinto quando os fechos saltam para cima sob os dedos de Luisa, e o que quase soa como uma baforada humana quando ela levanta a tampa. Mesmo sob a luz fraca, ela pode ver que é linda – uma mistura monocromática de preto e cinza, teclas brancas rodeadas por um metal opaco cintilando contra a penumbra. Luisa coloca um dedo hesitante em uma das teclas, pressionando-a delicadamente, e o mecanismo reage ao toque dela, fazendo uma fina haste de metal saltar em direção ao rolo. Não estava travada. Ela observa, também, que ainda há uma fita presa e, melhor ainda, uma bobina sobressalente lacrada dobrada ao lado do teclado. O celofane envelhecido está intacto, mas quase se desintegra ao seu toque. Se o destino estiver a seu favor, a fita não terá secado.

Luisa encaixa a tampa e puxa a caixa dentre uma pilha – é surpreendentemente leve para uma máquina antiga. Quando a puxa, a tampa de uma das caixas desliza, fazendo subir uma nuvem de poeira. Ela se vira para colocá-la de volta, mas seu olho capta uma única fotografia, em preto e branco, mas agora em tons de sépia devido ao tempo. Há nela um homem e uma mulher – suas expressões alegres sugerem um casal – parados na Piazza San Marco em Veneza, a distinta basílica grandiosa atrás deles, cercados por uma revoada de pombos. Ela reconhece a mãe nas feições da mulher, mas não o homem. Luisa vasculha sua memória – sua mãe e seu pai nunca mencionaram uma viagem a Veneza. Talvez na lua-de-mel? Parecia esse tipo de foto – o casal todo feliz. Não é como ela se lembra dos pais, mas imagina que até eles foram apaixonados um dia. Mas a foto parece mais velha do que isso, de uma época passada.

Luisa conhece suas raízes italianas, sendo a grafia do seu nome uma indicação óbvia. Os pais de sua mãe eram italianos, mas morreram anos atrás; seu avô, quando ela era ainda bebê, e sua avó, no início da adolescência. Ela sabe pouquíssimo sobre a história deles – sua mãe nunca falava sobre isso – exceto que os dois haviam sido escritores. Ela gosta de pensar que herdou deles pelo menos esse traço familiar.

Ela vira a fotografia; rabiscadas a lápis estão as palavras "S e C, San Marco, junho de 1950". Sua mãe chamava-se Sofia, mas nasceu em 1953; então talvez seja o rosto de sua avó, toda radiante? S de Stella? Talvez seja o avô de Luisa ao lado dela – Luisa mal se lembra dele, apenas uma imagem fugaz de um rosto gentil. Mas seu nome era Giovanni. Então quem é C? É perfeitamente possível que ele fosse um pretendente antes do vovô Gio, como ela sabe que o chamavam. A curiosidade de Luisa dá lugar a um sorriso, o primeiro em dias, e o movimento dos músculos no rosto lhe parece estranho. Ela os acha tão elegantes, ele em suas calças de terno de cintura alta, ela em um terninho elegante tipo Chanel, com refinados sapatos sociais, além do cabelo preto penteado em uma onda chique.

Luisa curva-se para recolocar a fotografia na caixa, mas vê que, por baixo de uma camada de lenço de papel se desfazendo, há mais coisas – fotos e pedaços de papel, alguns rabiscados à mão e outros datilografados com fontes antigas, talvez na máquina recém-descoberta? Para qualquer outro curioso, justificaria dar uma olhada, no mínimo, mas para uma jornalista aquilo era um estímulo para os sentidos. Há algo no cheiro também – a pungência de poeira velha – que gruda nas narinas de Luisa e faz seu coração bater mais rápido. Cheira a vidas vividas e história revelada.

A caixa como um todo é pesada e difícil de manobrar, descendo as escadas do sótão até a sala de estar. À luz do dia, no entanto, ela vê o verdadeiro tesouro vir à tona. Sob uma pilha de bilhetes soltos e vários recortes quebradiços e amarelados do jornal *Venezia Liberare*, Luisa pode pressentir: mistério. Está na textura de areia fina sob seus dedos enquanto ela cuidadosamente levanta o esconderijo de papel – homens e mulheres sorrindo em tons difusos de preto e branco; alguns, ela observa, casualmente usando rifles como se fossem adereços, ou segurando-os orgulhosamente sobre o peito, inclusive mulheres. Por um momento, ela fica chocada; em uma memória distante, sua avó nunca pareceu outra coisa senão isso – uma doce velhinha que distribuía abraços e chocolates, sorrindo maliciosamente quando era inevitavelmente repreendida pela mãe de Luisa por estragá-la com doces. Às vezes, Luisa se lembra dela lhe passando bombons quando ninguém estava olhando, sussurrando "Shh, é nosso segredo", e ela se sentia como se fossem parte de uma pequena gangue.

A máquina de escrever é momentaneamente esquecida enquanto Luisa pega cada item, examinando seus detalhes desbotados, apertando os olhos para preencher as lacunas das marcas de lápis perdidas com os anos. Isso a atinge diretamente – quantas histórias de pessoas estão contidas nessa caixa de papelão, com suas bordas afundadas e cantos roídos pelos ratos do sótão? O que ela pode descobrir em suas profundezas, entre as aranhas mortas e o cheiro de mofo? O que ela aprenderá sobre sua família? Ela se pergunta, também, se há um toque do destino em sua descoberta, como se tivesse de ter acontecido logo nesse dia, e não em qualquer outro – organizar aquilo de alguma forma e, com isso, colar seu eu recentemente despedaçado de volta no lugar. Pela primeira vez em semanas, ela não se sente derrotada nem oprimida pela dor da perda, mas um pouco animada. Empolgada.

2

NA COVA DOS LEÕES

VENEZA, INÍCIO DE DEZEMBRO DE 1943

Eu sempre penso naquela conversa com Popsa de antes da guerra; a palavra "caos" faz muito sentido hoje em dia, ainda mais depois das atrocidades de uma noite passada no gueto judeu: centenas de pessoas presas como gado pelas tropas nazistas e seus serviçais fascistas, homens e mulheres retirados de suas casas – impassíveis diante de seus filhos gritando e chorando, sendo abandonados para trás – e levados a barcos com destino, primeiramente, à prisão de Santa Maria Maggiore. E, como se a separação de suas famílias já não fosse terrível o suficiente, toda a Veneza sabia qual seria seu destino final, e eles também sabiam – a leste, passando pela Alemanha, rumo a Auschwitz. Para uma morte quase certa.

Esfrego as linhas marcadas ao redor dos meus olhos, na esperança de limpar qualquer fuligem dos incêndios que continuam a arder no gueto. Tendo passado as primeiras horas correndo de casa em casa em Veneza, sem fôlego, passando mensagens e documentos de identificação falsos para aqueles que precisam deles, o cheiro de explosivo e desespero ainda estão nas minhas narinas. Se houvesse alguma chance de salvar pelo menos algumas famílias, nós – a

Resistência – tínhamos que tentar; amontoando mulheres e crianças nos menores esconderijos, em armários e sótãos. Vi mães tentando desesperadamente manter seus bebês quietos, as mãos em posição de concha sobre as bocas, o medo de que deixassem escapar um choramingo ou murmúrio estampado em seus rostos. Nossos líderes foram pegos de surpresa pelo ataque repentino dos nazistas ao gueto judeu; enquanto eu me embrenhava, sem fôlego, pelo labirinto de becos e pequenas passagens, driblando os soldados nazistas para não ser questionada sobre o que estava fazendo na rua após o toque de recolher e para onde exatamente estava indo, parecia que a nossa luta seria inglória. Trabalhamos a noite toda, mas, à luz do dia, é evidente que só conseguimos limitar minimamente os danos.

Meu corpo todo parece estar enfraquecido, embora eu tenha tido o luxo de pelo menos voltar brevemente para casa para uma hora de sono, uma troca de roupa e um banho de gato com uma flanela molhada. Aqueles judeus levados unicamente por causa de sua origem, nascidos em uma religião desprezada pelos nazistas, estão agora jogados em algum chão duro e frio, com pouca perspectiva de futuro. Eu sou uma mulher de sorte.

– Mais um expresso? – Paolo puxa minha xícara vazia do balcão e coloca uma segunda xícara cheia em seu lugar, sem esperar resposta.

Ele só precisa ver o meu rosto, apressadamente coberto com um pouco da preciosa maquiagem que venho racionando e um toque de batom vermelho. O café é bem-vindo, embora não seja, é claro, aquela substância forte, mas sedosa, dos dias pré-guerra. Paolo e seu pai, proprietários do café na praça embaixo do meu apartamento desde o início dos tempos, são mestres em fazer o café falso – *Ersatzkaffee* – *parecer* italiano, pelo menos; o chiado da máquina reluzente, a maneira como Paolo o derrama com amor na xícara minúscula, com um gesto elegante. Pelo menos me ajuda a acordar.

– Boa sorte, Stella – diz Paolo enquanto eu engulo o café e aceno, me despedindo. Sua piscadela de despedida me diz que ele sabe exatamente para onde estou indo.

Ando por vinte minutos pelas ruas do Fondamenta Nuove até o quartel-general nazista na grande praça central de San Marco, tentando apressar o passo à medida que me aproximo do Platzkommandantur. Meu humor melhora um pouco sob o forte sol de inverno nascendo sobre o Arsenale, que dá um tom rosado aos canais menores, de uma ponte a outra, o jade leitoso da água batendo nos tijolos vermelhos e alaranjados. Em geral, esta é a melhor hora do dia para mim, quando Veneza ainda está acordando e as senhoras robustas, vestidas de preto com otimismo, saem para comprar o que puderem nos mercados relativamente escassos. Hoje, porém, o burburinho matinal parece abafado quando as notícias do ataque ao gueto se espalham pela cidade. Em breve, todos os cafés e bares borbulharão com falatório e opiniões; alguém sempre conhece uma pessoa levada – um parente ou um colega. Em uma cidade como Veneza, as pessoas se conectam e criam vínculos como os seus canais interligados, que são suas artérias vitais.

Há poucas tropas – nazistas e fascistas – a esta hora da manhã, mas, nós, venezianos, fomos ensinados a acreditar que os olhares vigilantes estão por toda parte. Apesar dos meus verdadeiros sentimentos, do meu orgulho antifascista como o do meu amado avô, tenho de parecer ansiosa ao entrar no reduto do inimigo – e não como prisioneira nem suspeita, mas como um novo membro entusiasmado da equipe. Como que automaticamente, ajusto a expressão do meu rosto, vestindo a máscara de uma colaboradora grata, uma veneziana feliz por ter a proteção de nossos primos alemães maiores e melhores.

Nós, italianos, aprendemos a desempenhar muito bem o papel do parente pobre. Temos anos de prática.

Sabemos o que as pessoas do mundo lá fora dizem – que os venezianos têm passado pela guerra de forma "branda", na cidade protegida como uma espécie de oásis graças à sua beleza e grandiosidade, sua preciosa arte, vista pelos bombardeiros Aliados como um lugar a ser evitado, não arruinado. Até certo ponto, é verdade: a música clássica ainda toca na Piazza San Marco, embora atualmente seja mais provável que o som venha da Banda Regimental Hermann Goering, com sua pompa maneirista que substitui qualquer traço de verdadeira elegância. Houve até a nossa famosa celebração de arte, a Biennale, atraindo os belos e ricos, bem como o rei da propaganda nazista, Joseph Goebbels. Mas diga isso às mães cujos filhos adolescentes foram levados para só Deus sabe onde, como mão de obra escrava para a máquina nazista, que tudo não passará de uma encenação distorcida da fábula do flautista. Ainda está fresco na minha memória aquele dia em início de setembro, apenas três meses atrás, quando os panfletos coloridos caíram do céu, informando-nos de que os nazistas estavam a caminho de ocupar a cidade. Para a maioria dos venezianos – depois de anos sob a ditadura fascista de Mussolini – foi simplesmente mais um golpe, outro tipo de peste. Dias depois, ouviu-se a batida retumbante de botas, e os nazistas rapidamente se acomodaram em nossos palácios à beira do Grande Canal, perambulando por bares e restaurantes ao ar livre como se estivessem de férias.

Na superfície, Veneza parece ser complacente, dócil. Mas eu sei que não é assim. Apesar de todo o seu esplendor externo, Veneza se esconde bem; em becos profundos e escuros, atrás das venezianas pintadas de verde, tenho certeza de que há colmeias agitadas, milhares de pessoas trabalhando para dificultar o planejamento intrincado de nossos invasores e reivindicar o controle da nossa cidade. Por enquanto, fazemos isso em silêncio. Mas queremos estar prontos.

Meu coração quase parou quando recebi uma mensagem para comparecer à sede do Alto Comando Nazista, em uma das pontas da Piazza San Marco. Desde a ocupação total em setembro, quando a cidade fervilhou com as tropas verde-acinzentadas da Wehrmacht e as cores acinzentadas da ss, vinha me forçando a desviar dali e evitando andar pela praça sob a vigilância dos jovens guardas alemães, entediados e de olho nas belas moças venezianas. Ao ser convocada, imaginei que minha filiação ao Partido da Ação, um partido antifascista, tivesse sido descoberta ou revelada; mas, se tivesse, não teria havido nenhum pedido de comparecimento – mais provavelmente haveria uma invasão repentina de camisas-negras fascistas e uma prisão em seu insalubre quartel-general em Ca' Littoria, além de uma familiarização dolorosa com seus métodos de tortura. Aprendemos rapidamente que os alemães não estão aqui para sujar as mãos, na medida do possível. Apenas para supervisionar a aniquilação da liberdade.

Nos últimos anos, tive o cuidado de não me aliar publicamente a ninguém em particular, mantendo a discrição como datilógrafa do departamento de obras de Veneza, a divisão do governo responsável por fazer nossa cidade de contos de fadas funcionar no dia a dia, mesmo durante a guerra. Eu fui "indicada" para o trabalho por Sergio Lombardi, aparentemente um cidadão pacato que, em sua outra vida, é o capitão Lombardi, comandante da Resistência de Veneza. As informações que consegui obter enquanto trabalhava no departamento de obras provaram-se úteis para os grupos combatentes que lutavam contra os nazistas e fascistas em toda a região do Vêneto, embora nunca tenha imaginado que salvariam vidas. Quando duvidei disso, quando ansiava por fazer algo de mais útil – mais visível – Sergio me garantiu que o conhecimento detalhado do funcionamento da cidade era vital para ajudar suas tropas a entrarem e saírem de Veneza sem serem descobertas. Os mapas a que tive acesso eram ferramentas perfeitas para proteger soldados Aliados, agora que a ocupação nazista no norte da Itália tornou impossível mover-se livremente. Graças a essa minha discrição, hoje estou aqui, prestes a entrar na cova dos leões; minha transferência para o Alto Comando Nazista – a sede do Reich – foi solicitada por causa do meu alemão fluente, embora a mudança não pudesse ser mais oportuna e fortuita. Ou assustadora.

Passada a fachada do Museu Correr na Piazza San Marco, apresento meu passe do departamento de obras a um jovem soldado alemão, que procura o meu nome na lista. Ele parece satisfeito ao descobrir.

– Suba as escadas, primeira porta à sua direita – diz ele em um italiano vacilante.

– Obrigada, vou encontrar – digo em alemão, e ele sorri de vergonha.

Coitadinho, não passa de uma criança, talvez da mesma idade do meu irmão Vito. Ambos muito jovens para isso.

O escritório no topo da ampla escadaria de mármore fica atrás de uma grande porta esculpida. Lá dentro, as mesas estão distribuídas de forma rígida; as paredes exuberantes da vasta sala são balanceadas pela mobília sóbria de madeira escura e os ícones nazistas espalhados ao redor. Um barulho feroz de máquinas de escrever me atinge como uma onda, e, por um instante, fico sobressaltada. Devo ter demonstrado, porque um homem se aproxima – posso ver por seu rosto e suas roupas civis que ele é italiano, e fico novamente surpresa, embora mais aliviada. Mesmo agora, um uniforme nazista completo me faz prender a respiração, e sinto uma culpa crescendo dentro de mim, mesmo que tenha me tornado especialista em disfarçá-la.

— Bom dia, posso ajudá-la? — diz o homem em italiano, em seu terno cinza bem cortado.

Ele não é veneziano; seu sotaque indica que é do sul. Alto e com uma barba curta e escura — em seus trinta e poucos anos, acho —, ele parece deslocado em meio ao ambiente militar, lembrando-me um acadêmico ou bibliotecário. Todo o seu comportamento é italiano; apenas o minúsculo alfinete de metal na lapela de seu paletó — a insígnia da caveira — me diz que ele é um fascista. Um membro pago da gangue de Mussolini. Em qualquer outro cenário, eu poderia tê-lo achado atraente, mas, neste contexto, ele está prejudicado por sua aliança.

— Fui enviada aqui pelo departamento de obras como datilógrafa e tradutora — mostro as minhas referências. — Estou no escritório certo?

Ele examina os papéis, segurando-os mais perto do rosto, e noto seus grandes olhos castanhos examinando a escrita.

— Bem-vinda, Signorina Jilani — ele diz. — Sim, está no lugar certo. Vou levá-la à sua mesa.

Ele se vira e me conduz até o fundo da sala, passando por uma mesa vazia com uma máquina de escrever silenciosa sobre ela. Encostada em uma parede totalmente coberta com livros e arquivos, ele aponta para uma mesa vazia com uma grande máquina ao lado.

— Pronto, esta é a sua mesa — ele aponta.

— Ah, achei que ficaria ali com as outras datilógrafas — digo, olhando para trás.

O desejo de me misturar e passar despercebida está bem enraizado em mim.

— Bem, como você será a tradutora do general Breugal, achei que seria melhor se ficasse mais perto do escritório dele — ele aponta levemente com a cabeça em direção a uma porta fechada ainda maior e mais esculpida do que a anterior – já que ele tende a ser um pouco breve quando se trata de instruções. Não consigo imaginá-lo atravessando o escritório dez vezes ao dia; ele ficaria um pouco irritado com isso. Com sorte, isso vai poupá-la um pouco de sua... – ele hesita antes de continuar – de sua irritação.

Ele sorri ao dizer isso, um pouco tímido, talvez por ter deixado escapar sua opinião sobre o general, ao retratá-lo como um déspota fanfarrão. Só que a reputação do general é de ser tudo, menos isso – um déspota, certamente, mas sua crueldade já é bem conhecida na Resistência.

– Bem, agradeço por isso antecipadamente – demonstro genuína gratidão, pois a última coisa que quero é atrair qualquer atenção indesejada.

Estou aqui para datilografar, traduzir e absorver tudo que poderá ajudar a Resistência a travar uma batalha com real chance de sabotagem contra nossos invasores alemães. Mas também estou aqui para me mostrar totalmente adaptável, pelo menos no horário comercial.

– A Marta vai lhe mostrar o banheiro e a cantina, e vou marcar um encontro com o general Breugal quando ele chegar logo mais.

Eu assinto, e ele se vira para ir embora.

– Ah, a propósito, meu nome é Cristian, Cristian De Luca, sub-secretário do general, principalmente assuntos administrativos. Civil.

Ele acrescenta a última parte com firmeza, como se não quisesse que eu achasse que ele fosse um fascista de carteirinha. Como não está usando uma camisa preta e um quepe escuro, não faz parte do exército de brutamontes. Mas conheço muitos inocentes que foram condenados por uma simples datilógrafa, apenas por serem citados em uma lista. Tenho que me lembrar que o que estou fazendo não é colaborar com os fascistas – meu comandante da Resistência me garante que as informações que eu puder assimilar salvarão muito mais vidas do que eu poderia condenar com o meu trabalho oficial aqui.

– Por favor, me procure caso precise de alguma coisa ou haja algum problema – Cristian De Luca sorri fracamente, mas mesmo seus olhos amigáveis não me convencem.

Assinto mais uma vez, porque é isso que devo fazer.

Tenho tempo suficiente para conhecer algumas das outras datilógrafas durante o chá, antes de ser chamada pela porta agourenta. Pego a caneta e o caderno na minha mesa, sem saber se é só uma entrevista ou se devo começar a trabalhar imediatamente. Uma vez lá dentro, a caminhada em direção à escrivaninha é longa, já que o escritório é vasto, com tetos altos e paredes repletas de figuras esculpidas em gesso. Meus olhos são atraídos para a imagem imensa do Führer colocada sobre a grande lareira. Sua expressão em tais retratos sempre me faz rir por dentro – é como se ele tivesse engolido um bocado da massa apimentada da minha mãe e estivesse sentindo os efeitos na digestão. Há um cheiro inconfundível de fumaça de charuto, e o sol de inverno entrando pelas janelas altas cria um redemoinho de nuvens esbranquiçadas.

– Fräulein... Perdão, Signorina – uma voz vem de trás da fumaça, e finalmente vejo seu rosto.

Ele é gordo. Essa é a minha primeira impressão. Grandalhão. Sua pele vermelha e oleosa parece bem esticada sobre as bochechas largas, resultado, com certeza, da vida confortável e de muita grappa. Ele ostenta um bigode ralo, nem mesmo digno de ser modelado em algo parecido com aquela escovinha boba de Hitler. Seus olhos pretos parecem cerejas minúsculas na massa rechonchuda de seu rosto; seu corpo é uma versão maior do rosto, espremido com esforço dentro do uniforme verde da Wehrmacht. A princípio, acho que ele tem cara de tolo, mas sei que, ao mesmo tempo, nunca é bom subestimar o ódio que pessoas de sua espécie são capazes nutrir; ódio pelos judeus, somado a um desprezo pelos fracos italianos, que precisam de ajuda nesta guerra. Ele certamente não ganhou seu lugar atrás dessa mesa por não mostrar força. O general Breugal já se destacou de forma distinta – e mortal – ao combater a oposição de Veneza à ocupação nazista em nossa cidade; o ataque ao gueto na noite anterior foi apenas um exemplo de seu zelo em realizar a limpeza dos judeus de nossa cidade encomendada por Hitler.

Breugal não se levanta, apenas estende a mão sobre a mesa, e eu sou obrigada a tocar seus dedos úmidos antes de me sentar em uma das duas cadeiras colocadas em frente à mesa. Ele está escrevendo freneticamente, mas levanta os olhos e espreme a ponta do charuto em um cinzeiro próximo.

– Bem, vou precisar de um mínimo de dois relatórios datilografados diariamente, traduzidos do alemão para o italiano – diz ele em um alemão entrecortado. – Imagino que seja fluente?

– Sim, Herr Breugal.

– General – ele me corrige rapidamente.

– Desculpe, general – digo.

Eu me preocupo por já ter chamado a atenção para mim, mas ele mal me olha; logo me sinto segura de que sua arrogância o levará a me ignorar quase sempre. E é assim que eu quero que seja.

Uma vez que sou dispensada com um grunhido e um aceno de mão do general, volto para minha mesa, segurando o primeiro relatório que preciso traduzir. Do lado de fora da porta, encontro o vice do general, capitão Klaus, alto e magro – e muito mais jovem. Ele se apresenta, mas não há emoção em sua voz – cumpre apenas com um dever. Há, no entanto, um brilho de aço em seus olhos azuis. Faço o melhor que posso para permanecer profissional, embora quase possa sentir o calor desse primeiro relatório em meu peito.

Por fim, capitão Klaus indica que esgotamos as formalidades, eu me sento e abro as páginas. Os textos são puro ouro para a Resistência, com informações diretas da fonte para que possam planejar a sabotagem contra os movimentos alemães, dando início a resgates de famílias-alvo e, de forma geral, plantar dificuldades para o regime nazista. Por mais tentador que seja, não podemos usar toda a informação obtida de maneira sistemática – meus colegas da Resistência deixaram claro que o meu cargo deve ser protegido, para que eu possa permanecer nele sem levantar suspeitas. Para o general Breugal e o ligeiramente estranho Cristian De Luca, não passo de uma boa moça italiana, uma patriota e amante da ordem, uma verdadeira crente no poder do fascismo de vencer o caos atual. Devo me fazer confiável.

À primeira vista, o relatório que devo traduzir parece ser apenas uma atualização de engenharia do precioso abastecimento de água em Veneza, bombeado do continente. Mas, ao consultar meu dicionário alemão-italiano para palavras mais específicas, descubro que também se trata de redirecionar os suprimentos de alimentos por meio de novas companhias marítimas, embora a palavra "suprimentos" nem sempre pareça se referir à escassa farinha, ao açúcar ou ao trigo. A complexidade do relatório não me permite lembrar palavra por palavra, apesar de eu ter um talento para assimilar e memorizar informações. Felizmente, a Resistência se preparou para isso. Eles sabem que não posso me arriscar a fazer uma cópia carbono da minha tradução ou escrever anotações de próprio punho, então foi combinado com minha unidade que datilografarei breves anotações das quais possa me livrar facilmente no escritório. Agir à vista de todos às vezes é a melhor forma de camuflagem e, de repente, fico grata por ter uma mesa de costas para uma estante de livros, pois assim ninguém poderá me vigiar por trás. Ou, então, posso fazer rápidas anotações sempre que der uma desculpa e ir ao banheiro. Um sapateiro simpático já fez ajustes em vários dos meus pares de sapatos, o que me permite esconder notas dobradas nos saltos. Então voltarei para minha mesa, com uma expressão de indiferença e de vontade de continuar o trabalho para o Reich. Esse é o plano.

– Fräulein Jilani, já está bem estabelecida? – a voz se eleva acima do barulho do escritório e me pega de surpresa, até porque o alemão de Cristian De Luca é perfeitamente cortante.

Ele nota a minha surpresa.

– Sim, falamos alemão no escritório. O general prefere – explica ele. – Tem tudo de que precisa?

– Sim, obrigada – digo, meus olhos voltados para o teclado.

Preciso trabalhar rapidamente para preencher as notas oficiais e não oficiais, mas evitando fazer barulho a ponto de chamar a atenção. Sergio, capitão da Brigada Central da Resistência Veneziana e meu comandante, enfatizou que devo ficar quieta por vários dias, ou mesmo semanas, sem passar informações, mas esses dados parecem muito importantes. Tenho certeza de que podem realmente fazer a diferença. Eu preciso trabalhar e esse homem está me segurando. Cristian De Luca paira ao lado da minha mesa. Eu olho para cima, inquisitiva.

– Erm, espero que tenha se passado tudo bem com o general? – ele se aventura. – Nada muito... brusco?

– Não... não – eu minto, propositalmente otimista. – Ele foi... direto, mas perfeitamente educado.

— Bem, não hesite em... – suas últimas palavras se perdem quando a voz do general soa estrondosa atrás de mim, levando uma das secretárias a correr em direção à porta, quase dando uma pirueta.

Cristian De Luca caminha em direção a uma mesa perto da janela, a apenas duas mesas de distância da minha, o que é irritante. Ele coloca um par de óculos com aro de tartaruga e abre um arquivo para ler. Agora ele fica com ainda mais cara de bibliotecário.

Os esforços da noite anterior estão começando a surtir efeito – meus olhos ardem de cansaço enquanto puxo a tampa da minha máquina no final do dia, quando o escritório começa a esvaziar. Uma das garotas do escritório pergunta se eu gostaria de me juntar a elas para um drinque, mas dou a desculpa de que sou esperada na casa dos meus pais para jantar. A ideia de um prato de macarrão da Mama – que é caprichado, mesmo com ingredientes cada vez mais escassos – me dá água na boca, mas, em vez disso, pego um pãozinho em uma padaria próxima e vou rapidamente na direção oposta, encolhendo-me dentro do casaco enquanto me dirijo para a beira do canal. Apesar do meu cansaço, é hora de me dedicar à terceira parte da minha cheia e, às vezes, complicada vida.

Esperando no ponto do *vaporetto* que vai me transportar até a ilha de Giudecca, fico olhando para a torre da igreja de San Giorgio Maggiore, que se ergue na borda da ilha. O monólito palladiano está ainda mais magnífico esta noite, iluminado pelos eventuais feixes de luz do tráfego de barcos indo e vindo pela lagoa. Não sou particularmente religiosa – pelo menos não tanto quanto a Mama gostaria –, mas a existência da torre e sua manutenção durante séculos de guerra e conflitos aquece meu coração. Esse calor é particularmente bem-vindo agora, uma vez que o vento cortante tende a soprar forte por este amplo trecho entre Veneza propriamente dita e o território que é considerado de Giudecca, menos ornamentado e mais industrial. Mas é isso que há de tão atraente nesta noite, ao menos para mim. As águas às vezes agitadas são uma divisória que mais ajuda do que atrapalha.

A travessia não é impedida por barcos-patrulha alemães e leva apenas dez minutos ou mais; sou uma entre cerca de uma dúzia de passageiros que desembarcam em Giudecca. As ruas estão quase totalmente escuras, com pouquíssima iluminação – uma consequência de lâmpadas queimadas que não foram substituídas –, mas tenho um mapa mental do caminho para o meu destino. Acho que poderia encontrá-lo mesmo dormindo, o que é ótimo, já que meus olhos estão lutando para ficar abertos depois de tão pouco descanso. Mas é meu dever. Isto é trabalho, não prazer. Por mais cansada que eu esteja, há mais coisas a datilografar, embora desta vez o conteúdo saia da minha cabeça, não dos relatórios que contribuem para a ocupação nazista. Cada vez que venho a Giudecca, me torno um tipo diferente de tradutora, cuja paixão ferozmente leal pela Resistência é colocada em uma página para que toda Veneza veja. É uma parte da minha contribuição para a causa, para os defensores de nossa cidade. Popsa sempre dizia que eu me destacaria um dia pelo meu amor pelas palavras e, cada vez que venho a Giudecca, gosto de pensar que ele tinha razão.

Quando viro a esquina para a pequena praça escura, um brilho sai das janelas do andar térreo do café-bar, as persianas apenas meio fechadas, e um zunido baixo da conversa atrás de uma porta de madeira pesada é o único ruído na praça vazia.

– Boa noite, Stella – diz Matteo, o dono do bar, enquanto entro sob uma onda geral de boas-vindas dos dez ou mais clientes. Aqui estou entre amigos.

– Olá a todos – digo o mais alegremente que consigo.

Caminho para o fundo do bar e entro em uma salinha, pouco mais que um armário, onde troco o casaco por um avental de garçonete branco. Em vez de voltar ao bar, porém, bato três vezes em uma porta escondida no canto do salão e giro a maçaneta.

– É Stella – anuncio para avisar a minha presença enquanto desço uma pequena escada de madeira em direção à luz fraca logo abaixo.

Arlo levanta os olhos da mesa, apertando-os para me ver, depois se concentra de novo no papel em que está trabalhando. Pobre Arlo – sua visão já é ruim sem o esforço extra exigido pela luz fraca e pelas letras minúsculas que ele observa por horas a fio. Seus óculos grossos estão largados sobre a mesa enquanto ele traz a página para perto do rosto – sua visão é uma herança genética que o salvou de uma convocação forçada para o exército italiano e, provavelmente, também impede a Resistência de armá-lo, porém ele é um excelente tipógrafo. Duas vezes por semana, nosso pequeno grupo de editores de jornal amadores se reúne clandestinamente em Giudecca para criar o semanário *Venezia Liberare*. Como o nome sugere, trata-se de espalhar a palavra de liberdade para todos os venezianos, reivindicando algo que é nosso por direito. Em meio às linhas de notícias e assuntos locais, há – assim acreditamos – um manifesto de esperança.

O *Venezia Liberare* não fica lado a lado, nas bancas, de *Il Gazzettino* e outros jornais convencionais, aqueles amplamente controlados por simpatizantes fascistas. É criado, impresso e montado neste espaço ínfimo, depois embalado e transportado sob o manto da escuridão para todos os cantos de Veneza, onde os lojistas leais à causa manterão uma pilha de "algo especial" sob seus balcões, passando o jornal sobre as mercadorias sem alarde e, com ele, a ideia de que todos nós ainda estamos aqui. Prontos e aguardando.

– Ei, Stella, temos oito páginas para preencher esta noite. Espero que você esteja animada para escrever – Arlo diz com entusiasmo.

Meu coração aperta por um segundo, e meu cansaço aumenta como uma onda, mas, quando puxo minha cadeira e levanto a tampa da máquina de escrever, sinto uma nova onda de energia dentro de mim. Ver a máquina já causa esse efeito em mim. É muito menor e mais simples do que a máquina de escrever de tamanho industrial do escritório do Reich, que é daquela com teclado bem inclinado e rolo grande, de metal brilhante cinza e preto, imitando o uniforme da ss. O brilho que a minha pequena máquina tinha em sua moldura preta agora está esmaecido e arranhado, e algumas das teclas brancas foram ficando cinza ou manchadas de tinta, marcadas pelas minhas impressões digitais, mas isso me alegra, como se ela fosse uma velha amiga. Há anos, desde que Popsa a trouxe para casa no meu aniversário de dezoito anos, esta pequena máquina tem sido minha colega de trabalho, até mesmo minha companheira. Minha voz.

Nós passamos por muita coisa. No que agora parece ter sido uma vida totalmente diferente como jornalista, abdiquei das pesadas máquinas de escrever de escritório, optando por uma ferramenta mais prática e portátil. Saíamos juntas para fazer matérias, o que me permitia fazer anotações rapidamente, dirigir os meus pensamentos para o papel, às vezes sentada nos degraus de uma igreja ou do lado de fora de um café tranquilo, tomando um banho de sol da primavera. Eu era apenas uma repórter júnior, mas era o emprego dos meus sonhos quando eu terminasse o colégio: levemente desaprovado pela Mama, secretamente tolerado pelo Papa e encorajadíssimo pelo Popsa.

– Este pode ser o seu futuro – ele sorriu enquanto eu abria o presente de aniversário cuidadosamente embrulhado. – Você pode vencer batalhas e mudar opiniões com isso, Stella. É melhor do que qualquer arma.

Ele havia insistido em comprar uma máquina Olivetti, a boa empresa familiar italiana com sólidas afiliações antifascistas que salvaram muitas vidas, mais tarde comprovadas por suas ações de sabotagem criativa nos tempos de guerra.

Claro, sendo Popsa, ele só podia estar certo. Passei a datilografar até perturbar a casa toda; criei histórias, registrei memórias e escrevi poemas péssimos. E todas essas palavras, canalizadas de dentro de mim para a página por meio da minha bela e barulhenta Olivetti, ajudaram-me a conseguir o cargo dos meus sonhos no *Il Gazzettino*, o influente jornal diário que cobria toda a região continental do Vêneto, nas cercanias de Veneza. Eu fiquei extremamente feliz por um tempo, até que a política cada vez mais fascista da publicação se tornou tão sombria quanto as nuvens de tempestade da guerra pela Europa.

Mas não tenho tempo para pensar sobre isso enquanto estou aqui sentada na muito menos equipada – mas não menos importante – redação subterrânea do nosso jornal clandestino. Em minhas mãos está um maço de anotações rabiscadas à mão em pedaços de papel amassado, alguns relatórios datilografados e transcrições taquigráficas de transmissões de rádio. Tudo passado por membros da Resistência em Veneza e capitães encarregados dos grupos de combate nas montanhas, por meio de vários mensageiros, até nosso modesto escritório no porão. Mães e avós passam horas sentadas em suas cozinhas mal iluminadas ouvindo as transmissões da Rádio Londra – o serviço da BBC inglesa que nos traz notícias do mundo exterior –, anotando detalhes da luta além das fronteiras de Veneza. De alguma forma, nas próximas três horas, tenho de entender as anotações e transformá-las em notícias, a tempo de Arlo e seu único ajudante fixo, Tommaso, organizarem e imprimirem a nossa edição semanal do *Venezia Liberare*. É a nossa maneira concreta de dizer aos italianos comuns que eles não estão sozinhos na luta contra o fascismo.

Matteo me traz outra xícara de café de boas-vindas, e começo a trabalhar. Não pela primeira vez, agradeço por ter passado o meu primeiro ano em *Il Gazzettino* convertendo declarações e textos enviados à imprensa em matérias palatáveis. Àquela época, eu achava que era uma forma de punição por ser novata, e ficava intensamente frustrada por não poder sair da redação para fazer reportagens. Agora sei que adquiri uma habilidade valiosa. Ao terminar cada matéria, arranco-a da máquina, inclino-me para trás na cadeira e entrego a Arlo e Tommaso, um menino que ainda não saiu da escola cujo pai é um tenente militante. Daí eles começam a trabalhar na montagem das páginas.

Tommaso é bastante novo em nossa pequena oficina e, como descobrimos recentemente, é uma espécie de artista com um dom para charges; sua abordagem sarcástica dos líderes fascistas – especialmente do nosso querido Benito Mussolini – conquistou as nossas páginas. Em meio a relatos sérios das vitórias dos militantes nas montanhas, territórios ocupados e trens descarrilados, podemos oferecer um tom mais leve aos nossos leitores. Afinal, é nosso senso de humor italiano que nos permitiu sobreviver durante vinte anos de opressão fascista e, depois, uma guerra. Nos cafés, nas cantinas e nos *campi**, ainda se ouvem risadas em Veneza.

Quando ele se juntou a nós, pude senti-lo admirando a garçonete de avental datilografando matérias – e ouvi a pergunta sussurrada para o

---

* Em Veneza, somente a Piazza San Marcos é denominada *piazza*; os demais espaços abertos rodeados por edifícios (equivalentes às praças de outras cidades) são chamados de *campo* (plural *campi*). Optamos por manter a palavra italiana quando a autora assim optou, seguindo o original. (N.T.)

colega – até que Arlo explicou que meu nome está na lista de funcionários do bar e, como tal, tenho de estar pronta para interpretar o meu papel em um segundo, embora faça isso muito mal. Soldados fascistas ocasionalmente chegam a Giudecca nas últimas horas do turno, em busca de problemas, álcool ou ambos. Apenas um mês atrás, dois oficiais já meio bêbados exigiram bebidas na troca de turnos dos funcionários; consegui sair do porão a tempo de pegar um avental descartado, afastando-os da "adega de cerveja" com um belo sorriso e várias outras bebidas. Desde então, visto o avental por hábito.

À medida que a noite avança, sinto que estou caindo de sono e, várias vezes, Arlo me cutuca de brincadeira.

– Qual é, garota, até parece que você passou o dia trabalhando! – ele provoca.

Eu o vejo revisando as minhas matérias atentamente, esfregando na testa os dedos marcados de tinta, e me pergunto quantos erros de datilografia cometi por puro cansaço. Alguns ele terá de corrigir na impressão final.

– Está tudo bem, Arlo?

– Só estou me perguntando quando você vai substituir essa velha máquina caindo aos pedaços, Stella. Esse "e" torto está me deixando louco.

Automaticamente, coloco a mão na minha amada máquina, como que para defendê-la, sentindo conforto em sua superfície familiar e áspera. É verdade que ser um pouco portátil demais fez com que um dos eixos de metal se movesse ligeiramente, tornando minhas frases datilografadas facilmente reconhecíveis pelo "e". É a experiência de Arlo em reconfigurar para a impressão que garante que a peculiaridade da minha máquina não apareça no produto final.

– Pelo menos você pode dizer que foi escrito por uma verdadeira mestra das letras – rebato rapidamente.

E é assim que combatemos o cansaço: com brincadeiras inocentes para nos proteger contra as más notícias que ocasionalmente passam por aqui – ter de escrever sobre companheiros de causa capturados ou torturados, às vezes executados. Nesses momentos, nos forçamos a pensar no contexto maior, no que podemos de fato alcançar em um minúsculo porão quase sem recursos; fazemos o que podemos para informar, divulgar e ajudar a alimentar a solidariedade entre os venezianos.

Eu me alongo e bocejo enquanto termino a última matéria para Arlo editar e montar.

– Você tem o suficiente para preencher as páginas? – pergunto, esperando que ele diga que sim.

Meus olhos parecem não conseguir focar em nada além do meu nariz. Em geral, fico até a edição ser concluída, mas preciso pegar o último *vaporetto* de Giudecca de volta à ilha principal e caminhar para casa rapidamente, para evitar o toque de recolher. Mais de uma vez fui parada por uma patrulha fascista ou nazista, e quase já esgotei meus sorrisos e a minha desculpa de um parente doente precisando de remédios.

– Mais do que suficiente – diz Arlo. – Seu texto fica mais poético a cada dia.

– Demais? Floreado demais? – respondo, ansiosamente. – Devo atenuar o tom?

– Não, não. Acho que nossos leitores ficam inspirados pela maneira como você descreve até mesmo os eventos mais difíceis. Minha mãe diz que fica ansiosa para ler!

— Minha avó também lê de capa a capa — interrompe Tommaso, timidamente. — Ela me pressiona até que eu entregue um exemplar pessoalmente.

— Só espero que pareça um fato e não uma ficção... Digo, as notícias reais — respondo. — Terrivelmente reais.

— Não se preocupe, você não está envernizando a realidade — Arlo me tranquiliza. — Na verdade, as suas descrições nos fazem sentir como se estivéssemos vivendo aquilo. E estamos mesmo.

Ele está certo — todo mundo conhece alguém com um membro da família capturado ou morto. Mesmo assim, faço questão de ficar de olho na minha linguagem, talvez para me ater aos fatos e não inventar muita moda. Essa sempre foi a crítica do meu editor de notícias em *Il Gazzettino*: "Stella, sua ideia de uma nota curta são quinhentas palavras!", ele berrava de sua mesa, riscando as linhas com a caneta vermelha. Ficou claro desde o início que eu era muito mais adequada para as matérias longas, nas quais pudesse trabalhar com as palavras, em vez de me deter aos fatos áridos. E eu teria chegado ao cargo de repórter especial, tenho certeza, se aquela carreira não tivesse sido abruptamente interrompida.

Finalmente, retiro o avental e subo as escadas. Em breve, vários outros membros da Resistência se juntarão a Arlo e Tommaso no minúsculo porão para operar a prensa guardada em uma edícula próxima, trabalhando a noite toda para produzir o jornal. Antes de se recolher, a esposa de Matteo traz uma grande panela de sopa que ela conseguiu cozinhar com todos os ingredientes que pôde encontrar, para ajudá-los a enfrentar a madrugada. É um esforço em equipe, como sempre. Sabemos que nossa única esperança de sobreviver a esta guerra é com uma combinação de lealdade e amizade.

Por enquanto, porém, meu trabalho está feito. Puxo a tampa sobre a minha máquina de escrever até que seus serviços sejam necessários novamente, daqui a alguns dias. Subo as escadas cansada, penduro o avental e visto o casaco, despedindo-me de Matteo, que está lavando copos no bar, onde uma figura solitária está inclinada sobre o copo de cerveja.

O vento gelado chicoteando através do lado aberto do *vaporetto* é a única coisa que me mantém acordada, e tenho que impulsionar conscientemente as minhas pernas pelas ruas quase vazias, fazendo uma busca mental do que tenho em meu armário para preparar uma sopa ou uma massa. É tarde demais para ir até a casa da Mama para matar a saudade com um abraço – ela e Papa sabem pouco sobre o que faço fora do trabalho, e não preciso preocupá-los.

Vejo apenas alguns corpos se movendo sob as luzes azuis fantasmagóricas dos *campi* maiores – depois da noite passada, e longe do gueto judeu, tudo parece ter se acalmado por enquanto. O beco estreito que leva à minha porta está escuro como breu, deixando-me quase cega quando me aproximo do meu apartamento, mas conheço cada paralelepípedo do chão, a forma como os meus passos ecoam, e posso dizer imediatamente se há uma pessoa ali. Meu minúsculo apartamento no segundo andar está congelando, nem preciso verificar para saber que tenho pouco carvão para o aquecedor. O armário de mantimentos também está quase vazio – uma cebola solitária me encara de volta, ao lado de um punhado de polenta em um saco de papel. Pondero sobre o que é melhor: mergulhar sob os cobertores empilhados em minha cama e estremecer com um pouco de calor, ou matar a fome. Chego à conclusão de que a fome está quase passando agora, então fervo a chaleira e levo uma xícara de chá quente para a cama, depois de enrolar minha camisola em volta da chaleira por alguns minutos antes de me despir rapidamente e vesti-la pela cabeça, saboreando a parte do tecido que fez contato direto com o metal quente. As grossas meias de lã que Mama tricotou para mim no Natal passado já estão embaixo das cobertas, dando aos meus pés a impressão de calor.

Poucos minutos antes de adormecer, reflito sobre as últimas vinte horas – tão diferentes quanto o dia e a noite para mim. Por oito horas eu poderia ser acusada de ajudar o Terceiro Reich a consolidar o controle de nossa bela cidade e do país – sim, *nosso país* – e, nas últimas quatro ou cinco horas, de prejudicar os seus planos de passarem por cima da herança e do orgulho italianos. Eu me sinto como se estivesse vivendo na trama de *O médico e o monstro* em versão feminina. No entanto, o que me ajuda a dormir em paz é saber o que nós – eu, Arlo e todos os outros em nosso porão secreto – estamos fazendo. Podem ser apenas oito páginas impressas, mas acredito firmemente no princípio de Popsa: elas representam um poder imenso. Em minha mente, a comunicação é como as linhas finas de uma teia de aranha; um só fio faz pouca diferença, mas coloque-os juntos, teça-os bem, e você terá algo de força imensurável. Uma teia que pode suportar os mais poderosos tanques de guerra.

3

ADAPTAÇÃO

VENEZA, DEZEMBRO DE 1943

— Jilani! Venha aqui!

Nas semanas seguintes, acostumei-me ao chamado rude do general Breugal, principalmente quando ele não consegue erguer sua circunferência cada vez maior da cadeira e percorrer a curta distância de sua mesa até a minha para me entregar um relatório. O que acontece na maior parte do tempo. O estilo de vida veneziano claramente lhe cai bem. Observo que, em público, seus modos são encantadores com todas as funcionárias: bem alemães e corretos. Atrás de sua porta fechada, porém, ele tenta puxar conversa comigo com o pretexto de praticar seu italiano horroroso. É uma pena que ele sinta a necessidade de dar uma de Casanova, pois o olhar malicioso em seu rosto largo fica, sinceramente, risível. Mais de uma vez tive de desviar de suas rechonchudas mãos aproveitadoras, rindo graciosamente como parte de toda a minha fachada, mas na verdade sentindo-me suja da cabeça aos pés.

O trabalho é desafiador, sobretudo devido à natureza técnica das traduções. Mas é sua complexidade, me disseram, que está ajudando a Resistência a entender os movimentos alemães e, mais importante, também seu modo de pensar. Meus relatórios e as anotações guardadas nos meus sapatos são prontamente passados por meio de uma corrente de *staffettas* – um exército inteiro de trabalhadoras da Resistência como eu, usadas para enviar mensagens vitais pelas cidades e vilas italianas. As mensagens são passadas para os escritórios subterrâneos da Resistência, informações cruciais que ajudam a prejudicar a eficiência nazista na ocupação da cidade. No horário comercial, sou responsável por recolher essas informações críticas diretamente dos relatórios de Breugal e transmiti-las às minhas colegas *Staffettas*, organizadas em rede entre cada um dos batalhões militantes em Veneza. Assim que saio do escritório, torno-me uma delas também – daquelas que entram sem alarde em bares com as amigas, conversando em grupos, podendo deslizar um papelzinho por baixo da mesa ou passar bilhetes para um garçom bem informado. Outro grande grupo de mães e mulheres mais velhas ocupam-se com a mesma tarefa, escondendo cartas em carrinhos de bebê, fraldas e sacolas de compras, cruzando inocentemente os postos de controle erguidos ao redor da cidade. É apenas um pedaço de papel, mas as consequências da descoberta por patrulhas nazistas ou fascistas são graves – às vezes, mortais. É um trabalho de guerra; somos todas como soldados.

Em algumas noites, paro para beber uma xícara no café do Paolo; outras vezes, paro em algum dos diversos bares nos bairros de Castello e San Polo para tomar um drinque e conversar com mulheres que mal conheço como se fôssemos melhores amigas, como se nem guerra houvesse. Ao nos abraçarmos na despedida, cada uma de nós desliza para a outra um pedaço de papel contrabandeado e dizemos *ciao* com sorrisos e gracejos. Eu passo o papel para o meu local de entrega e ela para o dela, enquanto oficiais nazistas que por vezes estão ao nosso redor nem se dão conta. Meu estômago revira de medo quando começo a me afastar, mas, assim que viro a esquina e não vejo patrulha atrás de mim, dou pulinhos de alegria. Percebo que às vezes gosto dessa excitação, o que me faz pensar em Popsa e sua veia rebelde.

Fingir o tempo todo, por outro lado, é exaustivo. Eu oscilava entre me passar por uma funcionária de escritório avoada, com as demandas diárias da minha memória para gravar detalhes, e o desempenho físico de uma *Staffetta* – gastando tempo e energia ziguezagueando por Veneza a pé para passar mensagens e pacotes. E as idas ao porão do jornal militante pelo menos duas vezes por semana significam que quase não vejo meus amigos. Consigo ir à casa de Mama e Papa, onde cresci em uma rua próxima à Via Garibaldi, uma vez por semana, no máximo. Não é o suficiente, mas é o que consigo fazer nessa vida dupla – tripla, na verdade.

– Você está ficando magra – é o refrão repetido pela Mama quando chego inesperadamente à sua porta, uma noite.

Ela estaria em seu direito se fizesse um comentário irônico sobre eu agraciá-los com a minha ilustre presença, mas o amor de mãe a impede. Não digo a ela que passei uma mensagem a apenas duas ruas de distância, e aquela culpa corrói meu estômago. Só é administrável quando penso no bem maior – trazer de volta a Veneza que pertence aos trabalhadores árduos, às pessoas honestas, como os meus pais.

– Como está o trabalho? – ela pergunta enquanto serve polenta no meu prato, com uma grande quantidade de ensopado de peixe, bem ralo, que precisou ganhar mais caldo após a minha chegada.

– Está tudo bem – minto. – Muita atividade para manter o abastecimento de água vindo do continente.

Eu não contei a eles sobre a minha mudança para o quartel-general nazista, e ainda não pretendo contar – a Mama já se preocupa o suficiente. Embora os dois sejam convictos partidários, compartilhando comigo crenças antifascistas e dispostos a ajudar a causa, eles não são ativos como eu. De soslaio, porém, noto uma contração no rosto do Papa, em geral calmo. Ele desvia os olhos quando encontra os meus.

– Stella, você deveria voltar para casa – Mama continua, em seu apelo interminável. – Poderíamos administrar a casa muito melhor e saberíamos que você está segura. Preocupo-me muito com você. Parece que Vito também nunca está aqui. Você não deveria estar sozinha.

Como em toda visita, eu digo:

– Mas, Mama... – tentando justificar minha necessidade de independência.

Ela não precisa saber o quanto se preocuparia com minhas idas e vindas por Veneza, às vezes de barco para o Lido ou para o continente, em plena escuridão, aonde quer que a mensagem me levasse. Sua ignorância é uma bênção, embora ela não saiba disso.

Papa sai para o quintal enquanto estou levando o lixo para fora. Eu já tenho experiência suficiente com disfarces para sentir que o cigarro que ele está acendendo é apenas uma desculpa, mas não paro o que estou fazendo. Ele traga com força e o cheiro entra em minhas narinas, a fumaça branca cortando o ar frio de dezembro. Finalmente, ele fala:

– Então, como é trabalhar no covil do lobo? – ele me encara quando me viro.

Não digo nada, mas o meu olhar não nega.

— O que você esperava, Stella? Trabalho nas docas. Há ouvidos e olhos por toda parte. Eu ouço coisas. E as pessoas te conhecem, e se preocupam com você, o suficiente para me dizerem.

Mesmo assim, estou chocada que a notícia tenha chegado ao meu pai como um bastão em uma corrida de revezamento. Mas essa guerra gira mesmo em torno de fofocas e troca de informações. Não é isso que eu faço todos os dias?

— Só não diga à Mama, por favor — imploro a ele. — Ela só vai se preocupar. Você sabe que ela já suspeita de Vito.

Eu, e talvez Papa, sabemos sobre o mais novo lugar do meu irmão na Resistência. Somando isso à sua busca, às vezes imprudente, por aventura, a Mama desmaiaria se soubesse que os seus dois filhos estão flertando com o perigo. Ouvi boatos sobre a sede de Vito de "cumprir com o seu dever" como militante, o que me deixa nervosa; já ouvi seu nome ser mencionado mais de uma vez em planos de descarrilar trens de transporte de tropas para Veneza ou barcos de abastecimento alemães – planos que envolviam explosivos. Às vezes gostaria que a minha audição não fosse tão aguda.

— Você sabe alguma coisa sobre Vito? — Papa pergunta ansiosamente. Vendo meu olhar tenso, ele acrescenta: — Por favor, Stella, eu sei que ele está na linha de frente. Não posso impedi-lo de fazer isso, mas só quero saber se ele está bem. Ele desaparece por dias a fio.

— Papa, trabalho em um batalhão diferente — suspiro, e ele sabe o que quero dizer. Ou eu não quero ou não posso falar sobre isso. É uma mistura de ambos.

Ele se encosta para trás, contra a parede de tijolos, e pega o cigarro novamente. A pausa é pesada.

– Então, como você conseguiu o emprego no escritório do Reich? – Papa pergunta por fim, só para quebrar o silêncio. – Foi Sergio quem conseguiu infiltrar você?

Sua natural atitude protetora para com a única filha dá um tom agudo à sua voz, uma suspeita tácita de que meu comandante me colocaria em perigo sem hesitação.

– Não – digo com sinceridade. – Não foi uma escolha. Fui convocada pelo departamento do Reich por falar um alemão decente.

– Ah, os benefícios de uma boa educação secundária – ele meio que ri, mas sem humor.

– É só um emprego, Papa – digo, olhando para o céu noturno para não ter que encarar seu olhar acusador.

– E eu sou um italiano que odeia macarrão – diz ele, com um sorriso maroto começando a se formar em seus lábios.

Ele, então, apaga o cigarro e me encara, segurando meus braços com as duas mãos.

– Apenas tome cuidado, meu amor. Sei que você é muito mais inteligente do que provavelmente nos deixa saber, mas também sei que tem muito do meu pai em você. E é isso que me preocupa. Essas pessoas são perigosas.

– Os nazistas ou os fascistas?

– Ambos – diz ele de maneira firme.

Eu encolho os ombros, tentando amenizar o tom para proteger os dois, Mama e ele.

– Terei cuidado, Papa, prometo. Ouça, quero estar por perto para ver a Veneza de antigamente retornar. Quero nos preservar tanto quanto qualquer outra pessoa. É por isso que preciso trabalhar lá.

Beijo sua bochecha e faço menção de voltar para dentro.

— Você não sabia que sou uma boa moça italiana que adora nosso querido Benito?

— Como eu disse, sou um italiano que detesta macarrão — ele brinca e me segue para dentro.

O Natal chega e logo vai – o nosso primeiro Natal sob a ocupação –, e um manto de neve cobre a cidade, marcando os cursos de água e canais como as linhas de vida que são. Veneza está sob um pó branco silenciador, cortado por lascas de água gelada quando os barqueiros movem as suas embarcações todas as manhãs. Em preto e branco, a cidade de alguma forma parece mais rígida, mais bem definida. E, ainda assim, tão bonita... Quando deito todas as noites sob a minha pilha de cobertores, um novo par de meias de lã feito pela Mama sobre as velhas, penso nos jovens combatentes e nas mulheres nas montanhas perto de Turim, lutando contra o clima frio tanto quanto contra as patrulhas nazistas, e meu coração está com eles.

A neve, porém, é útil para a Resistência em nossa cidade. Para um estrangeiro, Veneza é um labirinto, na melhor das hipóteses, com um *campo* muito parecido com outro, ruas estreitas e becos praticamente indistinguíveis para quem não é treinado. Sob um tapete branco, torna-se um labirinto ainda mais complexo — exceto para quem conhece de cor suas pedras e calçadas. As patrulhas nazistas são menos visíveis no frio; ficam enfurnadas em seus quartéis ou se aquecem nos bares que se tornaram seu ponto de encontro. Por algumas semanas, pelo menos, minhas colegas *Staffettas* e eu experimentamos uma sensação de liberdade enquanto avançamos em nosso caminho sem maiores dificuldades.

Tenho de ter cuidado para não ter um excesso de confiança no trabalho. Breugal está menos atrevido no escritório — dizem que a sua esposa veio para conhecer as paisagens venezianas, como se ainda fôssemos um centro cosmopolita para os ricos e entediados. Sem dúvida ela ocupará seu tempo bebendo café de verdade e caro no Florian, na Piazza San Marco, e depois tomará coquetéis no Harry's Bar, talvez ao lado da placa que diz: "Proibida a entrada de judeus". Ela pode desfilar ao lado das mulheres venezianas de uma certa idade que tentam manter a reputação grandiosa da cidade, embora hoje em dia as golas de seus casacos sejam mais feitas de pele de coelho ou gato do que de qualquer coisa exótica.

No escritório, então, a atmosfera parece um pouco menos frenética, embora o Signor De Luca continue a garantir que tudo funcione com eficiência industrial. Observo que ele nunca se entrega a fofocas ou conversas na hora do almoço e desaparece todos os dias ao meio-dia e meia, precisamente, voltando exatamente trinta e cinco minutos depois. Costumo almoçar quando ele volta, já que aqueles minutos preciosos em que ele está ausente me dão tempo para datilografar freneticamente, fora de seu olhar vigilante. Minha posição à direita dele me permite ver seu rosto enquanto ele se inclina sobre qualquer documento que esteja lendo ou corrigindo. É sempre intenso, os olhos indo e voltando, as narinas às vezes se contraindo, o que estranhamente me faz lembrar do Popsa lendo seu jornal diário. Às vezes, Cristian tira os óculos, aperta o nariz com os dedos longos e puxa o papel para mais perto do rosto. Se ele se distrai repentinamente, olha para cima sem recolocar os óculos e aperta os olhos de longe, ganhando ainda mais a aparência de um bibliófilo. Ele é uma espécie de enigma para as outras garotas de escritório, que acham difícil aliar sua aparência ao rígido ritmo de trabalho que exige, ocasionalmente levantando a voz para repreender qualquer tagarelice que ameace retardar a produção regular de relatórios.

— Fascista dos infernos — murmura Marta, uma das outras datilógrafas, quando Cristian a censura, embora baixinho e abafado pelo barulho das teclas da máquina de escrever.

Breugal parece confiar inteiramente nele — até porque seu italiano é muito ruim e o alemão de Cristian, nítido e fluente — e chama-o para o escritório uma dúzia de vezes por dia com um elegante "De Luca!", embora eu note que, às vezes, soa como um latido irritado. Apesar de toda a sua crueldade inata, da destruição de nações e países, nós da Resistência percebemos que o segredo do sucesso nazista é que eles sabem como usar as pessoas — por meio de uma combinação de bajulação, dissimulação ou simples e absoluta ameaça de morte. Com Cristian, Breugal utiliza-se, definitivamente, da estratégia do charme.

Talvez eu tenha mais ligação com Cristian do que algumas das outras datilógrafas, graças à minha função de tradutora. Ele às vezes se aproxima para questionar uma palavra ou frase e, se for particularmente intrigante, nós dois pesquisamos no enorme dicionário e formulamos a tradução. Ele está sempre cheirando a sabonete e, se não me falha a memória, a uma colônia italiana. Quem pode pagar ou mesmo ter acesso a uma colônia em tempo de guerra? Aqueles que têm boas ligações com nazistas, suponho. Mesmo assim, isso me deixa confusa. Ele não se encaixa ali — como um pino quadrado em um buraco redondo — e, ainda assim, parece confortável dentro da hierarquia nazista. Resolvo ser cautelosa; Cristian De Luca é meticuloso e observador. Pode facilmente ser tão perigoso quanto o general que controla a nossa cidade ocupada.

4

DESCOBERTA

Bristol, julho de 2017

De volta à sua casa em Bristol, Luisa folheia mais pedaços de papel envelhecido, as bordas fibrosas se desintegrando a cada vez que ela desdobra as páginas frágeis. Parte da tinta começou a desbotar, e ela precisa segurar os papéis contra a lâmpada para distinguir os rabiscos. Alguns são apenas letras, números e frases sem sentido – e estão, em grande parte, em italiano, às vezes com alguma mensagem em inglês escrito como se fala. "Minha barba é loira", diz alguém, com o que é presumivelmente o equivalente em italiano escrito logo abaixo. A natureza às vezes bizarra das mensagens cativa ainda mais sua atenção e desperta a curiosidade. Ela compra um dicionário italiano-inglês barato e analisa as palavras para tentar entendê-las. No último mês, desde que Luisa descobriu a caixa do sótão, seu conteúdo se tornou o mais rico combustível para sua imaginação. Ela se vê correndo para acabar logo o trabalho remunerado, obrigando-se a se concentrar em futilidades quando tudo o que quer fazer é voltar para a sua grande caixa de intrigas.

– Lu? Lu, jantar... – Jamie a chama do andar de baixo, já em tom afobado. Ele sabe que precisará lembrá-la várias vezes de descer de seu escritório, no quartinho. Em todo momento livre, Luisa fica absorta pela caixa, tentando desvendar os mistérios em meio à poeira. Daisy fica sentada ao lado, cantarolando com um piscar impaciente da tela, esperando Luisa continuar a matéria em que deveria estar trabalhando. Jamie vê que a coleção de fotografias e papéis antigos capturou mais do que sua imaginação – tornou-se um propósito, talvez uma obsessão. Ela se tornou retraída, mas não no mau sentido, e pode até ser uma coisa boa, ele pensa, já que ela acaba de perder a mãe. Só que ele também parece ter perdido Luisa. Felizmente, é temporário. Ele tem que ter paciência e esperar que ela ressurja, tire o nariz daqueles restos empoeirados e seja a Luisa que ele conhece e ama. No momento, parece que isso pode levar algum tempo.

Luisa passa a mão nas teclas da máquina de escrever monocromática que trouxe da casa da mãe e que agora ocupa um lugar de destaque em seu escritório. Naquele dia da descoberta no sótão, bateu nela as suas frustrações – embora com o cuidado de ser gentil com as teclas, em consideração à sua idade – e foi bom: o ritmo do mecanismo foi acelerando conforme ela se acostumava ao teclado. Produziu uma série de pensamentos confusos, agora guardados em um caderno intitulado "Espaço da cabeça". Ela tem certeza de que a máquina é a origem de algumas das páginas datilografadas – a letra "e" tombada confirma isso –, mas o mistério é que algumas parecem relatar fatos e outras uma espécie de história, com um ar ficcional e descritivo. O que estão fazendo em meio às fotos de italianos charmosos com armas e rostos camuflados?

A parede do escritório agora está forrada com um mosaico de recortes e fotografias, cobertas por post-its coloridos e anotações de Luisa, enquanto ela tenta entender a linha do tempo e os personagens naquele quadro de guerra. Enquanto lê e decifra seu dicionário de italiano, ela está se convencendo de que sua avó era mais do que simplesmente uma espectadora da guerra; ela participou, de alguma maneira, da libertação de sua cidade. Mas, como? O mistério a atormenta, noite após noite, enquanto Jamie ronca levemente ao seu lado. Quem foi sua avó? Certamente alguém com mais passado do que Luisa jamais poderia ter imaginado. E por que sua mãe nunca havia falado sobre essa vida potencialmente interessante? Com sua cabeça de contadora de histórias, não é difícil para Luisa imaginar sua avó como uma espécie de espiã clandestina; tem certeza de que, se fosse a mãe dela, teria vontade de sair gritando por aí de orgulho.

E volta-se de novo à memória que tem da avó. A própria mãe de Luisa sempre pareceu sem paciência com ela, ranzinza, como se houvesse uma rivalidade de longa data entre as duas. Algo em seu passado parecia impactar a personalidade da mãe, tornando-a amarga e mal-humorada com quase todos. O pai de Luisa havia se tornado recluso antes de falecer. No entanto, ninguém nunca falava sobre isso.

Essa nova busca, contudo, é uma distração bem-vinda às lembranças da vida doméstica, muitas vezes frias e sem alegria. Luisa já escreveu matérias suficientes sobre o processo de luto para saber que, sem dúvida, isso a está ajudando com o seu; imaginar algo de sua família dentro daqueles papéis a faz se sentir mais próxima de sua avó enquanto luta para encontrar uma conexão com sua mãe. Luisa sempre soube que sua avó Stella havia sido uma escritora de romances – três ou quatro dramas familiares escritos sob o nome de Stella Hawthorn, há muito tempo esgotados. Apenas um estava na estante de sua mãe, e Luisa o leu com orgulho no início da adolescência. Era bom, não dava vontade de parar de ler, cheio de descrições grandiosas de lugares e emoções e com uma sugestão de seu passado italiano enquanto seus personagens do século XIX viajavam indo e vindo de seu país natal. Luisa quase podia sentir o gosto do gelato de Milão, imaginar a penumbra rosada de um pôr do sol em Nápoles, a cadência de um amante italiano contrastando com as vogais duras de um sotaque inglês. Estranhamente, porém, não havia nada de Veneza naquele volume, e ela tem trabalhado arduamente desde a morte de sua mãe tentando rastrear os outros três textos, vasculhando sites especializados em livros antigos. A editora, infelizmente, há muito está fechada e, além de visitar todos os sebos que encontra, Luisa se vê limitada pelas sondagens na internet, verificando ansiosamente seus e-mails todos os dias. Até agora, nada.

Com os códigos, mensagens distorcidas e iniciais estranhas, fios começam a se tecer na mente de Luisa. Teria sua avó, doce e recatada, feito parte da Resistência Veneziana, vestido o uniforme de guerrilheira e até mesmo portado uma arma? Ou agia como uma espiã glamorosa, trabalhando à vista dos nazistas, assim como fez Mata Hari? Ela cai na risada; sua imaginação está correndo solta. Mas até que é possível, em se tratando de uma guerra mundial. Mas onde seu avô Gio se encaixava nisso tudo, se é que se encaixava? É um quebra-cabeça, que frustra e alimenta a sua curiosidade.

– Lu? Luisa! Está esfriando... – grita Jamie, claramente irritado agora, e Luisa é forçada a deixar seu passado e vir para o presente. Mas não por muito tempo.

5

UMA NOVA TAREFA

VENEZA, MEADOS DE FEVEREIRO DE 1944

OS PRIMEIROS MESES DO ANO SE ARRASTAM, com Veneza escondida em seu próprio enclave climático, úmido e triste. Devido à dificuldade no transporte, o fluxo de reportagens da Resistência de fora de Veneza diminui, e fica mais difícil encher o jornal com notícias. Arlo e eu completamos as lacunas com as ilustrações de Tommaso, receitas de donas de casa para economizar as porções semanais e dicas sobre os melhores lugares para fazer as compras. Ao datilografar, não sinto que estou lutando contra nada, e tenho de lembrar que o jornal existe tanto para ajudar pessoas comuns quanto para travar uma campanha militar. A ocupação é uma luta contra o inimigo todos os dias, e mesmo o inimigo para quem você dá um sorriso amarelo no mercado pode fazer a diferença entre a liberdade ou a captura. Enquanto todos nós vivemos lado a lado com os nossos ocupantes nazistas e sob à sombra de sua política, as pessoas ainda têm de comer – e pequenos comércios vêm e vão pela água, gondoleiros que uma vez transportaram turistas agora sobrevivem como carregadores de suprimentos, evitando as ameaçadoras canhoneiras alemãs, com as armas engatilhadas e prontas. A vida veneziana continua a funcionar apesar dos visitantes indesejáveis e do zunido dos aviões passando como pequenos enxames de abelhas no céu. Como habitantes da Itália e da Europa, nós seguimos com as nossas vidas.

Há uma pausa bem-vinda de céu nublado em meados de fevereiro. Na sede nazista, tiro a capa da minha máquina de escrever logo pela manhã e vejo um pequeno quadrado de papel dobrado sob um dos pés. Olho ao redor – apenas Marta está cantarolando para si mesma enquanto desempenha uma das tarefas do dia. Eu nunca a imaginei como uma *Staffetta*, mas também não devo parecer uma; sua aparência inocente pode ser a sua melhor aliada. Tomando cuidado para ninguém ver, tiro o bilhete e coloco-o no bolso rapidamente. Cristian entra no escritório, parecendo estranhamente otimista e exibindo algo como um sorriso.

– Bom dia a todos – diz ele, desta vez em italiano, já que somos apenas Marta e eu. E depois: – Bom dia, Signorina. Tudo bem?

Gaguejo algo positivo e rapidamente peço licença para ir ao banheiro. O bilhete tem toda a cara de ser da Resistência, com uma linguagem e um código conhecidos apenas por meu batalhão local. Diz para eu atender a um contato na esquina do Campo San Polo e aguardar novas instruções. Coloco o pedaço de papel no sapato e volto para o escritório, mal disfarçando minha felicidade. O tom da nota não indica ser uma mensagem de rotina; talvez haja algo para o qual eu seja necessária, uma tarefa que faça com que eu me sinta ainda mais valiosa para a causa.

Quando volto ao escritório, Cristian ergue os olhos com um sorriso.

– Ah, Signorina Jilani, você voltou...

– Desculpe. Eu precisava ir...

– Sim, sim, sem problemas – diz ele, indo em direção à minha mesa com um grande livro na mão. – Eu só queria lhe dar isto.

Ele coloca o volume sobre a mesa. Trata-se de um livro de traduções técnicas, semelhante a um dicionário.

– Achei que poderia tornar a sua vida mais fácil – diz ele. – Por todas aquelas palavras complicadas sobre as quais você... nós, ponderamos.

Apesar das pequenas manchas grisalhas em sua barba, ele parece um menino que acabou de dar à sua professora uma maçã brilhante e redondinha. Há um meio-sorriso orgulhoso sob as cerdas de sua barba bem aparada.

Por alguns segundos, fico sem saber como reagir – parte de mim acha que já fui descoberta, e que esse é seu senso de humor distorcido apresentando-me um fato consumado. A qualquer minuto, uma linha de policiais fascistas virá trovejando pela porta para me escoltar a uma masmorra em algum lugar e a um futuro impensável. Mas a expressão no rosto de Cristian indica que ele está genuinamente satisfeito com o presente que está me dando. E não há barulho de passos subindo a escada de mármore. Nesse momento, realmente desejo que ele não ostentasse um distintivo de caveira, para que eu pudesse gostar mais dele.

– Bem, obrigada – acabo dizendo. – Sem dúvida será muito útil.

Parte de mim quer rir da natureza ridícula da situação – o fato de um supervisor fascista estar ajudando um membro da Resistência a traduzir melhor documentos valiosos. E, no entanto, não quero rir dele. Odeio admitir, mas é um ato de consideração muito humano.

– Obrigada, Signor De Luca – repito.

Ele olha em volta, certificando-se de que Marta não consegue ouvir.

– Cristian, por favor – ele se vira e se senta novamente à sua mesa.

Os ponteiros do relógio movem-se lentamente em direção às cinco e meia. Estou me preparando para ir embora quando o ponteiro bate no horário, um estrondo de emoções por dentro, mas com cuidado para parecer relaxada por fora, como se fosse apenas mais um final de um dia normal. Cristian ainda está trabalhando concentradamente em seu documento e ergue os olhos brevemente para se despedir. Tenho de andar rápido rumo ao Campo San Polo, parando para voltar um pouco atrás e olhar as vitrines, como forma de garantir que ninguém me siga. Não importa a pressa, aprendi que esse cuidado é essencial. Ele salva vidas – nossas e, potencialmente, de muitos outros. Tenho certeza de que não estou sendo seguida quando entro no *campo* e sigo em direção à entrada da igreja – é um bom lugar de encontro a essa hora do dia, já que eu poderia facilmente estar indo para a missa da noite, com o toque retumbante dos sinos chamando os fiéis para a oração. Desde pequena, o toque profundo dos sinos das igrejas pela cidade parece me cobrir de segurança; presente a cada dia, resistindo à guerra e à fome. Tenho certeza de que, se continuam, nós também podemos continuar.

Várias mulheres mais velhas passam, embrulhadas em seus casacos de inverno, rosários nas mãos, olhando para mim com curiosidade. São seguidas por uma quantidade menor de homens, alguns deles com um possível olhar dúbio. Ignoro todos, batendo meus pés contra o frio, e eles seguem em frente. Dez minutos se passam e eu me pergunto se meu contato vai chegar – o encontro será cancelado se houver patrulhas fascistas por perto. Se ficar muito mais, vou começar a parecer suspeita, o que significa que terei simplesmente de ir embora, fingindo a expressão de uma mulher que é deixada esperando por seu par, digna dos olhares de pena daqueles ao meu redor. Esse é o papel de uma *Staffetta*.

No minuto seguinte, ele aparece de atrás de mim, dá uma meia-volta e faz menção de me beijar nas duas bochechas. Em uma fração de segundo, vejo o mais sutil dos sinais e um levantar de sobrancelhas que sinalizam: está tudo bem, continue jogando.

– Gisella! Desculpe o atraso. Você me perdoa? – ele choraminga no tom certo para ser ouvido, mas longe de ser um mau ator gesticulando exageradamente no palco. Enquanto se move para beijar minha bochecha, ele sussurra: – Lino.

Gisella e Lino, jovens amantes. Ele usou meu codinome da Resistência, então fico feliz de participar da cena.

– Eu te perdoo, Lino, mas só desta vez. – E provoco um sorriso.

– Vamos? – Ele estende a mão e eu a pego, saltando ao lado dele como uma mulher animada por estar com o namorado.

Ele me leva por várias ruas em direção ao bairro de Croce e trabalhamos duro para bancar o casal convincente ao passarmos pelas pessoas.

– Como foi o seu dia? – ele pergunta. – O que você comeu no almoço?

Por fim, chegamos a um beco escuro e passamos por baixo de uma arcada de pedra que se abre para um pátio de casas. Está vazio, com exceção de um tradicional poço de pedra, e "Lino" me conduz até uma porta escura. Bate três vezes, faz uma pausa e bate mais três vezes. A porta se abre e subimos uma escada de granito, não estava suja, mas úmida, como se alguém tivesse trazido água do canal para lavá-la. Meu coração está batendo rápido, embora a minha respiração esteja sob controle por enquanto. Nessas situações, sempre me questiono: *será que é seguro?* Ir a um lugar estranho, onde ninguém sabe onde estou. Tem que ser.

Assim que passamos por uma porta no segundo andar, eu relaxo. Há um brilho alaranjado de boas-vindas em vários cômodos do apartamento, e uma mulher mais velha aparece vindo da cozinha, com uma faca de legumes na mão, mas ostentando um grande sorriso.

– *Ciao*, Mama – diz Lino. – Esta é uma amiga minha.

Ele me leva para a sala enquanto ela se retira para a cozinha.

– Por favor, sente-se – ele diz.

Agora há uma mudança no comportamento dele. Não brusco ou hostil, apenas mais profissional. Podemos parar de fingir. Não pergunto seu nome verdadeiro, pois é melhor não saber e não é provável que o veja novamente.

– O comandante quer saber se você pode participar de mais uma tarefa – ele diz, seus olhos castanhos arregalados e intensos.

Meus próprios olhos piscam de surpresa e prazer – não há muito que eu não faria por Sergio Lombardi, um veneziano leal e um bom amigo do meu avô desde que os fascistas tomaram o controle da Itália na década de 1920.

Meses antes, quando os Aliados invadiram o sul da Itália e o país foi efetivamente dividido em dois – os nazistas ao norte e os Aliados ao sul, para lá de Roma – os italianos foram forçados a fazer uma escolha entre o fascismo e a luta. Mussolini passou a residir confortavelmente em Salò com seu governo fantoche, com cordas puxadas por Berlim, e o exército italiano foi dispensado. Mas milhares de cidadãos italianos comuns ergueram as armas de protesto. Houve um movimento nos *campi* e cafés conforme a Resistência emergia, com pequenos grupos de combatentes dispostos a dar suas vidas pela liberdade da Itália. Aqueles que não podiam lutar ativamente prometeram seu apoio da maneira que puderam; lojistas patriotas armazenavam mensagens secretas, e casais idosos abriam mão de suas casas para que elas se tornassem esconderijos de manifestantes perseguidos, arriscando a vida e a liberdade. Em seu núcleo, Veneza estava faiscando sedição.

Ainda me lembro daquele sentimento intenso quando Armando Gavagnin ativou a causa militante na Piazza San Marco, erguendo o punho e subindo em uma mesa em frente ao Florian, o mais antigo dos cafés venezianos e um ponto-chave de rebeliões antigas. Minha garganta estava seca enquanto o ouvia convocar os venezianos para a luta, tão animada que estava pronta para desistir do meu emprego, largar os terninhos de saia e vestir calças, lenços no pescoço e rifle nos braços. Por Veneza e pela Itália. Para que Popsa se orgulhasse de mim.

Foi Sergio, o novo líder da frente veneziana, quem me convenceu do contrário, atenuando meu fervor revolucionário e me convencendo de que eu seria mais útil no interior da máquina, travando uma guerra de informações.

— Você pode ser o rato que engana o grande gato predador — ele havia dito, com suas sobrancelhas grossas expressivas. — Aguarde o seu momento — ele me aconselhou. — Sem gente como você, somos um exército lutando às cegas. Precisamos de seus olhos e ouvidos no departamento de obras.

Seu rosto sincero e desgastado me fez pensar em meu avô em sua juventude – tão certo de que triunfaríamos. Sergio me fazia me sentir como um soldado, ainda que de salto e bolsa. Mas aquela imagem romântica de lutar pela causa nunca saiu de mim. Eu quero – eu preciso – fazer a diferença. Talvez agora eu possa.

"Lino" fala novamente, me trazendo de volta ao momento.

— Sergio também insiste que você pode dizer não, se assim preferir. Todos sabemos o quanto você já está fazendo.

— Está tudo bem — digo. — Estou conseguindo administrar. Qual é a tarefa?

— Você será contatada em sua próxima ida ao escritório do jornal em Giudecca, daqui a dois dias. Há um trabalho que precisamos fazer lá e, como já está indo e vindo com frequência, levantará menos suspeitas se você o fizer.

Eu saio logo depois, apesar da Mama generosamente me convidar para o jantar. Estou com fome, mas aquele foi um compromisso profissional, e "Lino" merece a sua privacidade.

Volto para casa pensando em como estou ficando exausta no dia a dia. Essa nova tarefa é mais uma coisa para ocupar os meus sentidos, obrigando-me a ficar em alerta constante. No entanto, também me sinto entusiasmada enquanto caminho depressa no longo trecho em direção à minha casa. Sei que a minha contribuição nunca se comparará ao sofrimento e sacrifício desta guerra, mas quero fazer o que puder, quando puder.

Os dois dias antes da minha próxima ida ao jornal se arrastam. Às vezes, meu trabalho diário e as traduções para o alemão parecem forçadas e sem importância, embora eu ainda tenha de passar os detalhes por meio dos meus contatos regulares para que a Resistência seja capaz de vasculhar ainda mais as informações. Cristian De Luca está ausente e o general Breugal está de mau humor, berrando ordens, pisoteando o chão do escritório em sinal de frustração e virando pastas de documentos, com um temperamento infantil.

Sinto uma sensação de alívio quando respiro o ar frio e fresco ao atravessar o largo canal em direção a Giudecca, curtindo o balanço do barco e o bater da água nas laterais. A tranquilidade é quebrada quando um pequeno barco-patrulha alemão passa por nós, marinheiros gritando por cima do rugido gutural do motor, fazendo minhas entranhas tremerem com a água. Mas as palavras que ouço não são nada sinistras, apenas bate-papo geral, e respiro de novo.

Quando chego, Matteo está em seu lugar habitual atrás do bar, alguns clientes na frente dele. Mas, quando me movo para tirar o casaco, ele me passa um pacote com um barbante amarrado.

– Minha esposa pergunta se você pode levar isso para uma das freiras de Santa Eufemia – ele diz. – Ela está com problemas nas costas.

Seu tom é relaxado, como se estivesse pedindo o mais natural dos favores.

– Claro – eu digo. – Não vou demorar.

Como Matteo nunca me usou como mensageira, acho que tem algo a ver com minha nova tarefa na Resistência.

O vento sopra forte enquanto caminho ao longo da orla em direção à igreja, puxando a lã puída do meu casaco para mais perto do corpo. Santa Eufemia é um edifício antigo com uma longa história, mas, em comparação com algumas das igrejas mais notáveis de Veneza, está degradada e ligeiramente suja. O vasto espaço abobadado está vazio quando entro pela porta arranhada, mas quente em comparação com o lado de fora. Faço o sinal-da-cruz, sento-me em um banco da frente e espero. Quando não há outras instruções, só resta esperar. Há muitas esperas e olhares fixos no horizonte quando se é uma *Staffetta*.

Penso em aproveitar a oportunidade para rezar – certamente agradaria à Mama. Mas nunca fui especialmente religiosa e a guerra, com suas histórias de famílias sendo dilaceradas e espancamentos severos sem nenhuma razão aparente além da discordância do fascismo, tirou a fé que ainda me restava. Pergunto-me se um dia vou recuperá-la.

Eu mal ouço seus passos suaves, apenas sinto o leve sopro do hábito quando uma freira se aproxima. Ela vem e senta-se ao meu lado.

– Boa noite, irmã – digo. – Tenho algo para você.

Eu estendo o pacote, e ela sorri e se levanta.

– Venha – ela diz.

Nós nos dirigimos para atrás do altar, passando pela sacristia e um corredor, o ar mais frio quando pisamos em uma passagem aberta atrás da igreja. No lado oposto do pequeno jardim está um antigo prédio de tijolos que parece um depósito, com apenas duas janelas escurecidas acima da altura da cabeça. A freira tira uma chave velha de dentro do hábito, tão grande que parece quase teatral. Ela destranca a porta, olha para a esquerda e para a direita e me conduz para dentro. Há brilho de uma vela em um canto e, na escuridão próxima, ouço uma única tosse. Um movimento inconstante parece perturbar a combinação de sabão e desinfetante, além do cheiro de mofo envelhecido que todos esses prédios têm.

– Irmã Cara, é você? – uma voz murmura.

– Trouxe uma visita – responde a freira. Há um pouco mais de movimentação, embora ninguém se aproxime.

– Você vai ter de ir até ele – a freira me diz. – Ele não consegue se levantar.

Ela traz outra vela e a coloca sobre uma caixa de madeira virada para baixo, que funciona como uma mesa. A luz mostra um homem, suas roupas escuras e surradas aparecendo sob um cobertor de lã áspero. Seu rosto está sujo e, na testa, há crostas de sangue seco que ele não conseguiu remover. Do fundo do cobertor, surge uma perna atada a um suporte de madeira, bem enfaixada, com uma meia velha e solta colocada de maneira descuidada aos dedos dos pés.

– Bem-vinda à minha humilde morada – diz o homem em italiano, e faz uma careta enquanto tenta se sentar na velha cama de metal.

– Não, não, não se mexa! – digo, alarmada.

Pego uma caixa de madeira que parece bastante resistente e me sento sobre ela. Ele estende a mão de sua posição meio sentada, meio deitada. Menos suja, mas não limpa.

– Prazer em conhecê-la – diz ele, respirando pesadamente com o esforço. – É bom ter uma visita. Obrigado por ter vindo.

Seu italiano é impecável, mas seu sotaque é estranho – estrangeiro, talvez? Há uma pequena pausa durante a qual simplesmente nos medimos um ao outro. Ele é bonito sob os arranhões recentes em torno das maçãs do rosto salientes e na testa, moreno e com lábios carnudos. Aparenta ser italiano, mas aquele sotaque... Uma buzina de barco ressoa do lado de fora e quebra o encanto.

– Disseram-me que precisa de ajuda – eu digo.

Ele ri, bem-humorado, apesar de seu óbvio desconforto.

– Sim, pelo jeito eu não era um paraquedista tão bom quanto imaginava – ele olha para a perna prostrada. – Verdadeiramente quebrada.

Ele fazia parte de uma missão de paraquedas dos Aliados, explica, projetada para lançar rádios pelo norte do país, permitindo aos combatentes ligações vitais com o mundo exterior. Há um número desconhecido de soldados Aliados ainda presos ali após a invasão nazista, sem qualquer contato, pois os alemães habilmente suspenderam todas as comunicações de rádio italianas quando ocuparam o país em setembro de 1943. Desde então, nós, venezianos, dependemos muito da Rádio Londra, a transmissão diária da BBC para os italianos, para nos trazer mensagens codificadas sobre movimentos rebeldes e inimigos. Mas a Rádio Londra também depende de um bom sinal de rádio, e sabemos que os fascistas gastaram milhões de liras em equipamentos de interferência para evitar que tais comunicações cheguem até nós. Mesmo uma pequena rede de rádios melhoraria as comunicações entre os Aliados e a Resistência italiana, mas eles são de pouca utilidade encostados em um canto dessa igreja.

– Felizmente, meu equipamento se saiu melhor do que eu e está intacto – acrescenta. – Você gostaria de transportá-lo até a ilha principal?

Eu penso no quão grande o equipamento pode ser, como irei escondê-lo e não parecer de forma alguma suspeita. Uma bolsa maior quase certamente seria revistada por uma patrulha fascista. Mesmo na escuridão, o homem vê o que está passando pela minha cabeça.

– Não se preocupe, ele pode ser desmontado em várias partes – diz ele.

Vejo o branco dos dentes em seu sorriso. É bom. Ele parece amigável, genuíno.

– Partes pequenas? – pergunto.

– Posso fazer cada pacote pequeno o suficiente para caber na sua bolsa, na pior das hipóteses em uma pequena sacola de compras. Mas isso significa que você terá de fazer várias viagens.

– Eu venho a Giudecca duas vezes por semana, mas posso facilmente vir mais vezes – digo, sem ousar pensar em como vou encaixar isso na minha rotina.

– Bem, não vou a lugar nenhum, não por enquanto – ele brinca, batendo na perna inutilizada.

Sinto pena dele, preso nesse buraco úmido. Ele é, sem dúvida, bem cuidado pelas freiras, mas deve estar entediado.

– Posso lhe trazer alguma coisa? Livros ou jornal? – ofereço.

Seu rosto se ilumina.

– Um livro seria maravilhoso, mesmo um suspense barato tiraria a minha cabeça daqui por um tempo.

Eu me levanto para sair e estendo a mão para apertar a dele.

– Posso voltar em dois dias. É tempo suficiente para o primeiro pacote estar pronto?

– Sim, mais que suficiente – ele responde. – Estou ansioso...

Ele está claramente procurando meu nome.

Eu olho para ele atentamente – a expressão que diz que nenhum nome é mais seguro.

– Por favor – ele diz. – Escute, sou um alvo fácil aqui. Não acho que os nomes entre nós farão muita diferença. É muito bom ter contato com o mundo exterior.

– Stella – digo após uma pausa, por nenhuma outra razão além de achar que posso confiar nele.

– Jack – ele responde, ainda segurando os meus dedos.

– Jack? Inglês, certo?

– É o que eu sou... Mais ou menos. É Giovanni, na verdade. Mas todos em casa me chamam de Jack. Exceto minha mãe, é claro.

O italiano perfeito com sotaque estrangeiro de repente faz sentido, assim como o fato de ele fazer parte de uma operação Aliada.

– Acho que pensaram que eu estaria mais bem preparado para me misturar sem ser percebido, tendo pais italianos – acrescenta. – Só não pensaram que eu poderia aterrissar sobre uma pedra italiana muito dura. Que sorte a minha.

Acho difícil me concentrar quando volto para o bar e desço para o porão. Arlo já está começando a arrumar algumas páginas – tenho de trabalhar rápido para recuperar o atraso. No fundo da minha mente, projetando uma imagem muito distinta, está o encontro anterior desta noite – tanto Jack quanto o trabalho à minha frente. A cada vez que venho a Giudecca, estou infringindo a lei fascista, pois até mesmo ter um rádio sintonizado na Rádio Londra pode render uma pena de prisão. Ser pego criando propaganda antifascista sem dúvida resultará em algo muito pior do que isso. Cada mensagem em papel que transportei é um contrabando grave e, no entanto, nunca me pareceu perigoso ou potencialmente fatal. É apenas o meu trabalho. Será que adicionar mais uma tarefa seria abusar da sorte? E vou viver para me arrepender disso?

6

DOIS LADOS DA MOEDA

Veneza, fim de fevereiro de 1944

Parece uma longa espera até minha próxima ida a Giudecca – a Jack e à tarefa de transportar seus receptores feitos à mão. Felizmente, tenho Mimi para me distrair.

– Então, vamos lá, conte-me tudo – diz a minha melhor e mais antiga amiga ao nos acomodarmos em um bar lotado no bairro de Santa Croce.

O bar fica em uma rua lateral e não é amplamente conhecido pelos soldados nazistas ou fascistas. Ainda assim, temos o cuidado de manter nossas vozes baixas, encolhidas sob uma névoa de fumaça de cigarro para nos proteger. Os olhos grandes de Mimi estão ainda mais arregalados do que o normal, seus lábios pintados de vermelho franzidos em antecipação. Com seus cachos quase pretos, ela sempre me lembra da personagem estadunidense de desenho animado Betty Boop, embora Mimi seja infinitamente mais bonita.

– Fiz contato com um soldado Aliado e devo transportar alguns pacotes importantes – conto a ela.

Dizer isso em voz alta ainda me faz tremer de nervosismo e empolgação, e posso ver que Mimi – ela própria uma *Staffetta* experiente – está impressionada. Esclareço que o soldado não pode entregar os rádios sozinho, e ela fica chocada com a história. Como Mimi também tem fama de casamenteira, não dou corda quando ela pergunta se Jack é bonito, dizendo, simplesmente: "Ele é muito sujo". Apesar de toda aquela frivolidade, Mimi entende o risco que estou correndo.

– Tenha cuidado – diz ela, embora saiba que eu terei, como todos nós. Fomos treinados para ter. Estamos muito cientes das consequências de sermos pegos; homem, mulher ou criança, os regimes nazista e fascista são inflexíveis quando se trata de traição.

Conversar com Mimi, toda alegre e sorridente, falando sobre os seus últimos flertes, é a liberação de que preciso quando estou me segurando por dias seguidos, me prendendo em uma camisa de força de uma pessoa diferente, seja na sede do Reich ou passando a outro disfarce como mensageira da Resistência. É bom sentir-me como a verdadeira Stella, mesmo que apenas por algumas horas, mergulhando no que passei a considerar como "conversa normal" de eventos intocados pela guerra – como o belo operador da central telefônica onde ela trabalha de dia e seus planos para chamar a atenção dele.

– Você é incorrigível – digo a ela, embora eu tenha muita admiração pela habilidade de Mimi de se erguer acima da densa nuvem de conflito. Ela não deixa de ser afetada, mas se recusa a permitir que isso destrua seu otimismo natural.

– Nunca se sabe, o meu paquera atual pode muito bem ter um amigo – ela brinca comigo em tom de travessura.

– Pare com isso, Mimi! – eu a repreendo.

Embora eu não seja avessa a ter alguém na minha vida, simplesmente não consigo imaginar isso agora.

O dia seguinte passa devagar, e eu me vejo desejando que o relógio vá mais rápido e me liberte das batidas das máquinas e das tagarelices intermináveis. Na hora do almoço, eu simplesmente tenho que escapar do escritório sufocante do Reich e dar um passeio à beira da água, em direção ao Arsenale, apreciando a vista do reflexo cintilante do sol sobre a lagoa. Relutantemente, corro para as ruas laterais, onde o sol está coberto por sombras, e sinto um arrepio instantâneo, sabendo que há alguns sebos em que posso comprar alguns livros baratos para Jack. Minhas estantes estão cheias de clássicos italianos, e não tenho certeza se ele gostaria de ler Boccaccio, por mais divertido que seja. Escolho algo leve, e também uma edição em inglês de *Morte na Mesopotâmia*, de Agatha Christie, pensando que isso sim levará a sua mente para longe de Veneza. E presenteio-me com uma tradução italiana barata de *Persuasão*, de Jane Austen, tendo deixado a minha antiga cópia na casa dos meus pais.

Estou voltando para o escritório quando vejo alguém conhecido em pé sobre uma pequena ponte, olhando atentamente para a água parada do canal, os cotovelos apoiados. Viro-me bruscamente, para a outra direção. Tarde demais – ele me reconhece. Sua expressão significa que não tenho escolha a não ser me aproximar de Cristian De Luca como a colega amigável que sou, a simpática tradutora e seguidora de nosso grande líder, Il Duce.

– Encontrou a resposta para os mistérios do universo, ou simplesmente está vendo algum pobre infeliz que caiu na água após uma noite de muita grappa? – digo com leveza.

Ele ergue os olhos e sorri, captando o meu humor.

– Não, estou apenas admirando as formas, a luz do sol. É lindo.

Ele tem razão. O reflexo das casas no canal verde cria linhas e cores distorcidas, como algumas bonitas pinturas modernistas. A cada segundo, uma ondinha sutil transforma a cena em algo ainda mais belo.

— Veja, até a água é arte em Veneza — diz ele.

— Ah, sim? Mesmo na guerra? — desvio os olhos da água para me virar para cima, ouvindo o zunido das aeronaves no alto.

Talvez bombardeiros Aliados determinados a destruir alguma cidade italiana desavisada, como Turim ou Pisa. Ninguém ao nosso redor luta para se proteger; em meio à beleza reverenciada de Veneza, geralmente estamos seguros, pois são aquelas embarcações na lagoa — de pescadores ou balsas — que correm o maior risco de serem atingidas.

Ele sorri em sinal de compreensão, mostrando dentes brancos e lábios carnudos sob o bigode bem cuidado. Observo seus olhos castanhos percorrerem meu rosto, tentando interpretar minha expressão. Já vi aquele olhar profundo e inquisitivo antes — em oficiais nazistas e fascistas, tentando vasculhar dentro de você as verdades sujas escondidas atrás da aparência inocente. Ainda não tenho certeza de quais são os motivos de Cristian. Por fim, ele solta uma risada.

— Vocês, venezianos! São muito mais práticos do que a própria cidade.

— Talvez seja bom não sermos ingênuos o tempo todo, ou não teríamos mais uma cidade para nos proteger — rebato, mas com um toque de humor. — Além disso, cairíamos no canal com muita frequência... E isso nunca é bom para a saúde de ninguém.

Ele faz uma pausa para pensar novamente, os olhos na água, como se não pudesse tirá-los de lá. Estou quase andando quando ele se ergue em toda a sua altura ao meu lado. Agora fico genuinamente curiosa.

— Então, me diga, no que estava realmente pensando? Não vai se atirar, espero? — eu digo.

— Se quer mesmo saber, eu estava me perguntando quantas pessoas, classes, credos, cores, viajaram sob esta ponte ao longo dos séculos. O que elas usavam, falavam, comiam, bebiam, liam. — Ele olha diretamente para mim, como se não fosse uma reflexão ou uma pergunta retórica. É a conversa mais longa que já tivemos. E a mais reveladora. — Já se perguntou sobre isso, Signorina Jilani?

Sim, muitas vezes. Apesar de conhecer bem a cidade e as peculiaridades de viver em um lugar que oscila entre a realidade e a fantasia, passei horas intermináveis da minha infância refletindo sobre as cores e a magnificência do passado, as histórias de amor enterradas na lama, ao lado das estacas de madeira nas quais Veneza está suspensa. Algumas dessas histórias foram criadas na minha cabeça e grosseiramente colocadas no papel enquanto eu ficava sentada na cozinha ao lado do meu avô, que sempre estava fumando ou cochilando. Foi a guerra que interrompeu minha imaginação sobre o passado e o futuro, colocando uma pedra em cima de tais pensamentos. Assim como minha falta de fé religiosa, espero que seja temporário. Hoje em dia, sonho apenas em tons acinzentados – um tom de ardósia. A Veneza de agora é tudo que importa; dia após dia, deve sobreviver e trazer consigo algum futuro, para que possamos resgatar a cor e a vitalidade da nossa cidade.

A testa de Cristian franze com o meu silêncio, e me recupero da nostalgia açucarada.

— Então, pergunta-se sobre como pode ter sido? – ele insiste.

— Imagino que muito mais fedorenta – respondo e saio abruptamente da ponte, na direção do Platzkommandantur.

Sou propositalmente superficial porque não quero que ele saiba o que está na minha cabeça, seja no passado, seja no presente. Ouço seus passos enquanto ele me segue, metros atrás de mim. Talvez ele imagine – com razão – que eu não gostaria de ser vista caminhando com um colaborador com distintivo. E, no entanto, não sinto nenhum ódio por ele, apenas uma leve pena. Há um coração dentro dele, com certeza – um coração capaz de sentimentos profundos. É uma pena a casca com a qual ele o cobre.

Ele me alcança, o barulho de seus sapatos elegantes ressoando pelos becos. Passamos sem palavras por uma passarela coberta que leva a uma rua aberta. Há um velho sob a arcada que se aproxima acendendo um cigarro, e ele olha para cima quando nos aproximamos.

– Bom dia – ele diz e sorri para nós dois. – Vieram expressar sua devoção?

Ele está claramente se divertindo com seu próprio humor.

Eu sei exatamente ao que ele está se referindo – a pequena pedra avermelhada em forma de coração que se ergue orgulhosamente acima do arco de tijolos, uma relíquia natural, aparentemente é um local popular de peregrinação entre turistas e pessoas apaixonadas. Tento satisfazê-lo com um sorriso fraco, mas o velho não quer saber disso.

– Vocês precisam tocar nela – ele pressiona. – Os dois.

Cristian parece confuso, e eu quero explicar rapidamente para que possamos seguir em frente, mas o velho é firme em seu propósito.

– É uma antiga história de séculos atrás – ele divaga. – Se vocês dois tocarem na pedra, seu amor ficará selado para sempre.

Ele tosse por causa dos muitos cigarros, rindo consigo mesmo enquanto sai arrastando os pés.

Cristian olha para mim, tentando entender.

– É verdade – eu digo. – Ou, pelo menos, é verdade que existe a lenda.

Eu passo pelo *sotto* de pedra antes que ele possa perguntar mais. Ele me alcança novamente.

– O que foi, Signorina Jilani, não acredita em contos de fadas?

Ele está sorrindo mais uma vez, e vejo que está olhando diretamente para o volume de Jane Austen em minha mão.

– Oh, isto? Não é um conto de fadas – respondo, apertando o passo para evitar qualquer conversa estranha. – É literatura.

– Concordo – diz ele. – E literatura muito boa. Mas também não é a vida real, é?

– Melhor que não seja mesmo, atualmente – falo, embora não com a intenção de ser tão direta. – Todo mundo merece um lugar de fantasia e segurança.

– Concordo totalmente – diz ele.

Mas ele não está mais sorrindo, e andamos o resto do caminho em silêncio.

A conversa me faz pensar, no entanto. Cristian De Luca, por mais que eu odeie admitir, tocou em um ponto importante. Quando consigo ficar acordada após as atividades do dia, entrego-me a séculos passados e a lugares distantes desta guerra, devorando todos os livros que posso. Mas sinto falta de criar; como jornalista, dedicava meu tempo livre escrevendo contos, um ou dois foram até publicados em revistas do grupo *Il Gazzettino*. Foi uma libertação total abrir minha amada máquina e simplesmente compor palavras e frases, conceber pessoas e conversas, sem olhar nem uma vez para anotações. Eu me sentia livre.

Percebo que a guerra tem me sufocado desde então. Não é surpreendente, dado o simples desejo e esforço de permanecer viva. Mesmo assim, fico ressentida com isso. Escrever notícias para o jornal militante é fácil, quase automático. Mas não sou eu – sim, há uma paixão na busca pela liberdade, mas não há nada do meu coração nas palavras, apesar da provocação de Arlo sobre minha linguagem poética. Resolvo que vou tentar escrever. Como eu mesma, para mim. Só por prazer. Isso é tão errado nos tempos em que vivemos?

Isso se eu conseguisse ficar acordada no fim do dia para encontrar tempo.

7

NOVO INTERESSE

Veneza, março de 1944

Jack está um pouco mais móvel na minha visita seguinte. Está fora da cama quando chego, embora mancando com dificuldade evidente. As freiras montaram uma mesa com uma lamparina a óleo para ele trabalhar, e há uma série de peças de metal espalhadas sobre ela. Suas boas-vindas são calorosas; ele está claramente satisfeito com a visita de alguém, e ainda mais satisfeito com os livros que trouxe.

– Surpreendente! – ele diz. – Amo uma boa Agatha Christie. Ouça, posso oferecer um pouco de chá? Eu tinha chá na minha mochila quando cheguei, e as amáveis irmãs me deram um pequeno fogão.

Olho para o meu relógio, imaginando quanto tempo eu tenho.

– Nós, britânicos, somos muito bons com o chá – ele insiste. – Sendo sincero, você não ia gostar do meu café!

Tinha saído correndo do trabalho, sem mal ter tido tempo de comer ou beber, então aceito, mas não posso ficar muito tempo. Arlo deve estar pensando que o abandonei.

Jack cambaleia de um lado para o outro com uma muleta improvisada, claramente sentindo dor, mas fazendo o possível para não demonstrar. Em geral, não bebo muito chá, mas esse está bom, mais forte do que o que eu normalmente tomo. Pergunto a ele sobre sua casa. Ele adota uma aparência otimista por um momento, contando que seus pais administram uma delicatéssen no centro de Londres.

– Estamos cercados por famílias italianas, às vezes nem sei à qual parte do mundo eu realmente pertenço. Mas – ele levanta sua caneca – adoro chá, então devo ser um pouco inglês!

– Você nasceu lá? – pergunto.

– Turim – ele responde. – Meus pais emigraram quando eu era bebê. Ambas as famílias ainda estão em Turim, o que nos causa preocupação, claro. Não saem muitas notícias sobre a situação ali. E é parcialmente por isso que me ofereci para vir. Sei que dificilmente encontrarei qualquer vestígio dos meus familiares neste caos, mas pelo menos sinto que estou fazendo a minha parte pela família, pela Itália.

Entendo sua necessidade, o que parece me aproximar dele um pouco mais. Ele pergunta sobre minha família e conto a ele sobre os meus pais e um pouco sobre a minha vida passada. Há uma edição do *Venezia Liberare* ao lado dele, e é claro que ele sabe quem escreve as palavras quando diz:

– É bom. O texto é envolvente e combativo.

Sinto que ele não está sendo só lisonjeiro, mas se expressando abertamente, fazendo-me confiar nele quase desde o início. Tanto é que, quando me conta que seu irmão ainda está desaparecido na França, em combate, sinto que posso compartilhar com ele minha preocupação com o papel de Vito na Resistência, do qual ainda conheço poucos detalhes, mas mesmo os escassos boatos no batalhão fazem meu coração ficar apertado com o perigo que ele pode estar correndo. Porém, não conto sobre o meu trabalho diurno na sede nazista. *Conheço* minhas motivações, a razão para fazer o trabalho que faço, mas, mesmo assim, acho difícil defendê-lo.

Nós nos despedimos quando coloco um pequeno pacote na minha bolsa, pouco maior do que uma laranja e embrulhado em um pano velho. Seu destino é uma casa não muito longe do meu apartamento, e devo entregá-lo na manhã seguinte, antes do trabalho. O próximo pacote ficará pronto em três dias.

– Logo nos veremos, então – digo enquanto me dirijo para a porta.

– Estou ansioso por isso – diz ele, seu largo sorriso aparente na escuridão.

E não posso deixar de sentir que estou ansiosa também.

Que surpresas estranhas esta guerra nos traz.

A volta ao continente, com o pacote pequeno, mas sedutor, em minha bolsa, causa ondas de incerteza dentro de mim, mesmo que a maré sob o barco esteja estranhamente calma. Quando desço sobre as pedras da ilha principal, cada passo aumenta minha ansiedade, e tenho de caminhar próxima às paredes dos becos para passar despercebida. Já fiz centenas de viagens pela cidade com mensagens secretas, mas nenhuma tão arriscada quanto esta. Posso sentir minha respiração se aprofundar enquanto tento contornar um posto de controle, mas chego tarde demais a outra barreira, recentemente montada.

"Boa noite, Signorina", o patrulheiro fascista me cumprimenta, e eu sorrio amplamente, fingindo uma meia piscadela em sua direção, tentando ao máximo interpretar o papel. Será que estou forçando demais? *Seja natural, Stella, fique calma*, repito dentro da minha cabeça. *Você não tem nada a esconder*. Faço o movimento de abrir a bolsa por uma questão de rotina, mas ele acena para eu passar, seus olhos me vigiando enquanto eu ando. Ele não vê meus joelhos quase amolecerem quando viro a esquina. Tenho de parar e respirar conscientemente várias vezes com o pretexto de assoar o nariz, então vem uma rápida onda de adrenalina que me faz sorrir e dá um impulso aos meus passos. Ainda assim, fico exausta ao chegar em meu apartamento, mas feliz. Percebo que parte do que me move é o desconhecido, aquele jogo de gato e rato a que Sergio aludiu. Pergunto-me se é uma característica boa ou ruim para uma espiã clandestina.

A entrega do pacote ao meu destino na manhã seguinte é tranquila, felizmente, e, o que é estranho, estou desfrutando um pouco da rotina monótona do escritório de Breugal. É o comportamento de Cristian, no entanto, que se prova fora do comum. Breugal partiu de Veneza para resolver negócios de guerra, e o escritório está naturalmente mais relaxado. O capitão Klaus, alto e sombrio, aproveita a oportunidade para se exibir, tentando dar ordens, mas ele mal parece mais do que um menino em roupas de homem, e não tem a estatura de urso de Breugal. Vejo algumas garotas rindo pelas costas dele e quase sinto pena. É a Cristian que as datilógrafas acatam, bem como alguns dos oficiais alemães.

Estou lutando com um relatório de engenharia particularmente complexo quando ele se aproxima de mim perto do horário de almoço.

– Signorina Jilani – ele começa em italiano, o que me faz erguer a cabeça de curiosidade. – Será que posso falar com você? Em particular. Talvez possa almoçar comigo?

Quase posso sentir o sangue fugir da minha cabeça. Não tenho tendência a desmaiar, mas, por um breve segundo, acho que vou. Respiro fundo e realinho a cabeça. Ele sorri – parece bastante genuíno. Mas nazistas e fascistas são bons quando se trata de sorrir ao proferir uma sentença de morte.

– Hum, sim, claro – tropeço nas palavras.

O que mais posso dizer? Às 12h15, ele coloca o relatório sobre a mesa e arruma as canetas, sinal de que está pronto. E aproxima-se da minha mesa.

– Vou acompanhá-lo em um segundo – digo, antes que ele tenha a chance de fazer qualquer coisa.

Sinto vários pares de olhos femininos me encarando quando me levanto e saio – seus sorrisos pelas minhas costas. Seria possível eu me sentir ainda mais como uma colaboradora? Cristian está esperando no saguão e me leva não ao refeitório do prédio – o que eu esperava –, mas para o sol brilhante de primavera; ele levanta a cabeça automaticamente para sentir o calor, uma expressão de satisfação se espalhando por seu rosto, como se estivesse se reabastecendo. Para que, só posso imaginar. Caminhamos alguns minutos até um café em uma rua lateral da San Marco, e fico grata, mas cautelosa, pelo ambiente estar tranquilo. O garçom o conhece bem, então deve ser um dos lugares que frequenta. Pedimos café e sanduíches com qualquer pão e recheio que eles tivessem. É quando o garçom vai embora que fica o vazio.

– Então, teve mais pensamentos filosóficos e grandiosos sobre Veneza? – começo em tom de leve brincadeira.

Meu treinamento me ensinou a arte de jogar conversa fora, em vez de arriscar deixar buracos silenciosos nos quais as dúvidas possam surgir. Ele ri enquanto bebe seu café.

– Não, não, a população de Veneza está a salvo das minhas reflexões.

Ele me olha fixamente, como se fosse revelar algo profundo, talvez sobre si mesmo. Sinto que estou em um interrogatório disfarçado de um inocente almoço. Ele me encurralou abertamente.

– Estava me perguntando se você me daria a honra de vir a um evento noturno comigo – diz ele, desviando o olhar para sua xícara quase vazia. Então, sem dúvida vendo a expressão de choque em meu rosto, ele acrescenta: – Quero dizer, não há problema se não puder vir. Só pensei em perguntar. O general Breugal está ausente, e é uma daquelas festas pomposas de militares, e seria...

Agora ele não é mais o Cristian De Luca seguro, calmo e controlado do escritório do Reich. Ele está corado sob a barba, e me pergunto quantas mulheres ele já convidou para sair, nesta vida ou antes.

– Humm, eu adoraria – digo, apenas lembrando que o meu "eu" fascista e leal veria o convite como uma verdadeira honra; a datilógrafa complacente e feliz em confraternizar com oficiais alemães e salvadores da nação italiana.

Mas, por dentro, o pavor já está se formando com a perspectiva de ficar tão perto dos personagens cinzentos desta guerra. Mas que presente para a Resistência, as conversas que eu poderia escutar e relatar para o comando da minha unidade. Mesmo que salve uma vida, uma família que seja, valeria a pena a indignidade. Sorrio docemente, meu rosto fazendo o possível para expressar brilho.

– Fico muito satisfeito – diz ele, igualmente nervoso. Ele se inclina, como se estivéssemos cochichando na escola. – Se for realmente chato, pelo menos podemos ficar em um canto e conversar sobre literatura.

O que é uma deixa para fazermos isso agora, trocando histórias e livros favoritos. A hora passa – tenho vergonha de admitir isso mais tarde – de forma bastante agradável.

– Oh – diz ele, quando nos levantamos para voltar ao escritório. – Com toda essa conversa, quase esqueci disso.

Ele tira um pacotinho do paletó, embrulhado em papel pardo. Ao abrir, vejo que é uma edição italiana pequena e lindamente encadernada de *Orgulho e preconceito*, de Jane Austen. Usada, mas em bom estado.

– Obrigada – agradeço.

E digo com sinceridade. É um livro que adoro e tinha lido repetidas vezes. Estou genuinamente surpresa com sua consideração.

– Você provavelmente já o tem – acrescenta ele, sem jeito. – Mas é o melhor trabalho dela. Ou, pelo menos, acho que sim.

Eu o encaro de forma direta.

– Você está se referindo à escrita ou a todos os significados ocultos? – Com isso, quero expressar um pouco de humor, e estou sorrindo enquanto falo, mas sai com um tom diferente. Quase como um desafio.

Cristian De Luca, porém, está de volta ao seu estado controlado e seguro.

– Ambos – diz ele, quando começamos a andar de volta. – Elizabeth Bennet é uma das minhas personagens favoritas, inteligente e sábia. Imaginei que você também gostasse dela.

E, assim como fizemos em nosso encontro anterior, voltamos para a austeridade escura do escritório em silêncio, bebendo a luz branca e brilhante de Veneza.

Sou forçada a compartilhar minhas frustrações com Mimi enquanto estamos na fila para comprar pão no mercado, poucos dias depois.

– O que devo pensar de um fascista que me presenteia com uma literatura sensível, depois de me convidar para uma festa cheia de nazistas? – sussurro, com cuidado para conter a voz, com todos os ouvidos ao nosso redor.

Os olhos castanhos de Mimi me encaram, tentando disfarçar a alegria. Como minha melhor amiga desde a escola, quero a opinião dela mais do que a de ninguém; há anos compartilhamos todos os segredos, sem saber que as paqueras e os desejos daquela época não passariam de brincadeira de criança em comparação com o que está em jogo agora. Mesmo assim, ela não diz nada, sabendo que ainda não terminei.

– Suponho que ele precise de uma garota para ser seu par na festa, apenas para causar uma boa impressão – pondero.

– E ele poderia ter convidado qualquer garota do escritório – Mimi fala, finalmente. – Há uma razão para ele ter escolhido você.

– Não! Nunca dei a ele nenhum incentivo, Mimi. Não nesse sentido.

– Talvez não, e talvez você não precise. Lide com isso, Stella, aqueles seus olhares misteriosos são atraentes para os homens, apesar de você se imaginar alguém desleixada e suja no alto das montanhas, com seu cabelo rebelde voando em meio a uma batalha pela liberdade.

– Mas um fascista? Mesmo? – eu suspiro. – Breugal tem ele na palma da mão.

– Melhor ainda para a causa – Mimi diz, desafiadoramente.

Como uma colega *Staffetta*, ela conhece os benefícios da conversa embalada pelo excesso de bom humor e álcool. E de uma garota bonita no braço de um homem, penso comigo mesma, apavorada.

– De qualquer forma, conte-me sobre o outro, o soldado em Giudecca – pede Mimi enquanto encontramos uma mesa de canto tranquila no café de Paolo. – Ele parece legal.

– Jack. Ele é... Eu gosto de conversar com ele.

– Ele também gosta de literatura e artes?

– Não tenho certeza... Não tenho essa sensação. Falamos principalmente sobre família ou guerra. Às vezes, sobre cinema.

– Então, você não gostaria de fazer uma viagem a Londres depois que tudo isso acabar?

Mimi está sendo deliberadamente engraçadinha, determinada a me provocar.

– Não, não gostaria – declaro categoricamente. – Além disso, ele irá embora muito em breve, assim que a sua perna estiver um pouco melhor. Eu não vou vê-lo novamente.

Mimi não desiste:

– Coisas estranhas acontecem em tempo de guerra – ela sorri. – É um momento de mudança.

Mas não estou me concentrando. Estou pensando em como vou sobreviver aos próximos dias, sendo uma mensageira clandestina da Resistência e depois vestindo o meu melhor vestido e me misturando ao Alto Comando Nazista. É o máximo de troca de papéis que consigo desempenhar.

O primeiro passo, no entanto, é transportar o segundo pacote de Jack pelo canal de Giudecca. Desta vez, termino o trabalho do jornal uma boa meia hora mais cedo, em grande parte devido à ausência de relatórios reais de grupos rebeldes do Vêneto – parece que pode haver longos silêncios, mesmo em uma guerra. Felizmente, Tommaso está à disposição com o seu lápis – afiado em todos os sentidos – para fazer um desenho adequado. Eu ouço os dois, ele e Arlo, rindo atrás de mim com a última caricatura de Il Duce, de Tommaso, retratando-o como o palhaço que o meu Popsa previu que seria.

– Você deveria fazê-lo ainda mais gordo do que isso! – Arlo brinca.

– Ele já está pulando para fora do uniforme – argumenta Tommaso. – Além disso, não há espaço suficiente para caber toda a circunferência!

Os dois papeiam, um ruído de fundo que me faz sorrir, e eu meio que gostaria que fosse Vito compartilhando o trabalho com Arlo e Tommaso, em vez de estar lá fora se arriscando.

As outras páginas do jornal são preenchidas com notícias da guerra na Europa colhidas na Rádio Londra. Mais uma vez, sou grata ao exército de avós ouvindo atentamente as transmissões ao lado de seus fogões, rabiscando seus relatórios na luz fraca da cozinha.

Deixo a equipe prestes a imprimir o jornal, mudo de papéis mais uma vez e vou para o vasto e vazio espaço de Santa Eufemia. Passo por trás do altar e me pego arrumando várias mechas de cabelo soltas.

– Mulher boba – murmuro para mim mesma.

Jack está sentado à sua mesa, olhando para o refletor e mexendo em uma chave de fenda.

– Ah – ele diz. – Eu estava prestes a colocar água para o chá. Presumo que tenha chegado mais cedo para conseguir o melhor lugar no Café Giovanni.

– Nada menos do que a sua melhor mesa, Signor – digo ao me sentar sobre a caixa de madeira.

Ele ainda está embalando o pacote que devo levar, mas não estou atrasada. Vou obedecer ao toque de recolher sem grandes dificuldades, digo a mim mesma. Estou feliz por poder ficar um pouco. Ansiosa, até.

Nós conversamos sobre as nossas vidas diferentes novamente – ele me questionando sobre crescer na ilha da fantasia que é Veneza, indo de barco a qualquer lugar, mas com o isolamento de viver à beira da lagoa.

– Tenho certeza de que os venezianos nunca pensam nisso como isolamento – eu digo. – É mais como se o nosso casulo de água nos tornasse especiais. Como se o resto do mundo é que estivesse errado em viver em faixas de terra sólida.

– Há quem chame esse pensamento de elitista... Um senso de grandiosidade – diz Jack, oferecendo-me uma xícara de sua bebida especial.

– Podem até chamar – admito. – Mas, você sabe, nós já fomos controlados pela peste e por muitas invasões, então, a esta altura, acho que não nos importamos mais. Só nos preocupamos com a sobrevivência de Veneza.

– Vou brindar a isso – ele concorda, com sua expressão ficando pensativa. – Quando vejo os estragos feitos pelas bombas de Hitler em Londres, temo por seu futuro. Mas, então, lembro que Londres é uma grande dama e sobreviverá, mesmo que isso signifique perder um pouco de seu brilho. O coração continuará batendo.

À luz das velas, posso ver seus olhos vidrados com as memórias – de sua família e da rua onde vive – e adoro o fato de que ele ama sua cidade natal. Mesmo que não seja na Itália.

Uma vez que o pacote está enfiado no fundo da minha bolsa, pego o último *vaporetto* para a ilha principal. Está lotado, com passageiros reclamando que o anterior foi cancelado.

– Vocês têm é sorte de que este esteja funcionando – diz o barqueiro para a multidão que murmura. – Estamos quase sem carvão.

Faço uma anotação mental para avisar o vice de Sergio no meu batalhão – se os *vaporettos* pararem de viajar para Giudecca, teremos de arranjar um barqueiro alternativo para chegar à redação do jornal à noite. Mesmo assim, não gosto da ideia de atravessar em um barco a remo, pois as águas às vezes estão agitadas devido aos barcos-patrulha alemães.

Veneza está quieta e sombria em sua luz azul sulfurosa enquanto caminho rapidamente para casa, desejando que meus sapatos não batessem e ecoassem tanto nas calçadas de pedra. Estou quase quebrando o toque de recolher e acelero o passo, esperando que não pareça que estou andando rápido demais para algum propósito suspeito. O que, é claro, eu estou. Após o primeiro transporte de peças de rádio, sinto-me confiante em poder passar com um sorriso por qualquer posto de controle.

Percebo tarde demais que complacência é uma coisa perigosa. Saio de uma passarela a apenas duas ruas de casa e dou de cara com uma patrulha alemã. Sinto meu rosto se contrair, mas puxo os músculos para produzir o sorriso certo. Esperando que os meus olhos não me traiam.

– Boa noite – cumprimento em alemão.

São apenas dois guardas, mas, como bem sabemos na Resistência, basta uma arma para fazer uma diferença fatal. Cada um deles tem uma pequena metralhadora pendurada casualmente em um ombro, além de uma pistola no coldre.

Felizmente, retribuem o sorriso ao meu alemão bem falado.

– Boa noite, Fräulein – diz o mais alto. – Você chegou tarde.

– Eu sei, eu sei – digo, imitando o tom alegrinho de apenas um copo a mais. – Falei demais e não prestei atenção ao horário, infelizmente. Mas estou quase em casa agora.

Posso sentir que o mais baixo não está tão seduzido, olhando para minha bolsa com real interesse.

– Podemos ver? – ele gesticula. E, sob o olhar do colega, ele acrescenta: – É o protocolo, você entende.

– Claro, claro – digo, e vou abrir a bolsa. Meu coração é como um pistão a todo vapor; ao lado do meu caderno, que felizmente contém apenas minhas divagações pessoais, o pacote de Jack está aninhado no fundo, embrulhado em um pedaço de pano que – felizmente – antes estava cobrindo um pedaço de queijo parmesão particularmente forte. O cheiro subindo da minha bolsa quase faz o mais baixo recuar ao olhar para dentro.

– O que é isso? – ele aponta, seu dedo pairando a apenas meia polegada do pacote. Se ele tocar a borda afiada de metal, saberá instantaneamente que nenhum parmesão é tão duro.

– Queijo para minha avó – digo inocentemente. – A família se reuniu para comprar um pouco para o aniversário dela. Bobagem, não é? Mas ela adora. Mal posso esperar para me livrar dele, está fedendo na minha bolsa.

Eu rio, e a minha ansiedade é uma ajuda involuntária para deixar minha voz mais aguda e boba. O baixinho continua espiando, mas ainda não toca. Os segundos se arrastam como se o tempo tivesse parado, apenas cortados por seu amigo se mexendo ao lado dele.

– Vamos, Hans, não há nada aqui – ele diz. – Logo estaremos de folga.

Eu fecho a bolsa, sentindo meu coração despencar de volta à terra. Ao dobrar a esquina depois de recusar educadamente a oferta de uma escolta de volta para casa, uma náusea azeda sobe dentro de mim, e tenho que me forçar a não colocar para fora o pouco que está no meu estômago. Ainda estou suando quando chego ao santuário do meu apartamento, embora não acenda a luz por vários minutos, espiando pela janela do segundo andar para ter certeza de que a dupla não me seguiu. A paranoia vem naturalmente quando se trabalha com contrabando pesado.

E, então, a adrenalina dispara novamente – a satisfação de ter escapado ilesa. Estou quase rindo sozinha quando me arrasto para a cama. Duas viagens cumpridas, embora nesta última eu quase tenha sido descoberta. Será que estou abusando da sorte, e ela uma hora me abandonará?

8

ACHADOS E FRUSTRAÇÕES

Londres, setembro de 2017

Jamie olha para o buraco escuro da entrada do sótão e suspira.

— Lu? Você ainda está aí? — ele chama. — Vem cá, eu trouxe o almoço.

Há um barulho e um movimento no cômodo acima de sua cabeça, que ele interpreta como um "ok".

Ela surge na cozinha com teias de aranha entre os cabelos. Ele tira uma teia e beija sua bochecha, mas ela mal percebe. Quase não percebe nada hoje em dia, a não ser aquela caixa avermelhada. Ela está expressando tanta frustração quanto ele, embora por razões diferentes; enquanto Luisa se move pela cozinha de sua mãe para fazer o chá sem dizer nada, ele sabe que ela está conversando consigo mesma por dentro. E fica preocupado.

— E então, achou algo de interessante por lá? — Jamie pergunta enquanto desembrulha os sanduíches que comprou no caminho de volta da terceira saída daquele dia.

A bagagem de vida da mãe de Luisa estava enterrada no fundo de gavetas e armários forrados de poeira, latas velhas de biscoitos de Natal e eletrodomésticos movidos a pilha nunca usados. Já tendo vasculhado a casa inteira, Luisa vai mais uma vez ao sótão em busca de objetos pessoais antes que a empresa de limpeza venha descartar os despojos.

– Não, mais nada – diz ela, seu olhar sobre a vegetação selvagem no jardim dos fundos. – Tinha certeza de que haveria mais, além daquela caixa. Ainda não sei por que mamãe não falou sobre isso, nunca me mostrou. Eu teria ficado tão orgulhosa se tivesse uma mãe como a dela.

Jamie não diz nada, fingindo estar ocupado com seu sanduíche. Ele não ousa sugerir que aquele era o tipo de pessoa que a mãe de Luisa era – às vezes fria, petulante e obcecada por si mesma. Ele nunca contou a Luisa sobre seu choque quando foi apresentado a ela pela primeira vez, diante da diferença de caráter entre mãe e filha, notando o quão distante a mãe se comportou com ele e com a sua única filha. Ele nunca descobriu o motivo e, ao que parece, nem Luisa. Elas nunca tinham sido muito próximas, e Luisa não parecia sentir falta do que nunca tivera – até agora, pelo menos. Ele fica com pena dela quando pensa na própria mãe, sempre pronta para um abraço, um beijo e uma tigela de sopa, e aquele cheiro reconfortante que só as mães possuem. Ele nunca sentiu isso na mãe de Luisa.

Claramente, porém, a esposa que ele ama está desesperada para encontrar algum tipo de conexão com a família dela, e ele deve apoiá-la, apesar do que pensa. Desde que ela descobriu aquela caixa em ruínas cheia de história, quase todo o resto se tornou secundário perto da tentativa de montar o quebra-cabeça de Stella e Gio, as fotografias aleatórias que podem se tornar um caminho para o passado de que Luisa tanto precisa. É como se estivesse se tornando uma busca pela identidade dela, exceto que ele ama a pessoa que ela já é. Como pode convencê-la disso, diante dessa nova "missão"? Em se tratando de Luisa, ele sabe que ela não abandonará a missão; é tenaz e determinada como um cachorro atrás de um osso. Isso é o que a torna uma boa jornalista.

– Eu estava realmente me perguntando se você achou algo valioso, algo que poderia ir a leilão – Jamie alfineta. – Poderíamos encontrar alguma pintura antiga de valor inestimável, como acontece na tv. Quem sabe ficar ricos.

Ele tenta cutucá-la com um sorriso, algo que pelo menos fará com que eles se conectem ali, no mesmo ambiente. Com que tenham o mesmo objetivo.

– Ah, não – diz ela, remexendo distraidamente em uma pilha de correspondência. – Quero dizer, você pode subir e dar uma olhada... Você assiste mais àqueles programas antigos do que eu. Talvez você tenha um olhar melhor para essas coisas.

Jamie tenta não levar isso como um menosprezo por sua vida nada profissional, como um "ator em pausa", mas, vindo de Lu, sabe que não é uma crítica. Ela está apenas distraída, ele diz a si mesmo – menos pelo luto do que pela perspectiva de abrir a própria vida descobrindo seu passado.

– Tá bom – diz ele. – Abra o caminho para a caverna de teia de aranha. Vamos terminar esse trabalho.

Mais tarde, eles se sentam na sala de estar um tanto quanto vazia enquanto comem comida chinesa embrulhada para viagem, e Jamie observa enquanto Luisa mastiga sua refeição, olhando para as paredes agora despojadas de quadros e fotos de família. Há um desânimo nela, embora não seja – ele imagina – por deixar aquilo para trás, mas por estar ali. Aquela expressão lhe diz que ela não ficará triste se fechar a porta de sua infância para sempre. Ela vai até gostar de jogar a chave fora.

– Então, por quanto você acha que a casa vai ser vendida? – pergunta ele, alegremente. – O suficiente para dar a entrada na casa dos nossos sonhos?

Luisa olha para Jamie inquisidoramente, depois estreita os olhos. Ele claramente disse a coisa errada de novo. Pisou em ovos e quebrou alguns.

– Nossa, Jamie, por que você está tão preocupado com dinheiro hoje? Minha mãe ainda nem esfriou no caixão e você já está pensando no dinheiro! – ela rebate, jogando de lado a caixa de macarrão e entrando na cozinha.

– Luisa, volte aqui… Não foi isso que eu quis dizer – ele gagueja, mas ela já está tentando abafar o som de seus soluços com os velhos panos de prato que a sua mãe insistia em guardar. Ele não se levanta. Tinha se acostumado a não ser capaz de confortar sua esposa. Ela só recorrerá a uma coisa esta noite. Atualmente, ele não tem como competir com uma pilha de fotos empoeiradas.

9

DRINQUES COM O INIMIGO

Veneza, março de 1944

Odeio o fato de estar preocupada com o que vestir. Isso nunca me incomodou antes e, na realidade, há poucas opções; alguns vestidos bonitos de antes da guerra, certamente nada de novo desde então. Estou com calor e incomodada, principalmente pela minha própria vaidade. Na semana desde o nosso almoço, Cristian manteve uma distância profissional, e eu estava quase desejando que ele tivesse esquecido seu convite para o evento militar, até que ele apareceu às cinco da tarde do dia anterior e me lembrou data e hora, e que devíamos usar um traje formal.

"Devo buscar você no seu apartamento?", ele disse, levando-me a responder rápida, mas, espero, gentilmente: "Não, obrigada". Eu o encontraria na Piazza San Marco, de onde poderíamos caminhar ou pegar um barco-táxi *motoscafi*. A recepção está marcada para um sábado à noite, o que felizmente não atrapalha minha ida à redação do jornal em Giudecca e a chance de ver Jack. Eu tento me convencer de que é do jornal que eu sentiria mais falta, mas essa é uma tarefa bem difícil. Irritada comigo mesma, fico feliz por finalmente escolher um vestido.

– Vamos voltar para algo realmente importante! – resmungo no ar, embora só mais tarde, quando me encontro com Sergio, é que fico realmente convencida, de novo, de que esse tipo de trabalho de espionagem é vital para o planejamento da Resistência.

Sem revelar muitos detalhes – geralmente é mais seguro não saber –, ele me diz que o meu fluxo de informações está construindo uma imagem da maneira de pensar dos nazistas: seus padrões, mas também sua experiência em criar pistas falsas para desviar homens e suprimentos. A montagem das peças de rádio que estou transportando vai permitir que a Resistência divulgue ainda mais as informações, garante. Imagino que ele esteja simplesmente sendo gentil, da mesma forma que incentiva todos os que estão sob seu comando, com um brilho real nos olhos, em vez da carranca que qualquer líder da Resistência deveria ter, dada a tarefa que temos pela frente. Mas faz com que eu me sinta melhor, como se eu fosse realmente útil.

Não digo a ele que estou nervosa com a festa, mas ele adivinha, é claro.

– Se você ouvir apenas fragmentos de conversas, ainda assim terá valor – Sergio me garante, curvado sobre um copo de *grappa* no canto de um bar tranquilo. – Mas insisto que você não deve se comprometer. São as personalidades e com quem elas falam que realmente nos interessam. Sei que sua memória visual é boa, então nos encontraremos logo após o evento enquanto ela ainda estiver fresca, para talvez confirmar quem é quem com as fotografias que temos.

Deixo o bar com as garantias de Sergio e uma sensação estranha no estômago – uma mistura de ansiedade e excitação lutando contra as suas paredes. Mas esse sentimento é rapidamente afastado quando esbarro com meu irmão, Vito, do lado de fora.

– Stella! – exclama ele, com o que parece ser um genuíno deleite, embora isso não seja surpresa, beijando-me nas duas faces. – Bom ver você aqui.

Noto que ele não pergunta o que estou fazendo naquele bar em particular ou com quem vou me encontrar. E nem eu. O fato de o local ser bem conhecido entre os membros da Resistência é razão suficiente para nós dois. Fazemos parte do mesmo movimento dentro de Veneza, mas em batalhões separados – e acho que é assim que ambos preferimos.

Usando a minha expressão de irmã mais velha, digo que sua presença em casa faz muita falta, e ele revira aqueles olhos grandes e infantis para mim.

– Tudo bem – diz ele, com um sorriso típico e intransigente. – Vou tentar ser um filho melhor. Já que a minha irmã maior e melhor está pedindo.

E ele usa aquele sorriso largo novamente comigo – sua ferramenta para conquistar quase todo mundo. Funciona com a Mama e, em geral, funcionaria comigo também, mas não desta vez. Ele não está levando a situação a sério, e meu rosto demonstra esse sentimento.

– Vito – quase imploro. – Por favor, não dê a eles mais motivos para se preocuparem. Já estão sofrendo o suficiente. Apareça mais, jante com eles, isso já será suficiente.

Desta vez, seu rosto assume uma aparência estranhamente séria.

– Tá bom, vou me esforçar mais – ele diz. – Prometo. Agora, Stella, tenho de ir. Tenha cuidado.

Ele aperta meu braço com mais força do que se fosse um comentário casual – eu sei, então, que, mesmo que não falemos sobre isso, nós nos entendemos e entendemos o que fazemos.

De volta para casa, em frente ao meu espelho antigo e rachado, faço um esforço para melhorar minha aparência, mas para quem estou fazendo isso é difícil dizer. Não quero me transformar em um espetáculo, mas também não quero envergonhar Cristian – como diz Sergio, pode ser uma relação lucrativa para a campanha pela libertação de Veneza. Arrumo o cabelo ondulado com a ajuda dos pentes de madrepérola que Papa me deu em um aniversário e coloco brincos combinando. Raspo os restos do pó compacto da embalagem e passo um toque de batom – a festa não é importante o suficiente para esbanjá-lo nos meus lábios, mas o resultado final basta para diferenciar minha aparência de um dia de trabalho.

A noite está fria, mas seca, e a luz está caindo rapidamente enquanto espero em um canto da San Marco, perto do Palazzo Ducale – também conhecido pelos turistas do pré-guerra como o Palácio do Doge. Sua antiga fachada rosa – da cor do sorvete mais tentador – compete com o céu rosado no alto, e não posso deixar de me maravilhar com a beleza da minha cidade. Nem mesmo o zunido dos aviões, sem dúvida voltando da destruição da guerra, pode superar a visão de um sol escaldante pondo-se sobre a vasta extensão de água. Enquanto examino o céu, desço meu olhar para as ondas rasas; há poucos indícios dos últimos dias, quando enfrentamos o bombardeio mais pesado das forças aéreas Aliadas. Eles tinham como alvo os navios alemães nas docas, o que fez com que um lado da cidade brilhasse com uma tonalidade inteiramente diferente, um forte contraste de fumaça espessa e preta e uma chama destrutiva vermelha. Ao longo dos anos, com tantas invasões, Veneza provou ser mestra em recuperar a sua beleza, e parece ter se recuperado mais uma vez. Pergunto-me se algum dia perderíamos, de fato, esta joia para invasores, alienígenas ou incumbentes, e então entendo por que estou de pé desajeitadamente em meu melhor vestido, nervosa e prestes a entrar no salão de baile do diabo. É por Veneza, pura e simplesmente.

– Boa noite, Signorina. Você está linda, se assim posso dizer.

A voz de Cristian me assusta quando ele se aproxima por trás. Ele está sorrindo, seu rosto mais brilhante e relaxado do que de costume. Ele está bem arrumado, com a barba aparada e o cabelo penteado para trás, vestindo um terno cor de ébano, camisa branca reluzente e gravata verde-esmeralda. Não é um traje de noite, mas é quase. Ele está sem os óculos, o que o faz naturalmente semicerrar os olhos. Pergunto-me por que ele não os está usando, já que distinguem os seus traços e o marcam como alguém diferente.

– Você também está muito bem – digo, e ele me oferece um braço enquanto nos dirigimos para a beira da água.

– Então, vou encontrar pessoas conhecidas? – pergunto enquanto esperamos pelo transporte que ele providenciou, a lagoa batendo ruidosamente aos nossos pés.

– O general Breugal está viajando, mas o capitão Klaus estará lá, é claro – diz Cristian. – Somos os únicos do nosso departamento. É uma recepção para alguns dignitários vindos de Berlim, então eles gostam de montar um belo espetáculo, reunindo diferentes setores da cidade.

Ele olha para mim e sorri:

– Não tenho dúvidas de que estarei lá apenas para fazer volume – e acrescenta rapidamente –, não que esse seja o seu caso, Signorina. Estou muito feliz que tenha conseguido vir.

— Bem, tenho certeza de que você foi convidado por algum motivo... Pelo que sei, você é crucial para o funcionamento do gabinete do general Breugal. Ele certamente não poderia viver sem você.

Inspeciono a sua reação, mas ele não responde. Nosso *motoscafi* chega, e ele me ajuda a descer na embarcação balançando sobre as ondas.

— *Miss Bennet* — ele faz um gracejo enquanto pega minha mão, depois abre um sorriso de garoto.

— Muito obrigada, *Sir* — digo, juntando-me à brincadeira, embora não consiga pensar nele como um Mr. Darcy.

Cada vez mais, sinto que estou me entregando a algum tipo de jogo elaborado, mas não tenho certeza se haverá algum vencedor. A recepção está sendo realizada em um dos palácios menos conhecidos no Grande Canal, e é estranho ver todos os seus andares iluminados, brilhando na escuridão à medida que nos aproximamos. Em contraste, até mesmo as famílias mais ricas se retiraram para os andares superiores de suas grandes casas no canal, pois os quartos de cima são mais fáceis de aquecer com o combustível limitado. Esta noite, porém, todo o palácio Ca' Foscari brilha como uma árvore de Natal.

Lá dentro não é diferente. Não há guerra esta noite, a julgar pelas mesas transbordando de comida e vinho, conhaque e champanhe. Sinto um profundo sentimento de injustiça e estremeço em meu vestido rígido. Aquilo que vejo no rosto de Cristian seria uma ruga de desgosto? Se for, ele se recupera rapidamente.

— Olá, general, que bom vê-lo aqui — ele é hábil com os apertos de mão e a diplomacia, apresentando-me como sua "acompanhante" ou "colega", e assim fazemos a ronda pelos grupos de pessoas que se aglomeram como se fossem dançarinas folclóricas. A tagarelice sobe em direção ao teto alto, com uma névoa de fumaça de charuto nublando o lustre caro, enquanto um pequeno quarteto de cordas faz o seu melhor para competir com o barulho. Há uma abundância de uniformes verdes e cinza, mais do que algumas medalhas penduradas para inflar os peitos e poucas mulheres para quebrar o esquema de cores discreto e o fedor opressor do machismo.

Todo mundo está falando alemão e, embora eu seja fluente, é cansativo acompanhar os vários sotaques e mudanças de assunto. O assunto da conversa de todos é, claro, a guerra, mas não há planos detalhados sendo discutidos ali, pois o álcool ainda não afrouxou as línguas. Concentro-me, assim, no que Sergio sugeriu, no casamento de imagens com palavras para ajudar a discernir quem é quem na minha memória: aquele de bigode, ou o tenente mancando com um ceceio prestativo. Faço isso enquanto sorrio, e rio quando apropriado, engolindo a mácula da colaboração e do subterfúgio.

Várias vezes peço licença e vou ao banheiro feminino; meus saltos altos não servem como esconderijo conveniente, porém costurei um compartimento separado na minha bolsa e guardei minhas anotações lá, esperando fervorosamente que o volume das notas e da costura desajeitada não seja muito óbvio caso eu tenha de abrir a bolsa. Sergio me mostrou fotos de membros proeminentes da hierarquia alemã e, de memória, escrevo quem está falando com quem, os que estão rindo juntos e outros que lutam para fingir civilidade. Apesar da ordem militar, são as relações pessoais que ditam fortemente o bom andamento da ocupação. Ou não, diz Sergio. Uma vez tendo feito as anotações e vestido de novo a máscara da conformidade, respiro fundo e volto para a briga.

Cristian está parado ao lado de uma mesa lateral quando saio, conduzindo-me não até outro grupinho, mas para um lance raso de escadas que leva a uma pequena varanda, com várias mesas que dão para o andar principal.

– Você está indo muito bem com toda a conversa fiada, mas achei que gostaria de uma pausa – diz ele, oferecendo-me uma cadeira.

No mesmo momento, um garçom aparece e coloca mais duas taças de champanhe. Já bebi algumas e minha cabeça está começando a sentir os efeitos, mas é a melhor bebida que coloquei na boca nos últimos anos, e aceito a nova taça.

– Lamento se está sendo entediante – Cristian continua. – Talvez só mais um pouco, e então pediremos licença para ir embora.

– Não, está tudo muito bem – eu minto. – É certamente uma oportunidade para ver como a outra metade vive.

Ele franze a testa, talvez presumindo que seja uma crítica.

– Só quero dizer que... – tento me corrigir.

– Não, eu concordo – ele diz. – Não seria minha ideia ostentar tamanha riqueza quando há soldados e famílias lutando por aí. Mas é nisso que dá quando o fascismo encontra o Reich. É o que nós fazemos.

Ele diz "nós", mas não posso deixar de notar que não sai com facilidade de sua boca, nem de sua expressão, dizer isso. Ele pode ser um fascista, mas estou começando a pensar que ele é diferente de alguma forma. E é isso que me confunde.

O rosto de Cristian se ilumina, e ele lança um olhar sobre o andar de baixo e depois de volta para mim – suas feições mais uma vez cheias de travessura.

– Eu diria que esta é uma oportunidade perfeita para nós, admiradores de Austen, nos transportarmos para o baile em Netherfield. Darcy e Miss Bennet em sua dança regada a mal-entendidos, talvez?

– Ah?

– Bem, até que não seria tão diferente – argumenta ele. – Troque os uniformes cinza por escarlates e imagine mais algumas mulheres em suas melhores roupas. A pompa e a fanfarronice seriam, imagino, muito parecidas.

Em tal ambiente, eu me divirto com a sua imaginação lúdica, e nos inclinamos sobre a balaustrada, cuidadosamente camuflados por um grande arranjo de flores pendurado na varanda, cada um escolhendo os personagens que colocaríamos em nossa cena de salão de baile. Cristian dá nomes a rostos que eu ainda não guardei na memória. Pode ser o champanhe ou o fato de que estou – ainda que com culpa – me divertindo um pouco, mas rimos como crianças enquanto fazemos descrições no mais puro estilo Jane Austen, algumas nem um pouco elogiosas.

Terminada a brincadeira, ele se recosta na cadeira e solta um suspiro profundo e aliviado. Vejo seus ombros afundarem sob o terno. Demorou três segundos antes de ele voltar a ser Cristian De Luca, um servo confiável do Estado fascista.

– Suponho que seja melhor voltarmos e fazermos a nossa parte – diz ele, com um toque de cansaço na voz. – Você aguenta mais uma rodada de apertos de mão antes que seja aceitável partir?

– Claro – respondo, ajustando mais uma vez minha máscara habitual.

Surpreendo-me com o quão fácil está se tornando.

Vencidas nossas tarefas, o ar fresco do canal é uma mudança bem-vinda em relação à poluição atmosférica do luxo lá de dentro, e nós dois respiramos fundo. Já passou muito do toque de recolher, e o canal está praticamente imóvel. Apenas o suave movimento do mar sobre a lagoa cria ondas prateadas sob a meia-lua, sem o corte das aeronaves no alto. Respiro a quietude em meus pulmões.

— Vou chamar um barco — ele diz.

— Não poderíamos ir andando? Não é tão longe.

Imagino que, se um homem do Reich não conseguir passar pelos postos de controle com facilidade, quem poderia?

— Se você quiser — ele concorda.

Seu tom indica que não é uma surpresa indesejável. Como qualquer homem que acompanha uma jovem, ele oferece o braço e eu o pego. O ar fresco me trouxe de volta, mas os efeitos do champanhe ainda estão à espreita.

— Acho que nunca ouvi tanto silêncio — digo por fim, enquanto xingo os meus saltos por estragá-lo.

Ele vira a cabeça com um olhar interrogativo.

— Poesia, Signorina Jilani, a esta hora e depois de uma noite dessas? — o sorriso mostra que ele está brincando.

— Bem, é preciso tentar — retruco. — E, por favor, me chame de Stella. Acho que, depois de compartilharmos as delícias do baile de Netherfield, as formalidades podem ser deixadas de lado, *Mr. Darcy*.

Fui eu ou minha personagem falando — a espiã charmosa da Resistência que estou encarnando esta noite? Naquele momento, questiono os meus próprios motivos; quero cultivar esse relacionamento pela causa. É necessário. No entanto, ao mesmo tempo, não nutro o mesmo pavor terrível de contato com Cristian que teria com, digamos, o general Breugal ou o galanteador capitão Klaus. Parece errado — é errado — desfrutar da companhia de um fascista ativo. Penso em Jack em seu buraco úmido em Giudecca, com dor e incapaz de apreciar a beleza nem mesmo desta Veneza silenciosa, e de repente há mais do que champanhe rodando em meu interior. Sinto que baixei a guarda, permitindo que Cristian De Luca olhasse um pouco além do meu disfarce. Embora seja desconfortável, não consigo parar.

A caminhada de volta é tranquila e encontramos apenas uma patrulha, que se satisfaz facilmente quando Cristian mostra sua carteira de identidade. Estamos a algumas ruas de distância do meu apartamento quando tiro meu braço do dele.

– Ficarei bem se andar as últimas ruas a partir daqui – digo.

– Não me incomodo de levar você até a porta – diz ele. – Não estou nem um pouco cansado.

Hesito, pensando que, se insistir em andar sozinha, Cristian pode achar suspeito. Poucas pessoas sabem meu endereço residencial – ainda estou oficialmente registrada na casa dos meus pais – e quero mantê-lo assim. É meu esconderijo, onde sou Stella, não sou da Resistência nem do gabinete do Reich. Só eu. É onde tiro as minhas roupas e as minhas várias personalidades e fico livre dentro das minhas próprias paredes. Mas creio que mesmo uma recusa tímida pode gerar alguma desconfiança.

– Tudo bem – digo. – Mas não se surpreenda se cortinas se abrirem mesmo a esta hora da noite.

Tal como eu avisei, cruzamos com um feixe de luz vindo da janela do andar térreo da Signora Menzio quando entramos na escuridão do meu pequeno *campo*, nossos passos ecoando no piso irregular. Para mim, porém, minha vizinha idosa não está sendo intrometida, apenas me dando seu sinal usual de que tudo está seguro, colocando um certo enfeite em sua janela. Ela raramente sai de casa hoje em dia, mas os olhos e ouvidos aguçados da viúva são parte de um valioso arsenal para a Resistência. Quando paramos do lado de fora da minha porta, Cristian olha ao redor na pequena praça, ajustando seu olhar para a escuridão – o antigo poço em uma extremidade, com uma pequena, atualmente não usada, capela ao lado.

– É lindo – ele diz.

– À sua maneira – admito. – Não é Santa Margherita ou Santo Stefano, mas eu gosto. Somos uma comunidade amigável.

– Perfeito – ele sussurra, e sei que é Cristian, o amante da arte, ávido leitor e apreciador de Veneza, não seu outro "eu" politizado. – Vou dizer boa noite.

Não há constrangimento, nenhuma sugestão de que quer ser convidado para entrar, ou mesmo de dar um beijo no meu rosto.

– Obrigado por vir e tornar a minha noite muito mais suportável, *Miss Bennet*.

– Foi um prazer, *Mr. Darcy* – digo enquanto me viro para entrar. E me pergunto quão sincera estou sendo.

10

UM NOVO PAPEL

Veneza, final de março de 1944

Jack não está tão alegre na minha nova visita, dois dias depois, após meu turno no jornal. Ele está de volta à cama, com uma camada de suor na testa. Ainda assim, esforça-se para sorrir quando a irmã Cara chega comigo.

– Stella, que bom ver você – ele tenta se esforçar mais para apreciar os novos livros que eu trouxe, uma mistura de romances ingleses e italianos, mas está claro que não está bem.

A ferida em sua perna infeccionou, a irmã Cara sussurra para mim; elas a estão limpando e enfaixando o melhor que podem, mas está claramente se espalhando. Jack tenta não demonstrar, mas está preocupado. Quase sempre sozinho e sem tratamento adequado, ele está ciente de que este pode ser o campo de batalha no qual ele sucumbirá.

– Mas com certeza elas podem chamar um médico para você? – eu digo. – Alguém do nosso lado.

– Parece que ninguém pode ser tirado de suas funções no momento. Há muitos homens sendo enviados para fora do Vêneto. Mais alguns dias na cama e ficarei bem.

Porém, seu rosto e sua palidez sugerem que descansar não é suficiente. Não sou médica, mas posso ver que ele precisa de um atendimento especializado, e logo. Tomo uma decisão, potencialmente tola, mas que nasce de uma preocupação verdadeira e não de um pensamento racional.

Durante todo o dia seguinte, não consigo tirar da cabeça a imagem do rosto pálido e manchado de suor de Jack, e preciso me concentrar no trabalho apenas para parecer focada. Saio do escritório do Reich um pouco mais cedo, fingindo dor de cabeça, mas com um propósito firme. Em vez de ir para casa, faço um desvio próximo ao meu apartamento em direção ao hospital principal, que fica atrás das águas agitadas do Fondamenta Nuove. Sei que meu irmão, Vito, tem um amigo militante cujo irmão é médico – só posso esperar que esse médico compartilhe da política da família, mas é uma chance que tenho de aproveitar.

Está estranhamente quieto quando entro pelas grandes portas do hospital, mostrando um sorriso e minha identificação do departamento do Reich para o guarda e fingindo que estou lá para visitar os doentes. Encontro dr. Livia na enfermaria, afundado em uma cadeira contra a parede da sala, os olhos fechados e a cabeça quase pendurada de cansaço. Ele parece não perceber o odor de urina pairando em torno de suas narinas.

Ele de repente abre os olhos espertos quando digo seu nome.

– O quê? Oh, desculpe! – diz em um tom assustado. Mas se acalma quando fica claro que não sou um dos oficiais superiores ou um comandante nazista em uma visita improvisada.

Apesar de seu claro cansaço – seus olhos estão rodeados por círculos profundos e cinzentos de pele –, ele escuta com atenção quando explico sobre Jack.

– E ele não pode ser transferido para uma casa na ilha principal? – ele questiona. – Eu poderia ir até ele lá.

– Acho que não. Ele parece estar com febre baixa e sua perna, se é que ainda existe, está mais imóvel por conta da dor.

– Espere um minuto, fique aqui – diz dr. Livia, saindo do consultório. Ele volta um minuto depois com uma pequena bolsa e me conduz para fora.

– Se formos agora, posso estar de volta antes que sintam a minha falta – diz ele.

Mas já são seis horas e fico preocupada em não cumprir o toque de recolher se os barcos atrasarem.

– Não se preocupe, temos um barco reservado para emergências – o médico me tranquiliza. – Não vamos anunciar, mas, se formos parados, o motorista terá os documentos.

– E ele é confiável, o motorista?

– Ele é um de nós. Confiaria a minha vida a ele. Já confiei antes.

Parece seguro o suficiente para mim. Tem de ser – pedi ajuda e o dr. Livia respondeu sem hesitar. Tenho que devolver a mesma confiança. Minha única concessão é que eu rapidamente visto um uniforme sobressalente de enfermeira, no caso de haver uma patrulha no barco, puxando a capa para disfarçar que a roupa não me cai bem. Já desisti de contar quantos disfarces terei adotado quando esta guerra de teatro finalmente terminar.

A viagem na água do Fondamenta Nuove e ao redor da curva do Arsenale – o quartel da marinha sob total controle nazista – é estranhamente monótona, o que me deixa mais nervosa. O motorista do barco, no entanto, é experiente, reduzindo a velocidade do motor em caso de outra embarcação se aproximar de nós, e apenas forçando o rosnado rouco do motor até certo nível de ruído, para que nossa viagem pareça rotineira e não urgente. O dr. Livia cochila em sua cadeira. Nem mesmo o vento interrompe os preciosos minutos de sono, é o oposto da angústia que estou sentindo e da visão do rosto de Jack se esvaindo. Tenho que cutucar suavemente o médico para acordá-lo quando atracamos no pequeno canal ao lado de Santa Eufemia.

Dr. Livia – Ignazio, como ele me pede para chamá-lo – quase não precisa de luz para fazer o diagnóstico. A irmã Cara está com Jack, passando água em seu rosto corado, e ele claramente piorou nas últimas vinte e quatro horas, desde que parti. Ignazio começa a trabalhar com o equipamento que trouxe, enfiando uma agulha no braço de Jack e erguendo um tubo de borracha preso a um frasco contendo antibióticos preciosos. Trabalho para apoiar o tubo em quaisquer hastes de madeira que consigo encontrar. Por fim, ele desenrola as faixas; até o médico quase recua ante o odor pútrido que invade a sala. Penso que é quase melhor que Jack esteja perdendo a consciência agora, enquanto a irmã vai buscar mais água fervida e o médico faz o que pode para limpar a podridão da perna de Jack. É seguro dizer que, se ele conseguir sair de Veneza, a participação de Jack na guerra acabou, ou pelo menos sua parte mais ativa.

O cheiro eu posso tolerar, mas os gritos de dor que rompem o estado quase inconsciente de Jack são mais difíceis de suportar. Os antibióticos são raros, mas o pouco de anestésico que há no hospital é necessário para feridas mais graves. Quero tampar os ouvidos por causa de sua agonia, mas preciso ajudar segurando um pouco do curativo enquanto Ignazio faz sua mágica médica.

Por fim, o médico recoloca a perna de Jack no suporte de madeira, evitando o contato com a ferida e deixando-a acessível para as freiras trocarem o curativo. Jack está dormindo, e fico grata por ver seu peito subir e descer visivelmente. Ele está vivo, pelo menos.

Ignazio dá instruções à irmã Cara e guarda o seu equipamento. O tratamento demorou mais do que o esperado, e ele não conseguirá cumprir o toque de recolher.

– É melhor irmos. As patrulhas marítimas noturnas começarão em breve, especialmente em torno do Arsenale – ele diz.

– Eu vou ficar – afirmo. – Pelo menos esta noite. Tenho certeza de que as irmãs estão ocupadas, e ele não deve ser deixado sozinho.

Embora seja uma noite de trabalho, tenho certeza de que posso usar de novo minha dor de cabeça anterior como uma desculpa para aparecer no escritório do Reich mais tarde pela manhã.

Ignazio me olha com curiosidade, mas está muito cansado ou ocupado para questionar os meus motivos ou meu relacionamento com Jack.

– Tudo bem, certifique-se de acordá-lo a cada duas ou três horas para beber água. Irmã Cara vai tirar a agulha do braço dele amanhã. Se ele melhorar um pouco durante a noite, saberemos que pegamos a infecção a tempo, mas, se ele piorar...

Ele não continua, e não há necessidade. Jack vai melhorar ou exigir um tratamento diferente, que a igreja pode realizar muito bem.

Agarro suas mãos.

– Obrigada. Por vir... por fazer alguma coisa.

Ele me olha como se dissesse: "Por que não ajudaria um ser humano?". E vai embora.

A irmã Cara volta com um cobertor e uma almofada para eu fazer uma espécie de cama. Mas estou muito agitada para dormir. Quero ouvir Jack fungando e roncando ocasionalmente. Quero estar aqui quando ele acordar e dar-lhe a água de que precisa. Apesar do meu vestido falso, não sou enfermeira, mas sinto fortemente que ele não deve morrer neste quarto úmido e solitário, a milhares de quilômetros de sua família. Não quando ele deu tanto de si pela causa dos Aliados, pela Itália e por Veneza.

Sento-me à mesa de Jack, sob a luz de sua lâmpada, e faço o que faço toda vez que me sinto insegura, assustada, oprimida ou, simplesmente, quando não me sinto eu mesma. Escrevo. Escrevo o que me vem à cabeça, rabiscando no caderno que mantenho sempre na bolsa, páginas para anotar códigos ou mensagens, mas que são arrancadas e, em seguida, transmitidas ou queimadas. Apenas o que está na minha imaginação é registrado nas páginas restantes, nada que me incrimine se eu for pega, só minhas divagações tolas. Pela primeira vez em um bom tempo, meus pensamentos se voltam para o amor.

Como foi frustrado por esta guerra, destruído em alguns casos, mas também como pode sobreviver, como os tijolos desgastados pelo tempo de Veneza ou as antigas estacas de madeira nas quais estamos todos suspensos nesta cidade. O amor pode durar.

É uma história de amor que brota da minha cabeça na quietude e nos ritmos do sono profundo de Jack. Não sei de onde vem, e tento não conectá-la com a minha missão, seja aqui nesta sala ou do outro lado da água, na minha "outra vida". As personagens simplesmente se formam, e aprendi a não evitar o dom das palavras quando ele emerge. Assim como a maré, você vai com as palavras, não contra elas. E é assim que nasce o conto de Gaia e Raffiano, ele de uma boa família italiana, ela de uma longa linhagem de judeus venezianos. Essa união de culturas foi desaprovada ao longo da história, mas nesta guerra cruel também pode ser uma sentença de morte – proferida por aqueles que reconhecem apenas as linhas rígidas entre as religiões. Gaia e Raffiano enxergam além dessas fronteiras; eles são simplesmente pessoas. Apaixonadas.

Uma vez que o primeiro parágrafo é redigido, mergulho na narrativa, conversas e imagens inundando minha mente, um tique-taque de linhas escritas – é a tarefa de meu lápis traduzir o que vejo na minha mente na página. Escrevo tanto que quase me esqueço de acordar Jack. Ele está bêbado de exaustão, e é difícil puxar a sua cabeça e persuadi-lo a beber água. Mas ele o faz, abrindo os olhos apenas brevemente e murmurando algo em inglês antes de cair no sono novamente. Ao ver o meu relógio apontando três da manhã, surpreendo-me com o quão acordada me sinto; sou forçada a usar o canivete de Jack para talhar meu lápis, e só quando ele vira um toco é que acordo-o mais uma vez e me entrego ao cansaço, sob os cobertores da irmã Cara, na cadeira.

É o toque suave dos seus dedos que me acorda – apesar de eu pular com um sobressalto – algumas horas depois. Só quando vejo os olhos de Jack abertos meu coração volta à Terra. A luz da manhã entra pelas janelas superiores e me desperta ainda mais.

– O pior já passou – a freira me tranquiliza, e o sorriso fraco de Jack me diz que ela está certa.

– Achei que estivesse imaginando coisas quando vi o uniforme de uma enfermeira inclinado sobre mim – diz ele enquanto o ajudamos a se sentar um pouco.

Quase tinha esquecido de que ainda estava com o uniforme mal ajustado emprestado pelo dr. Livia.

O chá que a irmã prepara me acorda apenas o suficiente para chegar em casa, e envio uma mensagem apressada para o escritório do Reich de que ainda estou doente. Com a garantia de que Jack está melhorando, mergulho em um sono profundo e satisfatório – alheio ao zunido de aeronaves pesadas pulsando acima, como abelhas-rainhas em uma grande formação voltando para suas colmeias.

Estou desorientada quando acordo ao meio-dia. Com pouca comida em casa, dou alguns passos até o café de Paolo, onde ele prepara um pouco de sopa e faz sua mágica novamente com os grãos de café.

– Não vou perguntar o que você anda fazendo – diz ele. – Mas você, Stella Jilani, está queimando a vela nas duas pontas. Seus dedos correm o risco de se queimar.

– Sim, Papa – digo, contorcendo o nariz.

Eu sei que o tom gentil é porque ele se preocupa – enquanto Vito é meu irmão mais novo, Paolo age como um irmão mais velho –, mas também sei que ele está certo.

Isso não me impede de fazer a viagem de volta para Giudecca no início da tarde, tomando cuidado para contornar a San Marco e o escritório do Reich para não ser vista fora do meu leito de doente. O sol da primavera me segue ao longo da extensão do canal e um vento ondula na superfície da água, ajudando a limpar as teias de aranha que enchem minha mente.

Logo fico feliz ao ver que Jack realmente está melhorando, sem qualquer sinal de recaída. Ele está comendo um pouco e, com ajuda, consegue colocar meio peso na perna. Seu rosto não tem mais aquela palidez mortal e, embora esteja fraco, parece voltar a ser o Jack que conheci, mesmo que por um curto período de tempo.

– Você salvou a minha vida. Isso significa que estou em dívida com você até o fim dos meus dias? – ele diz isso com um sorriso, mas seus olhos estão vermelhos e intensos.

– Não seja bobo – respondo. – Não vou fazer de você o meu gênio da lâmpada. De qualquer forma, foi o dr. Livia que o salvou.

– Mas foi você quem foi buscá-lo. Sem você, eu viraria comida para peixes em sua adorável lagoa.

– Que bela imagem, devo dizer! – Ambos estamos cientes de tentar manter a calma, mas posso dizer que há uma gratidão genuína no que ele diz. – Talvez um dia você salte de paraquedas e salve uma donzela como eu da morte certa, como em todos os melhores filmes.

– Humm... – ele aponta para a perna. – Posso mancar fazendo isso? Farei isso com muito charme, prometo.

– Tudo bem, mas apenas se você estiver *bem* bronzeado.

Saio da igreja prometendo visitá-lo novamente em dois dias, quando vier para a redação do jornal. Excepcionalmente, estou me sentindo um pouco perdida, pois não recebi instruções para os meus serviços como *Staffetta*; Mimi está no trabalho e não posso enfrentar as perguntas da Mama, prometendo a mim mesma, não sem culpa, que cumprirei meu dever e a visitarei no fim de semana. Ela perguntaria por que não estou no trabalho, e não tenho energia para inventar outra história em meio às muitas camadas que parecem constituir minha vida. No domingo, irei com ela à igreja e a farei sorrir. Ainda assim, há um ar inquieto dentro de mim. Não tem a ver com Jack, já que sei que ele não corre mais risco, e estou acostumada com a sensação generalizada de estar caminhando sobre o fio da navalha, nesta guerra em que o perigo quase não é registrado como algo incomum. Não, é algo diferente. Pequenas bolhas de desconforto formam-se dentro de mim.

Caminhando ao longo da orla tempestuosa de Giudecca até o ponto do *vaporetto*, finalmente percebo o que é. Preciso da minha máquina de escrever. Anseio por sentir as teclas sob meus dedos, fazendo barulho e gravando meus pensamentos em uma página em branco. Imagino o meu caderno eriçando-se na bolsa, estalando de desejo de sair. Pode nunca ser lido, mas é uma adrenalina de que preciso agora em minhas veias – adrenalina de um tipo diferente da noite anterior. Ainda potente, mas mais estável.

Matteo fica surpreso em me ver em um dia em que o jornal não está em produção, mas dou a desculpa de querer colocar o trabalho em dia e visto meu avental por hábito, desaparecendo no porão. Devo estar parecendo carente, fraca ou ambas as coisas, porque a esposa de Matteo, Elena – Deus a abençoe – me segue com uma tigela fumegante de massa, que como enquanto olho para a página em branco e acaricio as teclas da minha amada máquina. Gosto de pensar que Popsa a tinha feito especialmente para mim, pois meus dedos se encaixam perfeitamente na cavidade de cada letra, embora eu saiba que isso é fantasia da minha cabeça.

Como em todas as histórias que já escrevi – fato ou ficção – a brancura da página causa uma onda no meu estômago, agora que o presente de Elena matou minha fome. É minha vez de preencher o espaço branco e aberto. O pesadelo de todo escritor, imagino; excitação e medo em igual medida. Felizmente, meu caderno acende a faísca. Vou editando enquanto datilografo, o ruído abafado por nosso isolamento acústico improvisado, e a janela se fecha para o meu mundo. Não noto mais nada; logo estou dentro da vida de Gaia e Raffiano. Seu inocente encontro no Lido antes que os rolos de arame farpado nazista afastassem as pessoas da beleza de suas praias. Rapidamente, o relacionamento se desenvolve para um amor cálido e urgente nascido da guerra, quando há tantos limites que uma paixão proibida é apenas uma das muitas restrições. Todos os dias de suas vidas, ao que parece, trazem algum tipo de ameaça, então por que não? Por que não viver, em vez de apenas sobreviver?

Não percebo que está ficando escuro lá fora até que Matteo desce, olhando para a escuridão da minha única luz de mesa. Ele diz que o negócio está lento e que está fechando o bar mais cedo. O ar frio da noite e o sentimento denso em meu interior, que foi purgado, fazem-me esquecer do meu cansaço persistente; sinto-me mais leve, menos sobrecarregada. Pego o *vaporetto* de volta à parada da orla Zattere, contornando com cuidado o hotel que se tornou a base da Polícia Militar. São cerca de oito horas, mas ainda não quero ir para casa, sentindo-me um tanto inquieta e exausta ao mesmo tempo; então, caminho em direção à Ponte da Academia e chego ao grande Campo Santo Stefano. Lá me sento na parte de fora de um dos meus cafés preferidos e peço um aperitivo, lendo meu exemplar de *Orgulho e preconceito*. Pela segunda vez em um dia, sou transportada para fora da realidade, para uma época e lugar diferentes, em que os corações podem ser elevados e reparados. Sei que não sou a primeira a apreciar a maneira como o amor transcende o tempo, o espaço e a feiura da guerra, mas mesmo assim isso me aquece por dentro. Olhando para a beleza da praça, no entanto, com as luzes amareladas dos cafés emoldurando sua ordem ancestral, é quase difícil acreditar que haja tanto conflito, com tanto sofrimento, quanto ouvimos na Rádio Londra.

Na página, Mr. Darcy está fazendo as suas estranhas súplicas a Miss Bennet quando uma voz interrompe a conversa.

– Boa noite, Signorina. Você parece concentrada.

É Cristian, e olho para cima com uma expressão de verdadeira surpresa – tanto que ele quase parece recuar. Preocupo-me por ter sido pega, tendo dito que estava doente. Mas, a julgar por sua expressão, ele não parece irritado.

– Ah! Boa noite, Signor – digo, elevando meu tom. – Sim, apenas escapando por alguns momentos. Para clarear minha cabeça.

Sei que ele, mais do que outras pessoas, entende o que quero dizer e acena com a cabeça em resposta quando eu levanto a capa do livro. Ele está vestindo o que eu descreveria como um terno que não é de trabalho, algo em um azul profundo – e, apesar de estar usando uma gravata, parece um pouco mais casual. Há um adorno extra: uma mulher pendurada em seu braço. Ela é tudo menos casual, vestida para impressionar com saltos altos e uma estola de pele, os lábios de um vermelho intenso. Arrisca um sorriso fraco, mas mal consegue. Pergunto-me aonde ela pensa que vai vestida assim, com ele tão mais discreto. Censuro-me, então, por julgar um livro pela capa, e rapidamente me questiono por que me incomodo com isso. O que me importa aonde Cristian vai fora do trabalho, ou com quem? Tento abafar uma pontinha de algo dentro de mim que diz que me importo, sim. Mais uma vez, eu me odeio por isso.

– Fico muito feliz que sua dor de cabeça pareça ter melhorado – diz Cristian, enquanto a mulher puxa, tentando disfarçar, o seu braço. Mas ela falha novamente. – Vamos deixá-la com o seu livro. Boa noite, Signorina.

Eles se vão, e fico olhando para as palavras na página e meditando sobre a estranheza do meu dia.

11

PLANO DE VIAGEM

Bristol, setembro de 2017

— Preciso ir para Veneza — Luisa diz de repente, enquanto eles estão, ironicamente, devorando uma tigela de macarrão.

— O quê? — diz Jamie, que quase se engasga.

Ele tem certeza de que não é o sabor de sua comida, ou falta de sabor, que desperta essa reação em Luisa.

— O que você quer dizer? Quando? Por quê?

Ele nem sabe por que se dá ao trabalho de perguntar o motivo, já que é óbvio. Eles têm evitado o assunto da caixa desde a explosão de Luisa em Londres, e ele agora tolera — ou tenta ignorar — o tempo que ela gasta com isso. Mas por que mais ela iria querer ir para Veneza? Para encontrar respostas, para matar a curiosidade insaciável. Para ganhar um pouco de paz. Claro.

— Humm, apenas por alguns dias — Luisa diz apressadamente, olhando para o prato. — Eu estava pensando em viajar muito em breve. O trabalho está tranquilo no momento, acho que devo aproveitar a oportunidade.

Jamie, por sua vez, mastiga seu macarrão lentamente. Pelo que parece ser uma eternidade, é o único som no ambiente.

– Jamie? O que você acha?

Ele ergue os olhos.

– Lu, você sabe que não posso ir agora, muito menos pagar. Tenho dois testes marcados para as próximas semanas, e se eu passar para a segunda chamada...

– Não me importo de ir sozinha – diz ela abruptamente.

Jamie é um ator experiente o suficiente para saber que ela está preparando a fala, palavra por palavra. Ele se lembra de quando os dois foram a Veneza para um fim de semana romântico e afetuoso. Quando foi isso? Três, quatro anos atrás? Àquela época, Luisa não pensava sobre a herança de sua família, mesmo sabendo que suas raízes estavam lá. Eles foram como turistas; alimentaram os pombos na San Marco, andaram de ônibus aquático por toda a extensão do Grande Canal e pagaram preços exorbitantes pelo cafezinho no terraço daqueles cafés elegantes. Foi divertido. Caminharam por quilômetros, conversaram intensamente e fizeram amor com frequência. Estavam apaixonados. Hoje em dia, o relacionamento deles parece mais um trabalho a ser cumprido, o que aquela viagem também prometia ser. Ele se pergunta se realmente gostaria de ir. Além disso, está perfeitamente claro que ela não o está convidando.

– Não dá para convencer uma das suas amigas a ir com você? Não é muito divertido viajar sozinha – diz ele, mas depois se lembra de quando conheceu Luisa.

Ela tinha acabado de voltar de seis semanas de mochilão na África por conta própria – seguindo um roteiro bem conhecido por viajantes, mas sozinha. Isso não a incomodava.

– Eu vou me virar bem – diz ela, quase como se já tivesse reservado a passagem.

Era óbvio que não estava pedindo a aprovação dele.

– E o que você vai fazer quando chegar lá, Sherlock? – ele tenta amenizar o tom e mascarar a dor que está sentindo.

– Encontrá-la – diz ela, desafiadoramente. – O que mais eu faria? Vou encontrar minha avó, a história dela. Descobrir quem realmente era.

Jamie quer perguntar: *com que fim, com que propósito? Ela está morta e você nem pode perguntar a ela.* Mas isso parece mesquinho e fútil. É claro que Luisa ainda está de luto, possivelmente por sua mãe, mas também pelo que sua mãe não permitiu que ela tivesse – vínculo e intimidade. Como filha única com um pai ausente e morto quando ela ainda era uma adolescente, Luisa está se agarrando a qualquer ligação com seu passado. Seu relacionamento com a mãe era tenso, mas ainda era uma corda para segurar. Agora ela não tem nada.

Jamie tenta imaginar como ele se sentiria se seus dois irmãos e seus pais tivessem partido – se, de repente, não estivessem mais lá do outro lado do telefone. Mas ele nem consegue. Luisa é adulta, sim, mas efetivamente órfã aos trinta e três anos. Como ele poderia saber como ela se sente? Especialmente porque ela não desabafa com ele, preferindo canalizar os seus pensamentos para aqueles pedaços de papel. Seu fervor e sua dor, quando ela se afunda naquela caixa e nas promessas de dentro dela, são palpáveis. Jamie não tem escolha a não ser rezar para que o sótão não esteja escondendo uma dolorosa caixa de Pandora.

12

ABRINDO-ME

Veneza, final de março de 1944

Cristian não está em sua mesa quando chego ao trabalho na manhã seguinte ao nosso breve encontro em Santo Stefano. Por alguma razão inexplicável, fico chateada, mas então vejo que a sua mesa parece ocupada, com sua caneta e caderno posicionados. Sinto-me um pouco mais calma ao ver isso, e digo a mim mesma que é simplesmente porque o escritório funciona visivelmente melhor quando ele está presente. Ele chega enquanto estou traduzindo um relatório sobre o transporte de suprimentos dentro e fora de Veneza. Estou guardando detalhes nos cantos do meu cérebro para uso posterior; os portos tornaram-se vitais para o transporte de armas e tropas nazistas desde que muitas das ferrovias no norte da Itália foram explodidas por meus companheiros de combate. Essa é uma informação essencial para nossa luta, embora estejamos cientes de que as traduções das mensagens alemãs destinadas a informar as contrapartes fascistas dos nazistas nem sempre são a verdade completa. No papel, eles demonstram coleguismo – Hitler e Mussolini sustentando as mesmas crenças, mas os fascistas italianos ainda são tratados com certo desdém pelos alemães, que os consideram pouco confiáveis.

Não presto muita atenção em Cristian por uma boa meia hora, apenas o percebendo de soslaio lançando um olhar estranho em minha direção. Isso nunca falha em me deixar nervosa – sinto que, de todas as pessoas neste escritório, ele é quem mais me observa. Talvez eu tenha baixado muito a guarda? Ou talvez ele esteja simplesmente ganhando tempo antes de me expor de forma escandalosa e mortal? O fato de eu não conseguir avaliá-lo me irrita e me leva a querer descobrir mais sobre ele. O que, além de seu amor por Mussolini, o motiva neste caos?

– Signorina Jilani, posso perguntar quando o relatório estará pronto? – ele aparece do nada ao meu lado, um hábito seu, e tenho de conter minha surpresa.

– Não falta muito, Signor, estou na última parte – digo alegremente.

Não haverá chance, assim, de fazer uma cópia datilografada do despacho, e vou precisar forçar meu cérebro ao máximo antes de poder ir ao banheiro e anotar quaisquer detalhes memorizados. Cristian não está ajudando, pois está parado ao lado da minha mesa – outro hábito que está adquirindo. Olho para cima brevemente.

– Precisa de mais alguma coisa, Signor?

– Não, só estava me perguntando se você gostou da leitura na noite passada. Sempre acho que nunca nos sentimos sozinhos quando lemos um livro ao esperar por alguém.

– Ah, eu não estava esperando por ninguém – digo casualmente.

Fácil, pois é a verdade. Por dentro, porém, minha mente está girando – ele está jogando verde, mas para quê? Suspeita que sou *Staffetta* e passo metade da minha vida esperando por outros portadores de mensagens em cafés e bares?

Ele olha para mim, desta vez encarando-me através das lentes dos óculos, os olhos ligeiramente menores devido à miopia, mas ainda assim grandes e curiosos.

– É isso que prefere, Signorina, sua própria companhia?

– Às vezes – respondo. – Às vezes é muito mais fácil estar com um livro... Não há mal-entendidos com que se preocupar.

É tarde demais – sai da minha boca antes que eu tenha tempo para pensar e ver que estou abrindo outra parte de mim para ele. Ainda estou disfarçada: Stella, a leal. Nada de mim deveria transparecer. Mas ele apenas acena com a cabeça, como se tivesse entendido, e se vira para voltar à mesa.

– E você, aproveitou bem sua noite, Signor? – digo como um comentário de despedida. – Em companhia?

Mais uma vez, minha boca está se movendo mais rápido do que meu cérebro, embora o barulho do escritório mascare nossa conversa.

Ele para e se vira de novo.

– Foi uma noite bastante agradável – diz ele sem entusiasmo. – Um compromisso de trabalho. Eu estava acompanhando a sobrinha de um oficial do exército.

Ele dá um sorriso pálido, e fico me perguntando por que Cristian De Luca sente a necessidade de se explicar tanto para mim, uma mera datilógrafa. E, sem que ele saiba, uma traidora do mundo dele. E, além de tudo, não sei por que me importo com isso.

Jack melhorou ainda mais quando o vejo em Giudecca dias depois, após o trabalho. Faço uma visita antes de ir para a redação do jornal, e ele está fora da cama, vestido. Mesmo na escuridão daquela espécie de cela, posso perceber que ele ganhou um pouco de cor nas bochechas. Sem perguntar, ele nos prepara um chá e conversamos, logo arruma o penúltimo pacote. Parte de mim quer sugerir que ele divida os dois últimos em três, já que não terei nenhuma desculpa real para visitá-lo uma vez que a tarefa esteja concluída. Mas será que preciso de uma desculpa, me pergunto, além de amizade?

Saio com um pacote elegante na bolsa, embora saiba que o próximo será do tamanho de uma sacola de compras – o equipamento não pode ser dividido em pedaços menores – e exigirá muita coragem.

De volta à redação do jornal, estou animada e termino rapidamente os artigos da semana, assim que Arlo e Tommaso chegam relatando que foram detidos por patrulhas nazistas que estavam revistando todos os jovens nas ruas da ilha principal. É uma sorte que todo o material para o jornal fique em Giudecca até a publicação.

Eles começam examinando minhas matérias e os outros avisos que precisam ser incluídos no jornal da semana.

– Ei, ligue o Benito – Arlo diz enquanto começam a trabalhar. Estendo a mão para o nosso aparelho de rádio desgastado, descaradamente nomeado em homenagem ao amado líder da Itália.

Em vez da Rádio Londra, no entanto, sintonizamos um pouco de música e a atmosfera é quase de festa. Percebi nas últimas semanas que Tommaso foi se abrindo mais, divertindo-se cada vez mais com Arlo, e é bom ver isso. Ele nos conta sobre um debate em sala de aula no Liceo e como os alunos estão planejando pequenos atos de sabotagem, como se estivessem treinando para ser a Resistência durante o resto desta guerra aparentemente sem fim.

– Estamos organizando uma distribuição de panfletos em todas as escolas e em algumas ruas – diz ele, e seu rosto brilha de orgulho.

Como ele, alguns dos alunos têm pais que são notáveis partidários da causa e desejam seguir com orgulho os seus passos.

– Só tome cuidado para que não possam vincular você ao ato de maneira nenhuma – Arlo o avisa, como um irmão mais velho.

Enquanto ele olha para as matérias, sei que está pensando em seus próprios irmãos flertando com o perigo na arena da guerra. Então, no minuto seguinte, Tommaso apresenta a charge na qual está trabalhando, e os dois então riem como estudantes, porém com um sarcasmo subversivo.

Permaneço por um tempo para ajudar a dobrar e encadernar as folhas enquanto as primeiras páginas da edição semanal saem da prensa tal qual a massa da Mama, fresca e cheia de novidades. É a melhor parte da semana para mim, ver algo tangível em nossa luta nesta guerra de brutamontes. As páginas não estão cobertas por um jornalismo digno de ser premiado, eu sei, mas acredito firmemente no velho clichê de que a pena é mais poderosa do que a espada. É triste que também tenhamos que usar a espada.

Enquanto espero para ver se há pontas soltas no jornal, vou pensando na história de Gaia e Raffiano, removendo algumas das passagens que de repente parecem muito "floridas" e reduzindo as palavras para expressar emoção sem exagero. Fico mais feliz quando o texto fica mais sucinto – não importa que seja só para mim. Todo escritor não cria para si mesmo, antes de mais nada?

Para garantir que eu pegue o último *vaporetto*, saio antes dos outros, quando Matteo fecha o bar e se junta a eles no porão para ajudar a amarrar os pacotes. Como toda segunda-feira, seu cunhado está esperando no canal próximo à extensão principal com seu pequeno barco a motor de fundo chato. É pescador de profissão e conhece as melhores rotas para evitar as patrulhas aquáticas e as águas rasas da lagoa; ele e sua carga contornarão os canais mais profundos com pilhas de jornais, ziguezagueando em direção à ilha principal, onde grupos de distribuidores estão prontos para receber e começar a distribuir a comunicação para o mundo exterior – sob o balcão de lojas e cafés, às vezes em igrejas, deixados em locais reconhecidos nos *campi*. É na minha própria jornada para casa toda segunda-feira à noite que eu me sinto mais... seria satisfeita? Nos outros dias, quando estamos simplesmente preparando as páginas, tenho uma sensação de realização, mas é quando sinto o papel do jornal sob meus dedos que fico realmente animada. É minha forma de realização, e tenho certeza de que Popsa também teria se orgulhado. Certamente é o mais próximo que sinto de ser uma verdadeira combatente.

Hoje à noite, minha jornada de volta ao apartamento é tranquila. Tento uma rota para desviar de todos os postos de controle, logo chego e caio na cama, exausta. Três viagens feitas e ainda sete vidas intactas. Ou é uma maneira perigosa de pensar?

Entrego as peças de rádio em segurança na manhã seguinte; as patrulhas estão se concentrando principalmente em homens mais jovens, e acenam para mim em meu terninho de trabalho. Meu coração ainda dispara enquanto atravesso a barreira; tento não me sentir segura demais na minha duplicidade. Mas, por dentro, estou sorrindo.

Só dois dias depois, quando o jornal já está circulando há vinte e quatro horas, é que noto uma coisa. Estou em serviço de *Staffetta*, do lado de fora de um bar em Castello, esperando para passar uma mensagem a um contato desconhecido e bebericando um café falso horroroso. Meus olhos estão abertos para qualquer sugestão de um colega mensageiro, mas meus ouvidos não podem deixar de sintonizar na mesa ao lado, onde duas mulheres de meia-idade estão fofocando enquanto bebem.

– Boa sorte para eles, eu digo – diz a que está usando um grande chapéu azul. – Todo mundo adora um pouco de romance.

– É bom ter um pouco de fantasia, especialmente nestes tempos – concorda a outra, com um lenço verde brilhante.

– Na nossa idade, é fantasia – a primeira ri, e depois muda para um tom sério. – Só espero que haja um final feliz, com judeus e não judeus se atrevendo a isso... Você sabe.

– Mas deve ser apenas uma história, não? – diz a segunda. E a conversa vai ficando em segundo plano quando uma mulher se aproxima.

Reconheço o piscar de olhos ao localizar o contato, enquanto mantém um ar de indiferença que pode significar que ela está simplesmente procurando uma mesa livre. Felizmente, não há nenhuma e, enquanto trocamos um olhar significativo por menos de um segundo, ela pergunta casualmente se a cadeira ao meu lado está livre. Concordo acenando com a cabeça. Não há garantia de que ela esteja na mesma missão que eu e, por um tempo, nós nos encaramos com uma suspeita saudável. Há um processo a seguir e nada pode ser presumido, pois, se fizermos o movimento errado, um grupo de soldados fascistas pode emergir lá de dentro para nos transportar para algum lugar muito menos acessível. Temos que partir do princípio de que mesmo as mensagens mais simples podem ser uma armadilha até que se prove o contrário.

– O café daqui é tomável? – ela diz, e pega um pacote de cigarros da bolsa, deixando-o sobre a mesa entre nós.

– Passável, mas nada como antes da guerra – respondo.

É uma mentira, porque o líquido marrom e fraco é horrível, mas é a resposta de que ela precisa. Ela é meu elo e eu sou o dela. Ela sorri atrás de uma nuvem de fumaça e começamos a coreografia falsa, conversa fiada sobre a guerra e nosso aborrecimento com o racionamento de comida e, principalmente, maquiagem. Mais um café é trazido e sou forçada a tomar um gole, apontando para o maço de cigarros dela.

– Posso pegar um para depois?

Eu não fumo – nunca fumei – mas quando ela balança a cabeça casualmente, puxo o maço para o meu colo e, como um truque que o próprio Sergio Lombardi me ensinou, tiro rapidamente um pequeno pedaço de papel do maço e o coloco dentro da minha manga.

– Obrigada – digo, segurando o cigarro, e desejo uma boa noite à estranha, como se tivéssemos acabado de ter a mais agradável das conversas espontâneas.

Como faço depois de cada contato, percorro um caminho longo em direção à minha casa, para identificar qualquer possível vigilância. Uma vez que tenho certeza de não estar sendo seguida, vou à mercearia mais próxima, na esperança de pegar o que puder para reabastecer os meus armários quase vazios: macarrão, polenta, ou mesmo uma preciosa lata de carne. Em geral, fico tão ocupada que sou a última da fila para qualquer coisa minimamente apetitosa, e acabo com uma mistura de ingredientes aleatórios que nem mesmo as receitas econômicas do jornal podem melhorar. Olho por cima do balcão e observo com orgulho, no canto, uma cópia do *Venezia Liberare*.

– Vou querer algo extra – digo ao comerciante patriota no código conhecido, e aceno com a cabeça em direção ao balcão.

Posso ter datilografado quase todas as palavras, mas ainda assim gosto de conferir os detalhes em casa, já que não vi a edição final. Chame isso de vaidade, mas é a minha pequena indulgência particular.

Uma vez em casa, fecho e tranco a porta para o mundo, faço chá, parto o precioso pão com sementes e corto em fatias finas o minúsculo bloco de queijo que consegui. Para mim, é como uma porção do paraíso. Então abro as páginas para examinar a edição da semana. Enquanto folheio, uma folha solta de papel cai e flutua no chão. Curvando-me para pegá-la, vejo imediatamente que não está montada com a habilidade de Arlo, impressa dos dois lados e desdobrada. Eu a reconheço pelo tipo de letra da minha máquina, até porque, em ambos os lados do papel, o "e" torto está lá.

Eu tinha intitulado às pressas a minha história de *A farpa do amor*, e quase ri da minha nostalgia melosa ao fazer referência às horríveis fileiras de arame farpado que revestem agora as praias do Lido, armadas pelos nazistas para impedir o desembarque de inimigos. É onde Gaia e Raffiano se veem pela primeira vez, naqueles meses relativamente despreocupados antes da invasão e da instalação das farpas; daí a obviedade do título. Mas como diabos as minhas divagações foram parar no jornal da semana? Só posso imaginar que seja um erro da parte de Arlo, já que a folha em minhas mãos não é a única cópia que datilografei. Talvez tenha sido deixada entre as páginas por engano; tem as linhas ligeiramente borradas da máquina de mimeógrafo que usamos para copiar apressadamente páginas inteiras de texto, quando precisamos de folhetos para distribuição imediata, sem ter de colocá-los na prensa maior. O processo é rápido, mas a qualidade é pior. Ela foi claramente replicada. Mas por quê? É um erro, certo? Estou tomada de vergonha ao pensar em desperdiçar tanto papel precioso com os meus esforços literários irreverentes. Só amanhã poderei perguntar a Arlo sobre isso, já que fazemos pouco contato entre nosso tempo na redação do jornal, por segurança.

13

HORA DA HISTÓRIA

Veneza, fim de março de 1944

Estou ansiosa para que o tempo passe rapidamente no dia seguinte, no escritório do Reich, embora Breugal tenha retornado a Veneza com novo fervor, ou pressão de seu Alto Comando, e o ritmo seja mais rápido – as máquinas de todas nós pulando em alta velocidade para satisfazer os seus discursos. O fardo de Breugal se transfere para Cristian, que é como um leão à espreita para garantir que tudo corra bem. As meninas estremecem com seu zelo crescente como capataz, e fico irritada com essa aparente falta de lealdade, o que me faz pensar que estou misturando sentimentos. E, de fato, o que significam esses sentimentos? Mantenho minha cabeça baixa e datilografo como o vento, e ele não se dirige a mim, nem me repreende. Fico meia hora a mais para terminar um relatório e perco o *vaporetto* para Giudecca, precisando esperar mais uma hora até o próximo. Mais uma vez, encontro-me em um café à beira-mar em Zattere, desta vez com uma cerveja e um livro como companhia. É esquisito ter um pouco de tempo livre e não ficar à procura de um estranho para trocar papeizinhos, sentindo o peso das mensagens proibidas na minha bolsa.

Uma jovem ao meu lado está folheando a edição de Vêneto de *Il Gazzettino* com interesse – olho para ela e me pergunto como ela pode acreditar nas páginas de propaganda e nas manchetes claramente inflamatórias. Um guarda italiano passa por ali e sorri com sua escolha de leitura, e ela concorda com um aceno amigável. Enquanto ela se mexe, porém, vejo que a mulher não está realmente absorta no jornal; aninhada dentro está a história de um casal apaixonado, sua paixão ilícita e proibida, contada em letras com um "e" torto. É minha imaginação ou vejo os cantos de sua boca se erguerem em um sorriso enquanto ela lê atentamente? E meu coração também está batendo forte?

Quando finalmente chego à redação do jornal, Arlo se desculpa, embora um tanto perplexo.

– Achei que fosse algo que você quisesse incluir – ele explica. – Estava entre as páginas da cópia datilografada que você nos passou.

– Mas por que você achou que uma história de ficção tinha alguma relação com o que fazemos? – Fico um pouco frustrada, mas tento não demonstrar.

– Stella, eu mal li o conteúdo até o dia seguinte – ele diz defensivamente. – Eu confio em você para peneirar e escolher as notícias, que é o que sempre faz. Só tenho tempo para garantir que esteja tudo certo e que as frases estejam em ordem. Se está lá, eu copio. Esse é o meu trabalho.

Peço desculpas, agradecendo o sacrifício que Arlo faz a cada semana; ele é o único de três filhos que sobrou para cuidar de sua mãe viúva, enquanto dois de seus irmãos lutam nas montanhas. De dia, ele trabalha longas horas na fábrica de farinha, e nos dedica seu precioso tempo à noite.

– Só estou me perguntando o que Sergio vai dizer – pondero. – É um pouco embaraçoso.

Como nosso comandante, Sergio é responsável não só pela ação direta dos nossos dois batalhões e pelo fluxo de informações, mas também pela produção do jornal. Embora o conteúdo da página seja geralmente decidido pelo que temos disponível semana após semana, Arlo se reúne com Sergio para discutir qualquer mudança em sua postura política, e ele me repassa. O produto final também depende de quanto podemos pagar para produzir e distribuir, e de quantos suprimentos de papel estão sendo doados.

Como esperado, Sergio Lombardi entra em contato no dia seguinte solicitando um encontro, e, mais uma vez, meu tempo no feudo de Breugal se arrasta. Tenho estado distraída, quase certa de que o meu erro será mal visto pelos líderes da Resistência. Nós nos encontramos no barzinho de costume em San Polo, e fico surpresa quando ele me cumprimenta com um sorriso e não uma careta.

– Sinto muito, Signor Lombardi – balbucio. – Não sei bem o que aconteceu... Foi simplesmente um engano, e não sei o que...

Ele levanta a mão para me fazer parar de falar.

– Pode ser, Stella, mas às vezes coisas boas nascem de um mal-entendido.

E, para o meu espanto absoluto, ele me diz que os grupos venezianos partidários da causa estão encantados por terem uma história de amor sobre a opressão – embora fictícia – em seus despachos. A resposta de toda Veneza foi positiva, envolvendo tanto rebeldes quanto patriotas.

– O inverno tem sido longo e difícil, com poucas notícias boas, você sabe disso melhor do que ninguém – diz ele. – Então, é bom ser capaz de levantar o ânimo de todos. Presumo que tenha um final feliz?

Com toda a honestidade, não pensei nem em qual será o meio, quanto mais o fim. Mas, sim, sempre vi em minha mente que o amor de Gaia e Raffiano sobreviverá ao tumulto. Se eu não pensasse isso, como poderia escrever? Ou até mesmo viver minha própria vida e seguir em frente, dia após dia, e ter esperança de que todos superaremos a situação?

Os leitores querem mais, Sergio me diz, um capítulo com o jornal de cada semana. Isso seria possível, além de tudo mais? A verdade é que o primeiro episódio pareceu tão pouco com um trabalho e tanto com uma abertura do meu coração que só posso concordar. Vou ter de fazer quatro viagens a Giudecca por semana, em vez das três dos últimos meses, sobretudo porque Sergio diz que eles vão segurar um pouco o meu trabalho como mensageira. E, em um canto da minha mente, não posso deixar de pensar que é mais uma oportunidade de ver Jack.

Ele mesmo fica feliz em me ver, e feliz com a notícia quando timidamente lhe conto na minha visita seguinte a Santa Eufemia.

– Outra coisa para um pobre convalescente ler – diz ele, que já leu os livros que comprei e está ansioso por mais. – Eu li a primeira parte, e é muito...

A hesitação de Jack é uma agonia enquanto ele segura a única folha de papel. *Oh, Senhor, eu sabia – é um constrangimento total*, digo a mim mesma.

– Boa – ele diz, finalmente. – Estou honrado por conhecer uma autora. Você pode me dar seu autógrafo?

– Pare com isso! – grito. – Agora você está zombando.

– Na verdade, não estou – ele diz, desta vez sem brincadeira. – Mesmo naquele curto capítulo, já posso sentir o amor e a necessidade de ficar juntos desse casal, quase experimentá-lo.

Seus olhos escuros estão diretamente em mim, brilhantes e vibrantes agora que ele está bem. Eles me encaram por algum tempo, breves segundos, e apenas a chegada barulhenta da irmã Cara quebra o que parece fugazmente como um feitiço. Então ele volta a ser o Jack brincalhão.

– Então, que iguarias temos hoje? – ele pergunta enquanto ela traz um pouco de sopa e pão. Uma quantidade escassa para um homem de sua estatura que está em recuperação, mas é tudo o que elas podem oferecer.

Mas Jack está jorrando de gratidão:

– Que banquete!

Saio com a minha sacola de compras preenchida pela maior parte do transmissor no fundo, bem acolchoada com panos e livros, arrematada com um arenque defumado envelhecido doado pelas freiras. Resta-nos esperar que qualquer olhar curioso seja afastado pelo cheiro pungente e não queiram cutucar muito.

Na redação do jornal, analiso as notícias da semana e uso o tempo livre para começar o segundo capítulo do *A farpa do amor*, que parece fluir de mim com facilidade. Há elementos de tantas pessoas em Gaia e Raffiano e suas famílias e amigos – Mama, Papa, Vito e Mimi entre eles. Digo a mim mesma que não estou incorporando Jack à história, e sei que mais tarde terei de tomar cuidado para não retratar uma paródia de Breugal que possa ser facilmente reconhecida.

Certo de seu amor crescente, o casal procura escondê-lo de suas famílias e, mais crucialmente, do mundo exterior, encontrando maneiras de se encontrar em segredo. Eles têm de se satisfazer com os momentos roubados em prédios abandonados ou aventurando-se água afora, longe da vista dos outros, onde podem ser eles mesmos. Eles vivem para o "aqui e agora", tentando não prever o que pode acontecer adiante. Se Hitler vencer esta guerra, ambos sabem que terão uma batalha ainda mais difícil pela frente.

Batendo na minha máquina de escrever, as teclas parecem bem lubrificadas, e as palavras se transferem facilmente para a folha, quase como se eu fosse apenas o canal e não a criadora. Essa sensação de liberdade me faz pensar nos dias em família na lagoa antes da guerra, o vento soprando em nossos cabelos enquanto o barco ganhava velocidade, a pele esticada no vento. Com uma sensação de total liberdade. Até Arlo sorri para a minha dedicação, ele e Tommaso cantarolando enquanto trabalham.

– Ei, ouça a nossa Shakespeare particular escrevendo – Arlo cutuca Tommaso.

– Bem, como tenho quase certeza de que Shakespeare não tinha máquina de escrever, é pouco provável – brinco com ele de volta.

– Se ele tivesse, tenho certeza de que não teria um "e" quebrado – Arlo ri, e olho para ele com uma careta brincalhona.

Sou forçada a parar apenas por causa do toque de recolher e o cada vez menos confiável *vaporetto* de Giudecca.

Minha cabeça está tão envolvida na história que só quando o barco se aproxima do continente é que me torno mais consciente da sacola de compras que carrego e do contrabando guardado lá dentro. De repente, estou perfeitamente ciente do meu ritmo e da minha maneira de sair do barco, mantendo minha cabeça erguida, mas não permitindo nenhum sinal de arrogância. Estou fazendo um bom progresso em direção à minha casa, espionando as patrulhas e desviando por *sottos* e becos, quando noto que há passos atrás de mim. Eles são constantes, mas não apressados, e algo não parece certo. São ritmados demais.

O mais casualmente que posso, paro na porta de uma loja e finjo procurar um lenço nos meus bolsos, esperando que os passos me alcancem. Em vez disso, porém, eles diminuem e param. Espreito timidamente para fora da porta. Nada. Apenas ruídos da cidade ao longe, quebrando o silêncio da rua. A bolsa está pesada de metal e culpa, e me pergunto se estou simplesmente perdendo um pouco de minha coragem, com minha imaginação correndo solta. Começo de novo, desejando que meus ouvidos filtrem o latejar ensurdecedor na minha cabeça. É só meu coração. Batendo em dobro.

Estou tão concentrada no que está acontecendo atrás de mim que tiro os olhos do que está à minha frente. Literalmente. Vejo botas de cano alto diante de mim tarde demais para mascarar meu choque óbvio – e possível culpa –, e levanto minha cabeça para encontrar suas expressões de granito.

– Boa noite, Signorina – alguém diz em um italiano ruim.

Meu coração afunda quando o reconheço como um dos soldados que me pararam antes, aquele que me olhou com profunda suspeita e tinha a intenção de cutucar minha bolsa. Mas será que ele está me reconhecendo?

– Boa noite – respondo em alemão.

Já agradou a outras patrulhas antes, então por que não tentar?

Há, então, uma enxurrada inevitável de perguntas: *Aonde você vai? Onde esteve? Onde mora? Onde estão seus documentos?*

Estranhamente, meus documentos atualizados que mostram onde trabalho não têm impacto para suavizar os olhares duros e frios. Ou eles estão entediados, ou sob pressão para produzir resultados.

Um examina os meus documentos, enquanto os olhos do outro perfuram o meu rosto, passando repentinamente para a bolsa em minha mão. Meus dedos estão queimando com o peso, a alça cortando minha pele, mas tento não mover minha mão um centímetro.

Não vejo sentido em tentar flertar para me livrar disso – eles claramente não estão com humor para isso –, então me concentro em manter uma aparência de indiferença, como se fosse uma irritação leve por eles estarem me atrasando.

Os documentos são finalmente dobrados e devolvidos. Por meio segundo, acho que terei um aceno para que eu possa passar, mas é uma ilusão.

– O que há na bolsa? – o soldado que reconheço pergunta.

Uma única gota de suor desce pelas minhas costas.

– Ah, apenas alguns mantimentos que estou levando para a minha mãe – digo. – Nabos, batatas.

Não exagere, Stella. Sem muitos detalhes.

Dois pares de olhos se estreitam em suspeita.

– Abra.

Estou rezando para que o arenque tenha apodrecido ao longo da noite, para que sejamos recebidos com um fedor profano enquanto abro as alças. Está certamente forte o suficiente para fazer um deles recuar.

– Minha nossa! – ele grita. – Que diabo é isso?

Eu finjo uma risada.

– Ah, isso… É um arenque. Para minha mãe. Às vezes, é o único peixe que conseguimos pegar. Até que fica bom, se você esfregar um pouco de polenta nele.

– Nojento – alguém murmura, tornando difícil dizer se ele se refere ao peixe, a mim ou aos italianos em geral.

Mas ele não está satisfeito. Seus olhos se contraem ainda mais, e ele tira do cinto um bastão fino de madeira. Ele cutuca a bolsa, alcançando o fundo, a centímetros da casca dura do invólucro sem fio.

O suor agora é um gotejamento contínuo da minha nuca, o que pode ser facilmente visto por trás, pois o meu cabelo está preso dentro de uma boina. Estou começando a sentir um formigamento na linha do cabelo. Mais um segundo e o suor vai cair na minha testa, sinalizando a minha culpa.

— Esvazie-a — diz o que carrega o bastão.

Não tenho escolha a não ser obedecer, movendo-me lentamente para colocar a minha bolsa no chão, lutando por alguns segundos extras enquanto meu cérebro gira. Há algo que eu possa fazer? *Qualquer coisa?*

— NAZISTAS FILHOS DA PUTA!

Há um rugido ao nosso lado e, segundos depois, um estalo do que poderiam ser fogos de artifício ou tiros, seguido por outro e outro.

O canto do meu olho capta os restos de flashes alaranjados iluminando a rua à frente.

— VIVA A ITÁLIA, ABAIXO O FASCISMO!

A voz ecoa novamente em retirada.

Ambas as cabeças arianas se erguem, com olhos famintos. Seus corpos giram e eles saem em disparada, deixando-me na rua com a minha carga prestes a ser revelada. No segundo seguinte, mergulho sob um *sotto* e, mantendo-me nas sombras escuras do beco coberto, movo-me o mais agilmente que posso. Em qualquer direção, apenas para longe.

Saindo em um pequeno *campo*, vejo que estou a uma pequena ponte de um esconderijo da Resistência em que já estive anteriormente. Mantendo minha respiração sob controle, arrasto-me em direção a ele, batendo silenciosamente até obter uma resposta. A senha murmurada é reconhecida, e sou admitida. Explico rapidamente e peço para guardar a bolsa até que possa ser retirada. Eles são patriotas idosos e concordam. Gentilmente me convidam para passar a noite, mas não quero colocar em risco sua segurança ou generosidade mais do que o necessário. Tenho vinte minutos antes do toque de recolher e posso chegar em casa se me apressar, sem carga e nada além da minha bolsa quase vazia em caso de ser revistada.

Meu coração não escorrega de dentro da minha garganta até eu estar dentro de casa. Deito na cama, inspirando e colocando minha mão acima do meu esterno, tapando o buraco onde meu coração está tentando pular do peito. Uma das minhas sete vidas foi realmente perdida. Penso em Mama e Papa abrindo a porta para Sergio Lombardi ou outro militante, e Mama desabando em completo desespero com a notícia da execução de sua filha por traição contra o Estado fascista. Então fico doente de remorso – não pelo que eu fiz, mas por ter sido quase pega. As consequências para mim… Bem, eu não as sentiria, depois da tortura ou da bala, mas esta guerra empurra seus horríveis tentáculos para dentro de cada lar, cada coração, espremendo a bondade e a humanidade que existem. Choro em meu travesseiro por aqueles que deixaria para trás e pela tristeza que poderia ter causado; pelos combatentes que perdemos e pelos que ainda perderemos.

Deitada na cama, meu rosto ainda molhado de tristeza, mas meu pulso já calmo, começo a pensar sobre isso racionalmente. Tento imaginar como eu teria reagido se eles tivessem descoberto o pacote de Jack. Estamparia o meu rosto impassível com culpa ou tentaria balbuciar que se tratava, na verdade, de uma planta? Isso teria sido estúpido e inverossímil, mas podia ter funcionado por algum tempo. E, depois, me pergunto sobre a comoção que me salvou. Foi extremamente conveniente, ou uma distração provocada na hora certa. Não consigo deixar de pensar se isso tem alguma coisa a ver com os passos que me seguiam, e quem poderia ter sido.

Luto para juntar as peças na sequência, mas tudo continua um borrão. Seja qual for o motivo, sinto-me grata pelo destino e vou me esforçar para ser mais cuidadosa. Mais inteligente, mais alerta. Seja cautelosa, Stella. Sem movimentos repentinos. Não é essa a única regra de sobrevivência?

14

UMA VOZ DA LAGOA

Bristol, outubro de 2017

O logo não está chegando tão logo para Luisa. Seus planos para uma viagem improvisada a Veneza são prejudicados pelo entrave legal de ser a única herdeira da pequena propriedade de sua mãe – palavras como "inventário" e "imposto sobre herança" pipocam na correspondência e nos e-mails. Documentos precisam ser assinados. Para travar ainda mais a situação, ela é contratada para um grande trabalho – um trabalho que ela não pode recusar, pois pelo menos vai financiar a viagem a Veneza até que o dinheiro da venda da casa de sua mãe finalmente saia.

Ainda assim, Luisa passa seu tempo preparando-se, lendo o máximo que pode sobre a Resistência em Veneza durante a guerra, sobre a qual há surpreendentemente pouca coisa. A pilha de livros ao lado da cama remete a um grande projeto de estudo; ela não gostaria que o governo investigasse o seu histórico de buscas na internet, com as palavras-chave "fascismo" e "ocupação nazista".

Seu italiano está progredindo bem, graças a um amigo de Jamie que estava atrás de um serviço de relações públicas, de modo que agora, convenientemente, eles compartilham suas habilidades uma vez por semana. É provável que seja impressão da parte dela, mas algumas expressões parecem ressoar em sua memória – como a maneira de seu professor pronunciar "*Prego*" do jeitinho que vovó Stella falava quando às vezes se esquecia de falar inglês. Esse tipo de lembrança surge em seu cérebro como uma espécie de *déjà-vu* esmaecido, e ela gosta de imaginar que as facetas de sua avó estão sendo pouco a pouco reveladas. Luisa não tem nenhuma lembrança da própria mãe falando italiano, embora devesse saber falar, já que os pais dela se comunicavam nessa língua. As palavras pronunciadas que lhe vêm à memória devem ser de Stella, ou talvez do vovô Gio. Só pode ser, certo?

Entre o trabalho e as interações com advogados, Luisa dá início a uma busca mais ampla. Ela paga por uma investigação de sua árvore genealógica – não comenta sobre o preço com Jamie, porém – e envia e-mails na esperança de fazer amizade com pessoas que falam inglês em Veneza, tentando estabelecer qualquer vínculo. Entra, então, em estado de espera, abrindo Daisy ansiosamente todas as manhãs para olhar a caixa de mensagens. Durante semanas ela parece andar em círculos, passando de contato em contato que "possa" ter um parente idoso, mas cujas memórias depois se mostram fragilizadas pelo tempo ou pelo desejo.

Até que Luisa tira a sorte grande. Resposta em inglês de um certo Giulio Volpe, pesquisador do Instituto de História da Resistência e Sociedade Contemporânea, ou IVESER, situado na ilha de Giudecca. Lá eles têm não apenas o maior acervo da história da Resistência em Veneza como também têm provas – fotografias, cartas, jornais. É como Natal e aniversário juntos para Luisa. Signor Volpe explica que verificou e não conseguiu encontrar nenhum registro de uma Stella Hawthorn, embora isso não seja uma verdadeira surpresa para

Luisa, já que obviamente esse não é o nome original de sua avó. Não há nada na correspondência de sua mãe que mencione o nome de solteira da avó – apenas o sobrenome Benetto, do vovô Gio – mas, de toda forma, ela tem certeza de que sua avó provavelmente não era casada durante a guerra. A fotografia na San Marco – com o homem identificado por um "C" – mostra que ela ainda não estava com o seu avô em 1950.

A promessa de um acervo de fotos é muito mais valiosa para Luisa. Juntando com o que já encontrou em sua preciosa caixa, ela pode resolver o quebra-cabeça. Quem sabe a resposta não esteja no casamento deles.

Pela primeira vez desde a morte de sua mãe – talvez desde antes disso –, Luisa experimenta uma sensação de empolgação misturada com calma. Pode haver uma resolução. Algo que a ajude a se reconstruir.

Agora ela pode partir para explorar Veneza, e talvez a si mesma também.

15

AMOR E FÚRIA

Veneza, abril–maio de 1944

Os dias se transformam rapidamente em semanas – trabalho na sede nazista, produção de jornais e a história de Gaia e Raffiano, que jorra de dentro de mim como uma fonte que finalmente foi desbloqueada. O único buraco em minha vida é Jack; sua perna melhorou o suficiente para que ele fosse transferido da igreja em Giudecca para a ilha menor de Pellestrina, que fica ao lado do Lido e bem fora da rota das patrulhas. Assim que estiver forte o suficiente, ele tentará a longa jornada de volta para casa pelas trilhas nas montanhas, com sorte antes do início do inverno. Enquanto isso, ele deve se dedicar a transmitir mensagens em seus transmissores caseiros e ajudar a consertar buracos nas redes dos pescadores locais.

– Fico feliz em pagar a dívida e ajudar de alguma forma – ele brincou em nosso último encontro em Giudecca. – Minha mãe me ensinou a costurar desde muito cedo. Tinha certeza de que um dia seria útil.

Seu humor é para encobrir a tristeza. Tenho certeza de que ambos sentimos isso, tendo construído uma amizade sólida. Seria algo mais? É difícil dizer ao nos abraçarmos no que suspeitamos ser um adeus final. Eu só sei que ficará um vazio em mim, em algum lugar. Seu rosto me diz que ele também sentirá minha falta.

Na semana seguinte, sinto saudade das minhas visitas, mas estou tão ocupada que mal tenho tempo para pensar em qualquer coisa além de trabalhar e sobreviver; a escassez significa que os alimentos são raros, especialmente agora que a população da cidade quase dobrou com os refugiados. O abastecimento de água também está baixo, como resultado dos bombardeios nas proximidades de Mestre e Marghere e dos danos aos preciosos encanamentos. Mas esperar nas filas intermináveis pela água bombeada tem um lado positivo, já que é o momento perfeito para avaliar o efeito da minha história, que agora aparece no jornal em capítulos semanais. Não posso deixar de sorrir um pouco quando ouço as fofocas em torno de Gaia e Raffiano, como se eles fossem um casal real, como se os leitores que profetizam sobre seu amor e destino fossem seus amigos.

– Ele é igualzinho ao meu sobrinho, Alfredo. – Ouço uma mulher dizer. – Ele parece tão bonito, e meu sobrinho é tão generoso, assim como Raffiano. Estou *certa* de que o escritor conhece o Alfredo.

No entanto, nunca fico tentada a sair do meu anonimato, o que pode me custar a vida. Mas também gosto do mistério que ele cria. Estou me divertindo.

Ouvir a reação em primeira mão me garante que cheguei ao tom certo, e às vezes absorvo as aspirações das pessoas em relação ao casal em minha escrita, como se a própria Veneza determinasse a direção de seu amor.

Sergio também transmite mensagens de que a história está tendo um efeito positivo sobre a moral, enquanto o casal apaixonado usa sua astúcia para evitar e enganar a máquina nazista. É oportuno, uma vez que, na realidade, a luta Aliada e militante na Itália está progredindo lentamente, com os Aliados concentrando-se em outras partes da Europa em busca de suas vitórias; a Rádio Londra nos fala da destruição perpetrada pelos Aliados no quartel-general da Gestapo na Hungria e na Iugoslávia, e do ataque da RAF britânica ao quartel-general da Gestapo em Haia. Menos bem-vindas são as histórias de represálias alemãs que ouvimos por meio de mensagens clandestinas, e que gosto de imaginar que tenham algo a ver com Jack e sua magia com os transmissores: o assassinato nazista de oitenta e seis civis franceses como pura vingança por traição à causa. É doloroso ouvir isso, mas é melhor saber – nós, em Veneza, precisamos usar esse tipo de informação como combustível para nossa luta contra os ocupantes.

Começo a ouvir os efeitos da minha história de outros lugares também – gritos de fúria altos e claros saindo do gabinete do general Breugal em uma manhã no final de abril. O acesso de raiva é abafado atrás da porta.

– Esses guerrilheiros filhos da puta! – ele está quase gritando, e posso imaginar as veias roxas em seu pescoço gordo explodindo. – Como se eu não tivesse o suficiente com que lidar... sem... esse maldito escritor... desperdiçando meu tempo...

Cristian está sentado à sua mesa, fingindo verificar um relatório, embora eu sinta que ele não está focado. Deve ser o capitão Klaus quem está suportando toda a força do discurso de Breugal. Por um breve momento, quase sinto pena do segundo em comando, seu corpo magro e curvado contra aquela tempestade de raiva. Quase.

Mas isso é rapidamente substituído por uma sensação de satisfação por ser a responsável pelas frustrações de Breugal – e dos nazistas. Se entendi as palavras corretamente, é de Gaia e Raffiano que eles estão falando – seu efeito sobre a moral na cidade e a audácia absoluta dos rebeldes em fazer isso sob seus narizes. Popsa estava certo – uma suave alfinetada de palavras pode se tornar um espinho e, depois, uma espada na carne dos nossos inimigos. Fico ansiosa e satisfeita ao mesmo tempo. O que aconteceria se eles encontrassem um inimigo em seu ambiente? Até onde eles iriam para silenciar alguém como eu? Minhas bochechas estão quentes de repente, apesar da brisa fresca que atravessa o escritório.

A gritaria cessa, enfim, e o capitão Klaus emerge, sua testa franzida como se ele tivesse enfrentado a mais sangrenta das batalhas e meio que desejando ter sucumbido de vez. A voz de Breugal o segue porta afora.

– De Luca!

Cristian levanta-se da cadeira, embora não tão rapidamente quanto eu esperava, dada a gritaria anterior. Com calma, ele pega seu bloco e lápis e entra no covil do imperador. Há vozes, mas irritantemente baixas, e não consigo entender nada da conversa, embora o resto do escritório tenha diminuído o ritmo de trabalho visivelmente, as máquinas de escrever quase "prendendo a respiração". Passam-se dez minutos inteiros até Cristian sair, parando para dar uma olhada no escritório, observando o ritmo. Um olhar severo, e o barulho começa novamente.

Ele trabalha em sua mesa por meia hora, fazendo anotações. Minha curiosidade queima e finalmente me oprime; aproximo-me dele com a desculpa de precisar de ajuda com uma frase técnica, mas examino seus papéis. Espalhados em sua mesa estão vários episódios de *A farpa do amor*, e meu coração salta ao vê-los ali no escritório, suas mãos sobre eles. Cristian está claramente esboçando o que parece ser um cartaz de "procura-se" – há uma recompensa, substancial, para quem denunciar o paradeiro do editor e, mais importante, do escritor responsável. O que quer que eu estivesse esperando da reação deles, não estava preparada para isso. Mal consigo pronunciar as palavras quando um suor quente me toma ao me dar conta de que sou uma criminosa procurada, e murmuro uma desculpa para sair do seu lado.

No banheiro, tenho que controlar o barulho da minha respiração, discretamente engolindo o ar que ameaça me oprimir. Estupidamente, achei um pouco divertido no início, fiquei muito lisonjeada com o entusiasmo de Sergio. Eu deveria saber que um regime que valoriza a propaganda e o brilho do poder acima da substância real ficaria irritado com a influência de uma rebeldia dessa natureza, mesmo que fosse uma ficção. Claro que eles nunca tolerariam uma afronta descarada. Agora sou um alvo, puro e simples. Minha única esperança é que o alicerce da Resistência Veneziana – Resistência de qualquer parte – me salve. Precisamos de solidariedade – para formar exércitos e permanecer firmes, como a madeira e a lama sobre as quais todos existimos neste paraíso suspenso. Qualquer brecha, qualquer lacuna, e todos nós afundaremos. Simples assim.

Quero desesperadamente tirar mais informações de Cristian, já que ele é, sem dúvidas, parte do plano geral de Breugal, mas me contenho. Lembro que, apesar da amizade que ele me mostrou, sua natureza discreta provavelmente o torna mais perigoso até mesmo do que os generais. Cristian é inteligente e possivelmente poderoso à sua maneira, mas não se preocupa em anunciar isso. Ele é, antes de tudo, um fascista leal.

Ele fica excepcionalmente quieto durante a tarde, entrando e saindo do escritório de Breugal, e vejo o que é claramente o pôster acabado retornando já impresso. Ali, maior do que em qualquer uma das folhas datilografadas até agora, está a distinta inclinação da minha letra "e". O texto é ousado:

```
VOCÊ CONHECE O AUTOR
DESTA HISTÓRIA?
PAGA-SE RECOMPENSA GENEROSA.
```

Cristian recosta-se e examina sua criação com o que parece satisfação. Saio do prédio naquela noite com a sensação de ter um alvo nas costas. Sensação de que, quando os panfletos estiverem espalhados por Veneza, amarrados a postes de luz e pregados nas portas, será meu rosto lá em cima; Stella Jilani – é ela, *ela* fez isso. Traiam-na, peguem-na. Matem-na.

Meu único consolo é saber que minha amada máquina está do outro lado da água, em Giudecca, enterrada em um porão, e que ficará lá, escondida do perigo. Perambulo pelas ruas por um tempo. Devo jantar na casa dos meus pais, e meu estômago ronca com a antecipação da comida da Mama, mas antes preciso ordenar meus pensamentos, especialmente com a turbulência adicional de hoje. Não posso deixar meu rosto denunciar qualquer preocupação, o suficiente para que Papa suspeite e queira conversar comigo. Mas também não quero me sentar em um bar, ouvindo o tilintar de copos e as conversas do dia a dia; ninguém nesta cidade está despreocupado, mas sinto que há uma carga em meus ombros que preciso dispersar sozinha, em silêncio. Sigo em direção ao conjunto de ruas normalmente tranquilo ao redor de Zattere, que tem pouco tráfego, além do barulho estranho de um pequeno barco. Estou imersa em pensamentos, sem dúvida olhando para os meus próprios pés, quando sou puxada de volta para o presente. Novamente.

— Signorina Jilani? — É a voz dele de novo, inconfundível.

Fico desorientada pelo choque. A voz está atrás de mim ou à minha frente? Por fim, eu o vejo: Cristian está ao meu lado direito, na beira da água, em frente a um antigo abrigo de gôndolas, virado para mim. Quantas vezes é possível encontrar com uma pessoa por acidente? Minha paranoia de *Staffetta* aumenta; suspeito que não seja nada possível. Ele está me seguindo, baixei totalmente a guarda? Os eventos da tarde se agitam dentro de mim.

— Oh! Boa noite, Signor — gaguejo.

— É belo, não? — ele diz, e lança seus olhos sobre a água novamente.

Sua voz é calma, mas não de uma forma sinistra. Ele parece ter deixado a turbulência do trabalho no escritório.

— Você está olhando para algo em particular? — Estou genuinamente curiosa, mas também quero tentar descobrir o motivo de ele estar aqui. Se não está me seguindo, então o que pode ser?

— As gôndolas — diz ele, quase melancolicamente. — Eu sempre disse para a minha mãe que, se viesse a Veneza, daria uma volta por ela, tiraria muitas fotos. Mas hoje em dia as gôndolas parecem estar sendo usadas apenas para transportar suprimentos.

— Ouso dizer que você pode encontrar um gondoleiro disposto em algum bar, desde que pague bem — respondo, ainda perplexa.

A impressão antiga dos canais de Veneza repletos de gondoleiros líricos foi em grande parte interrompida pela guerra; os únicos "turistas" agora sendo os soldados nazistas em seus horários de folga. Os gondoleiros qualificados estão empregados em outros lugares ou partiram para a guerra, mas ainda há alguns na cidade, se você souber onde procurar.

— Humm, não seria exatamente o mesmo — diz ele, esboçando um sorriso desanimado. — E, além disso, gostaria de fazer esse passeio com alguém especial. Parece ser o certo a se fazer, sendo um evento tão importante.

Ele está insinuando ou provocando? Ou apenas brincando comigo? É dito com boa vontade e até com humor. Esse é o mesmo homem que redigiu um mandado de prisão contra mim à tarde, que pode e vai exigir a minha captura, se necessário? Minha mente é um turbilhão de pensamentos.

Ele parece deixar a fantasia de lado e se virar para mim.

– Está indo a algum lugar em particular, Signorina? – diz ele, vendo que estou enraizada no lugar, em meio à minha confusão.

– O quê? Nã... Bem, sim, na verdade. Vou ver os meus pais – digo. – Minha mãe está cozinhando.

Falo a verdade para não me enrolar mais ainda.

– Posso acompanhá-la até algum lugar? – ele oferece.

– Não precisa se preocupar, obrigada. Vou parar no caminho para comprar pão, se conseguir.

– Bem, tenha uma boa noite. – E ele volta a meditar sobre as gôndolas do dique seco, retiradas de sua preciosa água e precisando de mais do que uma pincelada de tinta para restaurá-las de volta à sua antiga glória.

Dou um passo em direção à Ponte da Academia, espiando por cima do ombro a cada poucos passos, certa de que ele desaparecerá da beira da água e me seguirá a apenas alguns passos atrás, escondido nas sombras. Mas ele permanece no mesmo lugar, imóvel, as mãos nos bolsos.

Eu me pergunto como, depois daquela conversa, vou organizar os meus pensamentos.

16

UMA CALMARIA

Veneza, maio de 1944

Como acontece com a maioria das imaginações, a realidade nem sempre é tão ruim quanto os horrores que a nossa mente é capaz de criar. Vejo o primeiro pôster na manhã seguinte, a apenas algumas ruas da minha casa, flutuando na brisa da manhã, pregado em um poste. Eu teria me virado e caminhado para o outro lado em vez de olhar para ele se não fosse pelo grupo que se aglomerava em volta e examinava a mensagem. Escuto por cima:

— Bem, quem diria que uma historinha poderia deixar os nazistas irritados — zomba uma mulher.

— Eles estão com medo da própria sombra, não é? — diz outro, e eles se juntam a uma gargalhada em grupo, embora de olho em qualquer patrulha que possa se aproximar.

— Bom, para quem está escrevendo, eu digo — um senhor dispara. — Leio para minha esposa todas as semanas. Ela não consegue enxergar muito bem agora, e isso sempre a anima. Ela vai ficar chateada se eu parar, sem saber como vai acabar.

Com essas palavras, sinto a força das minhas duas metades lutando uma contra a outra: orgulhosa e assustada, cautelosa e oprimida, aterrorizada e desafiadora. Costumo ser uma pessoa bastante decidida; agora me sinto completamente em sincronia com a nossa amada *laguna* – instável e incerta, em constante mudança. Sei onde está meu coração, mas de que lado da equação está o bom senso?

Tenho que aguentar mais um dia sob o olhar de Cristian antes de poder falar com Arlo, Matteo e Tommaso, descobrir o que Sergio e os comandantes disseram e discutir como nos manteremos seguros.

A indecisão me atormenta no escritório do Reich e tento mergulhar no trabalho. O ambiente está mais leve porque Breugal está ausente durante o dia, o que Marta me informa com notável alívio quando chego. Cristian também parece um pouco menos requisitado, e eu o vejo estudando novamente a ficção que brotou de dentro da minha mente, os óculos no topo da cabeça e o papel perto dos olhos. No entanto, seu rosto não mostra nenhuma raiva conforme ele lê uma folha após a outra – às vezes, sua testa se franze, mas ele parece genuinamente absorto. Apesar do interesse, sua expressão é desprovida de qualquer outra coisa, e percebo que estou um pouco desapontada; depois de todas as nossas conversas sobre literatura, talvez eu estivesse contando com Cristian para apreciar uma boa história, para ver alguma reação em sua boca ou em seus olhos enquanto Raffiano pondera arriscar tudo por seu amor – ele não se curvará às exigências de sua família para desistir de Gaia, prometendo apoiá-la aonde quer que ela vá. Gostaria que as minhas palavras incitassem alguma emoção, pelo menos. E então me dei conta da minha presunção. É uma história, Stella – escrita simplesmente para divertir e talvez provocar um comentário passageiro, um brilho fugaz. Nada mais. Não há espaço para egos engrandecidos nesta guerra.

Em Giudecca, Arlo fica animado, a princípio, com a reação dos alemães – de que cutucamos o ninho das vespas –, embora seja sensível à minha ansiedade. Não são as suas impressões digitais que são reconhecíveis no texto. Hesitante, ele expressa o que eu já estive pensando – que deveria me livrar da máquina de escrever, entregá-la aos cuidados do fundo do mar, para sempre. Mas, quando olho para as teclas, sinto suas idiossincrasias sob meus dedos e ouço o som que faz parte da melodia da minha vida por tanto tempo, sei que não posso fazer isso. E isso antes mesmo de começar a pensar em Popsa. Ela tem de permanecer comigo – escondida, mas aqui.

Nos dias seguintes, Sergio se apressa em me garantir o anonimato e, embora sugira que suspendamos os capítulos, não se propõe a parar para sempre. Pergunto-me se ele está simplesmente me acalmando, mas, secretamente, fico um pouco aliviada. Ninguém gosta de ser um alvo.

– Se pararmos agora, o gabinete do Reich vai simplesmente pensar que estamos com medo – Sergio me convence. – Isso vai dar a eles um senso de superioridade, e é sempre bom cultivar esse sentimento neles. É assim que ficam mais propensos a cometer erros.

Ele aperta o meu braço.

– Você vai voltar – diz ele – e com mais imaginação, mais maneiras de ilustrar a nossa força do que antes. Estou certo disso.

Por um tempo, fico um pouco aliviada com o tempo extra em minha vida – ouvi dizer que meu trabalho interno no Reich continua a ser crucial para a compreensão de seus planos na região. Lendo nas entrelinhas de cada relatório que datilografo e transmito, há uma riqueza de informações sobre o número de tropas dentro e fora do Vêneto; o escritório da Breugal é responsável por rastrear seus movimentos. Estamos aprendendo rapidamente quais ferrovias são vitais para cadeias de suprimentos e – por sua vez – quais as brigadas militantes podem sabotar. Sergio me diz que está ajudando a Resistência a construir um mapa, uma chave para driblar nossos invasores nazistas. Quando ele agarra minha mão e diz que sou uma engrenagem fundamental na máquina, fico inundada com um senso de valor. E sempre, sempre, penso em meu querido Popsa e em como ele teria sorrido como um menino travesso ao ver o inimigo destruído.

Porém, sinto falta de Gaia e Raffiano – o incentivo para colocar nas páginas o que as pessoas lá fora queriam ler. Nunca escrevo bem no vazio. Então, por enquanto, eles pairam na minha cabeça, prontos para reacender quando a chamada vier.

Minhas funções como *Staffetta* aumentaram e preencheram um pouco a lacuna, o que significa que nunca fico ociosa, embora tenha mais tempo para me dedicar à Mama e ao Papa. Sempre os considerei fortes e inflexíveis – não é assim que a maioria dos filhos vê os pais, como heróis obstinados? Cada vez mais, porém, vejo a preocupação gravada em seus rostos. Os ombros, em geral robustos, do Papa estão ficando magros devido à escassez de alimentos, curvados sob a tensão da angústia diária da guerra, enquanto os músculos diminuem sob a pele. Só quando vejo meus pais com mais frequência – duas vezes na semana, quando consigo fazer isso entre meu trabalho diurno, as noites no jornal e o trabalho noturno ocasional como mensageira – percebo que a ansiedade os afeta fisicamente. Cada vez que os visito, Mama me diz que pareço cansada, mas há manchas escuras muito mais profundas sob seus olhos, que costumavam ser brilhantes. Papa me pressiona para obter informações nos minutos em que estamos sozinhos, mas conto muito pouco a ele. Como poderia, se eles já se preocupam tanto comigo e com Vito?

Embora eu saiba com certeza da militância do meu irmão, que é três anos mais novo que eu, acho que eles também suspeitam disso há muito tempo, apesar de Mama viver em negação, como uma espécie de autoproteção materna.

Na infância de Vito, ela passou anos se preocupando com a deformidade com que ele nasceu no pé – um osso ou ligamento torcido, congênito, cruelmente rotulado de pé torto. Como qualquer mãe, ela se culpava. Ele foi operado quando era bebê e cresceu para se tornar nada mais do que um irritante irmão mais novo que escalava paredes com seus amigos e me perseguia sem piedade, embora mancasse.

Mama se benzeu e agradeceu aos santos quando a chamada deficiência de Vito o salvou do exército italiano, ou de ser usado como mão de obra pelos nazistas – ele conseguia enfatizar seu pé manco muito bem, quando necessário. Talvez por ingenuidade, ela pensou que ele estaria mais seguro aqui em Veneza. Mas, claramente, Vito vê seu papel como algo diferente de um observador silencioso nesta guerra.

– Ele mal fica aqui, Stella – Mama lamenta de novo. – Ele vem a qualquer hora. Às vezes está imundo, e sei que não é só de trabalho. Como ele pode se sujar todos os dias?

Tenho certeza de que ele não pode – ao menos não em seu trabalho como operador de máquina nas docas. Mas, em outras atividades, certamente – arrastando-se pelas trilhas ferroviárias e rastejando pelo submundo de Veneza. Papa acena para mim com os olhos fixos no quintal, enquanto Mama retira os pratos.

— Você tem alguma pista sobre o que Vito está fazendo? — ele diz.

Papa tenta especular, mas nem mesmo ele pode perguntar abertamente se, como companheira militante, eu sei o que meu irmão faz na madrugada. Mesmo dentro das famílias, a conversa solta pode ter consequências fatais e, muitas vezes, é melhor não saber os detalhes. Você não pode trair o que não conhece.

Papa lança uma nuvem de fumaça para o ar — atualmente, noto que ele fuma por necessidade, não por prazer, como fazia antes da guerra.

— Stella? Sua mãe está muito preocupada.

— Não sei, papai — respondo uma meia verdade.

Ouvi, por boatos bem difundidos, que Vito pode fazer parte de um grupo que ativa ataques ao Arsenale, a base fortemente protegida para armamentos nazistas. Até agora, eles cometem pequenos atos de sabotagem, que são irritantes para o Reich, mas não incapacitantes. Mimi uma vez aludiu à existência de um jovem que eu talvez conheça envolvido em missões da Resistência, e às vezes vi Arlo me olhando de canto enquanto compilávamos o jornal. Sua expressão costuma ficar tensa, como se ele não quisesse que eu somasse dois mais dois enquanto datilografo os relatórios. Mas não era o suficiente para ter certeza. Isso me preocupa, assim como preocupa Papa agora — a irritação no Reich logo se transformará em raiva, e as consequências serão duras se Vito for pego.

— Vou falar com ele, Papa — prometo, pelo menos para apaziguar a preocupação dos meus pais, assim como eles me confortaram tantas vezes na vida.

— Obrigado, Stella. Obrigado, *cuore mio*. — Seu toque gentil no meu braço é como se valesse mil abraços que ele me deu durante toda a vida.

Deixo um bilhete com Mama para Vito, uma mensagem alegre do tipo "Olá, irmão, não te vejo há muito tempo, vamos tomar um drinque?", pedindo a ele que me encontre em um café no próximo sábado, quando sei que ele não poderá dar desculpas de trabalho. Vou deixar o mesmo bilhete no café do Paolo, que sei que ele frequenta uma ou duas vezes por semana. Isso é tudo que posso fazer; espero que seu senso supere seu entusiasmo pela glória.

No escritório do Reich, há muito com que me ocupar, mas pouco com que me entusiasmar. Cópias do *Venezia Liberare* estão empilhadas no canto da mesa de Cristian, e é estranho saber que algo meu está ali na frente dele. Uma de suas tarefas agora parece ser examinar o jornal sempre que ele sai, e ele o faz diligentemente, os óculos pairando sobre a testa, o papel puxado para perto do rosto. Minha pele coça cada vez que o vejo fazer isso, como se ele pudesse sentir o cheiro do meu conluio, algum odor persistente nas páginas. É assim que funciona a paranoia.

No entanto, à medida que as semanas passam sem a história do amor crescente de Gaia e Raffiano, o fervor em torno da máquina de escrever diminui. Parece não haver mais diretrizes para fazer buscas específicas, e não detecto resmungos ou acessos de raiva vindos do escritório de Breugal; em vez disso, ele deve estar mergulhando na boa vida veneziana. Cristian, porém, parece ter adotado um ar mais formal perto de mim, e perdemos aquele breve lampejo de intimidade amigável. Não posso deixar de sentir um pouco de decepção, embora não tenha certeza do porquê. Estou, no entanto, feliz por não estar em sua mira em nenhum outro sentido.

Finalmente encontro Vito no bar do Paolo, julgando ser o lugar mais seguro. Mesmo assim, nos sentamos em um canto, longe de muitos ouvidos. Ele está com uma barba rala por fazer e olheiras de cansaço, mas as suas pupilas não deixam de brilhar com aquele espírito de traquinagem. Eu reconheço o olhar – ele está vívido com a satisfação da duplicidade.

– Então, o que você tem feito? – começo casualmente.

– Ah, várias coisas – ele diz, escondendo a expressão ao tomar um gole de cerveja.

– É uma garota que está mantendo você acordado toda noite? Você parece exausto.

– Eu? Talvez – ele sorri.

Eu me inclino mais perto, desta vez com uma expressão bem menos relaxada.

– Vito, tome cuidado – sussurro.

– O quê? Não vou me casar, se é isso que você quer dizer! – ele se afasta, rindo, ainda tentando manter a pretensão de leveza, mas já estou cansada disso.

– Vito, é comigo que você está falando. Você está correndo um grande risco de se encrencar. Seriamente. Talvez os outros de vocês também – levanto as minhas sobrancelhas em um olhar determinado que diz: vamos largar de fazer cena, precisamos conversar sobre isso.

Ele estufa as bochechas, tenta um meio sorriso e, depois, abandona os dois. Posso ver seu cérebro funcionando – não há sentido em manter o disfarce comigo, ele está pensando. Sempre soube quando ele estava mentindo quando menino. Suas sobrancelhas ondulam ligeiramente. Agora, elas se contraem automaticamente;

não, ele não vai me contar sobre o recente incidente em que uma loja de armas foi incendiada, ou a sua participação na implantação de explosivos nas docas que ele conhece tão bem, mas sua assinatura está em todos eles.

Ele se inclina em minha direção.

— Mas o que estamos tentando é fazer a diferença — ele insiste. — Preciso ajudar, Stella. Preciso disso.

E seus olhos vão além do tampo da mesa, em direção ao seu pé, embaixo. Ainda se desculpando pelo que não era culpa dele. Provando-se.

— De qualquer forma, olha quem fala — seus olhos negros estão duros agora, lábios carnudos franzidos.

Por um momento, fico surpresa. Não me ocorreu que ele soubesse o alcance da minha atividade — os batalhões são coordenados, mas operamos sob diferentes tenentes, supervisionados por Sergio. Sinto minha própria fachada cair instantaneamente.

— Não sei o quanto você pode chegar mais perto do caldeirão do diabo sendo que está sentada bem ao lado do fogo — continua Vito.

Sua expressão convida a uma resposta, mas tenho pouca defesa.

— Às vezes é mais seguro trabalhar à vista de todos — tento. — Sou cuidadosa. Estou segura, não me arrisco.

Vito poderia ter tentado convencer qualquer outra pessoa de que ele também não se arrisca. Mas ele conhece muito bem a nossa história — as vezes em que ele e seus amigos de escola ousaram incitar a polícia local em perseguições cheias de adrenalina, pulando por cima e por baixo de pontes, escondendo-se em prédios abandonados. Era brincadeira de criança, mais irritante do que ilegal, mas Vito sempre ultrapassou os limites para se provar.

– Prometa-me que, a cada atividade que você assumir, vai pensar na Mama e no Papa. Pense neles *não* comparecendo ao seu funeral.

– Eu prometo. Eu penso – ele diz seriamente. – Mas, se precisassem comparecer, ficariam orgulhosos. Do que terei feito por nós, por Veneza.

– Eles podem ficar orgulhosos, Vito, mas, mais do que isso, eles ficarão tristes. Muito, muito tristes.

Nós nos separamos do lado de fora do café com um abraço muito parecido com os que compartilhei com meus supostos pretendentes ao passar mensagens. No entanto, este permanece: apertamos com força, e ele beija o meu rosto.

– Cuide-se, Vito – sussurro.

– *Venezia Liberare* – ele sussurra de volta.

Ele sorri enquanto se afasta com um aceno e diz um audível *ciao*.

17

À ESPERA

Bristol, novembro de 2017

— Jesus! — Luisa fica estressada, mais uma vez, ao ler os e-mails. Mais obstáculos legais para superar, mais papéis para assinar. É a única coisa – além de não querer deixar Jamie, é claro – que a está impedindo de pegar um avião para Veneza, em sua busca pelas peças do quebra-cabeça. Graças às maravilhas da internet e às promoções das companhias aéreas, ela poderia embarcar amanhã, reservar um hotel com um só clique, não fossem os rodeios intermináveis do mundo dos imóveis. Mas isso também é uma espécie de passaporte; os preços dos imóveis estão nas alturas em Bristol, e a herança de sua mãe é a única maneira de ela e Jamie conseguirem comprar uma casa própria de verdade, criar raízes, talvez aumentar a família, como Jamie sempre insinua. Luisa, porém, ainda não tem certeza se está pronta para ser mãe; teme não ter as habilidades ou a paciência necessária para isso. A genética pode definir muita coisa, não pode? Criar uma criança nunca foi o ponto forte de sua mãe, até ela sabe disso.

Não que tenha um plano específico para Veneza, mas isso não a impede de querer apenas chegar lá, pisar naquele terreno molhado transformado em cidade e sentir que está mais perto de... bem, alguma coisa. Até agora, sua investigação virtual levou a uma série de respostas do tipo "não, lamento", e na caixa há apenas alguns endereços aleatórios e áreas-chave da cidade. Há o Museu Judaico para visitar, mas na verdade ela está depositando suas esperanças de detetive em Giulio Volpe e seu arquivo. Porém, para quê?

Ela suspeita que é isso que tem ocupado a mente de Jamie, mas o amor dele por ela o impede de dizer alguma coisa. Ao olhar dentro de si – algo que ela desenvolveu um receio de fazer nos últimos meses – nem mesmo sabe dizer. Com frequência, enquanto Jamie dorme tranquilamente ao seu lado, Luisa passa uma eternidade se perguntando por que sua mãe era incapaz de se doar à única filha e ao marido, quando ele era vivo. Luisa lembra-se do pai tão carinhoso, dos dias em que passeavam e cantavam, sempre rindo. Lá atrás vinha sua mãe, de lábios cerrados, com uma sombra cinza cobrindo o rosto, lembrando que os dois não deviam pular nas poças, ou que poderia chover muito em breve, e como fariam sem agasalho?

O que a fazia ser assim, pensa Luisa, quando a avó sempre parecia estar rindo, ou se metendo em pequenas encrencas e dando risadinhas quando era repreendida pela própria filha? Luisa sente que talvez nunca descubra o que fez sua mãe nascer sem nenhum senso de aventura ou diversão. O máximo a que ela pode almejar é descobrir o que fez de sua avó a aventureira que ela agora está provando ser. Tornou-se seu único propósito, uma força motriz que a consome, mas que a faz se sentir algo diferente de vazia e perdida. E por esse motivo ela não tem escolha a não ser seguir em frente.

Luisa só precisa pisar em solo veneziano e navegar entre as ilhas da cidade para sentir que está no caminho certo.

18

BATE-PAPO

VENEZA, JUNHO DE 1944

OS PRIMEIROS DIAS DE JUNHO trazem um motivo de celebração que aos poucos chega pelas ondas do rádio até o nosso enclave veneziano; Roma é libertada pelos Aliados em 5 de junho, e apenas um dia depois os Aliados desembarcam na costa francesa da Normandia. Em nossos porões e com as cabeças bem juntas nos cafés, nós nos alegramos com a virada da maré na Europa e com a ideia dos romanos tomando as ruas em puro alívio por recuperar sua cidade. Breugal está, claro, fumegando. Ele tem acessos de raiva e pisa com sua fúria infantil por todo o prédio, enquanto abaixamos a cabeça e datilografamos rapidamente para evitar sua irritação, que – dada a sua reputação – poderia ter repercussões mais sérias.

Estranhamente, porém, a notícia mostra uma civilidade renovada em relação a mim com Cristian. Ele está subitamente mais aberto e acessível, e me pergunto se talvez ele comece a entender qual lado da moeda tem mais valor. Pode ser que ele tenha percebido que ser um fascista enquanto a linha Aliada avança para o norte está se tornando cada vez mais desconfortável. Mas seus modos parecem genuínos e, mais uma vez, sou pega de surpresa pela enorme diferença entre seu comportamento e minhas suspeitas sobre os seus reais motivos.

Nesse novo estado de espírito, ele me pede para acompanhá-lo em um drinque após o trabalho, com a premissa de discutir uma determinada tradução. Fico tentada a dizer que tenho um compromisso já marcado, mas fico dividida, não apenas por minha lealdade como coletora de informações para a Resistência, mas também porque me sinto um pouco feliz com o seu convite. Mais uma vez, não parece certo conter essas emoções. No fim, acabo dizendo que sim, convencendo-me de que sou apenas uma militante leal.

Demoro um pouco mais no trabalho para que possamos sair separadamente, partindo vários minutos atrás e encontrando-me sob o relógio na esquina da San Marco, embora não consiga decidir se o local faz com que pareça propositalmente algum tipo de encontro secreto. Já tenho muitos deles na minha vida. Minha suspeita natural me leva a imaginar que ele tem um fotógrafo espreitando nas sombras, reunindo evidências para mais tarde usar como chantagem.

Entretanto, logo em seguida, ele parece diferente. Fora da esfera de Breugal, longe dos confins de nosso escritório de teto alto, porém opressor, ele sorri muito. Um peso é claramente tirado de suas costas. Em nossa mesa, em uma pequena *trattoria*, ele puxa um arquivo, mas logo percebo que não tem intenção de abri-lo. Estou ansiosa para saber se contém as folhas de *A farpa do amor*, ou a tradução encomendada a ele.

Em vez disso, fica claro que ele quer falar sobre literatura. Parte de mim suspeita que ele está apenas faminto por uma conversa – e seus olhos se iluminam enquanto conversamos sobre livros que ambos lemos, aqueles que nos influenciaram. Evitamos os mais políticos, nos atendo aos históricos, românticos ou àqueles que moldaram nossas vidas como italianos, em vez de seu complexo conjunto de políticas.

No fim, o tempo o leva a oferecer o jantar, e a perspectiva de um prato de macarrão com tinta de lula é muito mais apetitosa do que meu armário quase vazio em casa.

Quando nossa conversa se direciona para *Os cadernos de Pickwick*, de Dickens, enfim crio coragem para comentar casualmente sobre as contribuições semanais do escritor ilícito local, minha bravata fortalecida pelo bom Chianti que estamos bebendo.

— Você viu, então? — ele diz.

— Acho que a maioria dos venezianos viu — estou exagerando o alcance do jornal, mas não faz mal nenhum blefar um pouco na cara do inimigo.

— E?

— E o quê?

— Você acha que é bom? Gostou? — ele pergunta.

Mais uma vez, a maneira como ele segura a boca, com lábios entreabertos, me faz pensar se não há vários soldados lá fora, esperando sua palavra para me prender. Ou se ele está realmente pedindo minha opinião. A luz refletida nos óculos mascara qualquer olhar sincero em suas íris acastanhadas.

— Acho que tocou em um assunto importante, talvez expresse o que alguns venezianos estão sentindo — piso em ovos com as minhas palavras.

— Não, quero dizer, independentemente da mensagem, você gosta da escrita? Do estilo?

De novo, não posso dizer se ele está tentando me enganar. Decido ser descarada.

— Sim — digo. — Talvez um pouco florido em alguns lugares, mas me faz querer continuar lendo. Já não é metade da batalha vencida para um escritor?

Não estou me comprometendo, mas creio que ser vaga demais também só aumentaria as suas suspeitas, caso ele tenha alguma.

– Concordo – responde, tomando um gole de vinho.

– Então *você* gostou? – Minha curiosidade, e talvez minha vaidade, superam qualquer bom senso agora que já bebi quase três taças de vinho.

– Sim. Acho muito bom. Eu estava imerso. – Ele levanta a cabeça. – E isso significa que estou feliz de ter parado. Essa não seria uma opinião bem recebida por Breugal ou Klaus, e tenho de mantê-los satisfeitos.

Observo que é a primeira vez que ele se refere a eles apenas pelos sobrenomes, ou alude à sua própria irritação – o vinho talvez tenha lascado um pouco da sua casca dura também. Ele parece mais suave, o que é ajudado pelo fato de que tirou o paletó e já não posso mais ver o brilho de seu broche fascista. Parece ter baixado a guarda.

Mais uma vez aproveito o momento do álcool, mais solta para expressar curiosidade.

– O que você fazia, Cristian? Antes de tudo isso?

Ele ergue os olhos, com a testa franzida, talvez surpreso que eu queira saber.

– Trabalhava meio período como professor na universidade em Roma – diz ele. – Enquanto fazia meu doutorado.

– Em quê?

– Literatura Romântica Europeia.

De repente, tudo começa a se encaixar para mim: sua inteligência, mas também seu amor pela história e pela literatura, sua necessidade de falar e discutir, de refletir sobre muitas outras vidas mais antigas – em suma, seu desespero para manter as palavras vivas dentro de si. É por isso que ele me procura, como uma amante de livros como ele, para se lembrar do mundo em que vivia antes da guerra. Não é exatamente isso que eu faço com Gaia e Raffiano, manter a minha vida anterior e o amor pela escrita acesos dentro de mim? O salto de Cristian para o escritório de Breugal e o que ele representa agora é mais difícil de imaginar, mas já quase desisti de entender isso por enquanto. Em vez disso, no aqui e agora, o vinho e a massa me dão quase uma sensação de prazer. E isso me provoca outra pontada de culpa.

Minhas reflexões silenciosas causam outro olhar investigativo.

– Você está surpresa? – ele pergunta.

Sim e não. Nunca questionei seu compromisso com uma carreira, mas sua eficiência e determinação no escritório do Reich sempre me levaram a supor que ele estava na política ou trabalhando em algum departamento do governo. O amor pelos livros eu simplesmente considerava uma fuga.

– Humm, não estou exatamente surpresa – minto.

Ele levanta uma sobrancelha.

– Tudo bem, talvez um pouco – admito.

– Que sou humano? – mas ele não espera pela minha resposta; em vez disso, passa uma mão sobre a mesa, talvez referindo-se a tudo isso; ao mundo fora do restaurante aconchegante, em Veneza, na Europa, no mundo. Guerra. Matança. Dominação. Tudo isso.

– Bem, agora tudo não passa de currículo acadêmico – ele continua, coçando desajeitadamente a toalha da mesa. – Esta guerra acabou com aquilo.

– Você não vai voltar ao que fazia antes? – pergunto.

Nunca há necessidade de dizer *se você sobreviver* – é a ressalva que ninguém precisa esclarecer nestes tempos. Cada plano e cada pensamento para o futuro depende de sobrevivermos à turbulência.

– Humm, talvez – há um olhar distante em seus olhos, e somos poupados de qualquer introspecção pelo garçom trazendo a conta.

Enquanto partimos em meio à escuridão, ele se oferece para me levar para casa. Por um segundo, penso em recusar com uma desculpa válida sobre precisar parar e comprar mantimentos, usando a caminhada solitária para me ajudar a ficar sóbria e a organizar os pensamentos cada vez mais confusos. Mas não. Por motivos que nem eu entendo, acabo dizendo "sim, obrigada" a Cristian De Luca. No calor da noite, ele não coloca o paletó de volta, mas o joga casualmente sobre o ombro, segurando-o com um dedo. Ele não oferece o outro braço para mim, e fico aliviada – com tudo que se passou desde o evento militar, pareceria íntimo demais.

Sempre o diplomata, ele direciona a conversa para um passado distante, quando poderíamos ter algo em comum como jovens italianos crescendo nos primeiros tempos do fascismo de Mussolini, quando éramos inocentes demais para fazer distinções; a vida cercada por muitos parentes e avós, jantares em família e a comida da infância – canoles e tiramisu de dar água na boca, que ainda podemos saborear em nossas memórias (e esperamos saborear na realidade quando os racionamentos de guerra permitirem).

– Sempre fui considerado uma criança um pouco estranha, porque, mesmo nos dias mais ensolarados, eu ficava escondido na biblioteca da cidade com o nariz enfiado em algum livro – Cristian me conta, rindo de sua própria esquisitice.

– Eu também! – digo. – Pobre Mama, estava sempre tentando me arrastar para brincar com as outras meninas, mas elas me achavam chata. Só meu avô entendia o meu amor pelas palavras...

E sou interrompida não apenas pela memória de Popsa, mas também pela percepção de que estou entrando em minha antiga vida como jornalista. Essa parte de mim precisa ficar escondida, com certeza.

– Parece que nós dois acabamos em lugares que não combinam conosco – ele reflete no ar noturno. – Como dizem os ingleses? "Um pino quadrado em um buraco redondo"?

Por dentro, rio do mesmo rótulo que já havia aplicado a ele naquelas primeiras semanas no escritório do Reich. O que mais os ingleses dizem... "Grandes mentes pensam da mesma forma"?

E então, parece que é ele quem se interrompe, por medo de revelar muito da sua identidade pessoal. Decido, ali, que odeio esta guerra, por todas as mortes e destruições que ela traz, mas também por nos transformar como pessoas, por nos deixar com medo de *dar* um para o outro.

Logo chegamos ao pequeno *campo* do meu apartamento. Percebo que a cortina da minha vizinha idosa abre um pouco, mas fico grata que a Signora Menzio esteja simplesmente se certificando de que cheguei em segurança. E feliz que o paletó de Cristian ainda esteja pendurado no ombro, de forma que ela não possa ver seu distintivo, já que é antifascista.

Cristian me acompanha até a porta, fica parado por um segundo e parece não querer se despedir, sorrindo com aquela expressão de "bem, aqui estamos nós". Parece muito bobo, mas honestamente não sei como isso aconteceu. É como se nos atraíssemos um em direção ao outro, como a gravidade. O espaço entre nós se estreita e, em um momento que dura para sempre, nossos lábios se tocam. Os dele são macios e quentes, e espero que os meus não estejam secos e rachados. Dura um segundo, talvez, tempo suficiente para que não seja um beijo amigável, ou de colegas simplesmente dizendo *ciao*. Acho que até fecho os olhos, mas é difícil ter certeza.

Ele se afasta, não bruscamente, mas para impedir que se intensifique, eu imagino.

– Signorina, sinto muito – ele diz, com os olhos no chão. – Eu não queria... Eu não pensei...

– Não, não. Está tudo bem, de verdade – gaguejo de volta, porque é tudo que consigo pensar em dizer.

Estou mais envergonhada do que horrorizada. Somos como adolescentes em um primeiro e estranho encontro. Deixo cair a chave da porta e quase batemos as cabeças quando tentamos pegá-la no chão.

– Desculpe, desculpe – nós dois falamos, e vejo que ele está desesperado para ir embora.

– Bem, boa noite.

Ele sorri humildemente e quase corre em direção ao beco mais próximo que sai no *campo*. Eu me empurro para dentro e subo para o apartamento, ficando imóvel na minha cozinha por um tempo. O que acabei de fazer? Beijei um fascista. Ou ele me beijou? Será que isso importa, já que eu não me opus?

Estou cheia de culpa, primeiro por ter acontecido e, segundo, por nem todas as partes de mim se arrependerem. *Oh, Stella, controle-se. Sentimentos como este podem levar a um coração partido e a uma corda no pescoço.* No entanto, os esforços para ordenar minha mente falham completamente.

Subo na cama com um dossel de confusão acima de mim, um véu fino e impermeável. O que há com Cristian De Luca? E por que não consigo desgostar totalmente dele?

No dia seguinte, procuro Mimi, que – como só uma melhor amiga faria – aponta para as olheiras sob os meus olhos. Ela meio que adivinha a minha insônia, e digo a verdade sobre o beijo, apesar de ter sido interrompido. Eu me pergunto, porém, interrompido pelo quê, ou por quem? Principalmente culpa, da minha parte, pelo menos.

Mimi não fica tão chocada quanto eu esperava – ela sempre foi uma verdadeira romântica e, para ela, o amor supera tudo. Vejo nela muitos elementos da imaginária Gaia, e resolvo tentar disfarçá-los melhor.

– Mas não há como escapar do fato de que ele é um fascista – confesso a ela.

– E o que diabos a faz pensar que fascistas não têm sentimentos ou desejos? – Mimi rebate. – Podemos não gostar de sua política, mas isso não os torna monstros em todos os sentidos. Bem, nem todos, tenho certeza.

Ela carrega tanta sabedoria em seu corpo minúsculo, e ainda assim minha vergonha emerge quando eu menos espero.

– Mas tenho que trabalhar com ele! – choramingo.

– E, muito provavelmente, ele vai se sentir da mesma maneira, então vocês dois ficarão muito envergonhados, e isso será tudo – acrescenta ela. – Não é um delito passível de enforcamento, Stella.

Ela se inclina ainda mais, os olhos arregalados e cheios de conspiração:

– Seu segredo está seguro comigo.

Ela joga a cabeça para trás e cai na gargalhada. Não posso deixar de sorrir e sentir que a minha culpa ampliou o significado de um breve beijo. Foi apenas um erro da parte dele. Da minha também, porque o recebi.

Noto que a expressão de Mimi é exatamente o oposto da minha – ela está radiante –, e é minha vez de questioná-la.

– Falando em segredos, como vai de romance na sua vida?

Seu comportamento alegre geralmente significa que ela tem um novo interesse amoroso.

Ela fica mais corada do que nunca, e suspeito de que ela goste muito dele.

– Então, quem é ele? – eu sondo.

Imagino que seja o operador da central telefônica onde os dois trabalham.

– Tudo a seu tempo, Stella – ela responde, e acho que está sendo estranhamente tímida, mas deixo passar. Ela acrescenta: – Não faz muito tempo, e quero ter certeza antes de dizer qualquer coisa.

Mimi adora o drama do mistério e da revelação, e a amo por isso – o fato de que ela pode manter tal energia e entusiasmo em meio às demandas da guerra me dá esperanças.

– Tudo bem – digo. – Mas quero saber logo.

Boas notícias podem me distrair da confusão dos meus próprios sentimentos.

19

UM DESVIO

Veneza, fim de junho de 1944

Ao que parece, Cristian quer ou esquecer do que aconteceu na porta de casa, ou se arrepende totalmente, porque nunca falamos sobre isso. Ele não me ignora tanto no escritório do Reich; em vez disso, volta a me tratar exatamente como faz com as outras datilógrafas, com certo distanciamento profissional. Ele faz o possível para nunca me olhar nos olhos, ou me abordar com uma pergunta, a menos que haja outros funcionários por perto, e fico mais magoada com isso do que com qualquer outra coisa – que ele ouse não confiar na minha discrição com relação a algo pessoal. Resolvo tirar isso da cabeça e continuar ajudando a derrubar o reino de Breugal. No fundo da minha mente, porém, sempre me questiono se estou incluindo Cristian De Luca nessa equação.

Em outros lugares, entretanto, a guerra está ganhando ritmo, e não tenho muitas oportunidades para focar nesse assunto. O bom tempo traz mais informações das brigadas rebeldes periféricas, o que significa que temos mais coisas para examinar para o jornal semanal, e há um renovado senso de atividade nos atos de sabotagem perpetrados em Veneza, com os quais suspeito que Vito esteja envolvido; os avisos de sua irmã mais velha claramente não foram ouvidos. Quase todo o meu tempo fora do trabalho é gasto em tarefas para a Resistência, e todas as noites parecem ser ocupadas com encontros nos bares com estranhos ou em viagens de barco pelo Lido, tolerando os olhares das tropas nazistas indo e vindo na balsa *motonavi*. Ao retribuir o sorriso deles como deveria, não consigo deixar de rir internamente da mensagem enfiada dentro da boina ou do sapato, e às vezes até na roupa íntima. Sobe um arrepio de satisfação pelo meu corpo e, apesar do medo persistente de ser capturada, percebo que sou adequada para essa tarefa. Ao cruzar a água, não consigo deixar de pensar em Jack, não exatamente a poucos passos de distância, na Pellestrina, mas perto o suficiente para ser acessível. E, então, forço-me a me concentrar na tarefa que tenho em mãos.

Com o turbilhão de emoções dentro de mim, estou aliviada por estar ocupada, animada porque, para lá do Vêneto, tanto a Resistência quanto os Aliados estão avançando; depois de Roma, avançaram para o norte, para Assis e depois Perugia, lenta, mas seguramente em nossa direção. No mundo mais amplo, os russos ganharam terreno na Finlândia e estão marchando em direção a Berlim. Gradualmente, parece que um dia poderemos nos livrar dessa turbulência, embora ninguém ache que Hitler desistirá com elegância. Será uma queda feia, repleta de perigos e mortes. Nós apenas temos de estar preparados para isso.

Sem dúvida em resposta à maré geral do conflito, uma combinação de esquadrões nazistas e fascistas retomou seus ataques impiedosos ao gueto judeu. Várias vezes sou arrancada da minha cama para ajudar na movimentação de famílias para casas seguras em toda a cidade, mas muitas vezes a Resistência é pega de surpresa e não consegue reagir rápido o suficiente aos ataques a ruas laterais ou a casas alvejadas, porque o exército fascista, alimentado por informações de espiões da Gestapo, suspeita que estejam escondendo judeus. O toque de recolher noturno, a partir das onze horas, é aplicado de maneira mais rígida agora, o que significa que não podemos operar a mesma vigilância de antes. Ouvi boatos fidedignos de que Vito quase foi pego várias vezes pelos cães de patrulha, e um arrepio percorre meu corpo por sua recusa em admitir as limitações de sua velocidade de corrida. Fico feliz que Mama e Papa continuem não sabendo disso, embora Mama esteja parecendo cada vez mais cansada e tenha perdido muito de seu entusiasmo normal.

Apesar da minha posição, não consigo avisar com antecedência sobre o aumento dos ataques por meio do escritório do Reich – parece que a Gestapo e Breugal operam em esferas diferentes, alimentando a fúria do general mais uma vez. A conversa diária em cafés e lojas gera uma névoa de mal-estar e medo que se espalha do lado do gueto pela cidade; a moral está baixa na Resistência, e parece que, com cada família levada, cada prisão em Santa Maggiore, ela se afunda ainda mais. Sergio faz o possível para animar a todos com uma manifestação anônima no jornal, mas dia após dia tenho que me lembrar que o que estamos fazendo é melhor do que nada, que Popsa ficaria orgulhoso. Ironicamente, o tempo está glorioso, com a água cintilando sob os fortes raios de sol, mas a guerra tem o efeito de manchar até o mais deslumbrante pôr do sol do Mediterrâneo. A mera beleza – mesmo do tipo veneziano – não pode substituir tudo.

Em meio a toda essa inquietação, sou encarregada de passar um pacote a um contato no Lido, com o plano de que um barco me espere uma noite após o meu turno do jornal, me leve ao Lido e depois de volta ao continente. Tudo será feito na escuridão, e estou aliviada ao ver que meu transporte é um pequeno barco *sandalo* com um minúsculo motor de popa. Por mais que eu não goste de estar na lagoa aberta em uma embarcação tão pequena, fácil de ser virada pelos barcos-patrulha que varrem as águas, provocando ondas em seu rastro, também sei que um bom barqueiro pode deslizar sobre os bancos de areia rasos e evitar a varredura dos holofotes. O barqueiro, no caso, é um senhor grisalho, nascido na lagoa, ao que parece, com espinhas que parecem cracas e uma barba espessa, pendendo flácida como algas marinhas. Ele fala pouco, o que é uma bênção, já que estou cansada e sem vontade de bater papo. Mas dou um largo sorriso quando nos encontramos – preciso de um favor para fazer um desvio. Isso e as notas de lira em meu bolso devem persuadi-lo.

A viagem ao Lido é tranquila, com pequenas ondas batendo nas laterais do barco. O barqueiro passa pelo cais de Lido e chega a uma pequena enseada. Felizmente, não há ninguém por perto, e ele me deixa na praia, estacionando o barco com cuidado entre as espirais de arame farpado para que eu desembarque na areia molhada, em vez de deixar meus pés encharcados na água. O arame espiralado me lembra novamente do primeiro encontro de Gaia e Raffiano, e sua presença me aquece no relativo frio da noite, mesmo que seja apenas dentro da minha cabeça. Meu contato, um homem de meia-idade com roupas casuais, emerge das sombras enquanto caminho para a areia. Como sempre, há um "impasse" que dura um segundo ou mais enquanto nos olhamos de cima a baixo, tentando avaliar se podemos confiar nossas vidas um ao outro. Muitas vezes pensei, depois de uma entrega, que, apesar das armas e máquinas pesadas, esta é uma guerra intensamente humana – fortemente dependente da fé na boa natureza das pessoas, quaisquer que sejam as suas origens. Bondade e suavidade, e não o gume de metal frio da artilharia, venceriam o conflito.

O homem e eu decidimos que compartilhamos essa crença crucial e trocamos as palavras de código. É a única vez em que falamos – entrego o pacote, ele se retira para as sombras e eu volto para o barco. Sempre fico tentada a acelerar nos últimos passos, mas me forço a manter um andar firme e calmo; poderia haver um vigia com binóculos apontados para a praia. Fico aliviada quando o barqueiro se afasta e a água fica mais funda sob nós.

– Podemos fazer uma parada em Pellestrina? – digo, meu sorriso mais doce à mostra.

É mais do que um pequeno desvio, eu sei, mas, como estamos tão longe na lagoa, acho que vale a pena tentar. O barqueiro primeiro balança a cabeça, até me ver puxando as notas. Seus olhos ficam visivelmente maiores.

– Quanto tempo? – ele pergunta.

Na verdade, não faço ideia. Depende de eu encontrar o que procuro, mas, com mais algumas notas, ele é persuadido a ficar e tomar algo enquanto espera. Houve pouco planejamento de minha parte; eu não tinha considerado nada além de chegar lá. Ele consente, e nós seguimos em frente, abraçando a borda do Lido e depois a longa extensão de terra que é a ilha de Pellestrina.

O pequeno cais está deserto, com exceção de um gato sarnento, mas amigável, que nos cumprimenta, miando com o tilintar rítmico de alguns barcos com mastros e do equipamento de embarcações menores como a nossa.

– Há um bar por aqui? – pergunto.

O barqueiro aponta um dedo sujo para além do cais e na direção de algumas casas, embora haja pouca luz no caminho. Eu sei que as casas são pintadas com cores vibrantes, uma colcha de retalhos de cores à luz do dia, mas, na escuridão, são simplesmente luz e sombra.

À medida que me aproximo de um pequeno aglomerado de edifícios, ouço um zunido de vozes e música de fundo, embora nada se pareça com um bar até que eu siga em frente e passe sob um arco. O brilho torna-se aparente, o zunido alegre, e reúno coragem para empurrar a porta. Tudo que posso fazer é perguntar por Jack, embora possa ser necessário descrevê-lo e tolerar as suspeitas negativas, e então provar que não sou ameaça, antes que me digam onde ele está. Além disso, é um esforço impulsivo – não planejado, porque eu simplesmente disse a mim mesma que qualquer viagem ao Lido parecia uma boa oportunidade de chegar a Pellestrina. Para dizer o que a Jack? Mesmo perto do bar, ainda não sei. Estou ainda mais confusa com o encontro desastroso com os lábios de Cristian. Nem tenho certeza de onde vem a necessidade. Só vou admitir para mim mesma que sinto falta dele e de sua alegre companhia.

Ao abrir a porta, uma sala cheia de pessoas vira-se para pousar seus olhares sobre mim, e já estou me arrependendo. A companhia do Signor Barnacle parece preferível a essa suspeita severa. Um rosto, porém, é imediatamente simpático e acolhedor, virando o corpo no banco do bar, a perna machucada estendida.

– Olá, estranha! – ele diz.

E a reação de Jack provoca um degelo nos olhares petrificados de seus novos amigos leais. Logo estamos acomodados em uma mesa de canto, e Jack me apresenta à sala como Gisella – uma instrução sussurrada em seu ouvido enquanto nos abraçamos. Ele está diferente; a palidez cinzenta e desbotada se foi e, embora ele não tenha ganhado muito peso, sua pele está rosada, o que fica bem em seu rosto.

– Você parece pronto para a guerra – digo, antes de perceber meu trocadilho não intencional.

– Haha, sempre uma palhaça – ele sorri. – Eles são um bom grupo aqui. Devo muito a todos. Estão cuidando muito bem de mim. Fui adotado por, pelo menos, quatro mães.

Não duvido disso. Jack tem aquele charme fácil que faz mulheres mais velhas quererem alimentá-lo e aninhá-lo em seus braços. Quanto às mais jovens... bem, estou aqui, não estou?

Como para provar isso, uma mulher arredondada, com cara de Mama, aproxima-se e coloca duas tigelas de ensopado de peixe fumegante à nossa frente. O cheiro é inebriante e percebo, mais uma vez, que pulei outra refeição.

– Você está se mantendo ocupado? – pergunto, entre colheradas do caldo celestial.

Ele suspira, olhando em volta para não insultar os ouvidos daqueles a quem passou a amar.

– Com toda a honestidade, eu realmente gostaria de ter mais coisas para fazer – diz ele em um tom abafado. – Envio peças do transmissor quando as linhas de transporte estão seguras e consegui montar vários equipamentos sem fio, mas não parece o suficiente. Eu poderia estar fazendo mais. Por outro lado – acrescenta ele – minhas habilidades de costura de redes estão indo muito bem. Embora eu não tenha certeza da demanda para isso nas margens do Tâmisa, quando eu voltar para casa!

Fico aliviada que ele esteja pensando em sobreviver por tempo suficiente para voltar para casa, mesmo que a perspectiva de uma separação permanente cause uma reviravolta dentro de mim. Não pude vê-lo muito recentemente, mas, pelo menos, é reconfortante saber que ele está do outro lado da água.

Jack está com fome de informações, e digo-lhe o que sei. Ele já conhece os avanços dos Aliados, mas os triunfos dos combatentes locais, ao norte, são novidade. Concordamos que a maré está se voltando contra Hitler e o fascismo, embora ambos percebamos que a guerra está longe do fim. E ele ainda está preso em uma pequena ilha no Mediterrâneo, sem meios de voltar para casa.

Uma vez saboreado o ensopado – não temos vergonha de molhar o pão no restante do nosso delicioso caldo – Jack sugere um pouco de ar fresco lá fora. Seu andar sem dúvidas está melhorando, embora ele esteja mancando, e sinto uma pontada de pena ao pensar que ele sempre carregará essas cicatrizes da guerra. Tenho certeza de que ele não sente nem um pouco de pena de si mesmo, está apenas grato por estar vivo, mas nós dois sabemos que isso pode atrapalhar a sua fuga, especialmente se ele precisar fazer parte da viagem a pé.

A fala de Jack, no entanto, não é nada além de otimista.

– Então, está só passando por aqui, não é? – ele provoca.

– Bem, você nos conhece, os exploradores de ilhas – rebati. – Temos nadadeiras.

Ele se inclina na minha direção a ponto de esfregar seu ombro com o meu. Chegamos à beira do cais e fico feliz em ver que o motorista do meu barco não está nas proximidades. Está deserta, e a água também está tranquila, lambendo as filas de barcos em vez de bater com força. Jack me guia até uma pilha de caixas de madeira e nos sentamos, ele esfregando instintivamente a metade superior de sua perna.

– É lindo aqui fora – digo, inspirando o ar da noite. – Tão quieto.

Como se fosse uma deixa, um zunido se move através do céu, tênues luzes traseiras apenas visíveis na extensão contra o céu, e nós dois rimos da ironia.

– Você sente falta de casa? – pergunto, embora a pergunta seja parcialmente retórica. Claro que sim.

Sua resposta, entretanto, é surpreendente.

– Sinto e não sinto – ele suspira. – Obviamente, preocupo-me com minha família, mas, se não fosse por esta guerra, meu patético paraquedismo e esta perna...

Ele dá um tapa nela, com bom humor.

– Eu não estaria aqui, com pessoas adoráveis – ele faz uma pausa – e com você.

Ele se vira, sorri e move seus lábios em direção aos meus. Mais uma vez sou surpreendida por um homem e por uma situação, e pelo último beijo que compartilhei. Com outra pessoa. Mas não é isso que eu quero, no fundo? O que eu esperava – com Jack? Inclino-me na direção dele e de sua pele macia. Ele está com um leve gosto de ensopado de peixe – nós dois estamos – mas o sabor predominante é de prazer e deleite. Nossa ternura só é interrompida por uma tosse áspera próxima. Jack e eu nos separamos, com sorrisos em vez de constrangimento, e vejo que é o Signor Barnacle.

– Precisamos ir, Signorina – resmunga ele. – Mais tarde, teremos problemas.

Ele não parece irritado – talvez o grunhido seja como ele fala normalmente. Será que a lira comprou para ele um bom prato de algo saboroso e mais de uma cerveja? Eu quero ser levada por um marinheiro embriagado pelo vasto porto, com batedores nazistas perseguindo seu leme? Mas então penso que, mesmo bêbado, o Signor Barnacle conhece cada centímetro desta água melhor do que a maioria. De qualquer forma, não estou em condições de ficar e voltar para o trabalho pela manhã; uma breve imagem de ter de gaguejar explicações de por que eu não consegui chegar na hora para os meus dois superiores irritados – Sergio Lombardi e Cristian De Luca – pisca diante dos meus olhos, e sei que devo ir embora.

Jack se despede com um beijo prolongado no meu rosto, sua barba fazendo cócegas na minha pele. Ele fica acenando no cais até desaparecer na escuridão.

– Dê outra passadinha em breve – eu o ouço gritar, ainda brincando.

O barqueiro é fiel à sua palavra, e muito mais. A viagem de volta é lenta e parece durar uma eternidade. Como o toque de recolher já passou, ele contorna habilmente o Arsenale e me deixa no Fondamenta Nuove, a apenas algumas ruas do meu apartamento. Tiro meus sapatos e silenciosamente caminho através dos *campi* e ruas, mantendo-me nas sombras, chegando em casa sem avistar uma alma. Na cama, abraço meus pensamentos como um travesseiro, considerando, mais uma vez, a estranheza da guerra e desta vida. Revivo o sabor picante do momento, sinto o gosto de Jack em mim, a acidez da comida e o persistente vento salgado da lagoa. Pela primeira vez em uma era, estou saciada.

20

CHEGADA

Veneza, início de dezembro de 2017

A luz do sol a cega assim que Luisa sai do aeroporto e se dirige ao cais, com a pequena mala batendo no chão de concreto. Na fila do ônibus aquático para Veneza, à beira d'água, ela já está tentando absorver ao máximo a sensação de se jogar na vastidão, embora o faça em um barco resistente que cruza a lagoa em direção à cidade.

O trajeto não a decepciona, com a visão repentina de ilhas aparecendo em meio ao tapete verde das águas, como se tivessem acabado de surgir das profundezas, tal qual a cidade perdida de Atlântida; suas bordas de concreto bem definidas erguendo-se como um oásis. Ao redor, pequenos barcos zunem de um lado para outro, ziguezagueando entre aquelas hastes que parecem demarcar a confusão das rotas de navegação. Alguns são táxis, outros são de carga, levando caixas de suprimentos, seus motoristas casualmente exibindo óculos escuros contra o sol forte de inverno. Há, como se vê, um dia a dia comum naquele paraíso da era moderna, o que também é alucinante.

Luisa desce do barco e se junta à multidão de turistas que se dirige à Piazza San Marco, o conhecido centro de Veneza, com seus icônicos leões de pedra vigiando do alto de suas imponentes colunas, ao lado da fachada entalhada e roseada do Palácio Ducal; contra a claridade, parece um edifício feito de sorvete. Ela poderia facilmente pegar um *vaporetto* no Grande Canal para ir até o minúsculo apartamento que alugou para os quatro dias de viagem, mas prefere caminhar, começar a assimilar Veneza no tempo limitado de que dispõe.

O mapa que tem em mãos é vasto e detalhado, e ela se acomoda no canto da esplêndida *piazza*, sob a passarela ornamentada e longe da rota de voo dos pombos, dobrando o papel na parte de que precisa. Assim que guardar a mala no apartamento, ela fará o possível para se parecer menos com uma turista. E será que ela é uma turista? Não é assim que se sente, mas sim como uma exploradora em missão. Se fosse simplesmente uma turista, poderia se dirigir ao histórico Caffè Florian, todo ornamentado no lado oposto da *piazza*, tomar um café a preços inflacionados e postar fotos nas redes sociais para comprovar a experiência. Em sua viagem juntos, em 2013, ela e Jamie não conheceram o Florian, preferindo cafés mais distantes. Agora, aquela época parece-lhe outra vida, com sua visão encantada, mas ligeiramente limitada de Veneza, como uma turista apaixonada. Desta vez, ela tem um objetivo. Tornou-se uma pessoa diferente pela idade e pelo luto, e por sua determinação em encontrar uma pequena parte de si nessa cidade incrível e fantástica. Deixará Veneza mostrar um brilho diferente agora.

Ao se afastar da praça, enquanto Luisa adentra o emaranhado de ruas – ou *calles* – serpenteando através das pequenas pontes em direção ao famoso Rialto, ela é atingida novamente por algo mágico, de outro mundo. Se tentar explicar essa cidade a alguém que nunca viu nem mesmo uma imagem de Veneza, a pessoa pode imaginar uma vasta frota de embarcações oscilantes, amarradas umas às outras, com turistas pulando de uma para outra, equilibrando-se com o vaivém da água. Mas a verdade é que é o oposto disso – Veneza é sólida. Nada sob os pés de Luisa oscila, com incontáveis torres e praças, e edifícios de concreto ao seu redor, agachados sobre as águas de jade. Portanto, é fácil esquecer que, embora Veneza e seu povo não estejam flutuando, eles não deixam de ser habitantes daquelas águas – os canais que serpenteiam em torno daquelas pesadas ilhas de pedra não são secundários. Eles são a força vital sobre a qual Veneza repousa, e a lagoa continua sendo seu alicerce.

Para Luisa, no que ela sente ser sua primeira percepção real, é isso que faz Veneza parecer uma fantasia flutuante – como o fruto da imaginação de um escritor, talvez, onde as atrocidades de algo feio como a guerra parecem duras demais para serem realidade. Como pode haver morte e destruição em algo que se assemelha a uma utopia ficcional? Mas os livros de história e suas pesquisas dizem o contrário – Veneza foi objeto de incontáveis guerras e invasões ao longo dos séculos, sem falar da peste mortal que a assolou. Ela suspeita que os próximos quatro dias irão apenas obscurecer ainda mais aquele brilho; descobrirá que existiu, e ainda existe, vida muito real nesse paraíso. Mas não é isso que ela quer? Encontrar a verdade nua e crua?

Leva mais ou menos uma hora para encontrar o apartamento, depois de virar em várias ruelas erradas que levam a minúsculos *campi*, ladeados por apartamentos antigos, que fazem Luisa prender a respiração de tanta beleza e desejo de ter um cantinho veneziano seu. No fim, ela encontra a rua e o número no distrito de Ca d'Oro e se encontra com o proprietário da quitinete. O inglês dele é bom, e ela lhe pede informações sobre o melhor café da região, a pizza mais saborosa e um supermercado onde possa comprar em silêncio, sem passar vergonha com o seu italiano básico.

Ainda são apenas três da tarde quando o proprietário vai embora. Luisa se conecta ao Wi-Fi e digita apressadamente uma pequena mensagem para Jamie: *Cheguei bem, ótimo apartamento, vou bater perna. Sinto sua falta, te amo. L.*

As últimas palavras inflamam-se levemente com o eco da discussão de despedida que tiveram na noite anterior. Jamie foi chamado para a segunda rodada de testes para um papel importante no teatro e ficou nitidamente feliz, mas a imersão de Luisa em seu projeto pessoal a fez reagir de forma entorpecida, lenta. Jamie estava magoado – e deixou isso claro. Ela pediu desculpas, culpando-se por dentro, mas o estrago já estava feito. Ele lhe deu um beijo de boa noite quando ela foi para a cama cedo e desejou uma boa viagem, mas fingiu dormir quando ela se levantou e saiu de madrugada, embora ela tenha visto seus olhos se contraindo. Apesar de levar jeito com a escrita, as mensagens de texto nunca transmitiam sentimentos da maneira que ela pretendia. Luisa promete ligar para Jamie mais tarde e tentar consertar a situação. Em seguida, arruma seu bloco de notas, organiza o mapa para que possa consultá-lo discretamente e sai para explorar.

Não existe bem um plano. Por mais que a caixa do sótão a tenha colocado nesse rumo, e a internet tivesse sido essencial para desvendar algumas conexões, ainda há muitas lacunas na história de sua avó que os fragmentos de bilhetes, anotações desbotadas e mensagens codificadas não preencheram. Embora seja desaconselhável, ela está depositando as suas esperanças inteiramente no Signor Volpe, para, pelo menos, dar-lhe uma direção. Como tem compromissos profissionais, ele só pode se encontrar com ela no dia seguinte, o que a deixará com apenas dois dias inteiros para juntar as peças. Será possível? Agora que está aqui, tudo lhe parece cada vez mais urgente.

Hoje, porém, Luisa decide que não pode fazer nada além de aproveitar esse lugar único e enigmático. Seu primeiro objetivo é tomar um café, que consegue pedir educadamente em italiano. Ela encontra uma pequena praça, buscando ficar longe o suficiente da San Marco para ter preços mais razoáveis. Apesar de ser dezembro, o sol ainda está cobrindo metade do local e está quente o suficiente para sentar-se do lado de fora. Há apenas um modesto café-bar, e Luisa puxa uma cadeira ao lado de uma mesa de mulheres, sem dúvida, venezianas. Seus casacos de pele, cachorrinhos minúsculos e lábios pintados murmurando italiano não negam. Ela sorri quando elas olham, mas suas bocas permanecem franzidas. A garçonete é, felizmente, um pouco mais amigável e sorri para as tentativas corajosas de Luisa de pedir café em sua língua nativa. Se está rindo por dentro do sotaque ruim de Luisa, ela não demonstra.

O café é bom, mais forte e um pouco mais amargo do que o servido na lanchonete perto de sua casa, e tem efeito suficiente para fazê-la se levantar e driblar o cansaço de quem acordou cedo para ir ao aeroporto. Parte dela gostaria que Jamie estivesse aqui para compartilhar esses momentos, mas, ainda assim, ela não se sente sozinha. No aeroporto, notou os olhares de dó ao vê-la viajando sozinha, os quais ela ignorou, abrindo o computador e fingindo viajar a trabalho, embora as suas roupas casuais indicassem tudo, menos isso. O homem sentado ao lado dela tentou fazer uma pergunta educada.

– Estou viajando a trabalho – disse ela, tentando passar um ar de confiança.

Ela queria dizer "vou visitar a família", porque, para ela, essa era a verdade, mas não disse. De qualquer forma, ele não pareceu ter acreditado. Agora, porém, Luisa se sente mais calma. Está ali, no lugar de onde veio metade de sua família – boa parte dela. Ela sente a conexão, suas raízes profundamente submersas? Ainda não. Ainda há tempo, mesmo que seja curto.

Energizada pela cafeína, decide aproveitar o que resta de luz para se familiarizar com o caminho de volta ao apartamento, procurar uma massa ou pizza e aproveitar o que lembra ser o passeio turístico mais espetacular, mas razoavelmente acessível, que existe em Veneza – o ônibus aquático que percorre toda a extensão do Grande Canal, um trajeto lento para se maravilhar com a beleza dos palácios e a vida sobre as águas. *Será a única vez em que me comportarei como turista*, diz a si mesma.

Nesse meio-tempo, ela aproveita para visitar alguns dos lugares anotados em seu caderno, locais aleatórios listados nos papéis da caixa. Alguns ela encontrou facilmente em seu mapa, outros teve de ir adivinhando – há dezenas de "Santos" e "Margaritas", e é quase impossível diferenciar um de outro.

Ela vagueia por mais de uma hora antes de encontrar seu primeiro destino, Campo Santo Stefano, mencionado várias vezes na mesma escrita ornamentada em meio a seus preciosos pedaços de papel. Luisa maravilha-se com o vasto espaço retangular, protegido em uma das extremidades por um enorme edifício eclesiástico, que parece ainda funcionar como igreja, não sendo apenas uma relíquia. Há um café acolhedor em frente à porta da igreja, e ela se sente repentinamente cansada. Escolhe uma mesa do lado de fora e pede um drinque com Aperol; ao redor dela, sobre cada mesa há copos com o líquido laranja brilhante, e lembra vagamente que ela e Jamie provaram durante sua viagem. "Quando em Roma...", ele brincou. Pensar nele machuca a sua consciência e, sentindo-se culpada, ela tenta se distrair.

Enquanto saboreia a bebida, Luisa observa o movimento, fascinada com o fluxo de pessoas entrando e saindo da igreja sob o sol poente, sobretudo mulheres e homens mais velhos. Ela pensa nas fotos de sua caixa: as idosas parecem não ter mudado naqueles mais de setenta anos – muitas são baixas, em formato de caixote, vestidas de lã preta, com golas forradas de pele escura. Os cachos presos sobre ombros curvados, os corpos equilibrados em pernas robustas cobertas por meias. Se ela fechar os olhos e lembrar as fotos antigas em preto e branco que guardou com segurança na mala, esses idosos italianos não parecerão deslocados.

O tempo aqui não está parado, ela pensa, mas se move lentamente.

Luisa subestima o coquetel alaranjado – o álcool se une ao cansaço do voo matinal –, e se pega tropeçando um pouco ao se levantar, a cabeça zonza, uma sensação de peso nos membros. Com certeza precisa comer. Está cansada demais para procurar por muito tempo e se instala em um pequeno restaurante na extremidade menor do *campo*, observando que havia pessoas falando em italiano ali, além de turistas. Pede um prato de massa. Quer seja a sensação de férias ou não, o gosto é maravilhoso – o sabor é "pomodoro", e o pesto está fresquinho, despertando suas papilas gustativas e dando um pouco de força aos membros. Não é de admirar que os italianos raramente comam algo além de sua própria comida, ela pensa.

A comida é restauradora, mas não mágica. São apenas oito horas, mas Luisa está cansada demais até para o brilho do Grande Canal – ele está ali há tanto tempo, e não vai a lugar nenhum. Embora não queira perder um minuto na cidade pela qual já está apaixonada, o bom-senso vence e ela volta para o apartamento. Precisa estar nova em folha para a verdadeira apuração de fatos pela manhã.

21

O CALDEIRÃO DA CIDADE

Veneza, julho de 1944

O início de julho derruba o consistente calor mediterrâneo em Veneza e o aumento da população, a escassez esporádica de água e o movimento maior de esquadrões de aeronaves sobre a lagoa criam um caldeirão na cidade, prensado e aquecido de todos os lados. A agitação é inevitável. E ela chega.

Eu acordo com um zunido pela minha janela aberta, junto com uma leve brisa. Não é nada específico, apenas um mal-estar geral, mas certamente não é o leve ruído de pés que estou acostumada a ouvir abaixo da minha janela enquanto as pessoas vão para o trabalho ou para o mercado. Um ligeiro aumento no ritmo, talvez, e o som de murmúrios destinados a não serem ouvidos. Da minha janela, o quadradinho parece o mesmo, cortado por um raio de sol forte que sinaliza que chegamos a mais um dia em que as construções serão assadas e a água aquecida para exalar seu cheiro sulfuroso. Mas a sensação carregada no ar me faz levantar e me vestir mais cedo do que o normal. Ando alguns passos até o café do Paolo para beber uma xícara – e fofocar.

Paolo sabe o que está acontecendo, é claro que sabe, mas espera até que meu café seja servido e eu esteja sentada em uma das mesas dos fundos antes de baixar a voz a um sussurro. Houve um ataque fascista em Cannaregio, o distrito do gueto, e cinco moradores locais foram mortos – massacrados – como represália pelo tiro em um oficial e um, talvez dois, guardas fascistas. Meu coração para por um segundo por Vito, mas Paolo já saberia se ele estivesse envolvido. Em vez disso, minha cabeça e meu coração começam a bater por aqueles inocentes sacrificados, possivelmente alguém com quem tive contato nos últimos meses. É provável que eles não tenham nada a ver com o tiroteio, apenas por acaso estavam no lugar errado na hora errada, no campo de visão de fascistas furiosos com contas a acertar. Como suas famílias se sentirão, sabendo que as vítimas não foram nem mesmo verdadeiras baixas da guerra, mas apenas espectadores infelizes? Suas tias, irmãos ou sua mãe – pessoas reais com amor, risos e uma história – classificadas como danos colaterais?

Vou para o trabalho sentindo-me totalmente sem fôlego e deprimida. Pergunto-me quantos episódios como esse ocorrerão antes que nós, da Resistência, finalmente ganhemos terreno real contra o mal. Vitória verdadeira. Quando chego, Cristian apenas olha para mim, franzindo levemente a testa ao passar com pressa.

Mais ou menos uma semana depois, o calor da guerra e do verão se combinam para criar uma verdadeira fornalha na cidade. Acordo naquela manhã com um cheiro distinto em meu nariz – o cheiro acre de queimado. Vejo a nuvem de fumaça acima dos telhados alaranjados antes de chegar a Paolo e sua fonte de conhecimento. O incêndio está no Instituto Luce, um ramo da reverenciada propaganda fascista, que produz filmes intermináveis de generais sorridentes pavoneando-se ao lado de italianos bronzeados e orgulhosos. As visitas de dignitários a Veneza são um foco particular das suas câmeras. O prédio, ao que parece, foi arrasado, uma vasta espiral de fumaça escura subindo para o céu claro perto da San Marco.

No caminho para o trabalho, a Polícia Militar entra em ação, ouvindo-se a várias ruas de distância suas botas batendo ritmicamente no chão. Cientes das recentes represálias, os venezianos devem estar prendendo a respiração coletivamente: se tiver sido um ato rebelde criminoso, será que vai se iniciar outro perigoso jogo de olho por olho? Guardas fascistas e nazistas investigarão os guerrilheiros culpados, invadindo todas as casas suspeitas de escondê-los. E, novamente, apenas uma palavra me vem à mente: Vito. Depois de nossa última conversa e dos rumores que tenho ouvido desde então, esse tipo de ataque é algo que Vito gostaria de fazer.

Como acontece quando há grandes contrariedades, Cristian entra e sai do escritório de Breugal a manhã toda, o rosto marcado pela preocupação. Ele mal me vê, e fico feliz com isso, porque sinto que meu rosto está traindo a minha angústia. Penso constantemente no meu irmão mais novo: preciso descobrir onde ele está, o que está fazendo. Estou aliviada por não haver relatos de vítimas e, portanto, nenhuma faísca de raiva que levaria a mais mortes de inocentes.

Na hora do almoço, peço licença para levar remédios para a minha mãe – Cristian acata meu pedido sem prestar atenção, em sua necessidade de acalmar a fúria de Breugal sobre tropas incompetentes. Ando apressada, sentindo o calor bater e tentando aliá-lo com o cheiro do inverno de cinzas no ar. Nossa gloriosa lagoa brilha como se intocada pelos eventos e, uma vez mais, amo sua natureza sempre mutante e duradoura mais do que nunca. Sua solidez revive meu ânimo por um tempo.

Mama está em casa, como sempre, na hora do almoço.

– Stella! O que você está fazendo aqui? – ela me cumprimenta, com verdadeira alegria. – Que adorável. Sente-se, tenho um pouco de queijo.

Sinto o eco frio do ar dentro de casa; não consigo ouvir mais ninguém dentro de suas paredes.

– Eu tinha um compromisso de trabalho aqui perto – minto, sentindo-me culpada. – Pensei em vir aqui dizer "olá".

Sento-me à mesa da cozinha enquanto a Mama põe o que tem na mesa.

– Como estão Papa e Vito? – pergunto com sutileza.

– Papa? Ele está bem. Trabalhando muito... aceitando algum trabalho de construção de barcos em seu tempo livre, mas acho que ele não está realmente apto, se você me perguntar...

– E Vito?

Ela ergue os olhos bruscamente. Pensei que a maneira como cheguei fosse inocente o suficiente, mas talvez eu não pergunte pelo meu irmão com tanta frequência quanto penso. Ou com tanto fervor.

– Não o vimos na semana passada – Mama diz gravemente. – Ele mandou uma mensagem dizendo que está morando com um amigo, mas, honestamente, Stella, não sabemos o que ele está fazendo. Ando muito preocupada.

O que ela diz quase me convence de que Vito está envolvido – fortemente envolvido – nesse último ato de sabotagem da Resistência. Metade de mim aplaude: lutar pela Veneza que amamos é admirável e é o que eu mesma estou fazendo, embora de forma mais sutil. Mas conheço a natureza impetuosa de Vito e sua atração pela emoção do perigo. Adicione a isso o perigo de um ataque, e ele pode ser capturado e morto. Se já não estiver na prisão de Santa Maggiore.

— Papa não o viu trabalhando, nas docas?

— Anteontem — diz Mama —, mas só no pátio. Não conseguiu falar com ele. Eu me preocupo com as pessoas com quem ele anda.

Eu também. Cada batalhão tem códigos de conduta rígidos, supervisionados por uma hierarquia de oficiais graduados, mas um bando de jovens patriotas com tendência para a precipitação... Acenda a chama embaixo deles e quem sabe o que vão fazer? Uma tempestade de fogo, talvez?

Tento assegurar à Mama de que ele está bem, mas até ela pode ver que não tenho certeza. Preciso localizar Sergio Lombardi e descobrir o que puder. E logo.

De volta ao escritório, a tarde rasteja lentamente para as cinco horas, e tenho que me concentrar simplesmente em desligar minha imaginação hiperativa sobre o futuro sombrio de Vito. Vários tiros são disparados, o barulho ressoando pelas janelas abertas — muitas vezes são apenas tiros de advertência de patrulhas nervosas, mas vacilo a cada um, e Cristian olha para mim por cima dos óculos, aumentando as rugas na testa franzida. Ele está se aproximando de mim enquanto arrumo as minhas coisas; quero sair até às cinco e não ficaria ali nem um minuto a mais. Nesse ínterim, pergunto-me se ele vai me convidar para um drinque após a excessiva diplomacia de hoje com Breugal. Mas, depois do nosso último passeio juntos, espero que ele não convide. Além do final estranho da nossa noite, não estou com humor para uma conversa leve ou para ouvir suas aflições sobre o comportamento petulante do general. Digo um breve "Boa noite", embora o dele não seja melhor do que o meu.

Devo ir para a redação do jornal, mas sei que não vou conseguir me concentrar sem ao menos tentar entrar em contato com Sergio. Vou para uma casa segura que conheço, não muito longe da Ponte da Academia. Além do cheiro de fuligem, há pouco para dizer que Veneza mudou desde ontem – a nuvem de fumaça de Luce diminuiu, tornando-se uma névoa cinzenta pairando sobre o edifício. O sol ainda está forte, e estou suando sob minhas roupas enquanto caminho, revestindo-me com uma máscara de inocência ao sorrir para alguns guardas já conhecidos que vigiam a San Marco quando entro e saio do trabalho. Às vezes, o fato de me reconhecerem é um bônus, especialmente quando me permitem passar sem questionamentos, ignorando o fato de que muitas vezes estou carregando uma mensagem secreta da Resistência. Tento ignorar os olhares acusadores de venezianos enfileirados, zombando baixinho que a minha familiaridade com os guardas significa que sou uma colaboradora, mas isso me machuca. Quero gritar "Eu sou uma de vocês!", mas não ouso, é claro. A máscara sempre deve estar no lugar.

A casa secreta está às escuras no beco, as cortinas fechadas, e me pergunto se foi abandonada. Não há ninguém por perto, então bato com força na porta externa, e fico surpresa quando um velho responde. Dou o código e ele me deixa entrar, sinalizando para que eu siga seu passo lento escada acima, atrás de uma pesada porta de madeira.

– Preciso mandar uma mensagem para o Signor Lombardi – digo assim que a porta é fechada.

De repente, sinto o calor no pescoço, acima do meu colarinho, e ele provavelmente pode sentir o calor da minha ansiedade.

– Preciso de informações sobre meu irmão, Vito. Vito Jilani.

Seus olhos permanecem firmes, mas detecto apenas uma contração nos bigodes do velho. Ele chama alguém na outra sala e um menino aparece, pernas morenas esgazeadas estendendo-se abaixo do short. O homem cochicha instruções na orelha dele, e as pernas do menino se movem antes que eu possa adivinhar o que foi dito.

– O senhor sabe de alguma coisa? – pergunto, com urgência.

– Seja paciente – ele diz. – Tome um pouco de água. Você está com calor.

Eu estou e quero água. Ele tenta conversar um pouco sobre a guerra, mas nada que possa comprometer qualquer um de nós ou que possamos ser forçados a revelar sob tortura. Falamos dos Aliados fazendo progresso e contornando Veneza. Então, de repente, o menino está de volta, sem fôlego e mudo, exceto pelo que ele sussurrou no ouvido do velho desta vez.

– É melhor você ir com o menino – diz ele, por fim. – Signor Lombardi aprovou.

– Aonde? – pergunto.

Quero desesperadamente notícias de Vito, mas boletins de outro tipo me aguardam em Giudecca, e sei que eles vão se preocupar se eu demorar muito, perguntando-se o que aconteceu comigo.

– Perto daqui – ele diz. – Vá agora. As patrulhas estão ocupadas em outro lugar por um tempo.

O garotinho me olha com enormes olhos castanhos e um sorriso boquiaberto. Ele já vive a atividade subversiva, criado com sangue militante.

– Obrigada – digo ao senhor, que se despede de nós.

O menino trota ao meu lado em silêncio, oferecendo a mão para que pelo menos pareçamos mãe e filho, ou tia e sobrinho. Ele foi bem treinado – quase desde o berço, claro. Caminhamos por várias ruas e pontes, em uma área de Cannaregio em que nunca estive antes.

Silenciosamente, revezamos para patrulhar ao nosso redor em busca de soldados, ou mesmo de alguém nos seguindo. Em um pátio de casas, subimos as escadas externas até um andar do meio, e o menino me leva até uma porta indistinta, batendo nela como um militante.

Ele desaparece antes mesmo que eu tenha a chance de agradecer, e sou levada para uma sala pouco iluminada, com as cortinas fechadas. Um rosto se vira para mim, só o branco dos olhos arregalados visível na escuridão, e tenho que apertar os olhos para perceber que a pessoa no canto mais distante é meu irmão mais novo.

Vito não está com o rosto relaxado e encantado do nosso último encontro. Está coberto de preocupação quando se vira, tragando um cigarro. Sua surpresa é ainda maior ao me ver.

– Stella! O que você está fazendo aqui?

– Verificando se você ainda está vivo – digo com leve irritação.

Eu o abraço do mesmo jeito. Sua pele está suja de fuligem e ele cheira a cinzas e fogo velho, como se estivesse trabalhando junto aos fornos das fábricas de cristal de Murano. Exceto que não é isso que ele estava fazendo.

Quem quer que seja o dono daquele ninho de segurança, retira-se rumo a outros quartos e nos deixa em paz, e eu me sento.

– Vito, o que está acontecendo? – Encaro-o, deixando-o sem espaço para virar ou rir da pergunta. Esta é a irmã dele liderando o interrogatório e, assim como quando éramos crianças, ele sabe que detecto qualquer mentira.

– Você não quer saber – diz ele –, realmente não quer, para sua própria segurança. – Então sua boca se abre em um sorriso largo: – Mas isso lhes causou uma verdadeira dor de cabeça, não?

Típico de Vito. Mascarando seu medo genuíno com humor, mas o tremor em suas mãos mostra o que está sentindo, as cinzas do cigarro caindo no chão.

— Então, o que você vai fazer agora? — pergunto. — Os camisas-negras devem estar procurando os culpados. Eles sabem nomes, prenderam alguém?

Nós dois sabemos a gravidade de apenas um de seu grupo ser capturado — outros nomes serão arrancados dele sob tortura, e os camisas-negras de Mussolini têm uma habilidade especializada em extração e desumanidade.

— Não sei, é isso que meu tenente está tentando descobrir — diz ele. — Até saber, eu tenho que ficar quieto. — Um pensamento repentino vem à sua cabeça: — Quer avisar à Mama e ao Papa que estou em segurança?

Não tenho certeza sobre estar "seguro", mas prometo que avisarei aos nossos pais. Então ele me faz prometer que ficarei longe, que não voltarei lá. De repente, ele não é mais um brincalhão.

— Stella, você já faz... Já contribui muito. Não se envolva nisso. A Resistência vai cuidar de mim. Você tem de confiar neles. Eu confio.

Dizemos adeus e, desta vez, ele me abraça de volta com firmeza, nenhum sorriso fácil enquanto me afasto. Ambos sabemos que, nesta fase da guerra, qualquer hora pode ser a última vez que nos veremos. Todos os argumentos e irritações de nossa infância são esquecidos quando ele aperta minha mão, e posso sentir o cheiro do resíduo queimado em meus dedos enquanto enxugo uma lágrima perdida ao sair.

Ainda há tempo para chegar a Giudecca e fazer meu trabalho dentro da Resistência — minhas entranhas estão se contorcendo com a situação de Vito, mas também estou cheia de determinação. Caminho pelas ruas secundárias em direção ao Zattere e chego a tempo para o *vaporetto*. No meio do caminho entre as ilhas, paramos para permitir a passagem de um barco-patrulha nazista, mas o atraso é quase um bônus – a lagoa é espetacular, com um sol tardio baixo brilhando sobre ela, costurando San Giorgio em um mosaico cor-de-rosa e laranja, pintando a água cadenciada com blocos coloridos, no estilo de Picasso. Acho que poderia ficar aqui para sempre, no meio do caminho entre as margens, entre uma vida e outra.

Mas há trabalho esperando, e nele não há nada da beleza de uma noite de verão veneziana. Notícias de execuções no Norte chegaram até nós, e Arlo recebeu instruções de contra-atacá-las com notícias do incêndio de Luce, embora eu tenha que me expressar com cuidado – não há nenhuma alegação direta de que tenha sido um ato rebelde, apenas uma suposição velada. É assim que o jornal deve conduzir.

Tiro a capa frágil da minha máquina de escrever, mas, pela primeira vez, isso não me dá o conforto de anos anteriores. Cada toque nas teclas traz o rosto angustiado de Vito à minha frente; faço uma pausa com frequência e até Arlo fica surpreso com meu progresso lento para completar a matéria. Existem poucos fatos concretos, então meu talento usual para bordar palavras é uma vantagem, mas, ainda assim, é um desafio. Temos vários relatos de testemunhas oculares sobre o incêndio e seu alcance em Veneza, bem como a permissão para sugerir que foi uma operação da Resistência, mas isso é tudo. O aceno de Arlo me diz que me saí bem em realçar o pouco que temos, em retratar um quadro de triunfo, embora eu sinta – até que Vito esteja seguro – que é tudo, menos isso.

– Está bom – acrescenta Tommaso, em um esforço para aumentar o meu desânimo óbvio. – Isso me faz querer lutar mais.

Eu poderia abraçá-lo naquele momento, por adicionar um cimento tão necessário às rachaduras que estou sentindo dentro de mim.

Meus dedos batem automaticamente pelo resto da noite de trabalho e, mais uma vez, sou grata pelo meu treinamento e pela minha máquina, que parece funcionar como um motor suave por conta própria. Estou simplesmente lá, batendo nas teclas e brincando com as palavras fluidas. Quando retiro a página, a visão do meu "e" me dá uma sensação de pertencimento e calma.

Ciente da angústia dos meus pais com a ausência de Vito, vou para a casa deles direto de Giudecca, meus saltos batendo com urgência para evitar o toque de recolher.

– Está com pressa de chegar a algum lugar? – pergunta uma patrulha fascista que passava, com um sorriso.

Talvez o soldado esteja entediado e queira conversar. Mas eu passei com um alegre "só não quero arriscar passar do horário", e ele balança a cabeça. Ele não vê meu rosto mudar para uma camada de pedra no segundo em que estou à frente.

É claro que não digo à Mama e ao Papa toda a verdade, que vi seu filho com medo genuíno gravado no rosto – apenas que Vito está seguro. E não adiciono o "por enquanto".

Mama dispara perguntas para mim: *Como você sabe? Por que ele não pode voltar para casa?* Suas perguntas não nascem da ignorância – muitos de seus amigos na igreja têm filhos na Resistência. É sua forma de proteção contra o desgosto absoluto. Papa, porém, está mais quieto. O alívio em seus ombros e rosto me diz que é o suficiente para saber que seu filho está vivo e não na prisão. Mas ele também sabe que isso pode mudar com facilidade. Eu me afasto das perguntas da Mama com boatos – uma amiga de um amigo – e ela vai para a cama para chorar de angústia.

Sob a luz fraca da mesa da cozinha, Papa estende as suas mãos cheias de calos de carpinteiro e agarra os meus dedos. A torção em sua boca mostra a dor.

– Tenha cuidado, Stella – sussurra ele.

É tudo o que diz; o resto está nas rugas surgidas ao redor de seus olhos nos últimos meses. A morte de um filho acabaria com ele, eles dizem, e duas mortes iriam mandar os dois para o fundo da lagoa, em desespero.

– Vou ter, Papa – prometo pela segunda vez.

Como é muito depois do toque de recolher, passo a noite na casa dos meus pais, mas ao amanhecer estou de pé e pronta para voltar ao meu apartamento antes do trabalho. Só tenho tempo para me lavar com água fria e trocar de roupa – é importante que apresente uma aparência inalterada para o escritório, para Cristian, Breugal e até Marta. Meu disfarce deve estar perfeitamente no lugar.

Há um claro aumento no número de patrulhas e guardas ao redor dos prédios oficiais do exército e da polícia, bem como na quantidade de conversas nas cantinas sobre os motivos. Fiquei sabendo que Breugal foi convocado para algum tipo de conselho de guerra no Lido, então Cristian está ocupado em sua mesa lendo relatórios – o rosto perto da folha, tocando a sua testa. Mais uma vez, evito seus olhares quando posso; não quero dar nenhuma oportunidade para minhas próprias feições me traírem de alguma forma, e vou embora no final do dia enquanto ele está brevemente longe de sua mesa.

Minha cabeça e meu coração estão explodindo de indecisão, e preciso me livrar disso. Graças a Deus por Mimi – até a mera perspectiva de sua disposição radiante me ajuda a passar o dia. Percorremos vários bares ao redor do Campo San Polo, evitando aqueles com um mar de uniformes verdes ou cinza rindo e bebendo sob o sol da tarde. Apesar das lutas na guerra, Veneza continua sendo um ímã para oficiais em busca de emoção em seus preciosos dias longe das linhas de frente; boatos de festas regadas a cocaína, abundantes em alimentos e prazeres sexuais, são comuns. Enquanto os venezianos comuns procuram comida e água, alguns quartos gotejam devassidão. É o outro lado da gangorra na nossa guerra.

Por fim, nos acomodamos em um pequeno bar frequentado por gente comum, escolhendo uma mesa na periferia de um aglomerado externo. Mesmo assim, Mimi mantém a sua voz naturalmente entusiasmada sob controle, e logo noto que ela está menos animada do que de costume. Ela me dá espaço para desabafar sobre os últimos dias em seu ouvido, e imediatamente me sinto mais leve. Isso me força a perceber o quanto sinto falta de Gaia e Raffiano como uma canalização das minhas frustrações. Seu rosto, porém, adota um véu mais escuro enquanto conto a incerteza em torno de Vito.

– Mimi? – digo, enquanto uma lágrima rola por suas belas bochechas arredondadas. – O que há de errado?

Ela não pode guardar segredo por mais tempo. Derrama mais lágrimas e confessa que o novo homem em sua vida é ninguém menos que Vito, que ela está apaixonada por meu exasperante, às vezes imaturo, mas, no final das contas, lindo e charmoso irmãozinho.

– Não foi a minha intenção, Stella – diz ela, fungando alto e tentando sussurrar. – Juro que não tive a intenção de me apaixonar por ele. Nós nos encontramos um dia e começamos a conversar. A gente se conhece há todos esses anos, crescemos juntos... e, então, algo apenas aconteceu. Não pudemos evitar.

Ela se desmancha em lágrimas novamente, e tenho que segurar minha própria preocupação e lhe dar consolo ao mesmo tempo – e minha bênção. Na verdade, se todos nós sobrevivermos a isso, Mimi será uma boa influência para o meu irmão rebelde. Eu adoraria tê-la como cunhada, consolidando o nosso afeto de longo prazo.

Tudo isso presumindo que Vito escape da atual matança contra rebeldes e desta guerra. É a primeira vez que Mimi ouve falar de Vito escondido, e isso a faz ficar duplamente angustiada por enfrentar a perspectiva de perdê-lo para sempre, logo após encontrá-lo. Como membro da Resistência, ela entende quão precária é a situação dele. Embora nós duas concordemos que tudo o que podemos fazer é esperar por notícias, conheço muito bem a personalidade de Mimi – esperar nunca foi seu ponto forte. Prometo informá-la assim que tiver notícias.

Já mais calma, Mimi – como é típico dela – me direciona para tópicos mais leves, e sou lembrada de descrever meu recente encontro com Jack. Ou foi mais do que isso, penso enquanto conto para ela – uma missão, talvez?

– Stella! Você realmente é uma espécie de Mata Hari, correndo pela lagoa e encontrando lindos estranhos. – Seu sorriso largo e corajoso me faz reviver o momento e sentir um arrepio por dentro. Ela pergunta: – Você vai voltar para Pellestrina em breve, não vai?

– É provável que não – respondo. – Acho que agora nós, todos nós, temos que ser ainda mais cuidadosos, manter a guarda. Jack ficará marcado como um único beijo, maravilhoso.

– Mas foi bom... o momento?

– Ah, sim. – A lembrança me vem à cabeça. – Muito, muito bom.

Mimi assente, e sei, na mesma hora, que ela está pensando em Vito e no que podem ter sido apenas breves encontros até agora. Ela não consegue esconder o prazer em seus olhos com a memória, e vejo que está apaixonada. Da mesma forma, minha própria mente muda por um breve momento; por mais que eu tente, não consigo deixar de pensar no *outro* beijo, e em como me senti. O homem cujos lábios tocaram os meus. Por que essa sensação estranha simplesmente não vai embora e para de me incomodar?

Apesar da tristeza de Mimi, posso dizer que ela não quer voltar para seu apartamento solitário, com seus próprios pensamentos e isolamento. Ela sugere que andemos e conversemos. Com a maquiagem reaplicada – sua forma da máscara que todos usamos –, saímos, diminuindo o ritmo nas *calles* e sobre as pontes conforme a luz do dia se esvai. Falamos sobre amigos mútuos, casais em início de relacionamento e o efeito da guerra em afrouxar as amarras da estrita vida católica.

– E, quanto ao outro homem em sua vida, o misterioso Signor De Luca? – ela, enfim, pergunta, e aquela sensação irritante surge novamente.

Estou surpresa que Mimi pense em Cristian em meio à nossa conversa sobre homens bonitos, já que ela nunca colocou os olhos nele. Foi assim mesmo que o retratei, talvez em meus momentos mais benevolentes? Claramente preciso ser mais cuidadosa.

– Ah, ele está totalmente envolvido em todas as idas e vindas políticas dos últimos dias – respondo, de maneira casual. – Felizmente, não está me dando muita atenção. Mas ainda assim estou sendo cuidadosa. Ele é do tipo que nota o menor fio de cabelo fora do lugar.

– Você tem certeza disso?

– Do quê? – pergunto. – Que ele é escorregadio como uma enguia? Sem dúvidas.

– Não, boba, que ele não está te observando de uma maneira totalmente diferente? – Mimi tem um jeito travesso quando está falando sobre homens.

– Com certeza – respondo, os lábios em uma linha fina de desafio. – Ainda mais após o desastre na minha porta. Tenho certeza de que Cristian De Luca está pensando em seu único amor verdadeiro: uma Itália fascista. E em nosso amado Benito, é claro!

Pensar em nosso líder robusto e pomposo como um Lotário nos faz rir, e escolhemos rir em vez de ficar tristes pelo resto da noite, o sol se pondo e o céu noturno tomando conta. Uma boa conversa e álcool: um antídoto agradável para a semana de angústia. O turbilhão dentro de mim é colocado em espera por algumas horas, pelo menos. E tenho o prazer de colocar um sorriso no rosto de Mimi.

Naquele momento, não podemos saber como a chamada guerra "branda" de Veneza – não tão branda nas últimas semanas – está prestes a endurecer como concreto, moldando-se em um episódio duro, desumano e cruel cujos ecos vão mudar nossos caminhos para sempre.

22

EM BUSCA

Veneza, dezembro de 2017

Luisa já está de pé para ver o sol nascer sobre a água, seu brilho precoce forçando-a a puxar os óculos de sol para se proteger do reflexo. A diferença de fuso horário com a Inglaterra é de apenas uma hora, mas ela dormiu cedo, e a urgência que está sentindo funciona melhor que um despertador. Ela estremece à beira da água, observando sua respiração subir em direção ao céu rosado e macio, e continua caminhando. Mesmo um barco-ambulância que passa, com a sirene soando – sinal de que realmente há vida moderna ali –, não a tira do sonho flutuante que é Veneza.

– Café – ela murmura consigo e sai em busca do elixir que promete mantê-la em pé durante o dia.

Seu encontro com o Signor Volpe só será à uma da tarde. Até lá, ela planeja visitar o Museu Judaico e alguns dos outros locais da Resistência, antes de pegar um barco até Giudecca, onde será o encontro.

Luisa nota a relativa falta de turistas enquanto navega de ponte em ponte. A cidade é um ímã durante todo o ano, mas no início de dezembro há um ritmo agradável e lânguido nas passarelas e sobre a atração central da Ponte Rialto – não a agitação que ela lembra de sua visita anterior, com todos tentando apreciar e fotografar tudo em um só dia. As barracas que vendem uma variedade infinita de legítimos cristais de Murano, e também de cópias baratas, estão todas abertas, mas há uma sensação de que esse é o período de inatividade de Veneza, e ela vagueia em direção ao museu, absorvendo o aroma forte de castanhas torradas e linguiça italiana, parando para comprar em seu hesitante italiano um pão doce amanteigado recheado com geleia de damasco. É o paraíso.

O mercado de peixes ainda está aberto e, embora o comércio da madrugada já tenha desaparecido, há turistas zanzando pelas barracas, tirando fotos e atrapalhando os venezianos um pouco irritados que estão pechinchando pelo alimento básico de seu jantar – peixes que Luisa nunca viu antes: redondos, achatados, com pintas; polvos acinzentados e rosados com ventosas do tamanho de pequenas xícaras de chá; camarões ainda se contorcendo com meia-vida. As pessoas de Veneza com certeza conhecem e amam seus peixes, como as ninfas aquáticas que são.

Enquanto caminha em direção à estação de trem, Luisa nota os encantos turísticos espalhados – lugares supervalorizados dão lugar a cafés de esquina com as mesmas placas de boas-vindas espalhafatosas de Bristol, povoados por italianos que falam e gesticulam sobre política ou televisão, ou compartilham fotos nas redes sociais. Seu italiano não é bom o suficiente para entender frases soltas, mas, ao passar, reconhece o zunido inocente e as risadas vindas dos cafés do mundo todo – pessoas batendo papo e se comunicando. Isso a faz sorrir pela humanidade.

Como todas as estações que ela já visitou em suas viagens, o terminal ferroviário de Venezia é bem movimentado – burburinho de pessoas indo e vindo, malas cheias de escovas de dente e expectativa. É um edifício impressionante, construído nas linhas retas e limpas da arquitetura encomendada por Mussolini. Austero, mas inegavelmente elegante. Embora Luisa agora saiba da política por trás disso, o fascismo sombrio que gerou essas linhas polidas e concretas, ela não pode deixar de admirar. E, a cada passo, é levada a se perguntar: sua avó esteve aqui muitas vezes, caminhando sobre esse pavimento? Será que ela havia abandonado Veneza de uma vez por todas por esse mesmo portal, ou havia um ponto de partida mais secreto?

A ponte que leva ao coração do distrito de Cannaregio a guia a uma Veneza diferente. O primeiro ponto de parada para viajantes com orçamento limitado e mochileiros é uma grande, porém, atraente, desordem de lojas e ruas. Há cafés e padarias judaicas, e uma forte sensação de que aquele é o lar dos venezianos, com o pouco de turismo que é tolerado pelos benefícios econômicos que traz.

Mergulhar nos becos minúsculos em busca do museu é uma experiência muito mais silenciosa, com a população de gatos de Veneza emergindo dos muros para implorar por um pouco de atenção. Há algumas lojas de artesanato e galerias chiques, o que pode indicar que a área está se revitalizando, mas o brilho do sol da manhã é abafado, o que gera um clima de ligeira inquietação.

O Campo di Ghetto Nuovo, o centro de guerra da comunidade judaica, abriga o próprio museu, com uma entrada moderna em um dos cantos. No outro, Luisa avista uma barraca de madeira com dois guardas armados, e se pergunta por que – depois de tantos anos – tal presença é necessária. Mas, então, sua mente volta aos dias de hoje, e ela percebe que são os males mais recentes que levam àquela medida de proteção – a ameaça de terrorismo que prevalece em todo o mundo. Nós realmente avançamos?

Ela olha pela primeira vez a data em seu relógio: 6 de dezembro. De acordo com sua pesquisa, já se passaram exatamente setenta e quatro anos desde os ataques ao gueto sobre os quais ela leu, o primeiro abate significativo após a ocupação nazista de 1943. Não é um marco importante, mas o suficiente para fazer Luisa parar e se sentar em um banco na pracinha e girar lentamente para capturar um panorama em sua mente. Ela olha para uma grande sacada em ruínas, para uma torre no topo de uma casa com uma janela minúscula aninhada nos ladrilhos, e se pergunta se, naquela noite, havia judeus aterrorizados encurralados em suas casas, encolhendo-se por trás daquela mesma janela e temerosos por suas vidas. Ela pensa no relativo silêncio do *campo*, com apenas um pequeno grupo turístico ao seu lado recebendo palestras em espanhol, em comparação com os inevitáveis gritos, berros e estampidos de tiros naquela noite de 1943, o terror que aquelas pobres pessoas foram forçadas a suportar.

É quase impensável, inimaginável mesmo para a sua cabeça fantasiosa, até que seu olhar se fixa em um quadro de metal fundido na lateral da praça. Gravados na extensa placa de bronze estão os nomes dos judeus venezianos perdidos na guerra, talvez naquela noite: Todesco, Kuhn, Levi, Polacco, Gremboni – uma fusão de religião e cultura, nomes judeus antigos se misturando aos italianos. E ela sente a tristeza de que cada nome significa uma vida inteira perdida. Sua avó conhecia alguma dessas pessoas? Ela não era judia, com certeza, mas ela e eles – as pessoas que tinham esses nomes – eram venezianos, e seus caminhos talvez tenham se cruzado. A ideia faz Luisa estremecer dentro do casaco grosso e causa um arrepio em sua espinha ao pensar que ela pode estar tão próxima de sua própria história.

O museu é pelo menos aconchegante, mas, para sua mente, que anseia por conhecimento sobre a guerra, está repleto de uma boa parte da história judaica antiga e apenas um pouco do período no qual está interessada. Existem, no entanto, algumas fotos reveladoras da vida italiana pré-guerra sob o governo fascista; Mussolini parecendo apropriadamente viril sobre seu cavalo, estádios inteiros de garotas perfeitamente enfileiradas, demonstrando as suas proezas com o bambolê – em retrospectiva, tantos paralelos com o Reich de Hitler.

É a caminho da saída que ela vê a melhor foto. Em preto e branco granulado, uma horda de manifestantes – não há como confundir suas roupas e suas intenções – subindo os degraus da Ponte Rialto, datada de abril de 1945. Há homens e mulheres carregando armas e munições em seus corpos, seus rostos exibindo o foco total no ataque – eles podiam estar vestidos como romanos, celtas ou vikings; suas características atravessam facilmente os séculos. A expressão – bocas abertas, olhos em chamas – é um legado altruísta para o bem maior.

A explicação ao lado está em italiano, e Luisa vai aos poucos compreendendo o significado, embora as palavras quase não sejam necessárias: é a batalha final para a libertação veneziana, o fim do domínio nazista e fascista. Triunfo.

Luisa pergunta-se, então, se ela está olhando para as feições de sua avó, talvez não na linha de frente, porém mais distante, talvez, como uma das pessoas que desfrutaram da liberdade pós-guerra, do impulso de recuperar a cidade. Seu lar. Mais uma vez, porém, ela não consegue solucionar o mistério, e a frustração com que já está acostumada a invade. O relógio avança lentamente em direção ao seu encontro com o Signor Volpe. E se ele também não conseguir juntar as peças?

23

UMA REAÇÃO IMPETUOSA

VENEZA, JULHO DE 1944

A BATIDA INCESSANTE DO SOL FAZ julho parecer interminável. Há uma tensão dentro de Veneza, não como nos verões da minha infância despreocupada – parece infinito de uma maneira diferente. O calor e o ritmo da guerra fora de nosso pequeno enclave criam uma barreira entre as forças dentro de Veneza, ambas nazista e fascista; a visão de homens nervosos com armas de fogo dá a sensação de estarmos pisando em ovos em nossa própria cidade, a mesma frágil estrutura de madeira em que nossos ancestrais pisaram cuidadosamente nos séculos anteriores. Isso faz com que todos se sintam hesitantes.

Na redação do jornal, estamos ocupados mais uma vez – o clima quente torna mais fácil a transmissão de mensagens da Resistência pelas trilhas nas montanhas e, como resultado, nossas páginas aumentaram, o que significa mais trabalho para todos nós. No geral, boas notícias são mais fáceis de escrever; o último reduto alemão de Minsk foi tomado pelos russos, e muitos submarinos alemães foram afundados. Mais importante para os italianos, os Aliados estão marchando para o norte, no lado oeste do país, tomando Cecina e Livorno, e avançando em direção a Florença. Só podemos esperar que sigam para o leste, em nossa direção, em breve.

Há outra vantagem: minha carga de trabalho, dentro e fora do escritório do Reich, o que significa que tenho menos tempo para pensar em Vito – que Sergio apenas avisa que está "bem". Mimi, eu sei, teve um contato limitado, mas até ela vigia o que diz, a fim de me proteger. Tenho que ficar satisfeita com isso.

Os dias mais claros e longos criam uma energia em mim – eu me alimento da luz, da forma como o sol atinge os telhados pela manhã e fica baixo nos *campi* ao entardecer, não querendo ceder à noite. Por outro lado, as cores brilhantes também conferem peso ao clima que se assenta como sedimento sobre Veneza – apenas uma faísca é necessária para acender a caixa de pólvora que se tornou a minha cidade.

Só que obtemos muito mais do que uma faísca.

A explosão balança as fundações profundas e antigas, ricocheteando sobre a cidade. Acaba de passar das nove da manhã e faz alguns minutos que estou traduzindo. Todos nós corremos para a janela, vemos as pessoas saindo das lojas e cafés ao longo da Piazza San Marco e imediatamente olhamos para o céu, imaginando que – apesar das promessas de preservar a preciosa arte de nossa cidade – Veneza está sendo bombardeada de cima pelos Aliados. Mas não há nada além de um avião de reconhecimento zunindo. O choque que sentimos vem do chão.

Logo se espalha a notícia de que o alvo da bomba é o prédio Ca' Giustinian, um palácio não muito longe da Ponte da Academia, de frente para o Grande Canal, e o posto de comando da Guarda Nacional Republicana. Tropas do Platzkommandantur estão correndo para lá e para cá, com gritos e desordem dividindo a quase normalidade da

San Marco. A banda do lado de fora de um dos cafés até parou de tocar seu programa de Bach e Liszt.

Não posso deixar de me perguntar se Vito estaria envolvido, apesar de sua situação já precária. Certamente que não? Tenho certeza de que seu líder de batalhão não permitiria. Sergio também, como comandante-geral. Mas é preciso pensar na imprudência intrínseca de Vito.

Estou presa no escritório, terminando a tradução que sei que será de valor para a Resistência, mas estou ansiosa para sair, apenas para avaliar os boatos na rua. Há um nível de ameaça, claramente, mas quanto e contra quem?

Como em todas as novas crises, Cristian entra e sai do escritório de Breugal com frequência. O calor da tarde significa que o general mal consegue se levantar da cadeira e, quando o faz, não oferece uma visão das mais bonitas. Pela primeira vez, quero me aproximar de Cristian com o pretexto de uma dúvida e indagar casualmente sobre a comoção lá fora. A conversa no intervalo do chá nos diz que foi uma explosão, talvez deliberada, mas não há mais detalhes. Marta desliza para fora para flertar e obter informações de um dos guardas, mas volta com pouco mais que algumas vítimas. Fascistas, nazistas ou venezianos? Fatais ou não? Não sabemos. Se for um dos primeiros, só sabemos que haverá retribuição. Retribuição violenta.

Por fim, não consigo mais suportar o suspense e vou até a mesa de Cristian, o mais casualmente que posso e com uma pergunta de tradução em mãos. Seu rosto é uma estranha mistura de preocupação e – se não me engano – um vago vislumbre de prazer. Mas raramente consegui interpretá-lo bem.

– Parece que houve uma grande reação à explosão – falo enquanto ele analisa a minha pergunta de tradução.

– Humm, sim. – É tudo o que ele diz.

Ele oferece uma solução para a minha pergunta sobre tradução, devolve o papel e diz, como um pensamento tardio:

– Infelizmente, algumas fatalidades. Feio.

Foi feio ou a resposta será feia? O que ele quer dizer? Ele não dá mais detalhes e volta ao escritório de Breugal antes que eu possa cutucar mais.

Depois do trabalho, caminho para as ruas próximas ao Ca' Giustinian, por nenhuma outra razão senão sentir que preciso testemunhar a cena, ciente de que precisarei relatá-la para o jornal. O local em si foi fechado com tábuas rapidamente, com sentinelas de rosto sombrio em guarda. O cheiro de cordite, porém, eles não têm como conter, e permanece no ar como uma névoa acre. Começo a conversar com algumas mulheres idosas que passam e parecem ser moradoras nas proximidades, perguntando casualmente se testemunharam o evento, fazendo o papel de uma vizinha confusa.

– Não é terrível? – Aponto em direção aos destroços.

– Meu marido disse que ouviu a explosão nas docas – disse uma mulher.

– Foi um grande caos – acrescenta outra. – Os guardas corriam em estado de choque, como meninos perdidos.

Minhas conversas me dão poucos dados concretos, mas vão adicionar um senso de humanidade à história, ao fundamentar como os venezianos se sentem.

A dura verdade surge mais tarde naquele dia. Há treze mortos, e a notícia logo está inundando Veneza. Nem todos são militares, mas isso não importa para o Alto Comando Nazista – todos nós sabemos que eles reivindicarão a moral mais elevada e declararão as vítimas civis como mártires quando lhes for conveniente. E esperamos a retaliação.

Que logo chega. Outras treze vidas são perdidas, dessa vez, prisioneiros do grupo militante de San Donà di Piave, nos arredores de Veneza. Eles marcharam para as ruínas do palácio, submetidos a um julgamento farsesco e fuzilados entre os escombros da explosão que claramente não causaram. Mesmo assim, são rotulados de "terroristas" nas primeiras páginas dos jornais dirigidos por fascistas; palavras exuberantes e ousadas marcando-os como traidores da Itália. Lembro-me do sentimento de alívio por ter saído do *Il Gazzettino*.

Fico triste, lívida e desesperada, tudo em um piscar de olhos. Mal consigo conter minha raiva no trabalho e, no dia seguinte, a dor de cabeça vem rápido quando sou forçada a datilografar os detalhes do incidente. Sei com certeza que o nome do meu irmão não está na lista de suspeitos, ou dos combatentes executados, mas parece pouco consolador. Pergunto-me como eles podem ser impedidos, essa máquina assassina de agressores?

Isso vai contra as nossas medidas de segurança como militantes, mas preciso localizar Sergio e implorar para fazer algo. Tenho uma ideia de onde ele estará a esta hora do dia, e atravesso a maior parte de Veneza a pé, ainda com o cuidado de me esgueirar por becos e ziguezaguear por pátios esvoaçantes com lençóis secos, usando-os como capa para os meus movimentos. Algumas das ruas estão estranhamente silenciosas na soneca da tarde, o calor e o barulho dos meus sapatos reverberando nas paredes queimadas de sol. Mais de uma vez sinto o arrepio na pele com a sensação de que estou sendo seguida, mas nestes tempos altamente tensos minha própria paranoia se intensifica.

Localizo Sergio e imploro para fazer algo para ajudar. Ele concorda com o meu pedido – a única coisa que posso fazer, preciso fazer, quando me sinto perdida, quando o mundo começa a girar. Preciso escrever, articular esses jovens e não tão jovens com palavras, apresentar seu caso por escrito e combater as mentiras que estão sendo contadas.

– Você sabe que, se imprimirmos a lista dos mortos, há uma boa chance de eles suspeitarem que vem do seu escritório? – Sergio aponta.

Ele é um homem calmo e gentil quando não está na linha de fogo, e seu tom parcimonioso me faz pensar por um momento. Da mesma forma, ele pode ver a chama em meus olhos, e apenas uma ordem direta me faria parar.

– Poderia vir de vários lugares – raciocino. – As notícias estão em toda a Veneza. Boatos da equipe ao redor do local da explosão, testemunhas da execução. Qualquer lugar.

Sergio suspira. Ele não vai acabar com meu fervor.

– Tudo bem – ele diz, sua própria frustração evidente. – Você vai para Giudecca. Mandarei recado para Arlo e os outros e publicaremos uma edição especial para amanhã. Depois disso, Stella, fique quieta. Mantenha sua rotina, sorria, seja simpática. Mas não baixe a guarda.

– Não vou – prometo. Não tenho certeza de como vou fazer isso, mas prometo a ele mesmo assim.

Quando Arlo, Tommaso e Matteo se juntam a mim no porão, já estou na metade da minha primeira página. Minha voz de máquina de escrever está batendo de forma ritmada, como se fosse por conta própria – ambas parecemos ter a mesma mensagem, e mal consigo desviar os olhos das teclas enquanto os homens descem as escadas.

– Tudo bem, Stella? – Arlo pergunta, mas há mais tristeza do que alegria em seu tom.

Tommaso traz uma xícara de café para mim e a coloca sobre a mesa com um sorriso fraco. Eu poderia abraçá-lo.

Trabalhamos com pouca conversa e brincadeiras, dado o assunto do jornal, e está perto do toque de recolher quando eu os deixo dando os retoques finais e se preparando para distribuir. Só espero que tenhamos feito justiça à causa, apresentado ao povo de Veneza as razões por trás desse chamado "terrorismo" e por que ele é uma necessidade e uma consequência da guerra. Por mais que seja errado e doloroso, a guerra gera baixas.

Sinto a presença de Popsa como no último *vaporetto* que avança em direção à ilha principal, com o sopro do vento ao meu redor como sua grande mão no meu ombro. Sinto que fiz algo – algo pequeno, talvez – para equilibrar a calúnia nazista contra aqueles homens sacrificados. Mas, como em tudo, pergunto-me se é suficiente. Será que realmente fará diferença?

A julgar pelo grito veemente saindo do escritório de Breugal quando chego na manhã seguinte, deduzo que teve algum impacto.

– Você viu isso? – Marta empurra uma cópia de *Venezia Liberare* na minha direção, a manchete proeminente de Arlo, INOCENTES EXECUTADOS, gritante na primeira página.

– Sua alteza está passada – ela suspira, e sorri em relação àquele típico comportamento nazista que somos forçados a tolerar, e o fato de que também é um pouco engraçado assistir àquilo.

Rezo para que o meu rosto não mostre o quanto conheço cada letra da impressão.

– Quando foi lançado? – pergunto, toda inocência. – São corajosos.

– Esta manhã – diz Marta. – Levei para ele com seu café da manhã e pensei que ele estava prestes a explodir. De Luca está lá desde então.

Eu me sento para trabalhar da melhor maneira que posso, embora haja uma manada de elefantes retumbando dentro de mim. Percebo apenas um pouco dos resmungos e latidos alternados vindos de dentro das portas esculpidas, mas não invejo Cristian por estar tão perto do general suado, revoltado e apoplético. Não é uma imagem agradável de se ver.

Cristian surge exausto e se concentra em telefonemas; pego fragmentos sobre patrulhas extras. Ele está falando em italiano, e me pergunto se "as patrulhas" significam os camisas-negras fascistas, os homens de ébano cujas ações são sempre agressivas, mas não consigo entender a conversa. Sinto que Cristian me olha de vez em quando e, mais uma vez, acho que ele pode vir me perguntar algo. Mas seu rosto está esgotado, seus olhos focados e seu nariz quase tocando o caderno; ele segue virando as páginas. Questiono-me se está compilando uma lista de vidas que serão irrevogavelmente alteradas como resultado.

24

DO OUTRO LADO DA LAGOA

VENEZA, JULHO DE 1944

SINTO-ME DESAMPARADA E SOZINHA ao sair do trabalho. A raiva que alimentava minha adrenalina no dia anterior afundou dentro de mim, moldando uma melancolia que não tenho esperança de colocar para fora, pelo menos não hoje. Sinto culpa também, com a admissão de que não quero fugir para a casa dos meus pais para o que voltou a ser apenas uma visita semanal. Não tenho nada para aliviar sua contínua aflição com a ausência de Vito, e tornou-se doloroso ver a Mama murchar de angústia. Mimi está em seu trabalho diário ou engajada no trabalho da Resistência. Eu a invejo por estar ocupada, mas também sei que Sergio espalhou por aí que eu deveria me manter discreta e evitar as tarefas de mensageira por algum tempo. Eu poderia me sentar no café do Paolo, mas é tão perto de casa que não terei desculpa a não ser terminar minha bebida e ir me recolher dentro das minhas quatro paredes, tendo apenas minha desolação por companhia.

Em vez disso, sento-me à beira-mar, não muito longe da San Marco, o espaço à minha frente compartilhado por uma fila de gôndolas descartadas, cinco ou seis amarradas em um amontoado. Um grande barco-patrulha passa por perto, fazendo com que a água bata nas laterais das gôndolas em sequência, o barulho quase um protesto em uníssono por seu lamentável abandono. Sinto-me igualmente desamparada.

Olho para a torre de San Giorgio e, ao longe, à sua esquerda, para o Lido, e além, para onde sei que Jack está, e seu ouvido atento para minhas aflições. Sem dúvida, também, uma distração alegre sobre o que parece ser o lado obscuro da joia reluzente de Veneza. Jack percebeu a cor cinzenta na névoa, tenho certeza disso.

Sei que estou sentindo pena de mim mesma e, por capricho, decido fazer algo a respeito. Vai contra as ordens do Sergio e é imprudente, mas embarco em uma *motonavi* para Lido. Não consigo pensar no que farei quando estiver lá, mas pelo menos estarei mais perto. Há uma combinação de uniformes verdes e cinza quando me sento no convés e adoto uma expressão neutra bem treinada, o rosto absorvendo o brilho quente do sol. Um dos soldados se esforça para chamar minha atenção e, para não confundir minha neutralidade com cara feia, sorrio de volta, encarnando mais o meu disfarce. Felizmente, nos aproximamos do cais e escapo de sua abordagem, mas sinto seus olhos nas minhas costas, e saber onde estou prestes a ir me faz suspirar de entusiasmo e medo.

Certificando-me de que não estou sendo seguida, ando decididamente até o porto menor, onde atracam os barcos de pesca. Com combustível racionado para os barcos menores, há muita procura de transporte à volta do Lido e para as outras ilhas, e avisto um dos pescadores – "velho e grisalho" é sinônimo de experiente para mim. Ele levanta uma sobrancelha para o destino que falo, mas não recusa as notas de lira que ofereço.

Chegamos ao pequeno porto ao entardecer, mas sei para onde estou indo desta vez. A mulher atrás do bar me reconhece e, com um sorriso irônico, me acompanha por algumas portas até outra cabana minúscula, sobe um pequeno lance de escadas externas e bate na porta.

– Jack, você tem uma visita – grita ela, e há um barulho atrás da porta.

Sua expressão é tudo que eu esperava – não choque, mas verdadeira surpresa e prazer. Por uma fração de segundo após a batida na porta, tive certeza de que cometi um grande erro, que ele estava com alguma garota local, e a garçonete só estava pregando uma peça cruel na pobre moça ingênua da cidade. Que eu deveria dar meia-volta e retornar a Veneza, para a segurança da minha casa e do meu coração. Mas o sorriso branco e brilhante em meio à pele bronzeada é tudo de que preciso.

– Ei, viajante, entre – diz Jack, e abre a porta.

Sinto-me muito bem-vinda. Trata-se do anexo minúsculo de um cômodo, com tábuas nuas e uma pequena pia de um lado. Na mesma hora, lembro que Jack é um militar – o quarto está organizado e arrumado, uma pequena pilha de roupas dobradas e empilhadas ao lado de um colchão sobre estrados de madeira. Há um fogareiro à parafina, um bule de chá ao lado e uma mesa em um canto coberta por uma lona áspera. Mas o elemento mais marcante é a luz; janelas em três lados da sala, da altura da cintura até o teto, fazendo com que raios cor de púrpura fluíssem pelas paredes.

– Olá, espero não estar atrapalhando...

Sou silenciada por um beijo, urgente, mas carinhoso, e não preciso mais perguntar ou me preocupar.

Aproveitamos a luz restante do lado de fora e caminhamos ao longo do porto de mãos dadas. Seu mancar está menos pronunciado agora; quase não percebe mais, diz ele, apenas uma leve pontada caso se levante muito rápido.

– Então, o que há de errado, Stella? O que te traz aqui? – ele pergunta com um sorriso irônico; não está chateado por eu usá-lo como um confessionário.

Conto-lhe sobre o crescendo das últimas semanas – o incêndio, a explosão e as execuções. A notícia chegou até ele, é claro, mas são minhas próprias reações que ele escuta atentamente, apertando a minha mão quando não consigo evitar as lágrimas. Ele me oferece um pedaço de pano do bolso – cheira a óleo de motor, mas é estranhamente reconfortante.

– Obrigada – agradeço. – Desculpe, eu não deveria vir aqui e descarregar isso em você.

– Por que não? Posso adicionar confiança à minha lista de habilidades recém-descobertas: operador de rádio, especialista em rede de pesca e mecânico de barcos.

Eu sabia que podia contar com Jack para aliviar um pouco qualquer situação.

– Pela primeira vez nesta guerra, estou me sentindo totalmente perdida – digo –, mas não tenho o direito de estar. Não perdi ninguém próximo a mim – e, aqui, expulso dos meus pensamentos a imagem de Vito estirado no chão – e tenho um trabalho. Estou orgulhosa do jornal...

– Deveria estar – ele interrompe. – É um caminho para a verdade, quando tudo o que temos são as mentiras fascistas impressas. Eu confio nele para as notícias reais.

Ele me beija mais uma vez, nos lábios, mas não além. Parece que um profundo afeto pulsa através dele. Então, abre seu sorriso de menino Jack, que é um grande conforto.

– E vejo você em cada palavra, em cada letra. Posso afirmar que é você.

– Pode?

– Claro – responde. – Então, você não pode desistir. Nenhum de nós pode. Temos de continuar, porque é isso que vai vencer esta guerra para nós. União.

Sinto-me tola ao admitir que sinto falta de Gaia e Raffiano em tempos como estes – uma invenção boba e inconstante da minha imaginação, mas minha libertação mesmo assim. De toda forma, fico à vontade para declarar isso a Jack.

– Então por que você não escreve? – ele diz e, de repente, parece tão sensato.

Tenho esperado por um propósito quando não preciso de um. Só preciso da minha máquina de escrever.

– Quando estou desanimado, escrevo cartas para minha mãe – ele continua. – Sei que não vão chegar até ela, não dá para enviá-las, mas sinto que temos algum tipo de conexão. Um dia ela vai ler.

Ele abaixa a cabeça enquanto caminhamos.

– Às vezes também escrevo para você.

– Escreve? – fico muito surpresa por ocupar um espaço em qualquer lugar perto de sua família.

– Sinto que pelo menos nos encontraremos de novo – ele agarra minha mão novamente. – E aqui está você. É claro que funciona!

Jack restaura algo em mim, não apenas com sua conversa sobre a determinação da Resistência, mas na maneira como ele encara a vida. Preso no meio do Mediterrâneo, sem nenhuma saída previsível por enquanto, ele está contribuindo de todas as formas que pode, olhando para o futuro além de uma Itália fascista liderada pelos nazistas.

Vamos ao bar e Jack fala com a mulher atrás do balcão, claramente uma de suas muitas "mães". Ela emerge com um pote com algo embrulhado em um pano e um pedaço de pão. Logo estamos de volta em seu quarto, velas espalhadas e comida colocada sobre um cobertor no chão. É a massa com camarão mais saborosa que já comi e o melhor piquenique que já fiz. Um dos gatos do porto mia na porta e Jack o deixa entrar, colocando um pires do molho do macarrão na mesa e dando-lhe um de seus camarões.

– Ele se apegou um pouco a mim, este aqui – ele diz.

– Não estou surpresa; afinal, você dá camarão para ele. Ele tem um nome?

– Só o chamo de Matey. Parece apropriado.

O gato cai em êxtase enquanto Jack faz cócegas em seu pelo branco sujo sob o queixo. Depois, ele faz chá e nos deitamos na cama, apoiados em nossos cotovelos e conversando sobre as nossas vidas além da guerra, ele me fazendo rir de seu treinamento no exército e de como o filhinho de mamãe se tornou mais durão.

O toque de recolher passa, e está claro que vou passar a noite ali. Mas não sinto pressão, nem presumo nada. Tiro a roupa até ficar apenas com as peças íntimas, ele faz o mesmo; a cicatriz em sua perna é um vergão roxo profundo. Deslizamos para debaixo do cobertor e nos beijamos. Mas não vai além disso. Não porque eu não queira, mas porque parece certo irmos devagar. Ele é tão gentil e um cavalheiro, e me faz sentir que esse é o certo. Ele acaricia meu quadril, mas não o segura, nem tenta puxar seu corpo em direção ao meu. Adormecemos com o barulho distante dos barcos e o ronronar suave do gato ao pé da cama.

A luz bombardeando as janelas nos acorda. São cinco da manhã e eu precisaria me apressar se quisesse chegar no Lido e embarcar no *motonavi* rumo à ilha principal a tempo de me arrumar para o trabalho. Mais um longo dia pela frente. Mas vale a pena o sono profundo em meus olhos enquanto o vento sopra em meus cabelos no barco de volta ao continente. Terá de ser um substituto para um banho ou mesmo para uma limpeza rápida, pelo menos por ora.

Jack facilita a separação no cais, me beijando com uma combinação de afeto e alegria, quase como se ele fosse um marido e eu, sua esposa, como se estivéssemos nos despedindo antes de um dia de trabalho.

– Não vou dizer adeus – ele sorri. – Porque espero que isso signifique que você vai voltar. Cuide-se, Stella.

Acredito em suas palavras enquanto ele acena e se vira antes que eu tenha tempo para ficar triste.

O escritório continua em estado de agitação nos dois ou três dias seguintes, apesar da ausência de Breugal e Cristian. Claramente todos se perguntam o que está por vir na guerra.

No terceiro dia, Cristian retorna. Ele me parece exausto e, depois da festa no *palazzo* – que parece distante na memória agora –, pergunto-me quanta conciliação e diplomacia ele teve de praticar. Então, penso: que bom. Ele precisa disso. Eles, o imundo Reich e seus amigos adoradores de Benito, precisam saber que iremos retaliar.

Baixo a cabeça e me concentro em puxar cada peça secreta e valiosa de informação do que está na minha frente.

– Está tudo bem, Signorina Jilani... Stella?

Vejo os sapatos engraxados de Cristian ao meu lado, aquele sotaque familiar em meu ouvido.

– Er, sim – respondo, ainda datilografando. Seus pés se arrastam e eu tenho de olhar para cima, mas sua expressão indica que não devo desviar o meu olhar de imediato. – Eu estou... Estou bem.

– Nas atuais circunstâncias?

– Sim, nas atuais circunstâncias.

Do que ele está falando? Ele está tentando atrair a minha simpatia pelos mortos, aqueles executados em retaliação?

– Eu esperava que você estivesse bem – ele continua. – Você parecia chateada.

É a primeira vez que ele me pergunta algo pessoal desde aquela noite na minha porta.

Mas não consigo sentir nenhuma generosidade depois dos últimos dias. Após trabalhar lado a lado todos esses meses, com as conversas que tivemos, ele certamente não consegue acreditar que não estou afetada. Eu olho para ele e digo:

– Sinto por qualquer mãe que perde um filho, seja qual for o lado ao qual ele se alinhe.

Forço meus lábios ligeiramente para cima, como um antídoto para a amargura dentro de mim. Pela primeira vez, posso ver, além do brilho de seus óculos, suas pupilas, que estão detidas nas minhas. Por um segundo, acho que elas – e ele – estão em outro lugar.

– Sim – ele diz. – Quanto mais cedo resolvermos isso, melhor.

Resolver o quê? E o que ele quis dizer? Cedo para os Aliados e a Resistência serem totalmente derrotados? Acho que ele é muito mais inteligente do que Hitler ou Mussolini, então com certeza não pode acreditar que nós, verdadeiros italianos, vamos observar tudo isso... essa destruição do nosso país, sem fazer nada. Mas ele está de volta à sua mesa. E, mais uma vez, Cristian De Luca é como a página em branco de um livro.

25

UMA NOVA ESPERANÇA

Veneza, dezembro de 2017

Luisa faz seu cruzeiro pelo Grande Canal ao deixar o Museu Judaico, dessa vez à luz do dia. Ainda assim, é espetacular, a cidade repleta de construções que mais parecem obras de arte, com elegantes azulejos da cor de sorvete de pistache ou grandes janelas de vidro em forma de favo de mel, vidros confeccionados tão delicadamente. À medida que a água lava a parte inferior das fachadas, marcada e manchada pelo desgaste, é difícil imaginar como edifícios de cinco e seis andares simplesmente não tombam na água. O *vaporetto* para com frequência, estalando de um lado a outro do canal em baixa velocidade, permitindo uma boa visão do interior dos belos palácios – ainda mais onde os quartos são iluminados por enormes lustres ornamentados. A imaginação de Luisa corre solta, visualizando as festas que aconteceram à beira desse trecho de água ao longo dos séculos: a riqueza e a devassidão, as relações contidas nelas. Ela pensa, então, nas casas desse trecho confiscadas pela elite nazista, e em quantos refugiados amedrontados ou venezianos nativos estavam escondidos em suas entranhas ou sótãos enquanto os festeiros tagarelavam ao redor deles.

O forte sol de inverno do final da manhã, porém, reflete apenas os tempos mais felizes e, vendo muitos amantes de braços dados, ela gostaria que Jamie estivesse ao seu lado. Sua mensagem na noite anterior tinha sido muito mais descontraída, brincando que ela encontraria um namorado italiano como guia e fugiria com ele em direção ao pôr do sol. Jamie nunca foi do tipo ciumento, sempre celebrou a sua independência, então ela sabe que realmente está de bom humor. Ela sente que eles estão em paz, pelo menos.

Luisa percorre toda a extensão do canal e depois faz a volta a bordo de outro *vaporetto*, dessa vez com destino a Giudecca, passando pela imponente igreja e torre de San Giorgio Maggiore, e depois em direção à própria ilha de Giudecca. A orla marítima da parada Zitelle está envolta em sombras e, embora Luisa possa ver algumas fachadas coloridas dos cafés, não há como duvidar de sua reputação de parente mais pobre da ilha principal. Assim que pega o mapa e segue as ruas tranquilas atrás da imponente igreja Zitelle, ela fica agradavelmente surpresa. Tem menos esplendor, sem dúvida, porém mais realismo. É onde os venezianos vivem em paz, em uma combinação de quarteirões antigos e novos.

O Instituto de História da Resistência também não lhe parece um nome apropriado. Para Luisa, o nome evoca a imagem de um bloco robusto e funcional, opaco para os padrões venezianos. Mas Villa Heriot, onde fica o Instituto, é tudo, menos isso. Situada em jardins paisagísticos, que a fazem se lembrar de férias passadas em Verona, Villa Heriot é um belo edifício de fachada dupla com uma varanda e elegantes pilares brancos, além de janelas em estilo *palazzo*. Talvez a antiga casa de um comerciante rico dos séculos passados, ela pensa. Certamente, é um cenário que combina o melhor da grandeza veneziana do outro lado das águas.

O Signor Volpe está esperando no alto saguão de entrada, em meio aos móveis suntuosos. Ele a espia de imediato, talvez pela maneira como ela examina o espaço, menos como uma turista e mais como alguém em busca de informações.

– Signora Belmont? – Seu rosto questiona o dela para confirmar, mas apenas por um segundo. – Que bom conhecê-la!

Giulio Volpe é quase exatamente como ela o imaginou. Talvez trinta e poucos anos, estatura e porte medianos, cabelos escuros e grossos e olhos brilhantes – embora azuis, não castanhos, como tinha imaginado. Ele tem a barba de um acadêmico, curta e bem cuidada, e, embora esteja vestindo calças simples e um suéter de gola arredondada por cima de uma camisa azul-claro bem ajeitada no pescoço, tudo nele exala estilo italiano, até os sapatos, que são polidos e elegantes. Um britânico com a mesma roupa nunca poderia parecer tão sofisticado, Luisa pensa. A loção pós-barba, mais picante do que enjoativa, flutua no ar quando ele aperta a mão dela com entusiasmo e um sorriso branco e brilhante. Ele tem dentes perfeitos, e Luisa já está um pouco apaixonada pelo homem que pode dar as respostas pelas quais tanto procura.

Signor Volpe – *Por favor, me chame de Giulio* – a conduz não pela escadaria central, em estilo Cinderela, mas para o jardim e através do que deve ter sido um chalé de hóspedes menor, com a mesma fachada ornamentada. Por dentro, é mais aconchegante e funcional na aparência, mas ainda mantém mais elegância do que qualquer escritório em que ela já tenha trabalhado. As paredes estão cobertas de cartazes antigos, que se tornaram sépia com o tempo, contendo palavras agora familiares a Luisa: FASCISMO! em letras pretas em negrito. Os móveis são todos de escritório do século XXI, porém, e, em cima de uma fotocopiadora, há uma gata cinza tigrada se aquecendo ao sol da janela, que mia para Giulio assim que entramos.

— Esta é Melodie — diz ele, fazendo um carinho nas orelhas. — Ela mesma se convidou para entrar, mas é uma boa companhia quando não há mais ninguém por aqui. E ela claramente adora livros.

Eu adoraria também, Luisa pensa. Há estantes de livros que vão do chão ao teto, volumes disputando cada pedacinho de espaço, com pequenas abas de papel destacando-se entre as páginas. Uma biblioteca que realmente é usada.

Ele oferece café — uma boa xícara de uma pequena máquina no canto do escritório — e parece ansioso para começar. Luisa abre Daisy e mostra a Giulio o que ela tem: uma combinação de documentos cuidadosamente fotografados e uma seleção das preciosas fotografias originais que conseguiu encontrar. O arquivo lacrado e sua bolsa estiveram com ela durante toda a viagem de Bristol a Veneza.

O rosto de Giulio ilumina-se ao manusear as bordas fibrosas das fotos, como se houvesse um tesouro sob seus dedos. Ele coloca um par de óculos de leitura — armações elegantes e modernas — e depois pega uma lupa. Ele contempla os rostos, mas, além disso, está em busca de pistas de data e lugar, onde aquele momento havia sido congelado no tempo.

— Então, o único nome que você tem é Stella? — ele confirma. — Não tem sobrenome italiano?

— Não, infelizmente — diz Luisa. — Eu olhei a certidão de nascimento da minha mãe, mas ela apenas afirma que o antigo nome de sua mãe era Hawthorn. Não acho que isso possa estar certo, mas suponho que seja possível que ela tenha se casado antes do meu avô. Ela assinava com o nome de Hawthorn, mas o nome dele era Benetto. Giovanni Benetto.

Luisa vê algo faiscar nos olhos de Giulio Volpe. Este é o seu campo de especialidade – objeto de sua tese de doutorado –, e ela tem a sensação de que ainda há muito para descobrir sobre a Resistência veneziana. E está claramente encantado por fazer o papel de detetive.

– Bem, vamos começar a procurá-la – ele diz, exibindo novamente o brilho dos dentes.

Giulio conduz Luisa ao subsolo, seguido por Melodie e seus miados, e ela é atingida por um sentimento familiar; o mesmo odor bolorento de vidas estampadas no papel, o cheiro seco e, ao mesmo tempo, úmido, do sótão de sua mãe na primeira descoberta da máquina de escrever escondida. Seu nariz se contrai como da outra vez.

Giulio puxa gavetas grandes e planas dos armários independentes que ocupam o subsolo e retira arquivos de fotos. O coração de Luisa dispara e, depois, afunda com as centenas, possivelmente milhares, de fotos que eles precisarão vasculhar para encontrar apenas uma imagem. Sua avó está escondida entre elas? Ela se sente animada e apreensiva ao mesmo tempo.

Sem palavras, Giulio entrega-lhe uma segunda lupa, e os dois começam a vasculhar o mar de rostos, com o punhado de fotos de Luisa entre eles. Ela trouxe a original de "S e C" na San Marco, mas Giulio concentra-se em uma foto anterior, em que o rosto de Stella é mais jovem, com cabelo solto e mais livre; ela está em um grupo de amigos em alguns degraus, seus braços casualmente ao redor de dois homens de cada lado. Sem querer cair em estereótipos, eles parecem rebeldes combatentes – as roupas sugerem que eles não se encaixavam. À direita, era possível ver apenas a borda de algum equipamento militar, talvez a base de uma arma.

Luisa e Giulio examinam o material com minúcia por meia hora, os olhos varrendo de um lado para outro, respiração regular e concentrada evidente. O estômago dela está roncando, o que a faz se lamentar por não ter almoçado antes da reunião.

– A-há! – Giulio grita de repente. – Aqui está ela!

– Você a encontrou? – O coração de Luisa bate de surpresa e alívio. Giulio ergue os olhos, quase se desculpando.

– Não, ela não, mas outra pessoa da fotografia. – E a esperança de Luisa volta a se instalar no peito. – Uma das mulheres aqui. – E ele aponta para uma figura com um sorriso largo e envolvente na foto do grupo. – Ela também está aqui na imagem do nosso arquivo.

Eles espiam de novo para verificar a semelhança. É definitivamente ela, e a etiqueta no verso da foto de Giulio a identifica como "Mimi Brusato, militante". Frustrantemente, ninguém mais na foto tem nome, então sua avó permanece sem identidade. Ainda assim, já é alguma coisa. Também confirma a Luisa o que ela já suspeitava: sua avó era muito mais do que uma doce velhinha que dava os melhores abraços.

Eles continuam pesquisando por mais uma hora, e, enquanto Giulio seleciona várias fotos possivelmente relacionadas a Mimi Brusato, ela continua sendo a única pista. Stella Hawthorn ainda é, por enquanto, um fantasma.

O leque de novas fotos, no entanto, faz a alegria de Luisa, que pinta com a sua própria paleta os cenários em preto e branco, imaginando as infinitas cores da guerra em Veneza, exceto aquele cinza. Mesmo em meio às tragédias sobre as quais ela leu, os cidadãos daquela época tentaram aproveitar a vida, saborear os laços de amigos e familiares, que não poderiam ser quebrados pelo governo nazista. Apesar do racionamento, as mulheres eram charmosas e vibrantes; os homens também, em seus surrados – porém estilosos – "uniformes" de militante. A imprecisão das fotografias pode muito bem ter disfarçado uma boa dose de remendos, a política de "costure e use de novo" da Grã-Bretanha da guerra, mas os venezianos, sem dúvidas, trabalharam duro para manter a sua arraigada elegância.

Giulio baixa a lupa e estica as costas na posição vertical, esfregando os olhos por trás dos óculos.

– Acho que talvez já tenhamos esgotado isso por hoje – diz ele, e Luisa fica desapontada e aliviada, pois sua coluna e estômago estão reclamando na mesma medida.

No entanto, é o mais perto que ela já esteve de puxar o fio da outra vida de sua avó. Ela sente que a resposta está tão tentadoramente perto.

– Vou fazer uma busca nos arquivos do nosso computador esta tarde – diz Giulio. – Nesse entretempo, posso sugerir alguns locais para você visitar. Infelizmente, não há sobreviventes vivos, que eu saiba. Temos alguns testemunhos de venezianos antes de falecerem, mas estão todos em italiano. E há algumas memórias de crianças, mas nelas há pouco sobre o funcionamento da Resistência.

Ele nota a leve decepção de Luisa.

– Não se preocupe, nós a encontraremos – ele a tranquiliza. – Ela está aqui em algum lugar. Posso sentir.

Não foi uma tarde perdida, embora Luisa ainda sinta que está confiando demais em Giulio e não em suas próprias habilidades obstinadas para a pesquisa. Está ansiosa para brincar de detetive à sua maneira. Ainda assim, ele parece muito feliz em ajudar, a persistência de um cão atrás de um osso, a marca de um verdadeiro historiador.

Ela anda um pouco pelas ruelas de Giudecca – têm um clima tranquilo, um homem ou uma mulher passando com uma sacola de compras, e ela pode ouvir a agitação de um parquinho de escola em algum lugar. Mas é bem calmo, e ela tenta se imaginar em um mapa de satélite – em uma pequena ilha no meio de uma lagoa, no meio de um vasto mar. Tudo parece muito bizarro.

Ela é puxada de volta ao presente pelo bipe de seu celular, com uma mensagem de Jamie: *Oi, Sherlock, tudo bem? Alguma novidade ou progresso? Me liga mais tarde. Te amo.* Mensagens geralmente falham na expressão de emoções, mas desta vez fica claro – ele está de bom humor. Talvez tenha tido um retorno do teste, ou a promessa de ganhar o papel. Uma parada para comer em um pequeno café à beira-mar reforça o carinho de Luisa por Giudecca; os melhores minestrone e *arancini* que já provou, cobrindo suas papilas gustativas e confortando o seu estômago.

Com a luz que resta, ela visita diversos memoriais na ilha principal sugeridos por Giulio. Ela encara por uma eternidade a pungente figura de bronze moldada na Riva dei Sette Martiri – Monumento aos Mártires: uma mulher solitária, prostrada, metade dentro e metade fora da maré que se aproxima, seus pés caídos, não serena, mas cruelmente largada como morta. Tal como aconteceu com os nomes no Museu Judaico, Luisa tenta imaginar a mulher de outra forma que não ali, estagnada – os filhos e filhas ou netos que poderia ter tido, as vidas que teriam sido vividas se não fosse pela luta. Com as emoções e frustrações do dia, Luisa não consegue conter as lágrimas que correm e começa a procurar um lenço de papel.

Mas ela tem sorte. De uma coisa está certa – algo que sua própria memória, sua própria existência, de fato, pode confirmar: sua avó Stella sobreviveu ao redemoinho da guerra. Mesmo que esteja perdida agora, não ficará assim para sempre, e esse pensamento cria um calor que substitui a dor no coração de Luisa.

Ela está sentada em um banco, documentando a atmosfera veneziana com Daisy como companhia – desta vez em uma bela praça

– quando seu celular toca. Um número da Itália: pode ser apenas uma pessoa.

– Olá, Giulio – diz Luisa, com certa cautela.

Ele está ligando para dizer que chegou a um beco sem saída, que Stella Hawthorn não existe em nenhum lugar de seus registros?

– Luisa – ele diz com urgência, sem conseguir disfarçar a emoção em sua voz. – Acho que a encontrei. Acho que sei quem era a sua avó.

26

VINGANÇA

Veneza, início de agosto de 1944

A cidade ainda está se recuperando da explosão quando sua raiva aumenta de novo e, desta vez, as consequências ameaçam se espalhar por toda a cidade. Um guarda alemão desapareceu na orla, o comando nazista alegando que ele foi assassinado. Fico sabendo das novidades no meu caminho para o trabalho, vendo Paolo gesticulando freneticamente para mim da entrada do café.

– Os nazistas estão dizendo que haverá retaliações, piores que da última vez, que vão dar uma lição nos rebeldes e em qualquer colaborador. – É raro seu rosto jovem adotar uma expressão preocupada, mas hoje sim. – Cuidado, Stella. Mantenha olhos e ouvidos abertos.

Tanto a San Marco quanto o escritório do Reich estão estranhamente quietos e, pela primeira vez, preferiria tolerar a raiva declarada de Breugal a não ouvir nada.

– Está acontecendo alguma coisa? – pergunto a Marta, de maneira inocente, enquanto o capitão Klaus entra e sai do escritório de Breugal em poucos minutos, segurando um arquivo que pegou no gabinete interno.

– Não sei – responde Marta. – Fala-se de algo sendo planejado, mas nada saiu do escritório de sua majestade. Ele foi embora há algum tempo.

Fico mais preocupada com a ausência de Cristian. Ele é difícil de entender, mas há momentos em que posso pelo menos avaliar algo de seu comportamento em relação a mim. Qual é o sentido de estar aqui, na cova dos leões, quando não consigo colher nenhuma informação relevante o suficiente evitar pelo menos alguns dos horrores que estão para acontecer?

No final, toda a Resistência é pega de surpresa pela maldade das ações dos nazistas. Eles pretendem dar uma lição aos venezianos, e "olho por olho" não é mais suficiente. Na grande matança comandada pelos nazifascistas, invadiram casas e prendem um grupo de inocentes, bem mais de cem no total, com mais trezentas e cinquenta como testemunhas – incluindo mulheres e crianças. Na manhã seguinte, todos marcharam em uma grande faixa até Riva dell'Impero. Fica a poucos metros de onde cresci, e posso imaginar todos amontoados na orla, sem saber o horror que logo testemunharão. Eles podem estar esperando um grande navio que os levará para longe de tudo que conhecem e amam – famílias, noivos, pais –, tremendo com a ideia de viajar para o leste, para os campos de concentração.

Em vez disso, porém, sua penitência por serem italianos é assistir a um assassinato a sangue-frio; no clarão da manhã, sete jovens prisioneiros são trazidos para fora, amarrados em uma linha por cordas, seus rostos exibindo as marcas roxas e inchadas da tortura dos camisas-negras ou da Gestapo. O mais forte e os menos espancados seguram os enfraquecidos, determinados a manter a cabeça erguida, apesar do medo, sem dúvida, percorrer seus corpos. Crianças de todas as idades são forçadas a ver o destino desses homens como consequência de terem desafiado o regime nazista, uma morte rápida e certa. Não há julgamento ou evidência, nem mesmo fingimento por parte dos nazistas de que capturaram alguém de fato responsável pelo guarda morto. Esses sete homens enfileirados carregam sua culpa apenas por serem italianos.

Eles são executados um a um, cada bala fatal ecoando no quase silêncio, cada corpo caindo e puxando a corda dos outros em direção ao seu lugar no chão. Homens, alguns ainda jovens o suficiente para serem chamados de meninos, afundam enquanto seus corpos são perfurados por balas, as testemunhas marcadas por serem forçadas a assistir ao desperdício de vidas destruídas. É nesse momento que ninguém pode acusar os venezianos de terem uma "guerra branda".

É provável que eu esteja acordando em minha cama confortável, contemplando o dia que virá, quando as balas rasgam o ar e os corpos caem. Ouvi mais tarde que Breugal se dirigiu à multidão reunida alertando sobre o aumento das represálias se a matança de seu pessoal continuasse. Sem dúvida, ele estufou o peito amplo, os botões quase estourando, e se sentiu orgulhoso de suas ações. Pior ainda, os curiosos são levados para a prisão de Santa Maggiore como reféns, e todos os homens com idades entre seis e sessenta anos que cruzam o seu caminho também são presos, pois Breugal põe em prática a sua ameaça de punir qualquer um que o desafie.

Fico chocada ao ouvir os detalhes horríveis depois de uma testemunha ocular ter visto tudo do telhado. Ela está com os olhos vermelhos e ainda tremendo – de descrença e tristeza, mas também de pura raiva. Ela quer falar, entender e fazer uma descrição gráfica do horror.

– Você deve contar como é, reproduzir o rancor daqueles desgraçados. – Ela cospe no conhaque de que precisa para acalmar os dedos trêmulos. – Aqueles pobres meninos. Eles estavam com tanto medo, você podia ver na maneira como andavam. E ainda assim tão corajosos... ficaram de cabeça erguida.

Ela toma outro gole do álcool, estremecendo com o líquido ardente enquanto o engole.

– Prometa que fará com que todos vejam como foi brutal e insensível – diz ela. – Isso é tudo que peço.

O que mais posso fazer, além de prometer que farei isso?

Minha própria raiva vai se intensificando conforme me aproximo de Giudecca. Mais uma vez, Sergio sancionou uma edição extra do jornal; toda a Resistência Veneziana é mobilizada para ficar em guarda, esgueirando-se pelas portas para alertar sobre a raiva exacerbada de ambos os lados, anulando qualquer chance de Veneza se tornar um campo de batalha. Os comandantes da Resistência ainda defendem uma ação clandestina, apesar de alguns argumentos convincentes entre os militantes mais zelosos em prol do combate direto. Os nazistas e os fascistas combinados ainda têm poder de fogo superior e controle da passagem para a Itália continental, de onde podem convocar tropas extras. Temos que esperar o nosso momento. Eu, pelo menos, entendo sua raiva latente, mas também respeito a resposta calma e sensata de Sergio. Somos melhores como azarões e ainda mais eficazes quando trabalhamos furtivamente.

Penso em Popsa enquanto tiro o pano que cobre a máquina de escrever – sua crença de que posso mudar as coisas com palavras, este equipamento de metal como minha arma. A raiva e a frustração que sinto passam pela ponta dos meus dedos enquanto escrevo os textos que se alimentam de uma variedade de mensagens transmitidas por *Staffettas* para o nosso porão despretensioso, agora um viveiro da rebelião. Arlo e Tommaso parecem igualmente sérios, e trabalhamos quase em silêncio, exceto pelo barulho urgente vindo da minha mesa. Arlo monta a sua melhor primeira página e Tommaso faz uma ilustração sóbria do sofrimento, refletindo o evento como um crime implacável e um triunfo para os italianos, que permanecem firmes em seu amor pela nossa cidade e pelo país. Nazistas e fascistas emergem como os perdedores, ao verem que, sem humanidade, murcharam-se até se tornarem um nada.

Ao enviar as minhas páginas para Arlo, ainda estou em chamas. Tenho muito mais transbordando em mim, e só há um canal onde posso derramar. Gaia e Raffiano chovem dos meus dedos – morte e tristeza podem não ter lugar em uma história de amor cotidiana, mas esta é a guerra. No aqui e agora, elas têm lugar. Teço vislumbres de esperança também: naqueles que ficaram para trás, na tenacidade de pessoas normais que não serão intimidadas por brutamontes e na graça de suas reações – venezianos dignos, protegendo a sua cidade com orgulho.

Arlo, posso dizer, está exausto. Só descobri mais tarde que um primo de segundo grau dele está entre os sacrificados – talvez o combustível para sua determinação naquela noite –, mas ele segue em frente. A esposa de Matteo, Elena, nos traz comida e, quando finalizamos o jornal, enfim nos sentamos ao redor da mesa ampla, sentindo-nos como travesseiros sem penas, quase sem dizer qualquer palavra, mas com muitos pensamentos entre nós. Arlo pega meu capítulo escrito às pressas e seus olhos cansados examinam as palavras. Vejo sua boca enrugar e me pergunto se eu deveria tê-lo impedido de ler.

– Devíamos publicar isto também – diz ele calmamente. – Deve fazer parte do nosso testemunho.

– Mas Sergio não...

– Não importa. Vamos fazer isso – responde. – É uma mensagem boa demais para ser ignorada.

Tommaso sai de sua concha silenciosa e acena com a cabeça em sinal de que concorda com o plano, então pegamos o mimeógrafo. Matteo é despachado para avisar aos que estão amarrando os maços de jornais impressos que temos algo a acrescentar. Acionamos a manivela da velha máquina.

O toque de recolher é perdido mais uma vez, e aceito a cama oferecida por Elena, com instruções estritas para ela me acordar às seis da manhã, quando o irmão de Matteo me levará para o outro lado. É mais importante do que nunca manter a minha fachada no escritório do Reich, mostrar os olhos acesos e aparentar ver as ações de Breugal como uma força. Meu comportamento dentro do escritório pode refletir o humor da cidade, claro, mas não posso demonstrar que estou perturbada. Como sempre, devo ser uma patriota que compartilha da visão distorcida de Mussolini.

Venezia Liberare atinge a correnteza das ruas exatamente quando estou caminhando para o trabalho. Preciso urgentemente lavar o cabelo, e minha pele reflete um cinza neutro no meu espelho minúsculo do banheiro, mas disfarço as rachaduras com maquiagem e arrumo meu cabelo em uma onda com pentes e grampos. O sorriso para os guardas é falso, mas se tornou tão automático que quase não noto que estou fazendo isso. Acho que um dia meu rosto pode ficar paralisado nessa posição, e vou ser colocada no meu caixão com um sorriso ricto.

O escritório está meio vazio – Marta está ausente, o que é atípico, e outra datilógrafa ocupa seu lugar. Minhas sobrancelhas erguem-se para uma das outras garotas, e ela encolhe os ombros, demonstrando sua própria curiosidade. Posso ouvir os tons ásperos de Breugal atrás da porta e os murmúrios do capitão Klaus. Dados os acontecimentos dos dias anteriores, a atmosfera está estranhamente normal. Mas, longe de me tranquilizar, isso apenas cutuca a cobra de preocupação alojada no meu estômago.

Cristian sai da toca de Breugal vinte minutos depois, e mal o reconheço. Ele está vestido informalmente e seu rosto parece quase tão pálido quanto algodão. Ele coloca seu bloco de notas sobre a mesa sem dizer uma palavra e pega o telefone, emitindo um tamborilar baixo e urgente no bocal. Eu olho uma ou duas vezes durante a manhã, mas ele está totalmente focado em suas tarefas. Apenas uma vez ele se aproxima e me pede para datilografar uma lista de nomes – uma longa lista. Sei que provavelmente são aqueles que estão sendo mantidos como reféns após as execuções públicas, mas é só um registro e nada mais, nenhuma informação sobre paradeiro ou destino.

Quando ele está ao meu lado, arrisco uma pergunta.

– Cristian, você está bem? – pergunto isso com o meu melhor tom de preocupação, e me questiono o quanto disso é fingimento.

Ele fica assustado, sua testa franze, os olhos se estreitam. Por um momento, acho que ultrapassei a linha de nossa pseudoamizade.

– Sim, estou só cansado – diz ele. – Tive dias corridos.

Corridos? É assim que ele descreveria? Fico surpresa com a sua falta de empatia, mesmo para um funcionário fascista. Não há um pingo de compaixão, mesmo por seus compatriotas? Mas, então, lembro-me de que ele foi treinado para não demonstrar.

– Eu só pensei que talvez houvesse alguma epidemia por aí – declaro. – Marta não costuma faltar ao trabalho.

Dessa vez ele me encara; os malditos óculos escondendo muito de seu verdadeiro eu.

– Marta não vai voltar – ele diz rispidamente. – Uma substituta chegará em breve.

Ambas as sobrancelhas se erguem talvez um milímetro, então ele se vira e volta para a sua mesa. Minha mente dispara. Para onde foi Marta? Ela era – como suspeitei nas primeiras semanas – parte da Resistência, desempenhando a mesma função que eu? Mais preocupante que isso, teria ela sido capturada e levada para as entranhas do Ca' Littoria – o quartel-general fascista –, sabe-se lá para que tipo de tortura?

Meu estômago dá nós pelo resto da manhã, e não tenho condições de enfrentar o almoço. Tendo memorizado dez ou vinte nomes de cada vez, faço viagens frequentes ao banheiro e os rabisco em pedaços de papel para serem guardados no sapato. Estou aliviada por nenhum dos nomes ser familiar para mim – e especialmente feliz por não ver o de Vito – mas estou bem ciente de que são familiares para alguém e, com certeza, conhecidos da Resistência.

Cristian sai em seu horário habitual, por volta do meio-dia, e retorna trinta e cinco minutos depois, jogando um jornal dobrado sobre a mesa – um exemplar do novo *Venezia Liberare*. A manchete de Arlo na primeira página. Noto que Cristian não o leva consigo quando é chamado ao escritório de Breugal. Também me pergunto quanto e quão literalmente ele traduzirá para o general, dada a raiva e as consequências provocadas pelos nossos impressos anteriores.

O jornal fica na mesa de Cristian durante toda a tarde, e é só no final do dia que ele abre as páginas – é uma pequena edição de apenas duas folhas de papel almaço, mas vejo a única folha mimeografada cair por entre as dobras. Juro que sinto minhas bochechas e orelhas queimarem quando ele tira os óculos e inclina a cabeça em direção à impressão, uma mão na testa, os dedos inquietos com o estresse do dia. Estou colocando a capa na minha máquina de escrever quando ele termina de ler, dobra as páginas impressas e as coloca sob uma pilha de outros papéis. Por um minuto ou mais, ele permanece sentado, olhando pela janela, para os pombos na San Marco. Há poucas pessoas por perto, e seu rosto não expressa quase nada. Sinto naquele momento que daria muito para estar dentro da cabeça de Cristian De Luca, até porque os seus pensamentos poderiam ter graves repercussões para a decapitação da minha própria cabeça.

Apesar do brilho de damasco do sol e da beleza aparentemente infinita da noite, quero ir para casa, ficar entre as minhas quatro paredes e deitar-me na cama com a janela aberta, ouvindo a vida normal da pequena praça lá fora e talvez caindo em um sono profundo. No caminho, compro todos os vegetais e massas que consigo encontrar e paro no café do Paolo para avisar que tenho informações – ele sabe o que fazer com elas.

– Sergio quer ver você – diz ele, olhando para mim como se estivesse repreendendo uma criança pequena e gesticulando para a cópia de *Venezia Liberare* sob o balcão.

– Eu já estava esperando – digo, mas, para ser sincera, estou cansada demais para me concentrar muito em uma reprimenda.

Tenho orgulho do capítulo de Gaia e Raffiano, mesmo que seja o último. Meu sono é perturbado por imagens de entes queridos e prisões, eu correndo sem parar pelas ruas da cidade em turbulência, mas estou grata por conseguir dormir.

Na manhã seguinte, Sergio pede uma reunião em uma casa segura no bairro de Santa Croce, não muito longe da estação, e me preparo para uma bronca. É uma manhã de sábado e preciso enfrentar seja lá o que o meu comandante diga para mim e, depois, prosseguir com o meu fim de semana. Mama e Papa precisam muito de um pouco de atenção de sua única filha atualmente presente; Vito parece ainda estar escondido, para o meu alívio. Seguro, pelo menos.

– Stella – Sergio diz quando eu entro. – Sente-se.

Os residentes da casa vão para outro cômodo e somos deixados sozinhos, apenas com um pequeno pássaro azul em uma gaiola, que gorjeia de vez em quando.

As sobrancelhas largas de Sergio, muito mais grisalhas agora do que quando o conheci, estão bagunçadas. Eu penso em dar uma desculpa, balbuciando sobre a minha frustração e raiva. Mas, assim como quando enfrentava um professor bravo nos meus dias de colégio, acho melhor não tentar me safar – optando simplesmente por engolir o castigo.

– Stella, o que você fez foi precipitado e contra as ordens – começa ele.

– Eu sei – admito. – Sinto muito. Não vai acontecer de novo.

A contração das sobrancelhas sinaliza algum alívio para mim.

– Bem, esse é o problema – ele continua. – Não estou desculpando seu desrespeito às ordens de comando, mas sentimos que as suas ações foram justificadas nas circunstâncias.

Todos os músculos me preparando para o ataque verbal afundam em meu corpo, e fico quase mole de alívio.

– Sério?

O pássaro expressa a sua concordância com um pio.

– Sim – ele suspira ao se recostar e, pela primeira vez, vejo uma verdadeira tristeza gravada em seu rosto.

Sem dúvida havia pessoas entre os mortos ou testemunhas que ele conhecia. Ele deixa transparecer por apenas um segundo, depois se levanta e inclina-se na minha direção.

– Depois do que aconteceu esta semana... – ele mal consegue dizer as palavras – nós precisávamos de alguma válvula de escape.

Sua história foi bem recebida novamente. A gente em Veneza precisa de alguma distração após o ocorrido.

– Mas e o Reich? – questiono. – Queremos atrair uma reação deles? De ódio?

– Talvez seja a hora de fazermos isso – diz ele. – Do jeito que esta guerra está indo, em algum momento podemos ficar em uma posição de maior poder.

Noto que ele não diz "em breve", embora a Rádio Londra nos fale sobre o avanço gradual dos Aliados pela Itália e da expulsão dos alemães de Florença. Estamos todos orando para que eles cheguem ao nosso pequeno enclave. Logo.

O pássaro pia novamente e nos traz de volta ao momento.

– Então, se você estiver disposta, queremos que você reintroduza a sua história toda semana – diz Sergio. – É possível?

Digo que sim, porque o casal de amantes ainda vive dentro de mim – sinto que eles têm obstáculos a enfrentar, como todos nós, mas também têm um futuro.

– Porém – Sergio acrescenta, as sobrancelhas graves mais uma vez –, você precisa ter cuidado e avaliar o clima no escritório do Reich. Se suspeitar de qualquer perigo para si, use as palavras em código e saia. Pelo que sei de Breugal, ele pode parecer um idiota esnobe, mas é cruel. Para homens, mulheres e crianças. Ele não hesitará.

Ele não entra em detalhes. Não precisa. Já vi muito ódio à minha frente – e aquelas pobres testemunhas vítimas da ira de Breugal – para questionar a preocupação de Sergio.

27

VERÃO SANGRENTO

VENEZA, FINAL DE AGOSTO DE 1944

HÁ UMA REAÇÃO MUDA DO REICH à nossa edição especial – ou, pelo menos, nenhuma explosão vinda do gabinete interno do escritório de Breugal. Nas ruas e esquinas, não se fala de outra coisa entre os venezianos; sobretudo rumores sobre a atrocidade, mas alguns sobre o ressurgimento da minha história. Os nazistas talvez estejam diminuindo suas reações e mantendo a discrição, já que o guarda "assassinado" foi retirado da água apenas um dia ou dois após as execuções sem sinal de bala ou de violência. É óbvio para todos que ele estava bêbado e se afogou por acidente. Em uma reviravolta sem precedentes, os nazistas libertam todos os reféns poucos dias após as mortes – eu sei porque datilografo as listas de soltura – e nenhum deles é enviado aos campos de concentração a leste. Isso parece ser o mais próximo que Breugal consegue chegar de parecer envergonhado, mas sua carranca de granito não se suaviza.

Isso me dá coragem renovada para seguir em frente com Gaia e Raffiano. Após a tragédia – um lembrete cruel de que a vida pode ser extinta sem aviso prévio –, o amor deles é consolidado de maneiras que todos os italianos conhecem, mas minha linguagem, a essa altura, deve ser opaca. Raffiano está entre os presos na captura de homens, e a angústia de Gaia é incomensurável; sua ausência a convence de que, se e quando eles se reencontrarem, nunca devem se separar novamente por ignorância ou preconceito. Quando Raffiano é então libertado, quando o erro dos nazistas é descoberto, recorro a todos os meus poderes de escritora para traçar descrições sutis, criando uma narrativa nas entrelinhas em que o amor prevalece, sem ofender o leitor estritamente católico ou passar aos nazistas dicas sobre a existência de um casal que esteja passando despercebido por eles. Acho que atingi o meu objetivo quando vejo a expressão compreensiva no rosto de Arlo enquanto ele revisa e imprime as folhas.

O calor é interminável até agosto, aquecido ainda mais pelas brutalidades do que está sendo rotulado nos cafés e mercados como o "verão sangrento" de Veneza. O horror que sentimos da crueldade dos inimigos reacende quando eles atacam um sanatório para judeus. Mesmo sendo pessoas com deficiências mentais ou físicas, apesar de seus apelos e lágrimas, os residentes são arrastados de seu lar e levados para o leste, quase certamente para morrer.

Todos os dias, ouvimos o bombardeio de Marghere e Mestre, do outro lado da ponte, sabendo que isso afetará o nosso abastecimento de água, e uma quantidade cada vez menor de comida chega à cidade. Os que trabalham na água não se saíam melhor – pescadores acostumados a se arriscar na lagoa são facilmente avistados por aviões Aliados e frequentemente metralhados, talvez confundidos com patrulhas alemãs. Nós, da Resistência, nos sentimos alinhados à Grã-Bretanha e aos Estados Unidos em nossos objetivos, mas temos de nos lembrar de que a Itália de Mussolini continua sendo inimiga dos Aliados; um navio-hospital alemão, sob a bandeira da Cruz Vermelha, o *Freiburg*, é atacado por aviões Aliados perto da

San Marco, com grandes perdas de civis. A água ao nosso redor continua com seu sólido verde-jade, mas, caminhando ao longo dos canais, juro que às vezes a vejo vermelha com o sangue dos cidadãos.

Resta-nos ganhar força com as notícias dos Aliados avançando em outras partes da Itália e da Europa, sentados com os ouvidos colados ao rádio na redação do jornal, tentando captar notícias da Rádio Londra saindo de nosso minúsculo alto-falante. Estamos tristes com o severo ataque ao centro de Londres por bombardeiros v-1 nazistas, o que me faz pensar em Jack e em como ele se sentiria se também estivesse ouvindo, com a ansiedade por sua família e o amor por sua cidade. Sinto uma pontada por ele, por seu corpo perto do meu naquela noite especial, mas sei que é muito perigoso repetir a viagem. Só espero que a guerra seja vencida ou que haja uma pausa suficiente na turbulência para arriscar outra visita.

– Você soube da Revolta de Varsóvia? – Tommaso chega ao porão sem fôlego em um dia de agosto, sua excitação evidente. – Finalmente os poloneses são capazes de reagir com coragem.

Não posso deixar de me animar com sua alegria de que haverá um futuro para todos nós contemplarmos. Nascido em uma família rebelde, ele está radiante ao pensar na oprimida nação polonesa conseguindo se defender.

Outros lugares da Europa, como Bordeaux, Bucareste, Grenoble e, depois, Paris estão sendo recuperados pelos Aliados, em "efeito dominó", como brinca Arlo, antes de acrescentar em tom sério:

– Ouvi algumas pessoas na ilha principal reclamando que o ataque à França está tirando o foco da Itália, atraindo as tropas Aliadas que poderiam estar avançando nas linhas alemãs em nossa direção – sua sobrancelha envelhecida prematuramente se franze. – Mas tento esperar que Veneza não tenha sido esquecida. Eles passarão por aquela ponte um dia. Não passarão, Stella?

Tudo que posso fazer é assentir e ter esperança.

Eu afundo nos meus esforços como *Staffetta* e nas demandas contraditórias enquanto me sento diante das diferentes máquinas de escrever – a máquina sólida e eficiente no escritório do Reich e meu próprio teclado ligeiramente inclinado, escondido em nosso minúsculo porão. Sei qual prefiro, qual delas revela o melhor de mim, mas também sei que meu papel diurno envolve pouco sacrifício além de engolir a raiva infantil de Breugal e seu olhar ocasional e repulsivo quando passo meus relatórios. Sinto um pequeno consolo por não ser a única datilógrafa a ter de suportar isso, mas, mesmo assim, estremeço. E sorrio, é claro, enquanto me esgueiro para fora de seu alcance. Cristian parece não se comprometer e raramente fala, a não ser sobre questões de trabalho. O mais preocupante é que o capitão Klaus está passando mais tempo no escritório, percorrendo as fileiras de datilógrafas e inclinando-se sobre os nossos ombros enquanto trabalhamos, seu hálito azedo de cigarro invadindo nosso espaço. Nenhuma de nós sabe o que ele está procurando, mas tomo cuidado para não datilografar mais anotações na minha mesa, forçando a minha memória a trabalhar duro e indo mais frequentemente ao banheiro.

Após o retorno de Gaia e Raffiano, os primeiros três ou quatro episódios aparecem sem muita antipatia por parte do escritório do Reich. Estou ciente de que Cristian os está monitorando quando o vejo lendo semana após semana, colocando as folhas extras em uma pilha em sua mesa, mas questiono se ele os mostra para Breugal ou não. Parece que o general está com a cabeça enterrada na arena da guerra, à medida que novos atos de sabotagem militante ocupam seu tempo e suas tropas. A cada semana, tento extrair elementos das notícias que recebemos da Resistência e tecer a reações dos amantes na minha história espelhando o que os venezianos podem estar sentindo; o humor do casal oscila entre raiva e desespero, fome e apreço pela vitória.

O verão sangrento dá lugar ao outono e ao clima mais fresco, uma lufada de frio enevoando as manhãs do outro lado da lagoa. Isso em si é um alívio, mas meu coração aperta com a ideia de que podemos ter de suportar outro inverno nos escondendo na neve em nossa própria cidade. Os Aliados estão avançando pelo norte da Itália, mas a nossa libertação ainda parece distante, as milhas e o tempo se estendendo cada vez mais, como a espera do Natal de que me lembro quando criança.

Alguém vai acabar cedendo e, em minha pequena órbita, é Mama quem cede. Vito ainda está escondido, embora eu suspeite que ele participe de pequenos atos de sabotagem. Tudo que posso fazer é relatar que ele está vivo, já que isso é tudo que sei. Mas Mama estava acostumada a tê-lo por perto – talvez por causa de sua deficiência, ela sempre o protegeu um pouco mais. Ela parou de questionar quais seriam as minhas fontes desde que eu pudesse lhe garantir que ele está bem, mas se curva diante da tristeza de sua ausência. Papa tenta convencê-la a se alimentar enquanto ela empurra uma pequena porção de polenta no prato, a pele esticada nas maçãs do rosto proeminentes. É o coração dela que estremece em seguida, e recebo a mensagem que temia, mas meio que esperava – que ela está no hospital. Corro para encontrá-la pálida e magra em uma maca, Papa curvado em uma cadeira ao lado, a vida quase sugada para fora dele.

– Ah, Stella – ele suspira. – Quando tudo vai melhorar?

Posso dizer que ele está pensando que perderá quase toda a sua família, não para uma batalha, mas para as longas e prolongadas consequências da guerra. Um médico me diz que acha que a Mama está apenas de coração partido e descarta qualquer cura física. Acho que, se ela pudesse ver Vito, tocar seu rosto e ouvir sua voz, seria o remédio de que ela precisa, mas é muito arriscado em um hospital tão vigiado. Papa parece pálido de preocupação quando visitamos a Mama quase todos os dias; é mais uma missão que tenho de encaixar na corrente sobrecarregada da minha vida.

E, então, uma das correntes que me mantém inteira é verdadeiramente rompida.

28

PROCURANDO E ESPERANDO

Veneza, dezembro de 2017

Luísa bate o pé ansiosamente, procurando por Giulio na multidão da manhã enquanto grupos de pessoas se movem pelo Campo Santo Stefano, de cabeça baixa, lenços enrolados confortavelmente no pescoço. Às oito da manhã, a maioria são venezianos a caminho do trabalho, com apenas alguns inegáveis turistas acordando cedo para aproveitar ao máximo o dia. Está ensolarado, mas o café onde ela se senta está na sombra, e o frio a mantém alerta. Ainda assim, prefere sentar aqui fora, com seu café e pães doces, observando o fluxo colorido de pessoas passando, mesmo que sua respiração solte fumacinhas brancas no ar.

Ela se senta preparada com caderno e mapa, esperando que Giulio a mande por uma trilha pela qual possa seguir. Apesar de outra refeição adorável e um longo *vaporetto* circundando toda Veneza, enrolada firmemente em seu casaco contra o vento e embalada pelo movimento do barco e pelo piscar das luzes da costa, a noite anterior pareceu muito longa. Giulio indicou que não podia lhe dar muitos detalhes pelo telefone, e à noite ele já tinha compromisso, então Luisa precisaria esperar até a manhã seguinte para qualquer resquício de esperança. Uma vez no apartamento, ela passou a noite mandando e-mails para Jamie e alguns amigos, antes de assistir a um *game show* italiano bem ruim e beber várias taças de vinho, que tiveram o efeito oposto de fazê-la dormir. O café espesso e amargo à sua frente é bem-vindo e necessário.

– Signora Belmont! – Giulio surge no meio da multidão e dá um sorriso enquanto tira o cachecol.

Suas respirações enevoadas se entrelaçam quando ele lhe cumprimenta da maneira tipicamente italiana, tocando os dois lados do rosto.

– Luisa, por favor – ela diz, ecoando as palavras dele no dia anterior.

Ele pede um café com seu sotaque suave e cadenciado e vasculha uma sacola de couro surrada à procura de uma porção de fotos.

– Aqui. – Ele aponta, triunfante como o cachorro que cavou o osso. – Acho que essa é sua avó, não?

Sim. Inconfundivelmente. A imagem monocromática não retrata as bochechas coradas e os lábios rosados da memória de Luisa, mas está ali em seus olhos e na maneira como ela mostra apenas um pouco dos dentes ao posar para a câmera. Seu cabelo é escuro e cai sobre os ombros e, apesar da pequena ponta de uma suástica em um canto da foto, ela parece feliz. O coração de Luisa enche-se de alegria.

– Sim, é ela. – Ela respira. – Onde você achou isso?

– Estava em nossos arquivos – diz Giulio. – É fácil encontrá-la quando se tem um nome.

Um nome também! Uma verdadeira identidade italiana – antes da paz, antes da Inglaterra. Luisa mal consegue acreditar em sua sorte.

– Encontrei várias Stellas em nosso arquivo de computador listadas como membros da Resistência – diz ele com orgulho. – Achei que haveria mais, já que é um antigo nome veneziano. Mas, felizmente, não tantas assim. Bastou eliminá-las uma por uma. Das que sobreviveram à guerra, apenas uma não foi listada como morando em Veneza depois de 1945.

— E o que mais? — ela o incentiva.

— Stella Jilani — diz ele, tirando uma fotocópia de um documento de guerra, um tipo de carteira de identidade.

O rosto está lá de novo — sem sorrir desta vez, mas os lábios carnudos são inconfundíveis. Embaixo, está escrito "Departamento de Obras de Veneza"; data de outubro de 1941.

— Há pouco que posso encontrar sobre ela depois de 1943, mas rastreei o seu primeiro registro na Inglaterra em 1946, então é possível que ela ainda estivesse em Veneza até a libertação em 1945, ou até mais.

Luisa sente que Giulio está feliz com a busca; espera que sua expressão signifique que há algo mais, como uma criança que está segurando um segredo, mas por pouco tempo.

— Algo mais? — ela cutuca.

Seus lábios se espalham e a surpresa surge.

— Acho que encontrei alguém com quem você pode conversar, aqui em Veneza — diz ele. — Pode ser que os pais dele a conhecessem.

O rosto de Luisa se ilumina, e Giulio levanta a mão em alerta.

— Eu disse *pode ser*, Luisa. Por favor, não tenha muitas esperanças. É um elo muito fraco, mas até agora é a única pista que tenho.

Mais uma vez, ele tem que comparecer ao trabalho no Instituto, então só poderá acompanhar Luisa no fim da tarde. Ela pensa em ir sozinha — com seu mapa, tem certeza de que consegue encontrar — mas logo percebe que seu italiano aprendido às pressas não é bom o suficiente para isso. Ela só entenderia algumas palavras em uma conversa entre venezianos, que em geral falam a cento e cinquenta quilômetros por hora.

Não chega a ser um castigo, mas Luisa é obrigada a passar horas na cidade mais bonita do planeta. Parece que ela está nadando na lagoa sem avançar. O tempo parece se esgotar rapidamente, com apenas uma mera ideia de Stella Jilani e seu passado. Mesmo assim, Luisa agora tem um nome: Stella Jilani. Parece exótico, o nome de uma escritora, sem dúvida. Ela se pergunta por que sua avó não voltou a usar esse nome na Inglaterra. O sobrenome do vovô Gio era Benetto, mas ela ainda escrevia sob o nome Hawthorn. Outra camada do mistério. Uma camada de cada vez, Luisa diz a si mesma. Vamos encontrar Stella Jilani primeiro.

Ao longo da manhã, entrando e saindo das lojas, ela sente a emoção borbulhando dentro de si como bolhas de champanhe. Então, sentada em um café observando outros turistas passeando e tirando fotos, Luisa dá um passo para trás e, pela primeira vez em meses, olha para fora de si mesma. Aqueles viajantes estão aqui para ver aquela que é, sem dúvida, uma das cidades mais bonitas do mundo. Saboreando algo que está vivo. Ela está aqui com o único propósito de reviver um passado morto, para encontrar a sombra de alguém com quem ela nunca poderá falar. Por quê? Pela primeira vez, ela entende a perplexidade bem disfarçada de Jamie com relação à sua motivação, gastando seu precioso dinheiro em busca de um fantasma.

Apesar dessa constatação, Luisa não consegue se livrar da verdade – e ela precisa disso. A figura de sua mãe – sua falta de entusiasmo pela vida e pela família – parece destinada a permanecer um mistério, mas sua avó, Stella Jilani, agora está acessível. Ela está aqui, em algum lugar. Luisa pode enfim descobrir o que a torna quem é, a origem de seu amor pelas palavras e pela escrita, algo para passar a seus filhos um dia. Ela quer – precisa – saber que é menos parecida com a mãe e tem mais em comum com a avó, que talvez tenha sido uma verdadeira heroína. Stella pode estar morta, mas, por meio de Luisa, ela pode voltar à vida.

Sente as borbulhas de novo, e não pode forçá-las a ficarem quietas.

Giulio previu que a ansiedade de Luisa precisava ser mantida sob controle enquanto ela esperava e compilou uma lista de lugares que a Resistência usou como pontos de transferência, onde *Staffettas* e seus contatos podiam se encontrar, invisíveis aos olhos curiosos. Como sempre, Luisa agradece a distração e seus esforços.

Ela faz seu caminho para um pequeno *campo* atrás da célebre ópera de La Fenice. As instruções rabiscadas de Giulio são para procurar a cabeça do leão – uma entre muitos milhares em uma cidade cujo emblema é o leão – e depois passar pela calçada coberta próxima, ou *sotto*. O leão é bastante óbvio, sua expressão de pedra projetando-se majestosamente acima da porta de um prédio de um andar. Mas, a alguns passos de distância, o ponto de encontro estaria fora da vista de qualquer pessoa na praça. Sob a escuridão de uma passagem que leva a um pequeno canal, um único gotejamento de água cria uma atmosfera misteriosa, e Luisa tenta se imaginar esperando no canto mais distante, completamente escondida. Como ela se sentiria encontrando seu contato ali à noite? Com certeza estaria escuro como breu. Um corpo que emerge da sombra pode ser um amigo, um companheiro militante, ou muito provavelmente um inimigo – um espião fascista, por exemplo, pois havia muitos disfarçados. Sua avó esteve aqui, esperando com o coração na garganta, não sabendo se seria seu último contato? Tanto essa ideia quanto a falta de sol neste canto escuro da cidade fazem Luisa estremecer.

Ela olha para o relógio. Algumas horas até que a luz brilhe de novo em sua busca. Assim como imagina que os venezianos faziam em tempos de guerra, ela está investindo muito em apenas esperança.

29

TRISTEZA

Veneza, outubro de 1944

Ouço os soluços de Mimi antes de ela bater na minha porta. Amigas há anos, nós rimos juntas, mas choramos também – por causa de meninos, de corações partidos, de provas complicadas. Isso, porém, tem um tom diferente de verdadeiro desespero.

Mimi me abraça assim que abro a porta – ela mal consegue pronunciar as palavras, grandes soluços de tristeza subindo de seus pulmões. Eu a conduzo para o sofá e a coloco sentada, meu ombro logo molhado pelas lágrimas.

– Quem, Mimi? Quem?

Na guerra, as pessoas não choram mais por terras perdidas, imóveis ou posses passageiras. Só as pessoas perdidas provocam tal emoção.

– Sua mãe, seu pai?

Mimi tem uma irmã, que mora em Turim, também na área de ocupação nazista. Ela recupera-se o suficiente para falar.

– É Vito – soluça, enxugando os olhos inchados e vermelhos. – Ele foi preso na ponte, acusado de passar documentos. Está em Ca' Littoria.

Instantaneamente sinto um mal-estar – por Mimi, Mama e Papa. É improvável que o amor da minha melhor amiga – meu irmão – saia do quartel-general fascista sem danos duradouros, se é que sairá. As salas de tortura são famosas, e aqueles que confessam também ganham cicatrizes que mudam sua vida para sempre. Mimi e eu sabemos a gravidade da situação perigosa de Vito.

Da mesma forma, conheço o caráter do meu irmão e sei que ele não se contentaria em ficar sentado ocioso em um esconderijo por muito tempo. É provável que tenha se apresentado como voluntário para uma missão, talvez assumida sem o conhecimento de seu tenente.

Envolvida em minha própria vida dupla nos últimos meses, subestimei o amor cada vez mais profundo que Mimi sente por Vito, como esse sentimento cresceu tão intensamente na estufa da guerra. Eles iriam se casar em breve, Mimi revela, seus olhos se voltando para a própria barriga, por baixo da saia que está usando, e entendo o "em breve" muito bem. Tento esconder o choque e a descrença no meu rosto, mas ainda não consigo ficar com raiva deles por serem indulgentes com seu amor – é a vida. É a guerra.

– Agora ele pode nunca mais nos ver – ela lamenta, desmanchando-se novamente em lágrimas.

– Oh, Mimi – é tudo que consigo dizer, abraçando-a e absorvendo todo o desespero que posso enquanto sinto a náusea subir em meu próprio corpo.

Como vou contar para Mama e Papa? Devo tentar? Pode ser a gota d'água para o coração já encolhido da Mama.

Por fim, a tristeza de Mimi dá lugar à exaustão e ela adormece. A noite cai, e vou até a casa de Paolo sozinha, sentindo que preciso compartilhar isso com alguém em quem posso confiar. Ele ainda não ouviu falar da prisão de Vito, mas sinto seu choque também, e ele promete fazer sondagens em busca de informações.

— Sabe, se ele está em Ca' Littoria, não é bom sinal — ele me diz em tom grave, passando-me um grande copo de conhaque.

Ele pode não ser tão direto com outra pessoa, mas é comigo, Stella, que ele está falando. Paolo é tão próximo de mim quanto do próprio Vito, e me abraça como um membro da família, colocando também um prato de sopa quente na minha frente e pedindo que eu coma, como se fosse a Mama. Mais uma vez, sou inundada com a ideia de contar aos meus pais e não consigo deixar de pensar no impacto que isso terá em sua saúde. Brinco com o caldo quente sob a minha colher, e o perigo que Vito está enfrentando me atinge de repente; a ideia do meu irmão sendo torturado é insuportável. Uma imagem dele em uma cela fria e úmida surge, seu otimismo natural sendo arrancado dele, e o preço em seu corpo já magro. Sei que Vito é resistente, mas como ele vai enfrentar uma brutalidade implacável? Derramo o desespero seco no prato e me pergunto como podemos escapar desse horror.

Enquanto confortava Mimi, não me permiti pensar nisso, mas agora percebo que poderia facilmente ser eu, presa a sete chaves. Embora nunca tenha considerado o trabalho na Resistência como um jogo — já ouvi falar de *Staffettas* capturadas e executadas —, de alguma forma, você nunca imagina que será você, pensando que sempre conseguirá escapar, mesmo que seja na unha. É preciso pensar assim, ou ninguém teria coragem de realizar a tarefa — é no bálsamo da coragem que a Resistência prospera.

Quando enfim consigo saborear a sopa, pergunto-me: o que eu estaria sentindo agora no lugar de Vito? Quão corajosa eu seria?

30

MARÉ BAIXA

Veneza, outubro de 1944

Eu pareço e me sinto exausta na manhã seguinte. Mimi e eu tivemos uma noite mista, ela acordando de uma sucessão de pesadelos vívidos e sangrando sua angústia nos lençóis, e eu dando-lhe todo o conforto que podia. Não tenho irmã, e a dela mora longe. Sua luz e seus risos me tiraram dos lugares mais escuros, e a ideia de que seu fogo pode ser abafado, até mesmo apagado, é insuportável. Somados a isso os meus próprios sonhos, dormi pouco.

Apesar do meu cansaço, acordo cedo e deixo Mimi dormindo, mas, antes do trabalho, visito Papa em casa e dou a notícia de Vito da maneira mais gentil que posso, embora saiba que seu coração se partiria de qualquer forma. Não é sempre que vejo meu pai chorar, e sinto uma dor física no peito ao ver seu desespero. Concordamos em não contar para Mama em seu estado de fragilidade. Por ora, não.

O escritório do Reich parece o último lugar onde quero estar o dia todo, mas me forço a entrar e sorrir em todos os momentos certos, como uma forma de manter as aparências, mas também de colher qualquer informação – a menor que seja – sobre Vito. Infelizmente, não há nada. Sinto-me feliz por escapar às cinco em ponto e chegar à orla e à redação do jornal, embora esteja com o coração pesado.

A balsa de Zattere para Giudecca foi suspensa, talvez indefinidamente, devido à falta de carvão, e sou forçada a pagar um barqueiro para atravessar a remo. Não posso dizer se é o balanço que faz o meu estômago revirar – o que é improvável para uma veneziana que nasceu na água – ou se são os sentimentos que envolvem o meu coração.

Há mais mensagens no escritório sobre a última matança de combatentes presos. Parte disso é especulação, já que não temos espiões infiltrados no quartel-general fascista, e tenho que costurar as palavras em torno dos fatos. É difícil também arrancar qualquer boa notícia de Veneza para preencher o jornal, e nos concentramos no que está acontecendo no resto da Europa para amenizar o tom sombrio.

O que está fermentando na minha mente é um novo episódio de Gaia e Raffiano, e seu reflexo da vida real em Veneza. Mais uma vez, a narrativa jorra de dentro de mim, fluindo como as lágrimas de Mimi, e não tenho como banir a imagem dela enquanto escrevo sobre Gaia, e sobre Vito também. Ele se torna meu Raffiano, capturado, preso e sendo torturado. Paro de datilografar mais de uma vez e fico olhando para a parede, pensando em Mimi lendo as palavras, os olhos curiosos de Arlo nas minhas costas. Mas Mimi é uma *Staffetta*, emotiva, mas forte. Seu amor por Vito é novo e intenso, sua tristeza pela possível perda é devastadora. Mas, no final, ela entende que tudo é pela causa, por Veneza. Sinto que ela iria aplaudir, mesmo que chorando sobre as páginas. E não consigo controlar. As lágrimas, para mim, virão depois. Por enquanto, isso é o que posso fazer por Vito e Mimi, e todos os presos. Até os lábios de Arlo ficam franzidos enquanto lê o texto antes de colocá-lo na máquina.

O efeito do que chamo em particular de "capítulo de Mimi" é extraordinário. Nos dias seguintes, ouço um zunido nos cafés que eu não havia detectado antes. E então torna-se visível. *Venezia Liberare* é um jornal alternativo, vendido nos fundos de pequenas lojas, passado entre famílias que têm certeza da posição política umas das outras. Os donos de cafés, embora possam abrigar um estoque sob suas máquinas de cerveja, são cautelosos com cópias largadas sobre as mesas, com tantos oficiais nazistas vagando por Veneza. Ninguém está pronto para anunciar seus alinhamentos ainda. Mas começo a notar as folhas solitárias de Gaia e Raffiano nas cadeiras, nas mesas sob cinzeiros pesados, esvoaçantes com a brisa; mulheres idosas sem vergonha de ler em público, os velhos rostos envelhecidos enrugando-se com a tristeza imaginada do futuro do casal. Quando examino as páginas, meu distinto "e" torto parece menos um conforto e mais um farol, como se traísse a marca registrada da autora. Eu. A traidora do estado fascista italiano. Mas não passa da paranoia formando-se em minha cabeça.

Não posso negar que meu ego é afetado pelas reações, pelo fato de que as pessoas estão absortas com as minhas palavras, uma composição única que saiu de mim. É com isso que sonhei quando Popsa me presenteou com a minha adorada máquina. É uma pena que tais histórias sejam alimentadas por tragédias e turbulências. Mais triste ainda que tenhamos passado a considerá-las normais neste turbilhão mundial.

A satisfação que sinto dura pouco. Se os venezianos aceitaram os amantes em seus corações, a reação dos nazistas é o oposto. Eles também sentem que o clima é mais intenso entre os venezianos – principalmente devido às notícias das vitórias dos Aliados além do

Vêneto –, mas os capítulos da história estão, sem dúvida, ajudando a atiçar as chamas da hostilidade para com os nossos "hóspedes" alemães.

– Encontre o filho da puta! Encontre quem quer que ele seja e traga-o aqui para que eu mesmo possa prendê-lo! – Os gritos de Breugal são inequívocos através da pesada porta de seu escritório, pois a notícia de mais sabotagem da Resistência se torna de conhecimento público.

No escritório externo, estamos bem cientes de que, após tais acessos de raiva, costuma haver uma viagem para fora de Veneza, ao Alto Comando Nazista, onde seu vasto volume se curva sob pressão de generais com mais poder e influência do que ele. Até Breugal tem de obedecer a ordens. E agora ele está atrás do autor da sedição que rasteja por "sua" cidade. Atrás de mim.

Ao longo de seu discurso, continuo datilografando como um autômato, meus olhos lendo as páginas e os dedos traduzindo para as teclas, mas quase sem a contribuição do meu cérebro. Estou focada em como devo levar a sério as ameaças violentas de Breugal. Antes, a busca pelo autor da história era rapidamente superada por questões mais urgentes, meus crimes facilmente esquecidos e deixados cair na obscuridade. Agora, porém, sinto que é mais urgente, já que a ordem veio de cima.

É um sentimento reforçado por Cristian quando ele sai do escritório, sua aparência, em geral composta e limpa, perturbada por algo, uma mudança em sua postura, talvez. Até certo ponto, curvado pela guerra, como o resto de nós. Mas é o rosto dele que mais me preocupa – como mármore, definido com determinação. Ele pega o fone e paro de datilografar, fingindo ler as páginas prontas, enquanto tento me desligar do barulho das máquinas atrás de mim.

– Sim, um esquadrão – ele está dizendo. – O general Breugal quer toda a mão de obra que você tiver para uma busca completa. Comece em Cannaregio e siga para o sul.

Não consigo ouvir as palavras exatas do outro lado, mas o tom parece desafiador.

– Quanto tempo? Quanto for preciso! – Cristian é enérgico, mais enérgico do que nunca. – Ele quer que essa pessoa seja encontrada. E viva. Encontre a máquina de escrever e nós encontraremos o responsável.

Suas últimas palavras causam arrepios em mim. Viva, mas aprisionada. Em Ca' Littoria com Vito, talvez? Será que Breugal ficaria cara a cara com as minhas feições ensanguentadas e inchadas, desfrutando de uma satisfação presunçosa por ter capturado o seu prêmio tão próximo a si? E, então, assistir enquanto enfrento um pelotão de fuzilamento, ou pior?

Sei que não deveria me assustar com imagens, mas, sem notícias de Vito desde a sua prisão, só consigo pensar nos rumores sobre a brutalidade da polícia fascista atrás de portas fechadas. Por mais que tente, não consigo evitar no fundo da minha mente – os métodos, o estalo traiçoeiro de ossos quebrando, os gritos de misericórdia...

– Fräulein Jilani?

– Sim? – estou fisicamente alarmada, e Cristian me olha, intrigado.

A atmosfera entre nós está fria; faz meses que não trocamos palavras tão formais, especialmente em alemão.

– Tenho uma tradução urgente para datilografar. Você está livre? – Seus olhos mal encontram os meus, escuros e frios no lugar do castanho-claro que conheci no passado.

– Er, sim. Sim, é claro – digo.

Espero, acima de tudo, que não seja o mandado oficial de prisão. A visão do documento pode me derrubar ou, pelo menos, me fazer fingir que estou doente, desmoronando ao vê-lo ali, em preto e branco. Felizmente, o trabalho é uma lista de movimentos de tropas dentro e fora da cidade, e é algo que posso pelo menos guardar na memória; concentro-me pelo bem da Resistência.

– O mais rápido que você puder – ele diz, seu sotaque especialmente entrecortado, e se afasta.

Já decidi marcar um encontro com Sergio quando deixar o Platzkommandantur no final do dia, meu estômago ainda revirando com milhares de moscas imundas voando dentro dele. Indo em direção à Ponte da Academia, uma mulher caminha em minha direção, esforçando-se para chamar a minha atenção.

– Gisella! – ela grita, aproximando-se para uma saudação face a face. Nunca a vi antes, mas sei que é seguro retribuir, já que ela usa meu pseudônimo de militante. – Não vejo você há muito tempo. Como está? – ela balbucia.

Trocamos gentilezas falsas e prometemos nos encontrar para um drinque, mas não antes de ela me passar um pedaço de papel, palma com palma. E então ela se vai, absorvida pela multidão do fim do expediente.

Espero até estar sentada em um café, quando a bebida é servida, antes de puxar um livro e aninhar o bilhete entre as suas páginas. A mensagem me dá uma data e um horário para uma reunião que acontecerá em apenas uma hora, e seu tom sugere que pode ser de Sergio. Estou aliviada e cautelosa ao mesmo tempo: uma coisa é eu pedir uma reunião para me tranquilizar, mas será que isso significa que Sergio também está preocupado?

Nessa hora, pergunto-me o que direi a ele. Devo admitir que estou com medo e que quero desistir? Apesar de todas as minhas bravatas, minha intensa lealdade à minha cidade e ao meu país, tenho que admitir que *estou* com medo das repercussões, de ter informações persistentemente arrancadas de mim. Como nunca fui testada, não tenho certeza de como a minha obstinação se sustentaria. Todos cedem quando sua visão, sua vida ou sua família são ameaçadas? Gosto de imaginar que, no momento, eu pensaria em Popsa e sua força, e que isso me levaria adiante. Mas não tenho certeza.

O esconderijo fica no bairro de San Polo, atrás do Campo Santa Margherita, e, como suspeitei, é Sergio quem espera. Ele tenta sorrir quando entro, mas sinto que ele está ruminando preocupações, se não algo mais.

– Como você está? – diz ele, conduzindo-me pela mão para que me sentasse ao seu lado, de forma paternal.

Percebo que ele não está perguntando apenas por obrigação – ele realmente quer saber.

– Eu... Eu estou... bem – minto, encarnando a minha expressão mais calma.

Apenas olhar para Sergio e para a responsabilidade que ele carrega sobre os ombros me faz perceber como minha responsabilidade é pouca. Seu ouvido sempre aberto, seu envolvimento em grande parte do planejamento da Resistência e a ameaça sob a qual ele trabalha me enchem de admiração, instilando um pouco de paz dentro de mim, e acho que sinto menos medo em sua presença. Também me pergunto se ele dorme em algum momento.

Aquelas sobrancelhas distintas, no entanto, estão se juntando enquanto nos sentamos cara a cara. Ele me diz que ouviu que minha mãe está no hospital, mas que ele não pode acalmar os temores de meus pais a não ser com a escassa informação de dentro nos dizendo que Vito está vivo. Em quais condições, porém, ele não sabe. Ele observa o alívio passar pelo meu rosto, e então a ansiedade se instala novamente.

– O que sei com certeza é que sua história causou um grande rebuliço – acrescenta. – Em todas as esferas, ouvi dizer.

Conto a ele sobre a explosão de Breugal hoje, as ameaças que ele fez e a busca renovada por mim e pela máquina de escrever.

– Como você se sente em relação a isso? – ele pergunta, examinando minhas feições mais uma vez. Ele está claramente me oferecendo uma rota de fuga, permitindo que eu saia sem perder a honra.

– Não sei – digo, desta vez com honestidade. – Acho que, com a distância de Giudecca, qualquer busca aleatória vai demorar algum tempo. Mas, sim, me sinto... desconfortável, para dizer o mínimo.

Não uso as palavras "assustada" ou "apavorada" por medo de que se tornem ainda mais enraizadas em mim. E sentar-me ali com Sergio faz com que eu me sinta menos vulnerável. Lá fora, porém...

Silenciosamente, ele observa as emoções rolarem dentro de mim.

– Há, é claro, a opção de destruir a máquina de escrever e continuar com outra – diz ele, por fim. – Uma máquina que não possa ser identificada.

As sobrancelhas de Sergio ondulam. Ele conhecia meu avô e sabe de sua reputação, mas não consegue perceber o que a minha máquina de escrever significa para mim – o amor e a história gravados em seu brilho de tinta. E, não, uma simples posse nunca valeria uma vida, mas a ideia agita as moscas que voam dentro de mim.

– Sim – confirmo –, é uma opção. Ou eu poderia parar as histórias de novo, como da última vez. Parar as ameaças, as buscas.

Agora suas feições se erguem de surpresa, talvez com a minha disposição de parar.

– Não tenho certeza se isso interromperia a busca – diz ele. – Acho que já passou desse ponto. Os nazistas estão furiosos, e sua raiva dará continuidade às buscas.

Talvez ele veja a ansiedade que estou tentando esconder.

– Mas as histórias *estão* promovendo um impacto – ele acrescenta. – Nosso número de membros aumentou nas últimas semanas, após seu último capítulo comovente.

– Mesmo?

Apesar do que sempre acreditei sobre o poder das palavras, fico surpresa que elas tenham mobilizado as pessoas a de fato agirem. Então, penso: todo bom livro que já li me emocionou de alguma forma. Talvez Popsa estivesse certo. Talvez palavras possam mudar as coisas? Ainda assim, preciso ser convencida.

– Tem certeza de que tem a ver com o que escrevo?

– Quem sabe? – Sergio encolhe os ombros. – Sabemos, somente, que houve uma mudança. Talvez sejam notícias dos Aliados, uma sensação de que a maré está mudando, ou uma combinação de todas essas coisas. Mas com certeza está ajudando, Stella. Tenho certeza disso. Só precisamos mantê-la segura.

Como posso expressar os meus medos depois disso? É preciso? Estou novamente repleta de um senso de dever para com a Resistência, aconteça o que acontecer. Decido banir as imagens de Ca' Littoria da minha mente. Não consigo parar de pensar em Vito, mas posso optar por imaginá-lo forte e sorridente – e sempre, sempre firme em sua lealdade. O que significa que eu também devo ser.

– Então estamos de acordo: você se livra da máquina de escrever, e eu providenciarei a entrega de uma nova – Sergio pressiona.

As moscas voam feio mais uma vez.

– Sim. Sim, Sergio – pronuncio as palavras, mas adio qualquer outro pensamento sobre isso. Por enquanto, pelo menos.

– Ah, tenho mais um trabalho para você – diz ele, levantando-se. – Precisamos levar um passaporte e alguns documentos para Pellestrina.

A localização faz meus ouvidos apitarem. Pergunto-me sobre o quanto ele foi informado, mas ele sorri com conhecimento de causa.

– Minhas fontes me dizem que pode ser um trabalho para você. Adeus, Stella. Cuide-se.

Ele aperta as minhas mãos com força, acena com a cabeça e sorri. E, então, parte mais uma vez.

Devo buscar os documentos naquela mesma noite; a entrega será na noite seguinte, na volta de Giudecca. Fico dividida enquanto caminho em direção ao Campo Santa Margherita, ciente de que o passaporte e os documentos que devo buscar podem ser para Jack. Na verdade, é provável que sejam. Ele partirá de Veneza, do meu mundo e da minha guerra, e podemos nunca mais nos ver novamente. Já havia imaginado que minha última viagem seria o nosso encontro final, mas, em meio a toda a turbulência, a ideia de que ele ainda está lá, do outro lado da lagoa, às vezes me ajuda a ficar mais segura de mim. Nas últimas semanas, dizia a mim mesma que, a qualquer hora, poderia pegar um barco e ele estaria lá, para oferecer consolo com o seu humor peculiar. Deus sabe que houve momentos em que precisei disso, mas as demandas tornaram a minha ida impossível. Agora, estou dividida entre a oportunidade de vê-lo e de dizer um adeus final. E ainda não tenho certeza de como me sinto em relação a isso.

O sol está se demorando em um canto do grande retângulo que é a praça, não querendo se lançar em uma escuridão permanente sem uma última lambida de laranja sobre os telhados irregulares. A porta pela qual devo entrar está camuflada na sombra, porém, e fico feliz, pois há mais do que alguns guardas fascistas por perto, flertando com jovens venezianas. Dou trela para eles e caminho com um passo alegre, tentando não deixar transparecer uma pressa suspeita.

É um prédio pequeno de dois andares com uma fachada ornamentada, como um *palazzo*. Eu o reconheço desde a minha infância como a casa do agente de apostas; sempre que visitávamos este *campo*, havia um homem na janela, curvado sobre sua mesa, seu perfil iluminado por uma pequena luz, como algo saído de um conto de fadas dos irmãos Grimm. Agora não há luz acesa, e tenho de bater na porta no ritmo seguro que os ocupantes reconhecerão. Depois de trocar as senhas de segurança, uma jovem me conduz à sala dos fundos, onde o mesmo homem – reconheço sua postura – está curvado sobre uma mesa, trabalhando em uma série de documentos, de passaportes a carteiras de trabalho. Ele levanta os olhos das luzes brilhantes que cercam a sua mesa na escuridão e aperta os olhos; se não tivesse quase sessenta anos, seria exatamente como Arlo. Ele fala pouco, apenas me pedindo mais uma senha que memorizei, e me entrega um envelope. Estou louca para olhar seu conteúdo, mas está subentendido que não devo olhar, e seu nariz volta para a sua escrita ornamentada.

– Não se importe com o meu pai – diz a mulher ao me mostrar a saída. – Ele está sofrendo muita pressão ultimamente, há uma grande demanda por seu trabalho.

Ele é conhecido por imitar qualquer letra ou assinatura, até mesmo de Mussolini, dizem, embora ele negue.

O sol desaparece completamente enquanto volto para a praça, fazendo com que o clima fique mais nervoso, com as patrulhas perambulando sob a luz azulada das lamparinas. Sigo em direção à minha casa, com o coração afundado no peito, mas com o passo leve e automático de uma mulher inocente andando pela cidade, perguntando-me sobre os documentos que trago na bolsa e para onde poderiam conduzir o meu futuro.

31

BRINCANDO DE DETETIVE

Veneza, dezembro de 2017

Luisa encontra Giulio fora do *vaporetto* no extremo oposto da San Marco, pouco depois das quatro da tarde. Ele não precisa de grandes poderes para sentir a sua ansiedade, e passam pelo Arsenale e seguem em direção à Via Garibaldi, o forte sol de inverno os seguindo pela larga avenida. Giulio tem um endereço e Luisa, um mapa detalhado, mas seu passo apressado a faz parecer menos uma turista. A rua é povoada por cafés turísticos, com fotos de bebidas e macarrão genérico à bolonhesa do lado de fora, como se alguém hoje em dia não reconhecesse tal linguagem mundial. Quanto mais eles andam, no entanto, mais as atrações turísticas vão diminuindo, até se tornarem um lugar onde mulheres e crianças venezianas conversam e se reúnem em torno da entrada do parque, talvez depois do fim das aulas. A embarcação de hortaliças estacionada no canal perto de Ana Ponte está terminando o dia de trabalho, varrendo as folhas roxas de chicória espalhadas pelo chão.

– Acho que é por aqui. – Giulio sinaliza para uma pequena rua lateral, e os dois param para consultar o mapa.

A rua leva à Corte del Bianco, uma pequena praça de casas com nada além de um pequeno poço no centro e um gato solitário sentado como sentinela em sua tampa de concreto. Giulio quase prende a respiração ao bater à porta de uma casinha de dois andares, e Luisa acha que a expectativa dele pode ser igual à dela.

– Só, por favor, não fique muito desapontada se não... – ele diz.

– Eu sei – ela interrompe quando a porta se abre.

A Signora Pessari é da mesma geração que a mãe de Luisa seria, talvez alguns anos mais velha, na casa dos sessenta anos. Ela é atarracada, com olhos escuros, quase cor de ébano, e cabelos negros levemente salpicados de cinza. Sob o peso da meia-idade, no entanto, Luisa ainda consegue ver a beleza que um dia deve ter tido, uma daquelas mulheres elegantes com belos vestidos e cabelos volumosos fotografadas fumando em cafés no final dos anos 1960, uma vida agitada que simboliza o estilo da Itália e do passado.

A mulher os conduz a uma pequena sala e expulsa um gato de um dos assentos.

– Café? – ela diz em italiano, após as apresentações. Giulio concorda sem nem mesmo pensar.

A Signora Pessari – Rina – pede desculpas por não falar inglês, e é evidente que Luisa precisará jogar pingue-pongue com a língua.

Ela pega algumas palavras aqui e ali, agradecida pelo quanto os italianos expressam por meio de sua efusiva linguagem corporal, mas é forçada a confiar nas traduções de Giulio, que ele faz com paciência.

Ele pega suas fotos de arquivo, e Luisa segue o exemplo com sua própria bolsa. Rina coloca os óculos e não faz mistérios. Seu sorriso é o suficiente para dizer que a viagem não foi perdida.

– Você reconhece esta? – Giulio aponta para Mimi Brusato.

– Sim! Sim, esta é a tia Mimi – diz ela. – A irmã mais nova da minha mãe. Estou certa disso.

Isso, porém, confirma o que eles já sabem. É a próxima pergunta que aperta o coração de Luisa.

– E esta mulher? – Giulio diz, apontando para Stella.

Rina olha mais de perto, sua testa se enrugando com o esforço e, finalmente, algum reconhecimento.

– Sim, acho, deixe-me ver, o nome dela era...

Luisa está quase na beira da poltrona, o nome da avó prestes a sair de seus lábios, mas também sente Giulio segurando-a em seu ímpeto. A identidade será ainda mais valiosa se não houver dicas.

– Tenho certeza de que é a melhor amiga da tia Mimi... Qual era o nome dela? Oh, a família dela morava a apenas algumas ruas de distância.

Luisa se sente como uma criança prestes a explodir.

– Stella! É isso aí. Stella Jilani – diz Rina, por fim.

Ela se recosta, satisfeita por ter tirado isso da memória.

Luisa solta a respiração em sinal de alívio, que ela ouve bem dentro de si.

– Essa é minha avó! – ela não consegue deixar de soltar, e Rina só precisa de uma pequena tradução para apreciar a alegria de Luisa.

– Não sabia que ela tinha tido filhos – acrescenta Rina. – Não tinha certeza se ela tinha sobrevivido à guerra. Minha mãe contou que Stella e Mimi eram inseparáveis quando mais novas; temos algumas fotos delas juntas quando crianças. Elas iam ao Liceo juntas, sempre aprontando alguma coisa. Ouvi dizer que Stella se tornou repórter depois da escola, mas já estávamos morando fora de Veneza.

A mãe de Rina e seu marido, ao que parece, mudaram-se para Turim quando a guerra estourou, também sob ocupação nazista após 1943. Viajar entre as cidades era quase impossível, e as cartas, escassas. Eles tinham sua própria guerra para lutar – como sua irmã, Mimi, a mãe de Rina se tornou uma *Staffetta*, no mesmo círculo que a célebre militante Ada Gobetti.

– Mama me disse que teríamos algumas notícias sobre a luta em Veneza – diz ela. – Às vezes, cópias do jornal militante chegavam até nós. Ela sempre se perguntou se Stella estava por trás das palavras. Depois da guerra, descobrimos que era ela... ela trabalhava para a Resistência. Mas então, nada. Ela desapareceu, mas muitos desapareceram depois da guerra. Foi um caos por um tempo.

Com pouca expectativa, Giulio levanta a próxima questão óbvia:

– E Mimi?

Se, por algum milagre, ela estiver viva, Mimi seria muito idosa. Mas existe uma chance.

– Pobre Mimi – Rina diz, inclinando a cabeça. – Ela sofreu muito na guerra. Morreu em um convento, já em 1965. Nunca se recuperou.

Suas bochechas incham de tristeza. Do que ela não teria se recuperado não sabemos, e Giulio sente que não deve bisbilhotar. Em vez disso, pergunta se há outras famílias que possam saber de Stella, talvez em alguma das ruas adjacentes à Via Garibaldi.

– Tantas famílias mudaram-se desde então – Rina diz, mexendo com o gato que serpenteia por suas pernas enquanto ela pensa.

Luisa deseja puxar outro fio da memória de Rina.

– Lembro-me da Mama dizendo que havia um café que ambas costumavam frequentar – diz ela. – Não tenho ideia se ainda está lá, mas era administrado por uma grande família veneziana. Para os lados do Fondamenta Nuove. Não sei dizer exatamente onde, mas acho que encontravam um amigo chamado Paolo.

Os dois rostos virados para Rina devem refletir decepção. Quantos Paolos há em Veneza, no passado e no presente? Esse Paolo estaria na casa dos noventa e, mais provavelmente, residente no cemitério da ilha de San Michele. Como diabos eles rastreariam seus parentes?

— Ah — Rina esclarece. — Ele não era um frequentador. Era o café de sua família. Se ainda estiver lá, há uma boa chance de que os proprietários se lembrem dele.

Luisa e Giulio vão embora, com Rina prometendo que vai se aventurar em sua própria caixa de fotos e contatá-los com qualquer notícia. Na despedida, Giulio pergunta se ela reconhece o nome de Giovanni Benetto como familiar. Um pretendente, ou companheiro militante?

Não, ela diz, balançando a cabeça. Não havia nenhum Giovanni nas poucas cartas de Mimi.

Giulio está otimista enquanto caminham de volta para o brilho da lagoa, um glorioso pôr do sol sobre a água. É evidente que está satisfeito com o progresso que fizeram.

— É um começo — diz ele com um sorriso, embora Luisa pense apenas no fim da viagem e na rapidez com que se aproxima.

Seu voo para casa é na tarde seguinte. Talvez a herança de sua mãe sirva para outra missão de investigação, mas o que Jamie dirá sobre isso? Ela pensa em passar a última metade de dia percorrendo as ruas de Veneza para procurar esse café misterioso, mas e depois? A ideia de ensaiar suas perguntas em italiano para procurar Paolo não é convidativa. E se eles a entenderem e responderem em uma rajada de dialeto rápido? Ela pode imaginar a dor de cabeça que isso criaria.

Parece que ela foi se apertando em um dos becos mais estreitos de Veneza e chegou a um beco sem saída.

Giulio conduz Luisa até um banco perto da beira da água e os dois assistem ao sol poente substituído por novas luzes flutuando sobre a água.

— Posso aproveitar amanhã para ajudá-la — diz Giulio, por fim. — Afinal, é uma pesquisa. Vamos de café em café do Fondamenta para... como dizem os ingleses? Meter o nariz.

Luisa vira a cabeça e seu rosto se ilumina na escuridão. Um sorriso de alívio e gratidão se espalha por suas feições.

— Você entende por que preciso encontrá-la? Ou é apenas uma obsessão boba? — ela diz para o ar.

Giulio olha para ela, visivelmente perplexo.

— Claro que você precisa encontrá-la — ele diz, como se fosse a busca mais natural do mundo. — Estejam as pessoas mortas ou não, a história nos define. Isso nos torna o que somos hoje.

Naquele momento, com o seu paletó de acadêmico e óculos de tartaruga, não era isso que ele estava parecendo, mas Luisa poderia beijar Giulio Volpe como seu cavaleiro da armadura reluzente.

32

UMA SEPARAÇÃO

VENEZA, OUTUBRO DE 1944

A REDAÇÃO DO JORNAL EM GIUDECCA está vazia quando chego e tiro o pano que cobre a minha máquina de escrever. Não tenho desculpa para não colocá-la na caixa, levá-la para fora e jogá-la com todas as minhas forças na água do canal, como Sergio mandou. Embora não seja uma máquina pesada, o peso a levará para o fundo em segundos. Não haverá máquina de escrever para encontrar e recuperarei o meu anonimato.

Mas não posso fazer isso. Meu coração contrai-se; cometo o erro de mexer nas teclas, um hábito que tenho quando me sinto perdida ou solitária. Então penso em Popsa, sua imagem invadindo minha mente. Estou sozinha no escritório, com lágrimas escorrendo e me sentindo ora tola, ora teimosa. Como esta guerra, como os nazistas ousam tirar o que é mais precioso para mim? A esperança que ele me deu está aqui neste pedaço de metal.

Vou escondê-la, decido. Posso guardá-la com segurança, talvez em Santa Eufemia? Penso, então, em um grupo de busca fascista e na vingança contra as freiras. Não posso fazer isso com elas. Além disso, a máquina de escrever substituta que Sergio enviará ainda não chegou, e não há outra para eu usar. Convenço-me de que ainda tenho de usá-la, para o bem da Resistência. Arlo chega, desta vez sem Tommaso, o que é incomum, já que hoje em dia eles formam uma espécie de dupla.

– Ele está doente? – questiono.

É uma conclusão menos dolorosa do que um menino sendo detido por uma patrulha. O pai de Tommaso é tenente em uma das subunidades, e o espírito alegre do filho esconde o fato de que sua família vive sob constante ameaça.

– Não sei – diz Arlo. – Ele não estava em nosso ponto de encontro habitual, mas também não recebi nenhuma mensagem.

Começamos a trabalhar, mas as horas se arrastam, até o momento em que posso partir para Pellestrina. Até mesmo o meu capítulo de Gaia e Raffiano se arrasta em um ritmo lento, sua emoção projetada emaranhada com a de Mimi e a minha. Tenho de arrancar as linhas de dentro de mim, palavra por palavra, consciente de que não é o meu melhor trabalho.

Enfim, Matteo bate na porta do porão para sinalizar que meu barco está esperando no pequeno canal ao lado do café. Está quase escuro, e a distância até a ilha parece maior sob a luz do fim de tarde; a viagem alonga-se até chegarmos ao cais.

O envelope pesa muito na minha bolsa enquanto caminho em direção ao pequeno quarto de Jack. Eu o encontro do lado de fora, sentado ao lado de uma pilha de redes, ainda trabalhando sob a luz de uma porta aberta da oficina. Seu rosto se ilumina quando ele aperta os olhos para me ver na escuridão.

– Stella!

É exatamente disso que preciso, um rosto alegre e acolhedor. Eu me pergunto como vou viver sem isso.

Entramos em seu quarto, e o envelope confirma o que eu quero e temo ao mesmo tempo – que sua partida está planejada. Seu rosto registra uma mistura de alívio e tristeza. Quero mais do que tudo que ele fique em segurança, talvez até mesmo no que diz respeito à sua família na Inglaterra, mas, de modo egoísta, também não quero que ele vá. Quase desejo que ele precise de um italiano nativo para guiá-lo pelas montanhas e contornar as patrulhas nazistas nas colinas. Eu deixaria essa guerra de bom grado para trás, mas deixaria Veneza? Não posso, não com a Mama ainda doente e Vito preso.

Passamos a noite lado a lado, como imaginei que faríamos. E é por consentimento mútuo que não entrelaçamos os nossos corpos um ao outro e damos um passo adiante em nossa intimidade – o passo crucial. Algo nos impede, uma sensação de que talvez isso estrague o que temos: uma breve, mas intensa amizade que poderia sobreviver à guerra e a um continente entre nós. Contanto que não a compliquemos. Não foi dito com todas as palavras, mas nossa amizade vale mais do que um romance, mesmo na guerra. Mesmo se nunca mais nos vermos, é melhor nos separarmos como amigos.

– Há alguém especial em casa? – pergunto a ele, enquanto a luz da lua atravessa o cobertor fino sobre nós.

– Sim e não – ele diz. – Quero dizer, há alguém de quem gosto... Nós nos conhecemos pouco antes de eu ir embora. Mas acho que ela não sabe como me sinto. – Ele faz uma pausa, parece envergonhado. – Olhe, Stella, não é que eu não ache você atraen...

– Eu sei, eu sei – eu o impeço de continuar. – E é o mesmo para mim. Mas é melhor sermos amigos, Jack. Bons amigos.

Ele parece aliviado com o nosso entendimento um do outro, e eu retribuo o seu sorriso, acrescentando:

– Mas isso não elimina o fato de que você beija muito bem!

Falamos por muito tempo, e a conversa flui com facilidade, já que tiramos da frente o constrangimento do sexo. Por fim, nas primeiras horas da madrugada, cedemos ao sono e a luz nos acorda algumas horas depois, avançando lentamente em direção ao nosso adeus.

Ele me abraça no cais, apertando minhas mãos, e noto que seus olhos estão úmidos. Afasto os meus dedos, abro a minha bolsa e, desta vez, sou eu quem lhe dá algo para enxugar as lágrimas, tendo-me preparado para muitas das minhas.

– Vamos nos ver de novo, eu sei que vamos – diz ele. – Você sabe onde me encontrar... Provavelmente vou acabar atrás do balcão da *delicatéssen* da minha mãe, fatiando salsichas!

Mais uma vez, acredito em seu otimismo – que ambos sobreviveremos a essa guerra, que sua perigosa jornada pelas montanhas para a França será pavimentada com sorte suficiente para evitar a captura, as balas ou ambas, e que viverei o suficiente em Veneza para ver a libertação e viajar um dia para Londres.

É tudo o que podemos fazer – porque, se não conseguirmos ver, sentir essa realidade, pode nunca acontecer. Não há outra maneira.

Não olho para trás enquanto o barco se afasta do cais e desejo que vá mais rápido, para que o vento sopre e empurre as velas frágeis para que eu não sinta seus olhos cravados nas minhas costas. Aterrisso no Lido, corro novamente para o *motonavi* com pressa e consigo não me atrasar para o trabalho. Desta vez, algumas das garotas notam meu relativo desarranjo e dão desculpas no escritório enquanto me arrumo no banheiro. Até Cristian, que não me nota há semanas, me encara de lado de sua mesa, como se eu estivesse com algo estampado na cara. Talvez eu esteja exibindo a minha tristeza de forma mais aguda do que imagino. Vou me empurrando ao longo do dia para encontrar Mimi depois do trabalho. Ela parece cansada e abatida;

não é a Mimi que conheço. Não há notícias novas de Vito, e ela está como uma panela fervendo de indecisão quanto ao significado disso.

– Isso é bom, não é? – ela diz, mexendo nervosamente no cabelo. – Isso significa que não há corpo para reivindicar, pelo menos. Sabemos que, quando terminarem com eles em Ca' Littoria e os mandarem para a prisão, pelo menos temos guardas em Santa Maggiore que nos dirão. Se não há notícia ainda, há esperança.

Tudo o que posso fazer é assentir, enquanto estremeço por dentro com sua referência a um "corpo". Ela está comigo para me tranquilizar, mesmo que isso signifique concordar com seu falso otimismo. Se Vito ainda está em Ca' Littoria, ele não está lá de férias, e essa ideia queima em mim. Mas o pensamento de Mimi – colocando uma barreira em torno da verdade – pode pelo menos diminuir a sua ansiedade. Pode ser a salvação dela.

– Você tem que se cuidar, Mimi – eu digo. – Para o futuro.

Nenhuma de nós usa a palavra "bebê" ainda – é demais para ela pensar em ganhar um amor enquanto há chances de perder outro. E é meu sangue também, filho de meu irmão, e neto da Mama e do Papa. Cuidaremos da falta de uma aliança de casamento mais tarde, quando ele estiver a salvo.

33

ESCONDIDA

Veneza, outubro de 1944

Nas semanas seguintes, ganho nova inspiração para seguir em frente com Gaia e Raffiano, infelizmente estimulada por outra atrocidade; uma balsa de passageiros, a *Giudecca*, é atacada por aviões Aliados na lagoa. Posteriormente, há rumores de que eles podem ter avistado uniformes alemães no convés e confundido com um navio de tropas, mas o resultado permanece o mesmo – a balsa afundou, com a perda de um grande número de vidas; mais de sessenta corpos são retirados da água, mas, com tantos refugiados em Veneza, o número pode ser bem maior. Muitos, com certeza, foram tragados pela lagoa e pelo mar.

A redação do jornal parece visivelmente mais vazia, com Arlo e eu trabalhando sozinhos em nossas mesas.

– O pai de Tommaso foi preso de novo – Arlo me conta em voz grave. – E, desta vez, foi levado para Ca' Littoria.

É a terceira vez que o pai de Tommaso é preso, mas ele sempre foi libertado antes e escapou do quartel-general da polícia fascista.

– Tommaso mandou avisar que está em casa apoiando a mãe.

No relativo silêncio, as brincadeiras de que nós três desfrutávamos na redação um dia ficaram no passado.

– Pobre menino – murmuro, com profunda compaixão pela angústia de sua família.

Vejo uma imagem do rosto de Vito e, desta vez, não posso deixar de visualizá-lo em uma cela, com a pele ferida e ensanguentada. Aproveito as emoções que isso desperta em mim dedicando-me ao último capítulo de Gaia e Raffiano com a dor renovada.

Só aprecio o fervor da minha linguagem vários dias após a publicação. O vento frio sopra do Fondamenta Nuove quando saio de meu apartamento para o trabalho. Estou lutando com o meu lenço quando olho para cima e vejo que as minhas palavras não estão mais restritas ao papel largado nas mesas dos cafés. Em uma parede de concreto, pintadas desajeitadamente com tinta preta, estão as palavras: "Gaia e Raffiano: amor eterno". Pior ainda, há um patrulheiro nazista parado bem na frente, olhando para lá. Eu desacelero para observar sua reação. Ele parece confuso a princípio, inclinando a cabeça, depois entende o significado, vira-se e afasta-se, na direção para a qual estou indo. Em direção ao quartel-general nazista.

O grafiteiro tem estado ocupado; não é a única mensagem a caminho da Piazza San Marco, e há variações sobre o tema: "Liberte Veneza para os amantes" – também em tinta vermelha. Afundo na gola do meu casaco, meu rosto queimando, imaginando que tenho um alvo colado nas costas. Lembro-me nitidamente dos judeus em toda a Europa e da maneira como são forçados a usar uma estrela amarela em seus braços, todos os dias. A minha, pelo menos, é uma invenção na minha cabeça, enquanto a deles é concreta.

A notícia do grafite chega antes de mim. Cristian não está à vista, mas é claro onde ele está, dada a cacofonia que vem de trás da porta de Breugal. Examino o escritório, mas as cabeças de todos estão abaixadas, talvez pensando que a fúria não será canalizada para eles caso se mantenham ocupados.

Ouvimos variações na opinião de Breugal: "Prendam eles!", "Tragam esse filho da puta pra mim pra eu vê-lo queimando!", sua voz consumida pela raiva. As cabeças afundam ainda mais sobre as máquinas. Tenho de respirar fundo e silenciosamente antes de começar a datilografar, mas noto que os meus dedos estão tremendo, escorregando nas teclas.

Cristian sai do escritório, enfim, senta-se pesadamente à sua mesa, responde com rispidez a uma consulta de uma das datilógrafas e começa a rabiscar em um pedaço de papel. Em minutos, ele traz a folha para mim.

– Datilografe isto, por favor, Fräulein Jilani. O mais rápido que você puder.

Seu tom é tenso, entrecortado, e ele evita qualquer contato visual. É o que eu temia, e novamente estou contando apenas com o mecanismo natural do meu corpo ao longo dos meus vinte e sete anos nesta terra para manter o meu coração batendo, apesar da faca que parece rasgar meus músculos.

RECOMPENSA PELA CAPTURA DO AUTOR. Sou forçada também a datilografar a quantia substancial do prêmio – bem mais do que o salário de um mês de um veneziano médio. Como um bônus, é feita a promessa de "liberdade protegida" para o informante e a sua família. Há intensa lealdade dentro de Veneza, mas, com a prisão de Santa Maggiore explodindo, e as de Ca' Littoria também, com certeza haverá denunciantes.

É a primeira vez que os nazistas oferecem um incentivo tão substancial para minha prisão, e sei que estou branca e tremendo, mas, mesmo assim, datilografo. Se eu fugisse agora, tenho certeza de que pelo menos Cristian adivinharia a minha cumplicidade – ele é esperto o suficiente para juntar os pontos e sabe onde eu moro, e os meus pais também. Sento-me com firmeza na cadeira, o suor acumulando-se na parte inferior das minhas costas, meu cérebro como um redemoinho, enquanto os meus dedos se estendem sobre as teclas. Termino a tarefa e levo para a mesa de Cristian.

– Aí está, Herr De Luca – digo, e faço tudo o que posso para não atirar com força na frente dele, conforme bolhas de raiva começam a borbulhar no meu manto de medo.

Ele olha para cima, feições sombrias e sua boca fechada em uma linha.

Sua testa está franzida por trás dos óculos.

– Obrigado – ele diz, e volta a ler o seu relatório.

Dentro de uma hora, vejo a folha ser recolhida por um dos mensageiros. Os pôsteres serão impressos e estarão espalhados por toda a cidade até amanhã. Lamento minha própria estupidez em não jogar a minha máquina de escrever no leito da lagoa, e, ao mesmo tempo, não tenho certeza se posso fazer isso agora. Sua própria presença é incriminadora para mais gente além de mim, porém. Preciso tirá-la logo de lá, depressa.

À hora do almoço, ao abordar Cristian, respiro fundo para transmitir um ar mais amigável.

– Herr De Luca, por favor, será que... – ele olha para mim como se estivesse ofendido com a maneira como me dirijo a ele, mas estou apenas me alinhando à sua própria etiqueta.

– Sim?

– Você sabe que a minha mãe esteve doente, mas, infelizmente, ela piorou e preciso ir vê-la. Eu prometo que vou repor o tempo que...

Seu rosto suaviza-se; não há movimento que indique um sorriso, mas posso ver em seus olhos. A dureza que tenho notado em torno deles cede um pouco, em uma espécie de trégua entre nós. No curto período desde que o conheci, ele ainda é difícil de interpretar; seu humor é imprevisível.

– Claro, Fräulein Jilani – diz ele. – Leve o tempo de que precisar.

Odeio mentir sobre a Mama, mas tenho certeza de que ela está em casa com Papa, tendo enfim recebido alta do hospital com o coração cansado, mas intacto, e parece estar se recuperando por enquanto. Ainda assim, não tivemos coragem de explicar direito sobre Vito e onde ele está; para ela, ele ainda está escondido. Papa é quem está sofrendo com o verdadeiro paradeiro do filho.

Ando com determinação, achando difícil não pular ou apressar o passo que possa atrair a atenção das patrulhas. Mas não vou para casa. O esconderijo ao qual Sergio vai com mais frequência está ocupado, mas ele não está lá, e só posso deixar um recado sobre os cartazes a serem colados pela cidade. De lá, sigo para Zattere para pegar um barco – o *vaporetto* está suspenso novamente e, logo após o almoço, há poucos barcos por perto. O único proprietário que posso encontrar reluta em fazer a viagem até que tenha pelo menos um outro cliente para Giudecca e, embora eu fique tentada a oferecer-lhe o dobro do preço, isso por si só pode despertar suspeita. Então me sento na orla formigando com inquietação, o sol se demorando atrás de uma cortina de nuvem cinza, esperando sua vez, assim como eu.

Forçada a aguardar, tento racionalizar a nova urgência em mim; a máquina de escrever está no porão de Matteo há meses – quase um ano, na verdade –, e até agora nunca senti sua presença como uma ameaça para mim ou para aqueles ao meu redor. Mas também nunca houve uma recompensa substancial pela minha cabeça. No fim das contas, talvez eu tivesse motivos para ficar nervosa.

Sob o céu nublado, sou enfim transportada pela lagoa, ao lado de um senhor que insiste em compartilhar seu dia inteiro comigo. Com dificuldade, tento conversar no estilo veneziano, apenas sobre negócios, mas os remos não conseguem ir rápido o suficiente, e cada onda que atinge a nossa proa parece determinada a me atrasar mais um segundo.

Matteo fica surpreso em me ver tão cedo, mas, com o avanço da guerra ultimamente, ele está acostumado com o material novo que precisa ser processado com urgência, e a gente tem trabalhado em horários estranhos. Só depois de descer o pequeno lance de escadas e acender a lâmpada fraca é que faço um balanço da situação. Minha mão vai em direção à capa da máquina de escrever e estou tremendo – e não por causa do vento frio sobre a água. Forço-me a respirar fundo algumas vezes, relembrando o que nosso treinamento como combatentes nos diz para fazermos quando... Bem, quando sentimos que estamos desmoronando – com medo e sem base. Eu estou assim.

Controle-se, Stella!, é tudo que consigo pensar em dizer, mas, pelo menos, a banalidade disso me faz rir por dentro e reúno forças de algum lugar para me mover. Ela ainda está lá, minha voz de metal, manchada pelo tempo e precisando de uma nova fita, mas acho que essa será a sua última tarefa em algum tempo, se é que haverá outra. A fita pode esperar.

– Ei, garota – digo. – Vamos cair na estrada, certo? – E dou risada por estar falando com uma máquina.

Enquanto estou enrolando o papel, Matteo me traz café e uma mensagem de Sergio recebida pelo rádio. É curta e atrevida, mas absorvo seu significado.

Mais um, para concluir; depois se afaste, diz a mensagem.

Sei que tenho apenas este último capítulo para resolver tudo para Gaia e Raffiano. Não há conclusão para a guerra ainda, mas posso pelo menos mandá-los embora com esperança, a fé que todos temos de ter de que a nossa luta não será em vão. Percebo que o cômodo fica mais escuro à medida que o sol se curva entre as nuvens, mas, por duas horas, o mundo fora do minúsculo porão deixa de existir. Estou lá na página, vivendo a emoção enquanto Raffiano escapa de seu confinamento, é reunido em lágrimas com Gaia e eles se escondem juntos – estar separados não é uma opção, e deixar Veneza e suas famílias também não. Eles vão criar seu filho – concebido em meio à turbulência, mas fruto do amor – em Veneza. Em sua cidade, que é o lar de venezianos e judeus e de todos os tipos de misturas entre eles. Só espero que o que escrevo se torne verdade para Mimi e Vito.

Sinto-me seca ao retirar as páginas e deixo-as para Arlo montar e distribuir. O pequeno "e" torto pulsa para mim de novo, como o chamariz que é para os nazistas. Claro que estou com medo de ser pega e das consequências disso, mas não posso ignorar aquela pepita de orgulho alojada em mim, de fazer parte de algo para mudar o ódio nesta guerra. Mesmo que um pouco.

Agora, porém, a mudança tem de ser mais imponente – minha amada máquina de escrever precisa ser removida para não jogar a culpa nos outros. Pego uma cesta de compras de Elena para esse propósito, e fico aliviada mais uma vez de a máquina ser relativamente pequena, mesmo quando está na caixa. Ela se encaixa perfeitamente na cesta e, se eu a enganchar na curva do meu braço, posso suportar o peso sem parecer que estou me esforçando mais do que com mantimentos. Compro todos os pães e pãezinhos que posso para cobrir a máquina e, por baixo do pano, isso faz com que a cesta pareça cheia. Por fim, respiro fundo e saio. O proprietário de um pequeno barco de abastecimento fica com pena da minha tremedeira enquanto estou na orla sombria, esperando, e me leva à ilha principal, despedindo-se com um alegre "Tenha uma boa noite". Mas duvido que terei.

A caminhada de Zattere para casa é mais fácil do que eu imaginava, e sou submetida a apenas uma busca rápida, na qual o patrulheiro espia os pãezinhos sob o pano. Felizmente, as tropas estão bem alimentadas e nem sempre sentem necessidade de confiscar alimentos, especialmente algo tão básico como pão. Chego ao meu apartamento e há um puxão nas cortinas da minha vizinha, Signora Menzio, que não está acostumada a me ver voltar tão cedo. Ela me dirige um aceno sutil através da vidraça para sinalizar que não há perigo.

Sinto-me segura dentro do meu espaço, mas me lembro de que são apenas tijolos e argamassa, que podem ser facilmente violados por um grupo de busca formado por soldados com botas. Vou precisar de outro esconderijo, mas por ora – pelo menos esta noite – minha amada máquina de escrever terá de ficar comigo. Abro espaço em um armário baixo, que também funciona como guarda-roupa, tirando sapatos e caixas variadas, e uso uma faca de cozinha para levantar uma das tábuas mais soltas do piso. Preciso manobrar a caixa com cuidado para dentro, atenta para não esfolar as tábuas ainda no lugar, uma pista bem-vinda para qualquer grupo de busca experiente.

– Durma bem, mocinha – digo enquanto coloco a tábua solta de volta e empilho os sapatos do mesmo jeito que antes.

Em seguida, me sinto desolada, embora talvez menos exposta também. É estranho que não vá escrever nada por algum tempo, com exceção daqueles relatórios condenatórios para Breugal; segundo a mensagem de Sergio, devo ficar bem longe da redação do jornal. Eles encontrarão um substituto – não sou tão ingênua a ponto de achar que sou insubstituível –, mas sinto que é o fim de uma pequena era, pelo menos para mim.

Fico inquieta, vagando pelo pequeno apartamento e tentando comer uma refeição decente com o que tenho na minha escassa despensa. Pego um livro e percebo que é a cópia de *Orgulho e preconceito* dado a mim por Cristian. Aquela vida parece agora distante, sua boa vontade como colega tendo se transformado em amargura.

Eu me sinto presa, mas apenas por minha própria languidez e depressão. Até agora, nesta guerra, tive momentos – até dias – de raiva e tristeza, mas nunca o suficiente para que todo o meu ser se sentisse esvaziado. Como se a pessoa lá dentro estivesse sendo bombardeada, como as docas e os navios da lagoa. Jack se foi, não há nem Mimi aqui para melhorar meu humor e, por egoísmo, não posso enfrentar a caminhada até os meus pais. Sei que o Papa vai adivinhar a minha melancolia, e o que posso dizer para animar a Mama, para fazê-la se sentir melhor? Pela primeira vez em meses, posso contar apenas comigo mesma para impulsionar meu espírito. E me vejo tão vazia quanto a minha própria despensa.

34

À PROCURA DO CAFÉ

Veneza, dezembro de 2017

Na manhã seguinte, eles se encontram cedo e começam a vasculhar na extremidade norte da longa orla do Fondamenta Nuove. Até Giulio se surpreende com a quantidade de cafés-bares concentrados em uma área tão pequena, e serpenteiam por quatro ou cinco ruas adentro para não perder nenhum alvo em potencial. Giulio está armado com a identificação impressa de Stella e Mimi, embora a idade da clientela signifique que provavelmente ninguém as reconhecerá. Infelizmente, o nome de Paolo não atrai muitas respostas; os cafés mudaram de donos muitas vezes desde a guerra, ou apenas nunca houve um proprietário chamado Paolo. Luisa só fica parada, lendo a resposta negativa de cada funcionário do café enquanto eles balançam a cabeça.

A busca parece infrutífera e, com os pés doloridos, os dois estão a ponto de encerrar o dia quando decidem parar para tomar um café em um local próximo ao principal hospital de Veneza.

Enquanto faz o pedido, Giulio aproveita para perguntar.

– Não aqui – diz a mulher atrás do balcão, e os ombros de Giulio caem, em sinal de derrota. – Mas acho que há um bar familiar por perto. Tenho certeza de que o pai do proprietário se chama Paolo. Você pode tentar lá.

Impulsionados pela cafeína e um pedaço de esperança, eles se dirigem ao Campo De Giustina De Barbaria, um pouco menor que o seu extenso nome. O Café Rizzini está situado em um canto da praça, suas mesas externas vazias, mas as luzes internas sinalizam que está aberto. Giulio lança um olhar para Luisa que parece dizer: vamos lá, uma última tentativa. Há uma mulher atrás do balcão e, ao ouvir o nome de Paolo, chama alguém lá no fundo.

– Ei, Pietro, acho que tem alguém aqui para você.

Um jovem aparece na porta por trás de uma cortina. Ele tem a idade de Luisa, talvez mais jovem, e tanto ela quanto Giulio ficam resignados, mais uma vez, por estarem perseguindo um arco-íris sem nenhum pote de ouro no final. Mesmo assim, Giulio começa com as suas perguntas. Desta vez, há muitos acenos de cabeça – o homem pronuncia o nome de Paolo, e Luisa distingue a palavra "Papa".

O rosto de Giulio ilumina-se à medida que eles conversam, seus ombros se erguem, mas a conversa é rápida demais para ela acompanhar. Por fim, o homem volta a se esconder atrás da cortina e Giulio se vira para Luisa.

– Pode ser alguma coisa – diz ele. – A família dele é dona do bar desde antes da guerra. O pai dele se chama Paolo, mas ele tem apenas a idade da sua mãe, mais ou menos. Mesmo assim, ele disse que podemos falar com ele.

Pietro surge, vestindo um suéter pela cabeça, e os conduz do bar para a praça, depois várias portas abaixo, até a entrada de um prédio de apartamentos. Ele puxa uma chave e entra, dizendo "Venha, venha" em inglês. Após dois lances de escada, abre a porta de um apartamento, dizendo "*Ciao*, Papa" ao entrar, e eles o seguem até uma pequena sala de estar, onde Paolo Rizzini está sentado em uma poltrona de frente para uma televisão. Pietro explica rapidamente o que eles estão procurando, e as sobrancelhas do homem mais velho se juntam, claramente procurando na memória.

Giulio traduz a conversa.

– Signor Rizzini nasceu em 1951, então não pode nos dizer muito sobre a guerra, mas ele se lembra de seu pai falando sobre isso, e que havia um álbum de fotos. Ele se lembra de ter visto fotos dos militantes na San Marco após a libertação.

– E ele sabe onde estão as fotos? – Luisa mal consegue conter a sua empolgação.

Giulio começa a conversar de novo. Pietro se vira e gesticula para Giulio, que se volta para a direção de Luisa. Seu sorriso é o maior e mais brilhante que ela viu até agora.

– Pietro diz que podemos perguntar ao avô Paolo nós mesmos; ele está vivo e bem. Noventa e seis anos, mas, aparentemente, a sua memória é muito boa. – Ele para, respira fundo. – Luisa, podemos ter encontrado a nossa conexão.

Eles saem do apartamento sob o sol forte de inverno que divide o *campo* em dois. É apropriado, Luisa pensa, que eles entrem na luz branca e estreitem os olhos contra o brilho.

– Bom... – Giulio começa, mas depois não consegue conter sua própria empolgação com um largo sorriso.

Luisa sente-se como se tivesse seis anos, tentando controlar o friozinho na barriga até chegar a hora de abrir os presentes na manhã de Natal.

É aí que ela não consegue mais se conter – joga os braços ao redor de Giulio, que está levemente atordoado, mas mesmo assim retribui seu abraço firme. Por dentro, há um sentimento profundo – uma crença real – de que talvez desta vez ela encontre mesmo Stella Jilani.

35

EM FLAGRANTE

Veneza, outubro de 1944

Apesar do peso da culpa sob as tábuas do assoalho, adormeço cedo e de forma inesperada e profunda, acordando em uma brilhante manhã outonal. Meus sonhos – cheios de cenas da minha própria prisão, e outro em que Breugal zomba com um julgamento farsesco antes de proferir a minha sentença – não foram muito repousantes, mas, fisicamente, sinto-me energizada.

Saio cedo, em direção ao café do Paolo, apenas para descobrir que ainda não está aberto. Há tempo suficiente para caminhar à beira do canal – o brilho na água é quase ofuscante, mas seus raios levantam o meu ânimo. Contorno a San Marco e viro nas ruas em direção à Ponte da Academia, para outro café onde prefiro tomar o desjejum; sei que lá eles guardarão ovos para seus clientes regulares. Ainda sinto um peso sobre os meus ombros, mas agora que a máquina de escrever está guardada onde só pode me incriminar diretamente, sinto que estou carregando um peso mais leve.

Os ovos me sustentam ainda mais, um deleite raro hoje em dia, com café falso que rivaliza com o de Paolo, e até folheio as primeiras páginas de *Il Gazzettino* – sempre é bom saber o que está sendo dito pela propaganda inimiga. Sentada ali, tenho a certeza de que nós – eu, o jornal e a Resistência, até mesmo a minha família – podemos enfrentar as várias tempestades que caem.

Até eu vê-los. Apenas levanto os olhos do jornal, mas o reconhecimento é imediato. Um, emergindo de um pequeno beco, está em um terno marrom, sem uniforme, e parece notavelmente diferente. Mas ele não mudou tanto a ponto de eu não reconhecer as linhas afiadas e o pescoço fino do capitão Klaus. Seu companheiro é igualmente alto e magro, mas muito mais jovem. Enquanto Klaus surge e avança, a forma esguia de Tommaso me lembra a de um camundongo nervoso espiando de seu buraco. São seus olhos e a sua postura, quase se curvando para esconder o rosto. Mas não há dúvida de que é ele. O choque me para no meio da respiração e me arrebata fisicamente. Embora eles pareçam distraídos de tudo ao seu redor, puxo as largas folhas de jornal mais para cima para cobrir o meu rosto. Olhando por cima, vejo-os trocar algumas palavras, embora o comportamento de Tommaso sugira que, por dentro, ele está gritando para conseguir escapar. Ele é dispensado, Klaus dando-lhe um tapinha paternal nas costas ao se despedir, e caminha com os ombros curvados na direção da Ponte Rialto. Não consigo ver o rosto de Tommaso, mas imagino que não haja alegria em seus traços.

As peças se encaixam em minha mente, e fico horrorizada. Tommaso entende muito bem a situação em que seu pai se encontra. Estando em Ca' Littoria, há pouca perspectiva de libertação se descobrirem sua posição na Resistência. Lembro-me do pôster de Cristian e a promessa de liberdade em troca de informação. Mas, Tommaso? Com quem trabalho há meses – com quem ri e brinquei? Então, penso em Vito ou nos meus pais e me pergunto o que eu faria pela liberdade deles se fosse necessário. Com Vito, sei que ele prefere morrer a me ver trocando informações para a sua libertação. Ele é jovem e está em forma. Mas e se fosse meu próprio Papa? Como eu me sentiria, então? Espero não cair tão baixo a ponto de cometer uma traição, mas não tenho como *saber* com certeza o que faria. Algum de nós tem? Nesse caso, o sangue pode ser bem mais espesso que a água. Eu sei, no meu coração, que Tommaso é leal à causa – eu já ouvi isso em sua voz muitas vezes. Ele não faria isso de bom grado, mas deve estar morrendo por dentro pela segurança de seu pai.

O fato é que está feito. Ele não se encontraria com Klaus para um café e um bate-papo. E tenho que imaginar o pior para proteger a mim e aos que estão ao meu redor. No próximo segundo, estou de pé e indo não para a San Marco e o escritório do Reich, mas para Zattere, no ritmo mais rápido que ouso. Não tenho tempo de localizar uma casa segura com um receptor e uma mensagem para Matteo em Giudecca – preciso avisá-lo o quanto antes. O *vaporetto* está, felizmente, em operação, mas ainda leva uma boa espera de trinta minutos antes de eu cruzar a água e me arrastar em direção a Deus sabe o quê. Quando Klaus conseguirá mobilizar tropas para vasculhar o café e inevitavelmente descobrir a redação do jornal no porão? Ainda estou calculando enquanto desembarco e disparo na direção de Matteo.

Chego tarde demais. Forço-me a parar quando viro a esquina para o *campo*, ouvindo Elena antes de vê-la, soluçando incontrolavelmente enquanto Matteo é segurado à força por dois guardas fascistas.

– Ele é inocente! – o grito dela ecoa.

Há papéis espalhados na calçada, o vento soprando alguns pelos ares, e outro guarda está ordenando aos outros que os contenham.

– Precisamos deles como evidência! – ele grita. – Peguem!

Vindos de dentro, vejo dois guardas puxarem o mimeógrafo pela porta e colocá-lo na calçada, seu metal raspando e batendo no concreto. Para a minha surpresa, há apenas guardas fascistas, sem contrapartes nazistas supervisionando o ataque. E nenhum capitão Klaus.

– Então o que é isso, hein? – o guarda sênior ruge para Matteo, seu rosto a poucos centímetros do dono do café. – Um pouco de contação de histórias para seus clientes, não é? – E ele ri com vontade do próprio sarcasmo, enquanto os soldados seguem seu exemplo.

Matteo está calado. Não há nada que ele possa dizer. Ele sabe o que o futuro imediato lhe reserva; e Elena, em sua angústia, sabe também. Seu rosto em geral corado está branco de medo, o dela se desmanchando em tristeza. Sua melhor oração é para que ele saia vivo.

Fico nauseada. O café da manhã e a bile sobem na minha garganta, e preciso cruzar uma passagem antes de conseguir controlar meus medos. Respirar o ar frio da manhã não é suficiente para manter o conteúdo do meu estômago no lugar, e, assim que me recupero um pouco, tento pensar no que devo fazer a seguir. Tomamos cuidado no escritório para não deixar nenhum rastro que levasse à nossa identidade. Mas, se Tommaso revelou o paradeiro do escritório, quem sabe o que – ou quem – mais ele denunciou? Klaus não se contentaria com nada menos do que nomes. Sei que devo voltar para o meu apartamento e tirar a máquina de escrever do esconderijo. Desta vez, ela deve mesmo ser lançada nas águas profundas do Fondamenta Nuove – não há lugar para sentimentalismo agora. Mas, igualmente, acho que posso ter um pouco de tempo para alertar os outros.

Corro de volta para a orla e uso a minha última lira para pagar o único táxi aquático de volta a Zattere. Estou sem fôlego e suando enquanto corro para a casa da Resistência mais próxima que conheço, na esperança de enviar uma mensagem para Arlo e alguns dos outros que nos ajudam de vez em quando.

Minha mensagem é despachada como urgente, e quase corro na rota mais direta por Campo Santo Stefano e San Salvador. Sou grata por haver tantas igrejas em Veneza, nas quais posso entrar se uma patrulha se aproximar demais, para o meu alívio, mas também preciso chegar em casa o mais rápido possível. Estou apostando que Cristian acredita que minha ausência do escritório se deve à doença da minha mãe, mas a sua tolerância não vai durar muito, eu sei. Minhas panturrilhas estão doendo enquanto caminho pelas ruas menores, evitando as avenidas maiores onde as tropas se reúnem.

Finalmente, estou a duas ruas de distância do meu pequeno *campo*. Paro e tento me sintonizar com as mudanças, mas o alvoroço matinal de Veneza encobre tudo que consigo sentir, os motores dos barcos além do Fondamenta invadindo o espaço sonoro que preciso isolar. Tudo parece normal.

Ainda assim, ando pelas ruas com todo cuidado, os últimos dois passos em direção à extremidade oposta do *campo* quase na ponta dos pés. Olho ao redor, além da pequena capela, e sou grata por sua presença para me esconder.

É a Signora Menzio que vejo primeiro, não como costumo fazer pela janela, mas no *campo*, fazendo uma grande cena de velha senhora arrastada para fora de sua casa, repreendendo o soldado da ss com pouco medo e um dedo sacudindo em riste. Ele parece quase intimidado pelas obscenidades que ela vocifera em italiano, poucas das quais deve entender, embora os guardas fascistas que o estão apoiando fazerem careta diante dos xingamentos dela.

Mas logo vejo que essa é apenas metade da história. Dando a volta pelo outro lado da capela, confirmo que a Signora Menzio não é o alvo deles. Reconheço alguns dos meus pertences no chão de pedra, atirados da janela aberta do segundo andar – roupas, alguns dos meus preciosos livros e, o que é mais alarmante, uma porção de sapatos. A imagem me atinge como um golpe de martelo em uma bigorna – eles encontraram o armário e estão sem dúvida puxando as tábuas enquanto observo. Serei pega. A qualquer minuto, um oficial da SS surgirá – talvez Klaus – com minha amada máquina de escrever nos braços e um olhar de sinistro triunfo.

Não há mais nada na minha barriga para criar uma sensação de mal-estar, mas meu coração enche meu peito, quente contra o meu esterno, e a minha garganta queima, empurrando a língua e me fazendo tropeçar, sem fôlego. O barulho da praça é abafado pelas construções de todos os lados, mas, mesmo assim, a busca parece metódica e relativamente calma. Há uma mistura de sons em meus ouvidos, gritando e me afogando e me oprimindo com a minha própria vaidade, estupidez e sentimentalismo. Já posso ver o interior de Ca' Littoria vividamente e o vermelho do meu próprio sangue, posso sentir o gosto do metal em meu lábio.

Depois de mais ou menos um minuto durante o qual tenho dificuldade para me manter em pé, inspiro o suficiente para pensar com clareza. Penso em dar meia-volta e correr para o esconderijo mais próximo, talvez para a entrada dos fundos do café do Paolo, onde posso me esconder em seu porão até que eles tenham ido embora, para ser entregue a Sergio e protegida por sua rede. E, tão rapidamente quanto a ideia vem, eu a descarto; tudo fica claro para mim. Os nazistas têm acesso ao meu endereço oficial – é o dos meus pais. A imagem da Mama sacrificando-se por mim – e sei que ela fará isso – faz meu coração se romper com uma sacudida que me impulsiona fisicamente para a frente. O que se desenrolará agora é minha culpa e de mais ninguém. Está claro para mim que fui muito, muito tola; só eu devo enfrentar as consequências.

Respiro fundo uma última vez para me acalmar e saio do abrigo da capela, em direção à multidão à minha porta, forçando os meus passos para que pareçam naturais. A Signora Menzio não pode deixar de me denunciar com seu olhar de choque, e interrompe os xingamentos que ainda está dirigindo aos soldados.

– Stella, o que você... – ela murmura.

– Está tudo bem, Signora Menzio – digo. – Está tudo bem.

Não preciso me identificar para os guardas desconhecidos, porque o capitão Klaus é capaz de fazer isso muito bem ao sair da entrada escura do meu apartamento, seu rosto magro com uma expressão trovejante quando ele aparece sob a luz. Seus braços, porém, estão ao lado do corpo – vazios. Talvez outro guarda siga com o prêmio incriminador que eles estão buscando? É só uma questão de tempo.

– Fräulein Jilani – diz Klaus friamente. – Devo admitir que estou muito surpreso em vê-la aqui. Embora não de forma desagradável.

Ele sorri de leve, mostrando apenas a parte do meio de seus dentes amarelos. Em seguida, suas feições retomam a expressão taciturna.

Em segundos, aparece a sombra de outra figura atrás. Mas essa forma não usa uniforme cinza ou verde, apenas um terno azul simples. Desta vez a minha surpresa é mais aparente; meu rosto congela quando Cristian De Luca entra pela porta da minha casa. Claro que ele está aqui – ele é o único a quem confiei o meu endereço. Uma confiança partida ao meio.

O rosto de Cristian está envergonhado, posso notar, porque ele não olha para mim, mantendo os olhos fixos no chão. Eu é quem olho para ele, desejando que ele levante o rosto e me confronte. Não pela primeira vez nas últimas horas, estou física e emocionalmente sem fôlego por sua total traição. Nas últimas semanas e meses, não nos imaginei como amigos, nem esperava qualquer tipo de favor, ainda mais de um fascista. Mas isso! Trair o que... Seja lá o que foi que tivemos? Intimidade ou informalidade, talvez até algum tipo de respeito mútuo? De qualquer forma, compartilhamos algo brevemente. Houve algo. Só para conseguir vir até a minha porta, mostrar afeto neste mesmo lugar, sob o pretexto de amizade, e depois usar isso contra mim. Durante meses, tentei ler o homem, que agora se mostra um mestre do disfarce, um verdadeiro Jano. Dói como o pior tipo de traição. Mas assim é a guerra. Não há regras. *O que diabos você esperava, Stella?*

Dirijo a minha decepção longa e duramente para o rosto de Cristian. Está desprovido de expressão, mas vejo um rubor revelador logo acima de seu colarinho – embora eu ache que é improvável que represente culpa, apenas constrangimento, talvez com meu próprio olhar de granito. Seus olhos permanecem fixos na calçada de pedra, até que ele vira o corpo e se aproxima de um dos guardas fascistas. Desvio o olhar e me viro para o capitão Klaus, mas, como ainda não há sinal da máquina de escrever, não ofereço minha culpa de graça.

– Existe algum motivo para revirarem a minha casa? – pergunto bruscamente, avaliando que seria natural demonstrar certa indignação como cidadã inocente.

O capitão Klaus olha para trás em direção à porta, como se procurasse um sinal. Um oficial da ss se move sob o lintel e olha diretamente para o seu colega do exército, com lábios finos e um sutil aceno de cabeça. A nuvem trovejante surge no rosto de Klaus novamente, seu pomo-de-adão excessivamente grande subindo e mergulhando acima de seu colarinho apertado.

– Minhas desculpas, Fräulein Jilani – ele diz, enfim. – Recebemos informações que nos trouxeram ao seu apartamento. – A protuberância em sua gola salta como se ele estivesse engolindo carvão em brasa. – Claramente, eram falsas.

– E devo saber a natureza dessas informações? – eu o pressiono, continuando a minha jogada de vítima afrontada, ferida por sua falta de confiança em mim. Afinal, sou uma funcionária leal do Estado fascista.

– Receio que não, Fräulein – diz ele. – É confidencial, por ora.

E ele se vira para ir embora.

– E meus pertences? – ainda questiono.

Quero que partam imediatamente e deixem-me com o tremor que está apenas contido nas solas dos meus sapatos, com a desordem do meu apartamento e a minha solidão. Mas, se eu recuar agora, subindo as escadas com o rabo entre as pernas, estarei admitindo algum tipo de conluio, e eles terão bons motivos para suspeitar de mim.

Klaus parece chocado com a minha audácia e, de soslaio, vejo o queixo de Cristian se contrair de surpresa.

– Quem vai me ajudar com esta bagunça? – insisto.

Klaus vira para um de seus soldados.

– Sargento, ajude a Fräulein a organizar os seus pertences – diz ele. – Os outros, comigo.

Ele bate os calcanhares em um falso esforço de cortesia e dá meia-volta. Todos se afastam, Cristian indo atrás, os ombros visivelmente curvados. Minha raiva queima por dentro por sua covardia.

– Vá em frente, siga a matilha – murmuro para mim mesma enquanto eles se afastam.

Seu estilo de se vestir bem, suas maneiras e seu amor pela literatura se dissipam a cada passo que ele dá, e eu o vejo como ele é – nenhum amante de Veneza ou de italianos. Nenhum coração que se deixa seduzir pela literatura ou pelo jogo de palavras. Foi tudo um ato elaborado. E eu tinha sido enganada.

Pego os meus pertences, dispensando a ajuda do sargento depois de ter feito a minha cena. A Signora Menzio ajuda o melhor que pode e Paolo corre ao perceber o que está acontecendo.

– Stella, você está bem? Você está machucada?

– Não, não, estou bem, Paolo. De verdade. Apenas abalada. Foi uma manhã e tanto.

Tropeço escada acima sozinha, ainda sem ter certeza de como uma busca completa em minha pequena casa poderia não ter localizado o meu esconderijo.

Quando caminho pelo caos amontoado no chão – gavetas abertas, minha pequena despensa de cozinha vazia de seu escasso conteúdo – sigo em direção ao armário, com olhos arregalados. Eles não podem ter deixado passar batido. A tábua está puxada para fora, descartada ali perto. Eu me abaixo de repente no chão e olho sob as tábuas, enfiando um braço e examinando o espaço frio e empoeirado com meus dedos. Nada. Sem caixa. Sem máquina de escrever. Começo a me perguntar se há uma cavidade pela qual ela possa ter caído, mas, quando levo a chama de um fósforo até o espaço, vejo que não há nada.

Onde pode estar? E quem pegou?

— Paolo, Paolo, vocês estão com a minha máquina de escrever? — pergunto sem fôlego no café, mas, mesmo enquanto me ouço dizer isso, sei que é uma pergunta boba.

Ele não lê mentes, e não contei a ninguém que a tinha levado para casa. Ele me olha, confuso, e me oferece um conhaque para amenizar a minha insanidade temporária. Só posso supor que Sergio tenha mandado alguém bem treinado para escondê-la, para limpar o meu apartamento. Mas como ele saberia que eu não tinha descartado a máquina como prometido? No entanto, segundo me disseram, Sergio tem olhos e ouvidos em todo lugar. Depois de beber o conhaque, Paolo me pede para ficar quieta em meu apartamento e esperar por uma mensagem do batalhão sobre o que fazer na sequência.

Demoro até depois da meia-noite para consertar todo o caos dentro de mim, e ainda mais tempo me sacudindo e me revirando na cama para organizar meus pensamentos. Como posso voltar ao escritório do Reich pela manhã e enfrentar Breugal ou Cristian? Só sei que não quero fazer isso. Por outro lado, se eu fugir, chamarei muita atenção para a minha culpa, tanto da minha mente quanto das minhas ações. Preciso manter a fachada como uma leal inocente e injustiçada. É outra camada da máscara. Será que vou notar mais esse esforço de não ser eu mesma?

Há rugas profundas ao redor dos meus olhos quando saio para o escritório na manhã seguinte. Não há mensagem de Sergio — nem, o que é mais importante, notícias sobre Arlo e os outros — mas sei que não posso ficar em casa sem fazer nada, nem manter a calma na casa da Mama. Paolo já enviou alguém para verificar se os meus pais foram abordados, e estou certa de que não houve visitas indevidas à sua casa.

A caminhada em direção ao Platzkommandantur parece estranhamente como naquele primeiro dia, perguntando-me se estou prestes a entrar no ninho das víboras – e se irei sair de lá. Mesmo assim, não sinto medo; penso que, se Breugal ou Klaus estivessem empenhados em minha captura, teria sido fácil me prender no dia anterior. Da mesma forma, estou bem ciente de que podem estar jogando comigo, um jogo no qual eles têm a maioria das cartas. À medida que avanço, sinto com firmeza que algumas coisas devem ser deixadas para a sorte ou o destino. Prefiro que a aposta não envolva a minha vida, mas, se a guerra me ensinou alguma coisa, é que o controle é superestimado: grande parte da sobrevivência depende da pura sorte.

Na San Marco, nada parece ter mudado – os painéis nus de madeira que protegem a basílica se esforçam para refletir a luz branca da manhã de outono, e os pombos estão ruidosamente otimistas atrás de migalhas; o número de pássaros na praça caiu em tempo de guerra, e sua mansidão sugere que ainda não perceberam que é porque os humanos também precisam de migalhas, na forma de uma boa carne de pássaro. É só quando me aproximo do posto de controle que sinto uma mudança palpável. Um dos guardas mais jovens se embaralha desconfortavelmente.

– Bom dia, Franz – digo sem hesitar.

– Fräulein – ele assente.

Mas não há sorriso infantil, nenhuma tentativa de brincadeira. Ele olha para o chão, mudando a posição dos pés.

– Está tudo certo? – pergunto. Ele é muito jovem e inocente para eu brincar com ele. Pergunto: – Devo subir para o escritório?

Ele ergue os olhos, aliviado por ter apenas de repetir uma ordem:

– O capitão Klaus pede para vê-la lá embaixo, Fräulein. Por favor, siga-me.

Lanço meus olhos escada acima enquanto sou conduzida para uma sala ao lado da escada, perguntando-me se a conversa será sobre mim agora; primeiro Marta, e agora Stella. Também me pergunto se Cristian está lá, se vai se dignar a mostrar sua cara hoje.

Ele não mostra. A sala está vazia quando entro – um tipo de sala de reuniões ornamentada, com uma grande mesa no centro, a rica essência de Veneza no tecido, sua beleza manchada apenas por uma pequena flâmula da suástica pendurada sobre um vaso. Não sei se devo sentar-me ou ficar de pé, mas há pouco tempo para decidir antes que Klaus entre. Sua expressão é toda profissional, e seu olhar magro é ainda mais sinistro em contraste com a imagem farsesca de Breugal. Ele está acompanhado por um soldado, que está barrando a porta.

– Fräulein Jilani – ele começa, sem me oferecer um assento. – Espero que todos os seus pertences estejam de volta no lugar.

– Estão – digo.

– Ótimo. Não queremos que você seja incomodada. – Ele respira entre os dentes com tanta animosidade que parece que uma névoa fétida invadiu a sala.

Decido, mesmo no início da conversa, que não consigo tolerar sarcasmo. Podemos muito bem ir direto ao ponto.

– Devo presumir que não voltarei ao escritório?

– Você presume corretamente.

– Com base em quê? – pergunto. – Sua busca foi bem-sucedida? Acho que vocês saírem de mãos vazias ontem é o suficiente para provar a minha inocência. E a minha lealdade.

O capitão Klaus libera o restante de sua nuvem imunda, colocando uma luva de couro na palma da mão.

– Fräulein Jilani – diz ele, como se estivesse começando algum tipo de discurso a um mortal inferior. – Você e eu sabemos que você é muito mais inteligente do que jamais nos permitiu acreditar.

– Devo considerar isso um elogio?

– Pode considerar. Não me importo. Mas não podemos mais empregar alguém sob suspeita neste escritório. Você deve entender isso.

Entendo. Claro que entendo. Mas agora a minha vida e liberdade dependem de eu usar uma linha tênue para deixar o escritório por conta própria.

– Vocês têm alguma prova? – insisto.

– Neste caso, a suspeita é suficiente. O Reich precisa... *depende...* da lealdade absoluta. – Desta vez, seu escárnio coloca um ponto-final no argumento.

– Então, o que devo fazer? Onde devo trabalhar, ajudar a sustentar minha família? – digo, interpretando a minha postura de incredulidade.

Klaus parece destituído de qualquer emoção, a não ser a ponta de prazer em seu tom.

– Isso não é da minha conta. Só devolva o seu crachá. Imediatamente, por favor.

Ele abre os lábios com um sorriso de menosprezo, revelando os dentes amarelados. Pego meu cartão e o seguro na direção dele, forçando-o a puxá-lo dos meus dedos.

– Obrigado – ele consegue dizer quando me viro para ir embora, lutando agora para segurar o monstro de duas cabeças, as lágrimas e a raiva. Mas ele completa: – Ah, e Fräulein Jilani, preferiríamos que você não deixasse a cidade no futuro próximo.

– Isso é uma ordem? – giro para encará-lo novamente.

– É. Punível, creio eu, com a morte. Ordens para atirar em qualquer um sob tais restrições à vista.

Não tenho ideia de onde ele brota, de alguma fenda da minha alma ou do meu âmago, mas dou um sorriso. Não um sorriso pretensioso, nem malicioso, mas do tipo que diz que não estou derrotada; eu não sou uma de vocês e você não vai me derrubar.

– Obrigado por sua franqueza, capitão Klaus – digo, saindo para o grande e imponente corredor.

Não sei o que me leva a fazer isso, mas olho para o alto da escada. Eu não deveria – apenas convida a mágoa dentro de mim a se aprofundar – mas sou compelida por algo. Percebo a forma de um corpo pairando no topo e, então, seu rosto. Férreo, sem emoção, leio nele que Cristian De Luca está feliz por eu ter recebido a minha justa penitência – uma italiana leal contra um leal fascista. E ele venceu esta batalha. Em um segundo ele se vai, de volta para trás da porta pesada e do escudo de proteção do Reich. Afasto-me do Platzkommandantur com uma mistura de alívio e fúria.

Preciso me esforçar ao máximo para não me virar de volta para a janela, onde sei que Cristian De Luca está sentado, talvez me vigiando pelas costas enquanto deixo seu precioso domínio para sempre.

Passo o resto do dia em casa, alternadamente deitada na cama e olhando para as páginas de livros aleatórios que não quero ler. Em tempos como estes, em geral me volto para o mundo de Elizabeth Bennet e Mr. Darcy, para a etiqueta bonitinha e a dúvida sobre qual vestido usar no baile. Preciso disso agora mais do que nunca. Mas aquele volume em particular na minha prateleira tem a capa agora revestida com espinhos venenosos, sabendo quem o deu para mim. Meus dedos não conseguem tocar no livro sem que eu sinta um mal-estar. Minha fúria me impele a rasgá-lo ou jogá-lo no canal, e é apenas o meu amor pelos livros que me impede de fazê-lo. Em vez disso, procuro algo para comer em meus armários, concluindo que até o melhor dos cozinheiros teria dificuldade de preparar uma sopa com uma batata solitária.

Tenho medo de atravessar o pequeno *campo* até o café do Paolo, ou ter contato com qualquer pessoa, para não contagiá-la com a minha culpa. A caminhada de volta do Platzkommandantur foi agonizante, minha paranoia pesando sobre os ombros e os meus cabelos do pescoço arrepiados, convencida de que Klaus havia colocado alguém para me seguir. Eu estava cansada demais até mesmo para deixar rastros falsos, costurando caminhos para frente e para trás como sempre fazíamos antes e depois de passar uma mensagem, mas quando cheguei em casa havia me livrado da desconfiança e da sombra imaginária. Eles sabem onde eu vivo, de qualquer maneira. Sinto falta da redação do jornal também, mesmo sabendo que Arlo e os outros podem não estar lá, e vejo flashbacks chocantes de Matteo e Elena, a imagem de seu rosto distorcida em desespero absoluto, ambos agora enfrentando seus próprios pesadelos. E Vito, é claro, que ainda definha em Ca' Littoria, sabe Deus em que estado. Deitada aqui entre as minhas quatro paredes, considero que tenho sorte. Muita sorte.

A necessidade de café e informações vencem, enfim, e vou até a casa de Paolo, que logo percebe as olheiras sob os meus olhos e me direciona para um assento no fundo. Seus grãos de café podem ser feitos de bolotas, mas é como um manjar dos deuses reacendendo o meu cérebro.

— Alguma novidade? — pergunto, quase com medo de ouvir.

— Arlo está em segurança — relata Paolo. — Conseguimos mandar uma mensagem para ele a tempo, e ele está longe do Vêneto agora.

— E Matteo? Elena?

— Elena não foi presa — ele diz, mas sei pela gravidade de seu rosto que Matteo não teve tanta sorte. — Matteo foi transferido para Santa Maggiore. Portanto, ele sobreviveu a Ca' Littoria, pelo menos.

Quero perguntar por Tommaso, embora não tenha certeza se a brigada esteja ciente de sua traição. Eu condeno tal jovem pela lealdade ao pai? Paolo me salva do dilema.

— E Tommaso está escondido — diz ele.

Sua expressão é difícil de ler, certamente não expressa repugnância. Talvez todos possamos avaliar os laços que nos unem e como outros laços podem ser rompidos.

— Sabemos alguma coisa sobre o pai dele? Ele foi solto? — estou ansiosa para saber, até espero que haja um resultado positivo do dilema e da angústia de Tommaso, apesar do caos que causou.

— Não, de acordo com nossas informações. — Paolo suspira. — Como a máquina de escrever não foi encontrada, não foi dada a ordem para soltá-lo.

Nós dois olhamos para o nosso café, cada um sabendo que o pai de Tommaso também está manchado pela traição de seu filho, nascida do amor e da lealdade, mas que não deixa de ser uma mancha. Como família, eles não têm futuro em Veneza. Outra família rasgada por este imundo jogo de gato e rato.

Paolo me traz um bem-vindo prato de guisado, e me pergunto como poderei retribuir sua bondade e generosidade, mas ele a rejeita como se não estivesse fazendo nada de mais. Agora, está fazendo mais do que ele jamais poderia imaginar para manter meu espírito e meu corpo vivos.

— Então, quais são as minhas instruções? — pergunto, por fim.

— Sergio diz para ficar quieta, ir apenas a lugares conhecidos. Ele providenciará para você um emprego legítimo em um bar, algo que faça parecer que você está apenas ganhando alguns trocados, caso o escritório do Reich esteja de olho. É muito perigoso tirá-la de Veneza com essa ordem, por isso você está mais segura dentro da cidade, por enquanto.

— Enquanto isso, o que faço? Posso fazer alguma coisa pela causa? — Não consigo suportar a ideia de renunciar ao meu trabalho como *Staffetta* também.

— Você está louca, Stella? Claro que não! — Paolo demonstra raiva pela primeira vez. — E você deve ficar longe de qualquer esconderijo. A ordem é para não passar mensagens para você.

— Por quanto tempo?

— Até percebermos que a sua vida não está ameaçada.

Sua expressão sempre amigável, muitas vezes cômica, está severa. Ele tem mais ou menos a idade de Vito, mas sinto a necessidade de obedecê-lo. Sinto-me inútil e sem chão, mas também bem cuidada, acolhida em meio à superfície áspera da guerra.

36

FUGA

Veneza, outubro de 1944

Não tenho escolha a não ser seguir as ordens da Resistência e não fazer nada. Visito Mama e Papa no dia seguinte à minha demissão, desta vez ziguezagueando em direção à Via Garibaldi, sem pressa. Afinal, tenho bastante tempo. Encontro-os na cozinha, o fedor azedo de uma carcaça de peixe de uma semana pendurada em um barbante sobre a mesa, Papa esfregando fatias de polenta na superfície para pelo menos dar um toque de sabor ao milho insípido. Ele o coloca no prato da Mama e ela apenas mexe na comida. Ambos estão tão felizes em me ver que nem perguntam por que os estou visitando ao meio-dia, e sou atingida por uma onda de culpa por quanto eu os negligenciei nas últimas semanas, tão envolvida em minhas próprias batalhas, indo e vindo pela ilha e pela água quando deveria estar com eles. Há uma guerra a ser travada aqui mesmo nesta casa, e preciso fazer parte dela.

Passo a tarde explorando os mercados em busca de qualquer coisa que eu possa encontrar que seja minimamente comestível e saudável, persuadindo vendedores a pegarem os suprimentos clandestinos que mantêm sob os balcões, e quase esvazio minhas economias para pagar por isso. Mama me observa ao lado do fogão enquanto começo a trabalhar fazendo sopas e caldos com as cascas e assando um tipo de pão. Uma ou duas vezes vejo um brilho em seus olhos, sob as camadas de preocupação, mas ainda não consigo fornecer a luz de que ela precisa com notícias de Vito.

Ouvimos a Rádio Londra juntos e Papa volta depois de uma rara ida ao bar. Sinto o cheiro de cerveja e cigarros nele e o ar de alívio após ter cuidado da Mama por tantas semanas sem descanso. Falamos do progresso da guerra, mas contornando qualquer menção a Vito – e, ao brilho da noite, há um toque da vida familiar que costumávamos ter. Sinto que estamos com cicatrizes, certamente, mas não arruinados. Ainda há vida na família Jilani.

Nunca estive desempregada ou sem um propósito, e o tempo pesa muito. Depois de apenas dois dias rondando meu apartamento como um animal enjaulado, apresento-me no café do Paolo e amarro um avental. A ironia do mesmo gesto que fazia no bar do Matteo não passou despercebida por mim, mas escolho focar no agora, pois as memórias podem muito bem me destruir. Paolo não pode me pagar, eu sei, mas preciso de distração, e a oferta da cozinha dele para me alimentar é o suficiente, já que não tenho mais dinheiro.

É ali que a carta é entregue por um rapaz esguio com dentes grandes, que se intromete e pergunta onde mora uma Signorina Jilani, entregando um pequeno envelope em troca de uma moeda. Não preciso estudar a escrita com cuidado para saber de quem é – ornamentada e reta, já vi esta letra várias vezes. Também posso arriscar um palpite sobre por que Cristian está escrevendo: talvez ele pense que sua prosa pode compensar uma desculpa esfarrapada para o seu comportamento e a sua traição, justificativas para as suas ações – que poderiam ter me feito ser presa ou morta. O fato de um ato do destino ou uma fada-madrinha desconhecida ter me salvado não o absolve das suas intenções. A culpa é minha – eu deveria saber que ele é um fascista, antes de mais nada. O pouco que havia entre nós nunca se igualaria à sua lealdade para com Benito Mussolini. Da mesma forma, ele não pode usar palavras comigo para apaziguar sua culpa; nós, venezianos, temos muita prática em ver o que está atrás da máscara, e não esqueço com facilidade.

Não a coloco no bolso do avental para ler em particular mais tarde. Estou decidida – ainda fechada, ela vai direto para a cozinha de Paolo, onde me espreito pela grade e vejo as chamas a engolirem avidamente.

A tarde seguinte traz um momento de *déjà-vu*. O mesmo moleque aparece na porta, oferecendo outro envelope com uma letra idêntica. Desta vez, dou a ele duas moedas – as últimas que tenho – e digo a ele para devolvê-la ao remetente; ele sai correndo, encantado com o pagamento em dobro. Não sou a melhor das garçonetes, mas ao longo da tarde provoco mais acidentes do que no dia anterior, e até mesmo Paolo sugere gentilmente que eu ajude na cozinha, em vez de lhe custar mais louças preciosas. É a imagem do envelope me consumindo. Ao contrário do primeiro dia, eu me pergunto que mensagem havia dentro, mas a ideia de ler a defesa afetada de Cristian ainda belisca o meu estômago. Eu sei que seria difícil conter a minha raiva se meus olhos rastejassem sobre suas palavras.

Minha noite é perturbada; sonho com Klaus e Breugal no leme de um barco-patrulha, estou algemada e amarrada atrás deles na água sendo puxada em alta velocidade, alternadamente sendo arrastada pelos ares ou pela água enquanto luto contra o afogamento na minha amada lagoa. Eles estão gritando e rindo como homens puxando um cervo e se divertindo com isso. Acordo suando, apesar do frio crescente no ar.

De manhã, estou lutando contra o calor e o frio da minha própria ansiedade. Desta vez, o envelope é maior, empurrado por baixo da porta do meu apartamento enquanto o sol nasce. Parece um envelope oficial, e meu nome está escrito em letras maiúsculas na frente, o ícone distinto do Reich mal aparecendo. O pacote fica na minha mão e depois na mesa da cozinha por um tempo enquanto reúno coragem para abri-lo. Uma intimação para comparecer perante algum tipo de tribunal ou conselho? Certamente isso seria acompanhado pelo barulho pesado de botas e batidas na minha porta? Breugal não é conhecido pela sutileza.

Tento negar para mim mesma que estou tremendo ao abri-lo, mas as bordas irregulares do envelope testemunham o meu medo. O papel dentro é grosso e contém várias folhas, mas não é uma diretiva. As palavras, que pulsam como um farol, indicam: PERMISSÃO PARA VIAJAR. E é o meu nome datilografado no pedido, inconfundivelmente. Mas é a assinatura na parte inferior que causa estremecimento e confusão: *General K. Breugal*, assinado a caneta, mas também datilografado abaixo. Está carimbado com o ícone da águia em forma de garras que vi quase todos os dias nos últimos meses. A data é do dia anterior.

Por quê? Por que Breugal iria querer se livrar de mim? O jornal está dissolvido, talvez para ser ressuscitado por outros se a guerra continuar, mas a minha carreira acabou dentro daquela célula. A máquina de escrever, embora ainda escondida em algum lugar, também está inacessível para mim, embora o general não saiba disso. Mas seus homens destruíram o núcleo de comunicação que criamos, e ele sabe do sucesso nazista a esse respeito. Sabe que não sou mais uma ferramenta útil.

Minha mente segue um raciocínio tortuoso: os papéis são falsos ou uma armadilha? Se eu tentar usar o passe, serei detida em um posto de controle e presa por desafiar a ordem de permanecer em Veneza? Quase posso imaginar a cena, aquele momento em que o guarda percebe a situação, em que não há para onde correr sem balas espalhando-se ao redor e, possivelmente, em meu torso em fuga. Sinto um arrepio. Não consigo raciocinar bem o suficiente para decidir, sabendo que devo consultar outros. Devo ir à casa dos meus pais para cuidar da Mama, então passo na casa do Paolo e mostro os papéis – ele diz que entrará em contato com alguém para verificar a autenticidade.

Na caminhada até a Via Garibaldi, vou à orla em busca de conforto, mas mal percebo a superfície ondulante da água enquanto penso nas possibilidades de quem teria enviado. Cristian é a escolha mais óbvia, talvez como reparação de sua culpa. Mas também conheço a extensão de sua traição – seria uma maneira fácil de se livrar de mim, alvejada de forma "legítima" em uma fronteira tentando fugir de Veneza, convenientemente distanciando-se do ato. Não era eu que sempre achei que suas listas eram mais perigosas do que qualquer arma no coldre?

Do mesmo modo, pode ser outra pessoa no escritório, talvez com acesso aos papéis de Breugal, mas não consigo imaginar quem. Não me aproximei muito de nenhuma das outras datilógrafas, apenas da Marta, e ela está há muito tempo sem acesso e ausente. Decido que é quase certo que é Cristian, mas sua motivação permanece um mistério.

Estou fazendo um penteado no cabelo ralo da Mama quando chega uma resposta. Desta vez, alguém bate na porta, embora seja mais urgente do que ameaçador.

– Stella! Stella! – repete a voz atrás da porta, em uma tentativa de grito sussurrado.

Eu sei de quem é, mas me pergunto por que o próprio Paolo está lá na porta dos meus pais.

– Paolo! Entre.

Ele desliza para dentro olhando para trás, o que me diz que nem tudo está bem.

– Stella, quem é? – Mama pergunta da cozinha.

– Ah, apenas um amigo com uma mensagem do trabalho – eu digo. – Não vou demorar.

Levo Paolo para a salinha e noto que ele está sem fôlego, o suor escorrendo pelo lábio superior. Ele precisou correr.

– Stella, precisamos tirá-la daqui – ele diz, ofegante.

– Quando?

– Agora – responde. – Agora mesmo.

– Por quê? O que aconteceu?

– Há uma ordem de prisão contra você.

Minha mente vai para a máquina de escrever. Eles a encontraram? Em caso afirmativo, como a conectaram a mim? Eles só têm a palavra de Tommaso e até agora isso não foi o suficiente para me condenar. O que mudou?

– Mas o passe de viagem, por que fariam...? – Minha mente está inundada de perguntas. – Está assinado por Breugal, e Klaus estava decidido a me deixar ir poucos dias atrás.

– Não sei – diz Paolo. – Talvez eles enfim tenham provas para ligá-la à máquina de escrever. Mas eu não me arriscaria a perguntar a eles... as tropas estão a caminho do seu apartamento agora e, quando não a encontrarem, virão direto para cá. Dizem que querem usar você para dar o exemplo, Stella... jovem, mulher ou não, eles querem dizer a todos que a punição será aplicada. É tudo que sei.

De repente, fico paralisada de medo. Eles não podem me descobrir em casa – será pior para os meus pais, especialmente para o coração da Mama. Uma busca já é ruim o suficiente, mas me ver sendo levada – penso na angústia recente de Elena e não posso suportar as consequências.

– Mandei buscar seu pai nas docas – diz Paolo. – Ele chegará a qualquer minuto. Mas temos de ir.

– Não podemos esperar um pouco pelo Papa? Para nos certificarmos de que Mama ficará bem?

– Não, Stella. Agora.

E ele me dirige aquele olhar de novo. Eu olho em seus olhos e ele assente. "Agora", ele quer dizer. Imediatamente. Eu mal consigo pensar no que dizer. Murmuro alguma desculpa para Mama sobre ter esquecido um compromisso e puxo o meu casaco do cabide. Beijo o seu rosto, tentando não empurrar meus lábios com força em sua pele e aspirar o cheiro que a torna minha mãe, meu porto seguro. Tento agir como se não fosse a última vez que a veria, e mal consigo sair de casa antes que as lágrimas escorram pelo meu rosto. Paolo me pega pela mão e praticamente me puxa para Ana Ponte, empurrando um pacote na minha mão e me abraçando com força.

– Tenha cuidado e seja corajosa, Stella – ele sussurra em meu ouvido. Então ele beija meu rosto manchado de lágrimas e vai embora.

Há um barco esperando, cujo piloto confiável serpenteia por canais estreitos, esgueirando-se nos cursos d'água enquanto o sol invernal sobe por volta do meio-dia. Nós nos escondemos por algumas horas em uma casa de barcos, sentados entre os esqueletos fantasmagóricos de gôndolas semiacabadas, até escurecer o suficiente para prosseguirmos.

Paolo, meu salvador, rapidamente enfiou algumas roupas aleatórias em uma pequena bolsa, e havia pão e queijo, além dos documentos de viagem e um rolo apertado de notas de lira. Ele teve apenas tempo suficiente para garantir que o passe de viagem fosse autêntico e pudesse ser útil além dos portões de Veneza. Mas só lá fora, onde a minha identidade de mulher procurada ainda não esteja circulando. Com Breugal ao meu encalço, não há futuro imediato para mim em Veneza. Para sobreviver, tenho que sair.

Parece tão surreal para mim quando o barqueiro sai de novo, margeando o Grande Canal e depois Zattere. Olho para a borda de Giudecca e me esforço para conter a emoção.

O barqueiro dá a volta na cidade e sai para a vasta extensão do mar, de modo que arriscamos nossas vidas não pela ponte, mas nas ondas ao redor dela, esbofeteando o pequeno barco até eu sentir como se estivesse colocando as minhas entranhas para fora.

Nos últimos meses, pensei em como e quando poderia deixar minha cidade, mas nunca me permiti completar o quadro em minha mente, na autonegação perpétua de que algum dia chegaria a esse ponto. Adeuses são tortuosos o suficiente, mas não ter permissão para dizê-los é pior. Papa, Mama, Mimi ou Vito – seus espaços pesam como chumbo dentro de mim.

Avisto Veneza – minha bela e resistente joia – pela última vez quando espreito por baixo de uma lona suja de peixe, fugindo como uma criminosa em minha própria casa. Sinto-me vazia demais até para chorar, tão frágil que meu coração parece virar pó ao se partir em dois.

37

IDADE E ILUMINAÇÃO

Veneza, dezembro de 2017

Um cruzeiro particular pela lagoa parece uma delícia em seu último dia, quando a glória do inverno veneziano chegou para se despedir, mas Luisa precisa se concentrar muito em apreciar o panorama deslumbrante. Faltando apenas algumas horas para embarcar rumo ao aeroporto, ela pretende completar sua missão, encontrar a avó e, com ela, a sua história. Com um dia de atraso antes de poderem ver o idoso Paolo, ela já estendeu a sua viagem por vinte e quatro horas, remarcando o voo e se hospedando no albergue mais barato que pôde encontrar, minimizando o custo para Jamie e esperando que valesse a pena. Muita coisa dependia daquele senhor.

Giulio a encontra no cais antes de embarcarem e, embora seu rosto esteja aberto e otimista, ele claramente tem uma notícia que está ansioso para dar.

– Encontrei outro Jilani nos arquivos – diz Giulio, embora sua sobrancelha se franza enquanto a de Luisa se levanta com curiosidade. – Pelo que sei, é o irmão de Stella – seu tom indica o que vem a seguir: – Ele morreu antes do fim da guerra. Foi preso pelos fascistas e, embora tenha morrido em um hospital, é difícil dizer qual foi a causa. Pelos registros que temos, parece que ele foi gravemente espancado, mas se recusou a fornecer quaisquer nomes ou informações. Acho que deve ter sucumbido aos ferimentos.

A expressão de Giulio é uma mistura de tristeza e orgulho de veneziano.

Luisa mal sabe como se sentir, sob um sol branco de inverno que banha toda a cidade de energia e expectativa. Era um tio-avô que nunca conheceu, de quem nunca se falou, e ainda assim ela sente algo pela perda dele. *Sucumbiu aos ferimentos*. À tortura, em outras palavras. Ela está horrorizada e triste, embora mais por sua avó, que o teria conhecido bem e presumivelmente sentiu muito sua perda.

– É mais um motivo para encontrarmos Stella – diz ela por fim, e Giulio assente.

O pequeno barco a motor que Pietro pediu emprestado a um amigo não pode ir rápido o suficiente, seu pequeno motor de popa zunindo com o esforço de contornar as balsas maiores enquanto elas seguem a trilha de espuma em direção ao Lido.

Pietro relata que o avô fica melhor de manhã, pois dorme a maior parte da tarde, mas Luisa tem a sensação de que é também pela lucidez do idoso, por haver apenas um certo estoque a cada dia. Sentado ao lado dela, Giulio a aconselha de novo a não nutrir grandes esperanças; em sua pesquisa, ele com certeza teve de lidar com muitas memórias falhas e sua falta de confiabilidade. Mesmo assim, Luisa sente que ele não deixa de compartilhar o entusiasmo com a perspectiva de algo – uma nova informação ou lembrança – para adicionar a seu rico banco de conhecimentos.

Eles param em um dos pontões maiores, e a casa de repouso fica a cinco minutos a pé da beira da água.

— O vovô não gostou muito de deixar a ilha principal — diz Pietro a Giulio. — Até que o convencemos de que, enquanto ele puder ver a água e a San Marco, quer dizer que ele ainda está aqui. Acho que hoje em dia ele não enxerga de tão longe, mas isso o mantém feliz o bastante.

Para Luisa, a casa está a um mundo de distância de qualquer coisa semelhante na Inglaterra. Os corredores são ornamentados e elevados, e o cheiro de idade avançada — comum às poucas casas que ela já visitou — é substituído por um cheiro intoxicante de alho fervendo.

O idoso Paolo está sentado na sala, de frente para o brilho da água e se aquecendo à luz das grandes janelas. Ele não tenta puxar seu corpo pequeno e frágil para cumprimentá-los, mas seu rosto enrugado se ilumina ao ver Pietro e os dois trocam beijos, ao estilo italiano, com verdadeiro carinho. Seus dedos ossudos agarram a mão de Pietro como se tivessem medo de soltá-la.

Pietro explica por que trouxe visitas, e o velho parece entender imediatamente o que está sendo pedido a ele. Seus olhos remelentos se movem para frente e para trás, as engrenagens de sua memória entrando em ação. Por fim, eles se acendem, sinalizando seu momento "eureca".

— Claro! Claro que me lembro de Stella! — ele exclama com gestos que até Luisa pode compreender.

Por sua vez, Pietro gesticula apontando Luisa, e ela apenas entende a palavra "neta" em italiano. Os olhos do velho brilham e suas dentaduras gigantescas ficam totalmente à mostra — ele estende as mãos, e ela troca de lugar com Giulio para se sentar ao lado dele.

— Então você é da família de Stella — ele diz. — Sempre me perguntei se ela havia tido filhos. Agora sei que sim. Estou muito contente. Tão aliviado.

Ele aperta as mãos de Luisa novamente com força. É Giulio quem assume então a liderança, formulando cuidadosa e sucintamente as perguntas para as quais eles precisam de respostas.

Sim, Stella foi embora antes da libertação, Paolo confirma, e ela não voltou até – quando foi? – talvez 1946, para ver sua mãe e seu pai pela última vez.

– Depois disso, não a vi até 1950... Sei porque me casei no mesmo ano. Ela estava com o marido.

Luisa se vira para Giulio e não consegue evitar um sorriso de ansiedade.

– O senhor sabe onde eles se conheceram? – Giulio investiga. – O marido dela também fazia parte da Resistência? Há algo que possa nos dizer?

Será que Paolo pode ter a resposta para o misterioso "C" – o precursor do vovô Gio?

– Rá! Posso fazer melhor do que isso – diz o senhor. As rugas em seu rosto aumentam e, de repente, ele assume uma expressão marota. – *Essa* sim é uma história a ser contada, mesmo para os padrões da guerra.

Ele gesticula para que Pietro se aproxime e sussurra algo em seu ouvido. O neto acena com a cabeça e desaparece, retornando cinco minutos depois e colocando algo no colo de Paolo. É um livro grosso e encadernado de papel branco, embora a primeira página do título esteja voltada para baixo, e Luisa só consiga ver o verso em branco, sujo pelo tempo. Ela sente seu coração bater no mesmo ritmo daquele dia no sótão de sua mãe. O odor de poeira e leve umidade se espalha pelo espaço enquanto os dedos finos de Paolo se esforçam para virá-lo – ela ouve a pele seca do velho senhor arranhar o papel quebradiço, e Pietro visivelmente evita apressar seu avô.

– Aqui – ele diz, enfim, empurrando o livro para Luisa. – Isso vai contar tudo a você. Foi Stella que me deu... ela me disse que eu estava aqui em algum lugar, mas sempre suspeitei que estava guardando para outra pessoa. – E, enfim, esse alguém veio até mim. – Ele sorri de satisfação, e ela vê o que pode ser uma lágrima balançando em suas pálpebras avermelhadas.

Luisa pega o que é claramente um manuscrito e o vira. Em negrito, à moda antiga, uma única linha indica:

A máquina de escrever escondida: uma história de resistência

38

DEPOIS

Londres, março de 1948

Olho para o relógio, desapontada por serem apenas onze da manhã, mas o brilhante sol de primavera que entra pela janela me faz bocejar, partículas de poeira salpicadas nos feixes de luz que cruzam o escritório vazio. Minha colega e assistente, Anne, saiu para fazer um serviço, e Charles, o editor-chefe, só deve chegar depois de seu almoço de negócios, que sem dúvida se estenderá até tarde. Posso apreciar um pouco de silêncio, às vezes até anseio por ele, mas no trabalho prefiro um zunido agitado – Anne conversando ao telefone ou datilografando em alta velocidade*. Sorrio para mim mesma com mais esse anglicismo se infiltrando em meu vocabulário italiano. Quanto mais tempo passo em Londres, mais percebo que estou me tornando menos veneziana e mais inglesa. Isso me deixa triste? Não tenho certeza, já que a cada ano passei a amar mais o meu lar adotivo, a agitação da cidade e, às vezes, até mesmo o trânsito. Habituar-se a carros e caminhões levou algum tempo – e alguns quase acidentes

---

* No original, foi usada a expressão *ten to the dozen*, que significa em alta velocidade, o que justifica o fato de a personagem de origem italiana rir de si mesma por internalizar uma expressão inglesa. (N.T.)

cruzando a rua – e às vezes tenho saudades de ouvir aquele distinto acelerador do *vaporetto* nos canais. Mas, igualmente, adoro me sentar no andar de cima do ônibus de Londres, criando minha pequena bolha de observação, às vezes tomando notas e guardando-as para um personagem de meu próximo livro.

Tenho, porém, motivos para ficar animada, pois essa noite jantarei com Jack; ele deixou uma mensagem dizendo "às sete em sua casa". Ele assinou o bilhete como "Gio", mas ainda não vou usar o nome que a mãe dele prefere. Para mim, ele sempre será Jack, com seu bule de chá sempre por perto.

Apenas para me energizar, preparo uma xícara para mim ao modo britânico – quente, forte e com um pouco de leite – sabendo que minha pilha de correspondências não pode mais ser adiada. Sei que, assim que começar a abrir os grandes envelopes de papel almaço, repletos de manuscritos esperançosos, o antigo sentimento e as razões pelas quais amo meu trabalho como editora virão à tona – aquela expectativa e antecipação, de encontrar algo muito especial em um primeiro parágrafo, muitas vezes de um autor de primeira viagem. Palavras que vão me alegrar, ou provocar uma lágrima, ou despertar tanta curiosidade que vou adiar tudo o mais na minha agenda apenas para continuar lendo.

Na maioria dos dias, a pilha diminui rapidamente conforme leio a primeira página e a carta de apresentação: "Prezado senhor" – nunca "senhora", o que me deixa irritada – "Por favor, encontre o meu romance anexo, cuja qualidade sei que poderá apreciar" – palavras destinadas a impressionar. Nem todos são tão ousados; algumas missivas até dão desculpas para o que falta ao trabalho do autor, não me inspirando a ler mais. As melhores cartas dizem algo intermediário. Assim, algumas logo são encaminhadas para a pilha do "não" depois de apenas um parágrafo, palavras se debatendo e lutando para prender a minha atenção.

O que raramente me faz erguer uma sobrancelha é o mero título em si. Mas, hoje, o nono ou décimo envelope que abro força o chá quente na minha garganta muito mais rápido do que planejei. É difícil dizer se é o choque do líquido escaldante ou outra coisa que me faz tossir e meu coração parar de bater.

O papel é claro e novo, o manuscrito é de boa espessura e as letras, nítidas na página de título: *A máquina de escrever escondida, um romance de Sofia Treadwell.*

Examino a carta de apresentação – é uma mistura estranha de formal e informal, mas com um tom relaxado que não canta a sua própria glória, nem me implora para acreditar em seu brilho. Em essência, a autora está simplesmente dizendo: "Por favor, leia o meu manuscrito. Espero que você goste".

Meu chá esfria e a pilha de correspondência é ignorada enquanto leio... e leio, e leio. O cenário, é claro, me atrai de primeira – Sofia Treadwell fez o dever de casa e sabe que sou de Veneza, mirando habilmente esta editora em particular? Ela também é de Veneza? Sofia é um nome italiano comum, embora Treadwell soe bem britânico. Mas, até aí, meu nome agora não é Hawthorn? Como ela poderia saber que fui encorajada a mudar de nome pelo Departamento de Guerra quando cheguei à Inglaterra, parte de seus planos para uma adaptação "fluida" em uma cultura inteiramente nova? Eu me pergunto por um segundo se é alguém investigando detalhes do meu passado, mas na verdade isso é apenas parte de uma paranoia persistente. Além disso, não estamos mais em guerra. Por que alguém se importaria?

À medida que coloco de lado cada página, tenho consciência de que minhas sobrancelhas sobem e descem enquanto leio as frases.

Até Anne, que voltou, olha para mim como se eu tivesse sido atingida por algo. É estranho. Mas também é uma piada? Já ouvi falar de *doppelgängers* – estranhos que são praticamente dublês na aparência –, mas as pessoas também podem ter vidas paralelas?

As descrições são gráficas e a escrita, ornamentada – talvez um pouco emotiva demais em alguns lugares, se eu for exigente – mas há poucas surpresas na trama. Posso prever com precisão o que vai acontecer a seguir, embora não porque a história ou a escrita não sejam criativas. Mas porque é a minha vida. Vejo-me envolvida pela história de uma militante em Veneza, trabalhando no jornal da Resistência e plantada no escritório interno do Reich. E aí está: a máquina de escrever, descrita quase que totalmente, a letra "e" ligeiramente inclinada, a ferramenta endiabrada espetando o escudo da dominação nazista.

Deve ser uma brincadeira, acho. Tem que ser. Mas, claro, tenho que satisfazer minha curiosidade. Se há uma coisa que meu querido Popsa sempre disse sobre mim é que eu tinha um ótimo faro para costurar fatos.

Não há número de telefone na carta, apenas um endereço em Camden Town. Escrevo, perguntando se Sofia Treadwell pode me encontrar no bar do Hotel Savoy daqui a uma semana, às duas horas. Charles e eu raramente convidamos clientes em potencial para uma primeira reunião no escritório; é uma editora em funcionamento e pode parecer um pouco lotada e confusa, com suas pilhas de manuscritos em todas as superfícies que nos acostumamos a tratar como móveis. Para um olhar de fora, entretanto, pode apenas refletir desorganização.

Apesar de estar ocupada, acho que a semana passa devagar, e *A máquina de escrever escondida* persiste nos cantos da minha mente, surgindo quando menos espero, quando estou fazendo compras ou lendo outros manuscritos. No fundo, posso ouvir o tique-taque da minha amada máquina, quase sinto a vibração das teclas retumbantes, e uma depressão fugaz por sua perda que não experimento há anos. A próxima segunda-feira parece demorar para chegar, para acalmar a minha curiosidade sobre a misteriosa Srta. Treadwell.

É uma linda tarde de março, a poluição do inverno de Londres enfim se curvando à luz da primavera, enquanto me dirijo ao Savoy e aprecio a bela *art déco* de sua entrada, que nunca deixa de impressionar. Mas também estou um pouco nervosa, o que é incomum – esperamos isso de um escritor em potencial que deseje causar uma boa impressão em nós, agentes e editores, e não o contrário. Chego cedo, como sempre faço, para transmitir aquele ar de eficiência. Sofia Treadwell, porém, foi mais rápida; o barman chefe, John, gesticula em direção a uma poltrona de couro. Inspiro e me aproximo, mostrando o meu rosto mais profissional.

– Senhorita Treadwell, é um prazer conhecê-la... – começo, ao fazer menção de me sentar, a mão pronta para estender.

Raramente fiquei muda na minha vida, mas este é o momento. Quaisquer palavras estão presas na minha garganta.

Eu o reconheço imediatamente. Um pouco mais velho, seu rosto com as marcas do pós-guerra, mas, em essência, as mesmas características. Sua expressão reflete surpresa também, mas a reação faz seus lábios se espalharem, enquanto os meus são como os de um peixe sugando ar.

Cristian De Luca empurra seu corpo alto para fora da poltrona e se levanta, estendendo a mão.

– Stella – ele diz. – Ainda posso chamá-la de Stella?

Ele poderia me chamar de quase tudo, tal é o choque que estou sentindo por vê-lo aqui. Minha surpresa e curiosidade superam qualquer raiva duradoura que eu possa vir a recuperar mais tarde, pelo menos por enquanto. Em uma das últimas vezes em que o vi, ele apareceu da mesma maneira, uma figura de surpresa, mas o chão de pedra do lado de fora do meu apartamento veneziano está a um abismo de distância da elegância do Savoy. Não digo nada por alguns segundos, e então apenas um murmúrio de incoerência.

– Talvez devêssemos nos sentar? – Cristian diz, quase tendo de me guiar para a poltrona à frente. – Pedi chá. Mas talvez um conhaque também?

Eu concordo, observando-o enquanto ele conversa com o garçom. Apesar de estar mais saudável, sua aparência externa não mudou muito – barba aparada e cabelo bem cortado, um terno cinza italiano impecável e aqueles óculos de tartaruga. Mas seus olhos castanhos brilham, e seu comportamento também – raramente testemunhei Cristian De Luca com uma postura tão relaxada; talvez apenas tenha tido vislumbres disso, segundos de cada vez. Àquela época, ele se controlava constantemente. Agora, no entanto, seu corpo se molda à cadeira com facilidade, como se a energia estivesse correndo por suas veias, por todo o seu corpo.

– Lamento ter assustado você assim – diz ele, desta vez em italiano, o que tem o efeito de encher minha própria circulação com algo como glicerina. – Mas estou muito feliz por enfim tê-la encontrado.

Finalmente me encontrado? Isso sugere que ele estava me procurando ativamente, e por algum tempo. Que esta não é apenas uma daquelas coincidências bizarras que povoam os jornais desde 1945, com os nômades da guerra voltando para suas terras natais, seus territórios, remodelando os contornos da Europa mais uma vez. Pessoas aparentemente perdidas para sempre esbarrando umas nas outras nas esquinas ou no cinema.

Tomo um gole de chá e depois o conhaque antes de conseguir falar. Por direito, eu deveria me virar e ir embora – a oportunidade perfeita para deixar o homem que me abandonou em um vácuo do desconhecido. Uma doce vingança.

Mas estou muito curiosa e, além disso, as minhas pernas ficam primeiro gelatinosas, depois pesadas como chumbo.

– Sinto muito – digo. – Estou completamente confusa. Estava esperando encontrar Sofia Treadwell.

Suas mãos espalmadas em um gesto que sinaliza: aqui está ela!

– *Você* é Sofia Treadwell? Mas, como? Por quê?

Não consigo entender as razões. E como um fascista convicto está agora sentado em um hotel de Londres? As fronteiras da Europa podem ser mais instáveis do que eu imaginava.

Ele sorri de novo – ele já sorriu mais nos últimos cinco minutos do que testemunhei em todos aqueles meses em Veneza.

– Eu queria encontrar você – ele diz baixinho. – Descobri que você trabalhava em uma editora, mas não sabia qual. Com a sua mudança de nome, demorei um tanto.

Isso resolve a questão de por que ele usou um pseudônimo para me rastrear – ele sabia que o nome Cristian De Luca seria atirado na minha lixeira. Mas por que queria me encontrar? Com a coragem do álcool, coloco a questão sem rodeios, olhando-o diretamente nos olhos.

– Porque sou apaixonado por você – ele diz calmamente, suas pupilas dirigidas às minhas. – Desde aqueles primeiros dias em Veneza.

Um segundo conhaque é necessário, e ele o pede enquanto assimilo a sua última declaração.

– Sinto muito, Cristian – digo. – Estou muito confusa. Eu... Eu não consigo entender o que você está dizendo. Como você pode me amar? Você me traiu, da pior maneira possível. Você me desprezava, e o que eu representava. Com certeza desprezava. Você os levou para a minha casa. Até mim.

– Não! Você está errada, Stella. Eu nunca desprezei você – ele protesta.

Ele olha para o próprio colo e, pela primeira vez em nossa conversa, seu rosto está sombrio e pensativo. Seus dedos se entrelaçam e ele agita nervosamente o polegar.

– Mas, sim, admito que pareceu que eu a traí. Fiquei arrasado por isso, mas fui forçado a fazê-lo. É muito complexo. Uma longa história.

– Eu tenho tempo – digo.

Agora que ganhei de volta minha voz, ela tem um tom de aço. Se esse homem que me obrigou a deixar a minha casa, a minha cidade e o país que eu amava está exigindo minha atenção, ele pode me dar algo em troca. Pode se explicar. Eu ouço com os olhos arregalados e, provavelmente, boquiaberta, enquanto Cristian De Luca revela seu papel na minha queda e na minha salvação. Ele não é Cristian, diz ele, mas Giovanni Benetto de nascimento, nascido em Roma. Seu nome e seu personagem foram uma criação elaborada da Executiva de Operações Especiais, ou SOE, um conjunto de agentes multinacionais concebidos para espionar e subverter, plantados no interior das organizações inimigas. Seu personagem levou dois anos para se infiltrar, ele explica, ganhando confiança e elogios de dentro da hierarquia fascista, quase desde o início da guerra.

– Ninguém, nem mesmo a Resistência Veneziana, teve permissão para saber – diz ele. – Eu me reportava diretamente a Londres. Mas você não imagina quantas vezes eu quis confessar, contar para você. Eu queimava por dentro só de imaginar você pensando que eu era um fascista sem coração, que colaboraria para a ruína do nosso país.

Fico em silêncio por um minuto tentando assimilar tudo.

– Nem sempre pensei em você como sendo sem coração – falo. – Mas eu ficava confusa porque parecia haver dois lados de um homem que era tão sensível a ponto de amar a literatura e, ainda assim, frio o suficiente para trair seus conterrâneos. Com toda a sinceridade, você me deixava confusa. Muito mais do que a própria guerra.

Ele meio que ri da minha avaliação.

– Emocionalmente, foi uma das coisas mais difíceis que tive que fazer... Manter o fingimento com você, Stella. Passei por anos de treinamento, aprendi a suportar a tortura caso fosse pego, e, no entanto, tantas vezes quase puxei você de lado e revelei a verdade.

– E aquele beijo na porta do meu apartamento, foi um lapso, ou parte de um elaborado blefe duplo?

Ele ri de novo, fica um pouco vermelho, a cor visível mesmo na penumbra do bar.

– Sim, bem... Não foi o meu melhor momento como espião impenetrável. Foi a única vez em que não consegui controlar as minhas emoções. Foi real, eu juro. Houve muitos momentos de quase revelação, mas aquilo foi o mais perto que cheguei de estragar tudo.

– E o que o impediu de continuar? – posso adivinhar a resposta, mas quero que ele diga.

– As consequências – ele diz. – O número de pessoas que eu estaria sacrificando se os nazistas descobrissem minha duplicidade. Eu estava retransmitindo as informações altamente estratégicas que passavam pelo escritório de Breugal. Ele podia agir e parecer um idiota às vezes, mas era uma engrenagem importante na máquina do Reich. E, uma vez que soubessem quem eu era, você ficaria ainda mais vulnerável. Eu não suportaria isso.

Ele solta um suspiro enquanto seus dedos se entrelaçam e olha de novo para mim.

– Teve um impacto, Stella – ele diz. – O que nós fizemos. Nunca podemos esquecer isso.

Desta vez, eu é que solto um suspiro:

– Bem, se pensarmos em quem mudou os rumos da guerra, acho que a minha parte foi pequena em comparação.

Cristian – Gio, seja ele quem for – levanta os olhos rapidamente.

– Não. Nunca subestime o seu papel, Stella. O que você e seus companheiros militantes fizeram causou um impacto. Era um estrondo constante nas bases da dissidência. Isso tornou o meu trabalho mais fácil; conforme os nazistas ficavam mais agitados, baixavam a guarda, a comunicação se tornava desleixada. Tirei vantagem disso, e os Aliados também.

Sou capaz de rir, então, com a lembrança de como ele lidava com as birras infantis de Breugal e sua fúria de arregalar os olhos.

– É verdade que, independentemente do que eu pensava, nunca invejei você por ter de enfrentar Breugal com as edições semanais do nosso jornal.

Cristian sorri de novo.

– Sim, bem... Às vezes era uma tortura. Mas fui treinado para desenvolver uma casca grossa.

Ficamos sentados por um momento sem falar, o tilintar de copos ao nosso redor, ambos olhando para as nossas xícaras de chá. Nós dois sabemos o que vem a seguir.

— E quanto a mim? – arrisco. – Aquele dia... No meu apartamento, antes de eu ir embora? – Quero dizer "forçada a ir embora", mas é melhor não demonstrar raiva agora. – Por que você os levaria até mim?

Ele se inclina para a frente, com os cotovelos nos joelhos, e sinto a fragrância da sua colônia, notando que ele ainda usa a mesma marca cara. Não deveria, mas tem o efeito de atenuar o verniz gelado que estou lutando para manter.

— Eu sabia que eles tinham uma informação que os levaria a descobrir a sua máquina de escrever – diz ele. – Não consegui chegar ao porão de Giudecca a tempo de evitar o ataque, e, além disso, havia muito equipamento pesado para se livrar de todas as evidências. Já fazia algum tempo que eu tentava dar a dica para você, pedindo que datilografasse os seus próprios cartazes de "procurada".

Fico confusa.

— Então você sabia que eu trabalhava no jornal, que era a minha máquina de escrever? Por quanto tempo?

— Tive uma noção logo nas primeiras semanas depois de nos conhecermos – diz ele. – E, à medida que fui conhecendo mais você, a maneira como conversávamos, sobre livros e escrita, parecia cada vez mais provável que você fosse a contadora de histórias. Eu sabia que você tinha isso.

— Eu era assim tão transparente?

Fico preocupada por ter me iludido todo esse tempo, pensando que fui eficaz e útil para a Resistência quando na verdade não fui. Ou, pior, que talvez o meu comportamento relaxado tenha até denunciado pessoas.

— Não – ele diz com firmeza, e desta vez sua mão se estende até a minha.

De qualquer outra pessoa, eu aceitaria isso como um gesto para me tranquilizar e confortar. Uma miríade de emoções vem à tona – o jeito com que eu nunca pude odiá-lo, de como me impressionava com ele... E, então, a sensação pesada de traição que perdura até hoje. Afasto meus dedos bruscamente, de volta para o meu corpo. Ele permanece por meio segundo e depois recua. Estamos valsando, ao que parece – eu com desconfiança, ele com ansiedade.

– Não, só reconheci você na linguagem e na emoção – ele explica. – Com certeza escrito com paixão, e senti isso em você. Foi Marta quem fez a conexão final.

– Marta? – agora fico visivelmente surpresa.

– Sim, ela era a outra agente da SOE que colocamos no escritório.

– E o desaparecimento repentino dela?

Sempre me perguntei se Marta era uma *Staffetta*, mas não conseguia encontrar nada que comprovasse isso com outros grupos militantes. A sua saída repentina me deixou em choque – e preocupada. Não éramos particularmente próximas, mas sua atitude alegre sempre levantava o humor do escritório, e senti muito por vê-la partir. Ela certamente desempenhou bem o seu papel na presença de Breugal; disfarçando inocência ao se comportar de maneira realista, zombando do jeito ridículo e exagerado dele. Foi um blefe inteligente.

– Mais de uma vez, houve boatos de que o disfarce dela estava em perigo – diz Cristian. – Não tínhamos uma prova real, mas não podíamos arriscar. Ela foi então retirada, e eu plantei uma leve suspeita quando ela já estava bem longe de Veneza, para justificar o seu desaparecimento.

– E suponho que isso tenha consolidado ainda mais sua lealdade aos olhos de Breugal? – Meu tom é levemente acusatório.

— Bem, sim – seus olhos se estreitam. – Acredite em mim, Stella, lamentei vê-la partir. Além de tudo, tornava a minha vida muito mais difícil em termos de despachos. Mas você tem razão, Breugal estava convencido da minha fidelidade.

— E Klaus?

Pareceu-me que, principalmente no final da minha guerra, eram os olhos e ouvidos afiados do vice de Breugal que mais nos colocavam em perigo.

— Ele era muito mais difícil de satisfazer – Cristian concorda. – Suspeitou de mim desde o início, sobretudo por eu ser italiano... ele não confiava em nenhum de nós, fascista ou não... e mais ainda porque eu não era militar. A seus olhos, eu não era durão o suficiente.

Tomo outro gole de chá – está morno agora, mas tem o efeito de pelo menos molhar a minha boca seca. Minha cabeça está girando, e estou com dificuldade de assimilar todas essas novas informações, juntar todas as peças. Passei os anos desde o fim da guerra me sentindo pelo menos satisfeita por ter feito a minha parte. Eu fiz sacrifícios – nos últimos anos ajudando os meus pais, especialmente, e não tendo podido ir ao enterro do meu próprio irmão. Fui arrancada da minha amada casa, proibida de testemunhar e experimentar a glória daqueles últimos dias antes da libertação, no início de abril de 1945, quando os Aliados se aproximavam cada vez mais do Vêneto em direção a Veneza e as ruas retumbavam os tiros da Resistência, enfim liberada de seu esconderijo. Eu teria dado quase qualquer coisa para fazer parte daquilo – ocupar os degraus da Ponte Rialto e inundar a San Marco na multidão, enfim vestindo o uniforme esfarrapado de uma combatente, empunhando armas pela liberdade. Era para isso que tinha escrito cada palavra. Por Veneza. Por nós, o povo. Nosso direito de viver como italianos livres. Mas Cristian, agora sei, tinha me roubado essa experiência. O encerramento de que ainda preciso intensamente.

O que ele me diz a seguir me lembra que, em troca, ganhei a minha vida.

– Klaus tinha conseguido um contato havia pouco tempo – explica Cristian. – Só soubemos mais tarde que era um dos funcionários do seu jornal. Ele o manteve bem perto de si. Por fim, descobri que ele estava prestes a revelar o seu nome e, depois da invasão ao jornal, tive certeza de que ele iria atrás de você.

– Mas outra pessoa descobriu primeiro... E pegou a máquina de escrever – digo inocentemente.

Ele tira os óculos e os coloca na mesa à nossa frente.

– Fui eu – ele diz. – Eu peguei a máquina de escrever.

Ele não parece nem um pouco arrogante, apenas encara o meu olhar de completo choque.

– Mas você estava lá! Você estava procurando com eles, no meu apartamento. A máquina já não estava mais lá – protesto em um sussurro violento, cuidadosa para que não nos ouçam. Ao mesmo tempo, sei que estou sendo bastante ingênua... tudo que pensei que sabia sobre ele já se revelou uma mentira, então por que isso não seria também? Mas a minha cabeça latejante não consegue organizar os fatos em uma única linha reta.

– Você não acredita em mim? – ele pergunta, embora a maneira como suas sobrancelhas se erguem e se ondulam indique que ele não está irritado.

– Não sei – respondo. – Apenas não sei.

Por um minuto, acho que já falei demais: Hitler pode estar morto, a guerra vencida, mas sei que em partes de Londres e em toda a Europa uma guerra de informações ainda está sendo travada. Os tentáculos da desconfiança entre as nações se estenderam para além da Europa, para o Leste, na Rússia comunista. Jack, em seu novo cargo secreto em algum departamento de comunicação, às vezes insinua isso. Ele me avisou para não falar com ninguém sobre o nosso tempo em Veneza e ser cautelosa com quem perguntasse. Mas não posso deixar de me envolver nesta situação, depois de me perguntar por vários anos quem tinha pegado a minha máquina de escrever. Quem possivelmente salvou a minha vida naquele dia.

– E quem você achou que poderia ser a pessoa que a pegou? – Cristian me pressiona.

– Não tenho certeza – digo, irritada. – Alguém da unidade de Sergio, talvez. Não pensei muito na hora, além do fato de que tinha sumido.

– Você já se perguntou aonde foi parar? – ele volta ao tom mais leve, e fico mais irritada com o seu tratamento despreocupado do que, para mim, havia sido uma grande perda.

– No fundo da lagoa, imaginei. Se tiverem sido espertos.

– Posso provar que fui eu – ele diz baixinho.

Agora há um sorriso espreitando sob as cerdas de sua barba, o que aumenta ainda mais a minha irritação.

– O quê?

– Eu posso provar. Posso mostrar para você.

Ele se abaixa e, atrás das pernas deles, agora vejo que havia uma caixa. Eu a reconheço imediatamente. Não parece ter sido pescada em uma lagoa veneziana, resgatada das profundezas. Bem viajada, mas não traumatizada nem marcada pela água com uma crosta de sal.

– O quê? Eu não...

Paro quando ele a coloca no colo e abre as duas travas. O som me transporta de volta para lá, o barulho dos barcos, a pungência da água de jade. Estou no meu quarto na casa da Mama, à minha mesa em *Il Gazzettino*, e depois no porão de Matteo, em tempos mais felizes.

— Mas como você... Quando você fez isso? — Mais uma vez, as mensagens estão falhando, embaralhadas na minha cabeça.

— Pouco antes de Klaus e sua tropa chegarem — diz ele. — Tinha acabado de sair, alguns minutos antes, e quase fui pego por aquela sua vizinha observadora... que, a propósito, era uma segurança formidável.

Não posso deixar de sorrir com a memória da Signora Menzio e sua fúria defensiva e destemida.

— Só tive tempo de escondê-la em uma passagem próxima antes de quase ser pego — ele continua. — Em vez de arriscar ser visto indo embora, me apresentei como testemunha. O resto você sabe.

Sua postura não tem o ar tímido e covarde de que me lembro daquele dia. Também não demonstra arrogância nem orgulho, apenas alguém tentando se explicar.

Ainda assim, não consigo absorver a probabilidade de qualquer verdade no que ele diz, não enquanto ele segura a caixa no colo. Meu coração está começando a bater mais rápido com antecipação, e meu olhar avisa Cristian para continuar com a sua demonstração. Ele vira a caixa para mim e levanta a tampa, como se estivesse revelando um delicioso bolo de aniversário.

E não decepciona. Apesar de precisar de uma boa limpeza, ela está perfeita; as teclas brilhando na luz fraca do bar, os painéis pretos reluzindo. Há até impressões digitais ainda marcadas na poeira, que devem corresponder às minhas. Eu suspiro profundamente e estendo a mão para sentir o metal frio e sedoso. Eu a reconheceria em qualquer lugar, mesmo que fosse em meio a um monte de máquinas de escrever da mesma marca. Sua tecla ligeiramente dobrada — aquela peculiaridade linda e incriminadora – paira um pouco acima das outras. Esta é a minha máquina. Nisso, Cristian fala a verdade.

– Você está feliz em vê-la? – ele diz.

Ele está olhando para mim com expectativa. Não esperava um perdão instantâneo, imagino?

– Sim, estou – digo. – Mas por que trazê-la aqui hoje? Como você podia ter certeza de que seria eu?

– Eu não tinha. Só recebi respostas de dois outros editores e levei a máquina para os dois encontros. Como não era você, então a levava de volta comigo. Mas agora ela é sua de novo. Se você quiser.

Ele abre os lábios e, novamente, sinto suas pupilas percorrendo o meu rosto, traduzindo as minhas reações.

– Stella, por favor, diga alguma coisa – ele, enfim, fala. – Por favor, diga que não perdi meu tempo com esta... Eu não sei... esta missão.

– Ah, Cristian...

– Gio – ele corrige. – Por favor, me chame de Gio. Espero ter abandonado há muito tempo o personagem Cristian De Luca.

– Bem, isso pode levar algum tempo, mas tudo bem... Gio.

Tento suavizar minhas feições, mas o encaro. Ele merece, ao menos, a minha honestidade.

– Isso tudo é um choque, não me importo de admitir, e em mais de um aspecto. Preciso pensar sobre o que você disse, sobre o que aconteceu.

– Eu entendo. Mas você pelo menos aceita jantar comigo? – ele diz. – Talvez me ouvir um pouco mais. Me dar uma chance para explicar, para provar o meu valor?

– Certo. Mas me dê alguns dias, por favor. Para assimilar tudo.

Eu vejo a respiração presa em sua garganta, segurando-a no alto, com algo como esperança.

– Estou certo em imaginar que você não é nem casada nem noiva? – ele pergunta. – Espero, de maneira bem egoísta, que não, mas não quero passar por cima de ninguém.

É pretensão da parte dele, e eu deveria ficar irritada, mas, por algum motivo, não consigo.

– Não. Não sou casada – respondo.

Houve vários romances, e um quase noivado, cujo término, em retrospectiva, acabou sendo um final feliz, mas ainda não encontrei o homem com quem quero passar o resto da minha vida. Tenho ainda menos certeza de que será Cristian – ou Gio.

– Mas preciso de tempo – digo com firmeza.

– Quanto tempo você quiser. Apenas, por favor, me dê uma chance.

– Vou dar – falo com sinceridade.

Afinal, nós não lutamos, sofremos e vencemos a guerra em benefício da tolerância – da nossa humanidade?

– Obrigado, Stella – ele diz, e são seus olhos que transmitem a alegria que sente por dentro.

Ele puxa a tampa da minha amada máquina, trava os fechos e a coloca no meu colo.

– Vou telefonar para você no fim da semana, em seu escritório, sobre o jantar – ele diz. E então vai para o bar, paga a conta e me deixa sentada, sem fôlego, no bar movimentado do Hotel Savoy, perguntando-me por que diabos alguém enviou um furacão para bagunçar toda a minha vida tão bem organizada.

Estou atrasada para encontrar Jack, não porque esteja concentrada no trabalho, mas porque estou tão perdida em pensamentos – em choque, na verdade – que perco a minha parada de ônibus e tenho de pegar outro para casa antes de trocar de roupa e ir para a casa dele.

– Tem certeza de que é ele? – Jack sussurra ao esperarmos a esposa dele, Celia, voltar da cozinha. – Quero dizer, tem certeza absoluta?

– Sim, tenho quase certeza de que os meus olhos não estão me enganando. Muito pouco mudou em sua aparência. É ele.

– E ele diz que era da SOE?

– Sim. Infiltrado, ele diz. Que ninguém em Veneza sabia, nem mesmo os líderes da Resistência. Isso seria possível?

Jack coça o queixo, agora barbeado desde o casamento – Celia prefere assim, diz ele. Mas ele ainda tem o mesmo olhar travesso, e eu sou infinitamente grata por termos permanecido amigos – bons amigos confidentes, apesar do nosso breve envolvimento àquela época. Quando eu o encontrei logo após chegar a Londres, como a única pessoa em que eu poderia me ancorar, a nossa relação tornou-se logo diferente.

Eu não estava em condições de encarar nenhum tipo de romance, mas Jack me ajudou a me recompor. Veneza estava lá, no nosso passado, mas tínhamos amadurecido desde então. Não a ponto de nos distanciar, apenas de seguir em diferentes direções. Ele não voltou à *delicatéssen* de sua mãe ao retornar da Itália, tendo sido empregado pelos serviços de inteligência de guerra e, em seguida, pelas comunicações do governo após o armistício. Nós nos consolamos mutuamente – a perda de seu irmão nos campos de batalha da França permaneceu um baque por um tempo.

Jack conheceu Celia logo depois – foi uma atração instantânea e recíproca, e percebi naquele momento o que eles têm agora: puro amor. Estou muito feliz por eles. Celia não sabe do nosso passado, tenho quase certeza, apenas que nos ajudamos em Veneza, e, em particular, só aludimos a isso uma vez, no dia do seu casamento, quando ele me agradeceu por ser a melhor – e mais constante – amiga.

– É possível que ele esteja falando a verdade – Jack diz, pensativo. – Depois de algumas das histórias que ouço agora, acredito que qualquer coisa era possível naquela guerra.

– Existe alguma maneira de verificar isso? – ele sabe o que estou pedindo.

Celia chega trazendo pratos de *tiramisu* – sua orgulhosa contribuição para a culinária italiana – e Jack murmura:

– Deixe-me ver o que posso fazer.

Nos próximos dois dias, sou envolvida por uma sensação estranha. Eu a conheço – me parece muito familiar, mas não recente, pelo menos não desde que vim para Londres. É como se as horas e os dias estivessem bocejando à minha frente – a mesma sensação que tinha quando ficava doida para voltar para a minha máquina de escrever em Giudecca, aqueles dias em que a extensão de água nos separava e eu ansiava pelo contato. Estou esperando por algo. Mas pelo quê? Uma prova de que Cristian está falando a verdade, ou uma confirmação de que ele é o fascista mentiroso que pensei que fosse? Qualquer uma dessas saídas abala os pilares da minha guerra e das minhas crenças.

Enquanto isso, a máquina de escrever fica sobre o aparador no meu pequeno apartamento. Levo um dia para abrir a caixa novamente, outro dia antes de poder deslizar uma folha de papel branco no rolo e fazer os meus dedos empurrarem as teclas com força suficiente para criar uma marca. Estou quase com medo da familiaridade, pois com certeza ela me levará de volta a lugares que quero e não quero revisitar. Boas lembranças, embora contaminadas em alguns pontos. É como me deleitar na deliciosa linguagem de um romance, mas ter de parar antes das páginas finais porque o fim é desesperadamente triste e faz o coração murchar tanto que dói fisicamente. Espero que dedilhar as teclas, neste caso, não reacenda memórias que devem ficar adormecidas.

Mesmo assim, não consigo resistir. Eu escrevo: *A rápida raposa marrom pula sobre o cachorro preguiçoso*. Como esperado, ninguém corrigiu o obstinado "e". Datilografo a primeira coisa que me vem à cabeça. *Cristian De Luca*. Depois: *Gio Benetto*. Eu os leio mais de uma vez. Eles podem ser a mesma pessoa? Um deles pode me amar, como ele diz? Houve uma faísca de alguma coisa, não posso negar, mas em nosso amor pelos livros, pela linguagem. Senti que ele tinha sede de conversa, mas não muito mais que isso, naquelas poucas vezes em que nos encontramos fora do trabalho. A ideia de que eu o tinha interpretado tão equivocadamente me incomoda. Por quem mais eu fora enganada? E quão perto chegamos de perder as nossas vidas por causa disso?

Jack me encontra três dias após a minha conversa com Cristian, ou Gio. Sou grata por ainda me referir ao meu amigo como Jack – embora Celia o chame de Gio –, ou a minha cabeça estaria girando ainda mais. Em meio ao burburinho do nosso café italiano favorito, ele me leva a uma mesa nos fundos.

Ele vai direto ao assunto.

– Parece haver algo no que ele diz – sussurra Jack, tomando cuidado para não sermos ouvidos. – Um amigo meu que trabalha nos arquivos o encontrou... – Ele estreita os olhos com aquela expressão de "estou prestes a lhe mostrar uma coisa sobre a qual você nunca pode falar" e desliza um pedaço de papel dobrado sobre a mesa, as pontas bem manuseadas. Quase tremo ao abri-lo.

A fotografia é mais antiga, o corpo um pouco mais magro, mas é o rosto de Cristian – como Gio Benetto. Faz parte dos seus registros na SOE. Em letras claras, ele escreve: "Pseudônimos: Marco Rosetti, Maurizio Galante, Cristian De Luca". Está assinado e datado, carimbado como "dispensado" em abril de 1946. Abaixo, há uma rubrica: "com honras". Fico olhando para isso por um tempo, o suficiente para Jack engolir metade de seu café.

– E, sim, é autêntico – ele acrescenta. – Meu amigo também é especialista em falsificação.

Há uma pausa.

– Então, o que você vai fazer agora? – Jack faz a pergunta quase impossível.

Dou uma resposta adequadamente vaga:

– Não tenho a menor ideia.

Refletindo, decido que o mínimo que posso fazer é encontrar com ele. Tenho sérias dúvidas sobre as emoções que ele expressou com relação a mim, mas ainda há perguntas que preciso responder. Quando liga, como prometido, na sexta-feira seguinte, ele parece agradavelmente surpreso por não ter de se esforçar muito para me convencer.

– Só jantar – enfatizo ao telefone.

– Sim, apenas jantar.

Na noite seguinte, nos encontramos em um hotel londrino conhecido por sua comida italiana, embora tenha sido proposital não ser em nenhuma *trattoria* que tenha surgido desde o fim da guerra, onde muitas vezes satisfaço meu desejo por bons canelones ou *arancinis*. Restaurantes italianos reúnem falantes de italiano, e eu, pelo menos, quero que nossa conversa seja discreta, na medida do possível.

— Você está linda — ele diz quando chego ao bar.

Fiz um esforço? Sim, suponho que sim, mas de uma forma que possa negar a mim mesma que seja algo especial — um vestido preto simples que costumo usar nos eventos relacionados ao trabalho, as pérolas que a minha mãe me deu. Dediquei um tempo, porém, à minha maquiagem e ao cabelo no banheiro do escritório. Convenço-me de que é simplesmente o que qualquer mulher que se preze faria.

Cristian — Gio — está de terno azul-marinho, com camisa azul-claro e uma gravata carmesim. Uma colônia diferente, mas cheirosa. O garçom nos leva a uma mesa e, estranhamente, nos trata como um casal já consolidado, em vez de dançar ao nosso redor como se estivéssemos em um primeiro encontro.

— Vinho? — Gio oferece.

Concordo em beber uma taça, mas me prometo que não mais que isso. Preciso ficar lúcida. Talvez ajude, mas talvez eu nem precise, porque a conversa flui com facilidade. Sem rancor. Faço muitas perguntas, para as quais ele parece preparado e disposto a responder. Depois de terminar sua graduação em Nápoles, sua terra natal, ele estava fazendo um doutorado em Oxford quando foi abordado por alguém do governo britânico, ele me conta — o circuito Oxford-Cambridge sendo uma boa fonte de talentos para os serviços de inteligência. Eles o queriam não por seu conhecimento de literatura, mas de línguas, e sua capacidade de se adaptar novamente à vida italiana. Enfatizaram a influência que ele teria na guerra e apelaram ao seu patriotismo por uma Itália antes de Mussolini, dizendo que seria um trabalho importante.

Conversamos em italiano, em voz baixa, ambos felizes por estarmos encapsulados em nossa mesa, separados do resto do restaurante pelas divisórias de madeira escura. Meu coração amolece quando ele descreve a solidão de um espião largado à própria sorte; seu único contato às vezes era apenas uma voz do outro lado de uma frequência de rádio, entrecortada e distante. Muitas vezes ele passava semanas sem se encontrar com um colega, com apenas sua vida falsa para manter.

– Eu odiava aqueles nazistas cretinos. – É o primeiro sinal de profundo desdém que vi nele. – Não apenas Breugal e Klaus, mas todos os outros que ocuparam o nosso país, sugando-o a todo custo, tratando-nos como cidadãos de segunda classe. Muitas vezes eu queria só sair daquele escritório para nunca mais voltar.

Não preciso perguntar por que não fez isso. O mesmo motivo pelo qual me obrigava a entrar lá todos os dias – para recuperar a Itália que roubaram de nós. Ele deixou Veneza não muito depois de mim, quando as forças de libertação ganharam ímpeto – sempre havia uma rota de fuga pronta –, mas não antes de sentir o prazer de testemunhar a decadência do poder de Breugal e a luta furiosa pela própria fuga. Ele soube depois que Klaus foi baleado pelas forças de libertação, perto da ponte.

Ele pergunta sobre a minha fuga de Veneza. Com tudo que soube desde o nosso encontro no Savoy, não fico surpresa ao saber que o passe de viagem também havia sido obra dele; datilografado e organizado por Cristian De Luca, colocado sob o nariz do general distraído, ganhando o carimbo de ouro de sua assinatura – a minha passagem para a liberdade.

– Tentei explicar nas cartas o que eu tinha feito e por quê, e avisar você – ele diz, seus olhos castanhos como um poço sem fundo. – Estava indo contra todas as ordens, mas tinha de explicar por que fiz o que fiz. Pedi que você me encontrasse no dia seguinte, mas, quando você não apareceu e a segunda carta foi devolvida, eu soube que você não tinha lido nenhuma delas, ou que apenas não poderia me perdoar. Então não tive escolha senão apresentar-lhe uma saída.

Ficamos em silêncio por um momento na nossa bolha.

— Qual dessas é a verdade? — ele questiona. — Você não leu a primeira carta ou apenas optou por não ir?

— Eu a queimei — digo olhando para a textura lisa da mesa. — Antes de abri-la.

— Por quê? — sua voz é suave, não acusadora.

Agora pisco para ele.

— Porque me senti enganada por você, completamente traída — disparo, com mais raiva do que imaginei haver dentro de mim.

Uma raiva que ficou lá dentro, fervendo em fogo baixo, por todos esses anos. Enquanto ela paira entre nós, ambos percebemos o significado da minha declaração. Fiquei tão magoada porque ele significava algo para mim. Cristian mexeu com algo em mim que eu nem sabia que estava lá.

— E eu mereci — diz ele. — No seu lugar, poderia ter feito o mesmo.

Em silêncio, traçamos uma linha sobre o assunto e seguimos em frente. Digo-lhe que saí do Vêneto com a ajuda do passe de viagem e depois — ajudada por combatentes militantes — cruzei as linhas alemãs para o sul, para uma Itália diferente, abatida, mas libertada, ocupada por soldados britânicos e americanos e sob um cerco de outro tipo. Lá, encontrei trabalho em Roma, traduzindo para as tropas britânicas, e, depois, a oferta de transporte para Londres.

— Foi a decisão mais difícil que tive que tomar, deixar a Itália — digo a Gio, notando que ele está se tornando menos Cristian e mais Gio a cada minuto. — Mas, mesmo estando na Itália, eu ainda não tinha acesso aos meus pais ou amigos, e estava tão, tão cansada de me sentir uma convidada em meu próprio país. Eu queria *ser* de fato a convidada pela primeira vez.

Foi Jack, digo a ele, quem me ajudou quando cheguei a Londres – a única coisa que conseguia lembrar era o nome da *delicatéssen* de seus pais, no East End. Eu estava perdida, física e emocionalmente esgotada pela viagem, pela separação e pelo isolamento absoluto. Ele me alimentou e me acolheu, e encontrou para mim um cargo no Ministério da Informação, como revisora e redatora da propaganda Aliada, até o fim da guerra. Como eu era ex-combatente da Resistência, me ajudaram a obter uma nova identidade, pelo menos no nome.

– Ao menos eu trabalhava escrevendo – digo. – Foi a única coisa, além de Jack, que me manteve sã. Trabalhar com as palavras.

Gio assente, e sei que ele entende perfeitamente.

– Então por que você deixou *Il Gazzettino* tantos anos atrás, se as palavras eram a sua paixão, para tornar-se secretária do Reich? Sempre me perguntei isso.

Eu não me surpreenderia se ele tivesse acesso aos meus registros àquela época – oficiais e extraoficiais.

Eu respiro fundo.

– Todos nós sabíamos que os donos de jornais eram simpatizantes do fascismo, isso era óbvio, mas não era tão evidente até a guerra começar; antes disso, ainda era possível fazer reportagens sem viés na maior parte do dia a dia.

– E o que aconteceu para mudar isso?

– Meu editor veio até mim com uma tarefa um dia: uma gangue de meninos espancados pelo boçais fascistas. Ele me disse como escrever que os meninos eram os agitadores, e não as vítimas.

Os olhos de Gio se arregalam de interesse.

– Um deles era meu primo – continuo. – E esse foi o fim do meu emprego dos sonhos.

– Mas agora você está de volta, trabalhando com palavras? – ele indaga, permitindo que um sorriso se abra de leve em seu rosto.

– Sim, e muito feliz com isso. Amo o meu trabalho.

– E ainda está escrevendo? Quero dizer, mais? – Ele volta a ser brincalhão, e é a minha vez de erguer as sobrancelhas. Ele diz: – Bem, assim que soube seu nome, encontrei isso... E puxa um livro de sua pasta de couro e o levanta. – Consegui ler só um pouco, mas é bom. Muito bom, Stella Hawthorn, romancista.

Franzo os lábios diante da ousadia dele.

– Está longe de ser alta literatura, Gio – digo, embora secretamente satisfeita por ele ter procurado a minha única publicação até agora: *As mulheres de Milão*, um drama familiar de amor e desejo feminino pela independência na Itália do século XIX.

– A linguagem, porém, é a sua cara: rica, como se tivesse bordando o nosso país – ele diz. – Posso imaginá-la escrevendo cada frase. Mas por que Milão, por que não Veneza?

– Porque não é Veneza – respondo, e ele entende o que quero dizer. – Por falar nisso – acrescento. Eu não trouxe o manuscrito volumoso de *A máquina de escrever escondida* comigo, mas ele sorri para a minha sugestão. – Você também tem estado ocupado, Gio Benetto.

– Não sou escritor... Foi principalmente uma maneira de encontrar você – ele explica. – Mas, depois que comecei, descobri que não conseguia parar. A história era convincente... como se não fosse possível inventá-la. Descobri que tinha que terminar.

Ele toma um gole do vinho.

– Mas deixei espaço para um epílogo.

39

COMPLETUDE

Veneza, novembro de 2018

A luz do sol parece a mesma quando ela sai do aeroporto, uma luz branca deslumbrante refletindo na água novamente. Já faz quase um ano desde que Luisa fez sua viagem sozinha a Veneza, e ela está ansiosa para mais uma vez pegar o ônibus aquático, atravessar a grande lagoa e chegar à cidade. Vira-se para trás e vê Jamie olhando para a cena enquanto caminha devagar, sua pequena mala tremelicando no chão de concreto. É a sua segunda viagem para Veneza, e ainda está perplexa de imaginar uma cidade sólida sobre as águas, tentando compreender como um conto de fadas pode existir por tanto tempo. Ela sabe que Jamie, com sua praticidade inata, logo se perguntará como os prédios ainda não sucumbiram ao lodo. Luisa ainda tem momentos de descrença, principalmente quando chega e vê esta Atlântida com os próprios olhos, mas quanto mais pesquisa e lê, quanto mais cava as camadas da história, mais sente que Veneza talvez seja o exemplo que todos nós devíamos seguir para viver, nunca tomando como certas as areias movediças ao nosso redor. Que suas fundações são mais sólidas do que as de muitas cidades que se erguem da crosta terrestre.

Agora, nesta viagem, Luisa está em uma missão diferente. E, embora permita a Jamie seu momento de admiração, ela quer que ele se apresse. Ao contrário de quando chegou um ano antes, quando era preciso selar o vazio deixado pela morte da mãe, Luisa tem um propósito concreto. E, assim como as crianças raramente conseguem guardar segredo de um presente dado pelos pais, ela mal pode esperar para cumpri-lo. Há algo faiscando dentro de sua mala que precisa ser despachado.

Graças ao primeiro voo do dia em uma hora horrível, ainda é cedo quando ela e Jamie chegam ao apartamento alugado entre Zattere e Academia – central, mas ao lado de um pequeno canal e longe o suficiente da San Marco para não ser cercado pelo turismo. Eles guardam as malas, e Luisa pega o mapa dobrado da viagem anterior e sai para o sol – logo sente-se em casa. O mapa fica praticamente em seu bolso enquanto, de mãos dadas com Jamie, ela segue seu faro através das ruas sinuosas e sobre o sólido portal de madeira da Academia – ainda sua ponte favorita – rumo à beleza ecoante do Campo Santo Stefano. Há um pequeno fluxo de pedestres e turistas, mas não está muito cheio, e eles encontram uma mesa no café onde encontrou Giulio, em frente às portas da igreja.

– Você não pode esperar, não é? – Jamie brinca.

– Eu só não consigo acreditar que, de todos os cafés e bares em Veneza, eu estava sentada aqui há quase um ano, olhando através daquelas portas, e ainda não sabia – ela responde.

Sua voz carrega um tom de euforia. Bebem um café rápido e bom – o italiano de Luisa melhorou nos últimos meses, por pura necessidade – e depois entram na igreja.

Já passam das nove horas e a rua ainda está praticamente vazia, exceto por uma veneziana sentada no banco da frente, os olhos bem fechados e absortos em seu rosário. Uma porta se fecha em algum lugar e o som ressoa no teto alto abobadado, mas a mulher permanece em transe. De mãos dadas, os dois caminham em direção ao altar, e Luisa olha para Jamie.

– É isso, é aqui que eles se casaram – ela sussurra.

Jamie olha para seus lábios carnudos cor de rubi e pensa que, se eles já não fossem casados, ele faria tudo de novo, instantaneamente. Aqui e agora. Ele aperta a mão dela.

– Talvez neste mesmo lugar – ele diz, embarcando totalmente no mundo dela agora.

Demorou, mas ele sabe agora o que alimenta sua Luisa, o que a manteve viva durante a perda e o que agora cria a luz que ela tem em seus olhos, em sua pele, em seu próprio ser. Ela está brilhando com o conhecimento de quem é.

Para Luisa, de pé na igreja, respirando até mesmo um átomo do ar que seus avós respiraram, a viagem valeu a pena por todas as noites de pesquisa e e-mails questionadores, vasculhando em meio às caixas empoeiradas e incontáveis viagens à Biblioteca Britânica para forçar os olhos nos microfilmes de jornais antigos. Olhando ao seu redor, ela daria livremente cada hora dedicada novamente, cada pedaço de coração e alma afundado naquela busca.

Ela e Giulio levaram meses e quilômetros de burocracia italiana para rastrear a certidão de casamento. Mas ela a tem agora, em uma das várias caixas de pesquisa em casa, para provar sua linhagem. Que uma parte dela pertence a Veneza, e que, em certa medida, é por isso que permanece uma cidade livre – a vontade de tantos, como sua avó, de arriscarem a sua vida por ela.

Luisa deixa-se envolver pelo silêncio da igreja e reflete silenciosamente sobre o que o ano passado trouxe – a busca por Stella em solo veneziano, mas uma descoberta adicional muito mais perto de casa também. O advogado da família descobriu um cofre da mãe de Luisa vários meses após sua morte. Não havia riqueza lá dentro, apenas informação – extremamente valiosa para Luisa. Uma segunda caixa de segredos.

O maço de cartas continha trocas amargas entre Stella e a mãe de Luisa – elas explicaram de alguma forma seu relacionamento longo e tenso, e talvez a forma como a mãe de Luisa se comportava dentro de sua própria família. A briga envolveu um rapaz... e um bebê. Ambos secretos, ambos proibidos. Foi muito antes de ela conhecer o pai de Luisa, mas ela sentiu, pelas frases ásperas, que sua mãe absorveu a amargura de uma separação forçada no fundo de seu coração. Como resultado, ele quase se transformou em pedra, para nunca mais ser amolecido totalmente. Talvez, como mãe, Stella tenha sido dura em suas ações, mas ser mãe adolescente e solteira nos anos 1960 era um tabu, e ela estava claramente pensando no futuro da própria filha. Houve falhas de ambos os lados, mas o resultado para Luisa foi uma mãe que parecia incapaz de mostrar divertimento, alegria ou mesmo uma essência de amor às vezes, mesmo com a própria filha. No entanto, em vez de se sentir amarga, Luisa só achava isso triste.

Hoje, porém, é dia de celebração, e ela resolve se entregar totalmente ao cenário deslumbrante de Veneza. Ela e Jamie trocam o almoço por enormes cones de sorvete no antigo Café Paolin no *campo*, e ela se pergunta se seus avós fizeram o mesmo. Não é sempre que Luisa trocaria de bom grado a nostalgia romântica das antigas fotos em preto e branco pelas agitadas redes sociais do século XXI, mas, se seus avós tivessem tirado *selfies* e postado no Facebook, quem sabe a sua pesquisa não teria sido mais fácil. Mas igualmente gratificante? Com certeza, não.

O café e o açúcar espantam para longe o cansaço de quem dormiu pouco, e eles seguem em direção à beira da água da San Marco, Luisa comprando os bilhetes do *vaporetto* com facilidade em italiano. Ela não percebe que aperta a mão de Jamie com muita força quando o barco para em San Giorgio e segue para Giudecca.

Giulio os espera na entrada de Villa Heriot, com a alegria costumeira de que ela se lembra do primeiro encontro e da convivência entre eles, quando se conheceram muito melhor, trabalhando lado a lado em uma longa, mas produtiva semana. Ele cumprimenta Jamie como se o conhecesse há muito tempo e os conduz para o escritório do Instituto. Melodie está em casa, ronronando no calor da copiadora.

– Então, você encontrou?

Giulio é aquela criança no dia de Natal; suas mãos se estendem para receber o pacote, alisando as pontas dos dedos sobre a capa como se fosse o pelo sedoso de Melodie. Foi exatamente o que Luisa fez ao receber da editora as provas de revisão – quinze em inglês, cinco na tradução de Giulio para o italiano. Em particular, ela cheirou as páginas, riu histericamente no silêncio de sua própria casa. E não se sentiu louca por fazer isso.

La Macchina da Scrivere Nascosta: Una Storia di Resistenza nella Venezia Occupata, leu Giulio. A versão em inglês que Luisa também traz na bolsa: *The Hidden Typewriter: A Story of Resistance in Occupied Venice*, por Luisa Belmont, traduzido por Giulio Volpe. Abaixo do título, em ambas as capas está, é claro, uma fotografia da máquina de escrever – a original – em toda a sua glória desbotada.

– Luisa, ficou maravilhoso – diz ele, com sua igualmente bela eloquência italiana, apesar do ligeiro estalo na voz.

Não foi difícil para eles decidirem um título, e parecia apenas correto e adequado, uma vez que o livro tinha sido baseado inteiramente no próprio relato de seu avô com o mesmo nome. Conseguir o manuscrito do Sr. Paolo foi o ímpeto de que precisavam para passar de uma busca pessoal para algo que poderia se tornar parte da rica história de Veneza durante a guerra.

Ela e Giulio passaram meses separando fatos da ficção; vovô Gio usava pseudônimos ao escrever, mas eram transparentes; o manuscrito era, sem dúvida, a história dele e de Stella. Luisa e Giulio pesquisaram o caminho que levou o agente Giovanni Benetto a buscar o seu amor secreto, sua incrível vida dupla como Cristian De Luca e as operações da SOE em Veneza e no Vêneto. Por sua vez, havia Stella e a sua criação, desde a infância, no antifascismo, sua decisão de se tornar uma parte ativa do movimento militante e a sua vida dupla como secretária do Reich e ativista da Resistência. Não é um romance, mas o texto de Luisa é salpicado com uma rica descrição, e várias das primeiras resenhas sugeriram – de forma elogiosa – que é difícil separar a realidade de um conto tão fantástico. Parece, como ela sempre pensou, um conto de fadas.

– *Você* gostou? – Giulio pergunta para Luisa.

– Adorei – diz ela. – E nem tenho como te agradecer.

Ela expressou esse sentimento em muitos e-mails, a sua gratidão a Giulio por ajudar a realizar o seu sonho, não apenas de um primeiro livro, aquele que ela tinha certeza de que sempre esteve lá, mas pela jornada até a sua publicação que a curou, o efeito de cerzir os buracos de seu relacionamento limitado com a mãe, de forjar algo tangível para a próxima geração. Mesmo ela, como escritora, acha difícil descrever como isso a fez se sentir inteira novamente.

– Bem, precisamos sair para comemorar, pelo menos tomar um bom Prosecco – Giulio sorri, empolgado. – Eu conheço o lugar certo.

Desta vez, Jamie dá um passo à frente e passa um braço em volta da cintura de Luisa.

– Bem, eu topo – diz ele –, mas talvez tenhamos que procurar uma variedade não alcoólica também.

Com a outra mão, ele puxa orgulhosamente um lado do casaco de Luisa, revelando uma elevação pequena, mas definida, escondida sob o suéter, mas facilmente reconhecível quando está à mostra.

Luisa coloca a mão sobre o ventre arredondado enquanto o rosto de Giulio mal consegue conter a alegria. Sim, ela pensa: completar o ciclo. *Completare.*

40

A MÁQUINA DE ESCREVER

Londres, 1955

Com o tempo, nós dois, escritores, reescrevemos o final de um quase conto de fadas e *nos tornamos* o epílogo. Stella e Cristian, que nunca existiram, transformam-se gradualmente em Stella e Gio. Vamos devagar, a pedido meu, descartando aos poucos o personagem Cristian – embora, assim como acontece com Jack, eu ache difícil às vezes separar os dois nomes – e nos conhecendo do zero novamente, desta vez com base na confiança e no respeito. Concordamos desde o início que subterfúgios e segredos não fazem mais parte das nossas novas vidas. Somos italianos em Londres, refugiados, talvez, mas não somos desabrigados. Naqueles primeiros dias, ele me leva a seu escritório na Universidade de Londres, onde é um feliz professor de literatura europeia, e fico observando, impressionada, as paredes forradas de livros; as prateleiras cheias são um banquete para os meus olhos. É como um presente dos céus. Descubro na gaveta de sua escrivaninha uma pequena caixa com tampa, e nela há uma medalha reluzente – envergonhado, ele admite que lhe foi dada pelo governo britânico "pelos serviços prestados", embora nenhum trabalho secreto tenha sido mencionado em despachos públicos, por razões de segurança. E acho, cada vez mais, que não posso mais duvidar de Gio Benetto.

Tomamos gelato autenticamente italiano deitados na grama perto do Serpentine, no Hyde Park, brincando que podemos facilmente fingir que estamos em Veneza sob o sol. Fazemos passeios intermináveis de barco no Tâmisa, ouvindo aquele som espetacular de quando as ondas batem na proa, o que nos transporta mais uma vez à preciosa cidade erguida sobre as águas.

Às vezes, falamos da guerra como se tivéssemos vivido em outro universo – e vivemos, de certa forma.

– Você alguma vez me seguiu? – pergunto um dia, repentinamente tomada pela memória de quando quase fui pega com as peças de rádio na bolsa, se não fosse por uma distração muito oportuna.

– Pode ser que sim, uma ou duas vezes – diz Gio devagar, e aperta a minha mão enquanto está deitado preguiçosamente na grama. – Eu precisava ter certeza de que você estava em segurança. Significava mais para mim do que você poderia imaginar.

Então, eu o encaro.

– Sabe, nunca conseguia entender você por dois dias seguidos. Você era um mestre do disfarce, sob aqueles malditos óculos.

Ele os tira e encosta os lábios no meu rosto.

– Tudo puro treinamento, minha adorável Stella – diz ele. – Por dentro, eu estava morrendo de vontade de baixar a guarda, de ser eu mesmo com você. Queria fazer isso o dia todo, todos os dias. – E ele me beija, muito mais profundamente do que na soleira da porta veneziana.

Em momentos mais melancólicos, conto a ele sobre os meus pais e como morreram com um ano de diferença, em 1947, mas que pelo menos pude vê-los mais uma vez, um ano após o fim da guerra. A tentação de ficar em Veneza foi quase grande demais, mas eu também queria ver outras coisas. Nenhum deles enfrentou uma longa doença – a tristeza fez a vida escorrer lentamente de seus corações; ambos os corpos se cansaram e perderam a força.

Mimi já tinha saído de Veneza quando voltei em 1946 – a notícia de que meu pobre e corajoso irmão morreu em decorrência de seus ferimentos no final de 1944 acabou com ela em todos os sentidos. Mais tarde, soube que ela perdeu o bebê apenas algumas semanas depois, e fico grata que Mama e Papa nunca tenham sabido da sua breve existência; ter aquele último vínculo com Vito e, em seguida, vê-lo arrancado os teria matado na mesma hora, tenho certeza.

Espiritualmente arrasada, Mimi entrou para um convento para se recuperar e nunca mais saiu. Amigos me contaram que a sua alegria havia desaparecido, e que ela vivia os seus dias tristes em uma ordem enclausurada. Não tentei vê-la ao voltar – acho que isso me faria sofrer ainda mais pela minha velha amiga Mimi.

Há muito a lamentar; que eu não tenha estado lá para testemunhar a libertação de Veneza em abril de 1945, com a união dos grupos rebeldes – subindo os degraus da Ponte Rialto de punhos erguidos – ou testemunhar, dias depois, os Aliados cruzando a ponte em seus tanques, e o desfile da vitória na San Marco. Gosto de imaginar Vito como um daqueles que emergiram dos escombros cobertos de pó, com um sorriso no rosto, e eu também poderia ser uma garota com calças largas e um lenço no pescoço, rifle ao lado, parecendo uma verdadeira soldada da Resistência. Mas não era para ser assim. O fato de termos reconquistado a nossa cidade tem de ser consolo suficiente.

Também me sinto triste – e culpada – por não ter cuidado dos meus pais à maneira italiana durante os seus últimos anos de vida. Muitas vezes tento analisar por que, quando a guerra acabou, me senti incapaz de retornar permanentemente para o lugar que ainda mantém cativa uma parte da minha alma. É um clichê, mas muito adequado para Veneza: muita água rolou. Eu queria e temia o meu retorno no final da guerra, mas, quanto mais tempo eu esperava, mais instransponível o caminho ficava. Foi a irmã mais nova da Mama que se mudou para cuidar dos meus pais até a morte deles. É uma culpa que talvez eu nunca supere.

No fim, Gio e eu voltamos para aquela que consideramos como a "nossa cidade" – embora os pais de Gio ainda estejam felizes e saudáveis em Nápoles – e saltamos rumo ao precipício, como diz Jack, ao nos casarmos em uma grande igreja vazia no Campo Santo Stefano, em junho de 1950, com apenas o padre e o vigia da igreja como testemunhas. Tomamos *gelato* da sorveteria ao lado, e Gio tira uma foto minha toda alegre na San Marco, na minha melhor roupa, e depois pede para um turista tirar uma foto de nós dois juntos, eu rodeada de pombos e ele bancando o palhaço. Acho que me lembro de marcar a foto de brincadeira com um "C" no verso, embora não saiba por quê, já que ele está agora tão distante do Cristian De Luca que conheci nos tempos de guerra. Depois, vamos ver Paolo e tomamos o melhor café, agora que ele tem acesso a bons grãos novamente.

De volta à nossa casa em Londres – sim, tornou-se nossa "casa" – vivemos como felizes refugiados da guerra. Somente quando nasce Sofia é que acho que nunca mais vou voltar. Eu adoro Veneza, amo a sua beleza, história e tenacidade, a natureza adaptável de seu povo e de suas águas, fundando uma nova base para si a cada dia. Mas a nossa família e a nossa vida de fato estão em Londres, e fico feliz por ser uma italiana com meio continente e um canal entre mim e o meu país, porque ele estará para sempre no meu coração.

A nossa felicidade gera palavras, para nós dois. Gio ocupa-se com os seus textos acadêmicos, publicados com grande aclamação e pequenas vendas, e passo algum tempo escrevendo entre o meu trabalho de todo dia e Sofia. Charles parece genuinamente gostar do que escrevo, e é gentil em publicá-lo, com sucesso moderado. É preciso se acostumar ao meu estilo para me apreciar como autora, mas tenho um grupo fiel de fãs que compram os livros. Gio e eu concordamos que a sua incursão pela ficção foi pontual, e que não devia ser divulgada. A nossa história – para nós. Além disso, quem acreditaria nela? Parece uma fantasia. Eu doo uma cópia feita a partir do papel-carbono, ligeiramente borrada, para o adorável Paolo – meu alicerce veneziano – e o original fica em uma prateleira em casa, juntando poeira, e talvez perdido em uma caixa, em uma mudança posterior.

De vez em quando, Gio e eu trabalhamos juntos em nossa casa, às vezes até tarde da noite, quando Sofia está dormindo no segundo andar e não consegue ouvir o barulho duplo de duas grandes máquinas lado a lado; ainda trabalho melhor quando há algo como o som da redação de um jornal por perto.

Quanto à máquina de escrever – aquela que fica na lateral da nossa sala de estar, espanada regularmente e com o suporte para papel um pouco mais torto –, ela está aposentada, mas nunca esquecida. Silenciosa, mas orgulhosa. E nunca mais escondida.

AGRADECIMENTOS

Como acontece com tantos livros, há mais pessoas a agradecer do que páginas para imprimir. Este livro, no entanto, não seria nada sem a generosidade do historiador veneziano Giulio Bobbo, do IVESER, em Giudecca – um grande agradecimento por suas respostas imediatas às minhas perguntas investigativas, explorando sua fonte de conhecimento sobre a Resistência em Veneza. Os detalhes que ele forneceu teriam valor inestimável para qualquer escritor. Espero ter feito justiça à sua cidade e à turbulência que sofreu.

Não posso deixar de enfatizar o quanto sou grata à minha brilhante editora, sempre otimista e incentivadora, Molly Walker-Sharp, e a toda a equipe da Avon Books. Sua confiança na minha escrita mudou minha vida inacreditavelmente; além de parteira, agora posso me considerar uma escritora, graças à concepção, ao marketing e à publicidade do meu primeiro livro – *O filho de Hitler*, no Brasil –, que levou a este segundo livro. Agradeço por sua paciência com a minha falta de habilidades tecnológicas e tudo o mais que ainda não entendi direito. Também a seus colegas da HarperCollins em todo o mundo, especialmente no Canadá e nos Estados Unidos.

Fico também muito feliz em poder agradecer à minha agente – Broo Doherty, da DHH Literary Agency. Navegar no mundo editorial sem uma agente era como embarcar em uma gravidez sem uma parteira ao meu lado – necessário na época, mas um pouco assustador. Agora sinto que tenho minha própria parteira experiente e sábia cuidando de mim no mundo dos livros!

Os leitores do meu manuscrito foram mais uma vez inestimáveis e pacientes: Michaela, Hayley e Kirsty – vocês são incríveis. Um agradecimento especial à minha colega escritora Loraine – oficialmente, LP Fergusson –, que empresta sua experiência com informática a uma perdida como eu, assim como a sua sabedoria e sanidade, enquanto batalhamos juntas no mundo da escrita. Meus agradecimentos, ainda, a Katie Fforde pelo encorajamento contínuo para que saísse aquele segundo livro complicado – espero publicar tantos livros quanto você.

Minha família me protege dia a dia – Simon, Finn, Harry e mamãe, que me dão espaço e toleram a minha falta de destreza doméstica, permitindo que eu escreva. Também meus colegas da Stroud Maternity – vocês foram uns santos por me aturarem neste último ano louco, desde a publicação, e continuam sendo meus maiores apoiadores.

Meus agradecimentos também à adorável equipe do Coffee #1, em Stroud, que me abasteceu com o melhor café e com sorrisos. Este livro foi concebido em meio ao burburinho de um dos cafés mais simpáticos de Stroud e região.

Obrigada também a vocês, leitores – o sucesso do primeiro livro me tornou uma pequena escriba feliz. Ter a oportunidade de escrever e publicar um segundo é prova de que os sonhos realmente se tornam realidade.

E por último, mas não menos importante, meu agradecimento a Veneza e aos venezianos, por tolerarem turistas que, como eu, desfrutam daquela que é, sem dúvidas, a cidade mais mágica da Terra.